生活·讀書·新知 三联书店

从迦太基到迈锡尼

世界文化遗产旅行笔记

高山云 著

Copyright © 2018 by SDX Joint Publishing Company.
All Rights Reserved.

本作品版权由生活·读书·新知三联书店所有。
未经许可，不得翻印。

图书在版编目（CIP）数据

从迦太基到迈锡尼：世界文化遗产旅行笔记／高山云著．—北京：生活·读书·新知三联书店，2018.8
 ISBN 978 – 7 – 108 – 06196 – 6

Ⅰ.①从⋯ Ⅱ.①高⋯ Ⅲ.①游记－作品集－中国－当代 Ⅳ.① I267.4

中国版本图书馆 CIP 数据核字（2018）第 016707 号

责任编辑	曹明明
装帧设计	康　健
责任校对	张国荣
责任印制	徐　方
出版发行	生活·讀書·新知 三联书店
	（北京市东城区美术馆东街 22 号　100010）
网　　址	www.sdxjpc.com
经　　销	新华书店
印　　刷	北京隆昌伟业印刷有限公司
版　　次	2018 年 8 月北京第 1 版 2018 年 8 月北京第 1 次印刷
开　　本	880 毫米×1230 毫米　1/32　印张 18
字　　数	425 千字　图 309 幅
印　　数	0,001 – 8,000 册
定　　价	78.00 元

（印装查询：01064002715；邮购查询：01084010542）

目 录

001　前言

文化景区篇

007　欧洲旧石器考古学的圣地：维泽尔河谷

　　　在维泽尔河谷中的旧石器时代遗址，发现了克罗马农人的遗骨以及精美的壁画。拉斯科山洞内布满了距今1.7万年的彩色壁画，有人称它为"史前的西斯廷"。

016　华丽的卢瓦尔河谷

　　　蓝色的卢瓦尔河、翠绿的田园风光、朴素的农庄和高耸入云的教堂、华丽炫目的宫殿城堡共存，整个卢瓦尔河谷可以说是一部物质化的法国中世纪到近现代政治、建筑、艺术历史的彩色长卷。

027　哈德良长城

　　　1—2世纪的罗马帝国处于全盛时期，版图涵盖欧洲、亚洲西部和非洲。为了防御来自帝国境外"野蛮民族"的进攻，罗马帝国不同时期的统治者在帝国边疆修建城墙、城堡、望楼、兵营、壕沟等军事设施，分布范围从英国北部、欧洲西部一直到黑海、中东和北非地区，总长超过5000公里。

036　缤纷的辛特拉

在辛特拉，不仅能见到南欧的葡萄牙宫殿和城堡，还可以见到北非阿拉伯文化的摩尔人城堡。它是人类文化多元性的代表，也是南欧文化的代表。

047　劫后余生的美山

"美丽的山"，不仅见证了印度文化在东南亚地区的影响，让我们了解到东南亚历史上曾经存在的占婆王国，它还见证了20世纪人类最残酷的战争。

056　苍茫吴哥

高棉王国曾是东南亚大陆南部最强大的国家，吴哥应是它的政治、经济和宗教中心。随着高棉帝国的衰落，吴哥巨大的宫殿、神庙荒废了。但在这里一直有人居住。2005年6月的清晨，我仍然见到当地居民敏捷地攀到吴哥神庙的顶部，虔诚地膜拜他们的神灵。

064　复活节岛的故事

飞机在空中盘旋下降。蓝天白云下面就是三角形的小岛，如同一扇巨大的绿色贝壳，漂浮在波光粼粼、一望无际的南太平洋之中。这就是荷兰探险家雅各布·罗格文于1722年复活节抵达的复活节岛。当地人称这个岛为拉帕努伊岛，即"伟大的岛屿"。

074　克里特岛

坐落在希腊东南部的克里特岛，是希腊最大的岛屿。它是世界上最古老的文明之一——米诺斯文明的发祥地。

084　马耳他群岛

马耳他自古是欧洲、亚洲和非洲人类文化交流的桥梁。这里曾经是古代腓尼基人活动的地方，后来被希腊人、罗马人、拜占庭人、阿拉伯人、天主教圣约翰骑士团、法国人和英国人先后统治。不同群体、文化从距今七千多年到现在，在同一个海岛上交流、碰撞、融合、发展。

考古遗址篇

102　巨石阵和老塞勒姆城堡遗址

　　大名鼎鼎的巨石阵，是世界上最巨大、最著名的古代巨石建筑之一，也是最令人费解的考古遗址之一。虽然经过了多年的发掘和研究，考古学家仍在争论它的功能和意义。不过，大部分考古学家同意它是当地史前人类留下来的遗迹，新石器时代和青铜时代的人类可能在此举行过特殊的仪式或葬礼。

111　迈锡尼

　　距今3600年左右，迈锡尼文明出现在希腊南部的伯罗奔尼撒半岛。希腊神话和《荷马史诗》中有很多关于迈锡尼国王和英雄的传说，比如说这个古代王国是由大神宙斯的儿子珀尔修斯缔造的，其中一个国王阿伽门农是特洛伊战争的统帅，为了抢回弟弟被诱拐的妻子海伦而召集希腊各国国王进攻特洛伊。

119　特洛伊

　　《荷马史诗》中的这座城市，充满浪漫和悲怆。现代考古发掘揭示了它三千多年的历史，它所代表的安纳托利亚地区文明，与大体同期的迈锡尼文明和埃及文明并称地中海三大文明。到底那场争夺美女海伦的"木马屠城"战争是真是假，考古学家并无统一看法。

128　以弗所

　　以弗所出现在古希腊罗马和早起基督教的文献记载中，它曾经是座城市，现在是一片废墟。这里有"古代世界七大奇迹"之一的阿尔忒弥斯女神庙遗址。

136　玫瑰古城佩特拉

位于约旦王国首都安曼南部的佩特拉古城,是约旦境内三大著名古代城市遗址之一。它坐落在玫瑰色砂岩的群山之中,是世界上最美丽的考古遗址,又被称为"玫瑰城"。

145　迦太基

18世纪以来,西方殖民主义者经常将非洲描绘成一片蛮荒之地,但迦太基遗址向我们揭示了非洲大陆古代文明的源远流长。非洲大陆不仅有埃及文明,还有曾经显赫一时、影响整个地中海的迦太基文明。

154　庞贝古城

庞贝大概是全世界知名度最高的考古遗址,它的覆灭是世界古代史上最惨烈的悲剧。维苏威火山两千多年前的那次大爆发,将庞贝的城市文明突然凝固,直到19世纪考古学家的发掘才让它重见天日。

163　杰拉什

这里有一座号称欧洲以外保存最好的罗马帝国城市遗址,有人称它"东方的庞贝"。它在罗马时代被叫作"Gerasa",现在被称为"杰拉什"。

173　帕伦克

在玛雅文明长达一千多年的历史中,帕伦克代表了墨西哥中部早期的玛雅王国。它从一个小村庄逐渐变成一个控制大片土地的城邦国家,是玛雅文明发展的缩影。

185　特奥蒂瓦坎

作为中南美洲玛雅文明中期的典型遗址之一,特奥蒂瓦坎在阿兹特克语中的意思是"诸神诞生之地"。今天走在遗址区内,置身古代玛雅文明中,有种"时光倒流"之感。

195 乌斯马尔和卡巴

　　它们都是玛雅文明后期的重要考古遗址，乌斯马尔是个政治中心，卡巴是它的卫星城，两城之间有道路相通。这里的考古工作仍在进行中，还有很多谜团等着考古学家解答。

206 马丘比丘

　　马丘比丘是印加帝国的两个国王在1438—1493年建造的，为何在距离首都库斯科100公里之外建造这样一个特殊的聚落，则不得而知。最近有西方考古学家认为，这里是印加帝国的一个宗教和历法圣地。

古城古镇篇

223 会安古城

　　15—19世纪，会安曾是东南亚地区重要的国际商业贸易港口。考古资料表明，这里早在公元前2世纪就是一个商港。

231 凯鲁万

　　凯鲁万城始建于670年，见证了伊斯兰文明在非洲北部的兴起和发展，是这里伊斯兰文明最古老的城市之一。

243 木头古城劳马

　　在芬兰古城劳马既看不到城堡也看到不护城壕，这里只有数百座颜色和形态各异的木头房屋。它是北欧现存最大的木头古城，已有数百年的历史了。

252 巴斯

　　这个城市的名字源于城里特有的温泉，据说这儿有全英国唯一的含矿物天然温泉。

262 班贝格

　　水城班贝格，有"小威尼斯"之称。中世纪的房屋沿着河流两岸迤逦分布。"二战"期间,盟军的飞机飞抵,都不忍轰炸这座美丽的小城,使得它侥幸逃过战火。

273　陶伯河上的罗腾堡

罗腾堡坐落在巴伐利亚西北部高地上,陶伯河从西侧流经城下,在德语中,它的意思是"陶伯河上的红色城堡",它凝固了欧洲中世纪城市的一刹那。

283　特里尔

作为德国最古老的城市之一,这里曾是卡尔·马克思的故乡。

293　五彩爱丁堡

爱丁堡既是苏格兰文明和历史的见证,又是一座充满活力的大都会。历史与现代的交融,使它成为五彩缤纷的城市。

307　波希米亚的克鲁姆洛夫

早在距今3500年左右的欧洲青铜时代,波希米亚地区就存在一条贸易通道,克鲁姆洛夫就位于这条重要的通道上,因此克鲁姆洛夫的历史非常悠久。中世纪的历史文献和文学作品中也都可见到克鲁姆洛夫城的记载和描述。

315　杜布罗夫尼克古城

飞机从德国法兰克福起飞,机翼下的亚得里亚海在阳光下犹如一匹无边无际的丝缎,蓝白色的粼粼波光温柔而明亮。在这种达尔马提亚型海岸上,有很多中世纪的小城,杜布罗夫尼克古城号称"亚得里亚海上明珠"。

323　维罗纳

罗密欧与朱丽叶的故乡。拥有两千多年历史的古城,令人印象深刻的是保存相当完整、具有独特建筑风格的古城墙和城门,以及从罗马、中世纪到文艺复兴时期的历史建筑,真实反映了一个城市的演变。

330　库斯科

　　据16世纪抵达库斯科的西班牙殖民者描述，当时的库斯科人口密集、族群多样，城市规划完善，全城设有供水系统，城内有恢宏的神殿、富丽堂皇的宫殿和豪宅，有些甚至以黄金来装饰，是一个非常繁华的都会。

343　大学城科英布拉

　　该城最著名的是始建于13世纪的科英布拉大学，这是葡萄牙语世界最古老的大学，也是欧洲最古老的大学之一，至今保留了大量从中世纪到近现代的历史文献和建筑，尤其是含有中国文化因素的建于18世纪巴洛克式图书馆。

宫殿城堡篇

362　阿尔罕布拉宫

　　阿尔罕布拉，阿拉伯语"红色"之意。阿尔罕布拉宫是用红砖、黏土、岩石、木材、白灰等建筑材料建成的大型建筑群，号称世界上现存最美丽的伊斯兰建筑之一。

373　布莱尼姆宫

　　布莱尼姆宫是18世纪初期欧洲历史上一场血腥战争的产物，宫殿内外都在刻意宣传布莱尼姆战役的胜利和第一代马尔伯勒公爵的军事天才和成就。英国的国家主义意识和贵族作为国家统治阶层的"伟大贡献"通过这座宫殿得以全面展示。

381　克伦伯城堡

　　克伦伯城堡是欧洲保留得最好的文艺复兴风格城堡之一，见证了丹麦海上航运和商业贸易和北欧地区的历史；作为《哈姆雷特》中丹麦王室城堡的原型，更多了一笔浪漫色彩。

390 维拉诺夫宫

  维拉诺夫宫是华沙历史城区的延伸,整个华沙历史城区都是世界文化遗产,它彰显了波兰人民无比坚韧的精神、对纳粹的抗争和对自己国家历史文化的热爱,这应当是人类的共同价值。

401 天鹅堡

  据当地人介绍,"天鹅湖"得名于这一带是野生天鹅的栖息地,春夏季节可见天鹅在湖中畅游。村名"Hohenschwangau"(霍恩施万高)就是"天鹅(所在的)高地"之意。城堡自然就叫天鹅堡。

410 景福宫和昌德宫

  两座宫殿的设计和建造受到了中国儒家思想的影响,并反映出朝鲜王朝的世界观,见证了朝鲜半岛15—20世纪初的政治、外交和文化变迁,也是朝鲜半岛古代建筑工艺技术和审美信仰的表现。

宗教建筑篇

431 卢克索和卡纳克神庙

  卢克索和卡纳克神庙都位于底比斯,离此不远就是古埃及法老和妻子埋骨之地的国王谷和王后谷。这里是古埃及全盛时期的核心地区,留下了大量埃及古文明的精华。

443 哈特谢普苏特神庙

  根据殿堂内留下的文字和图像记录,太阳神在"美丽的季节"会离开位于尼罗河东岸卡纳克神庙的太阳神殿,跨过尼罗河,来到西岸的哈特谢普苏特神庙,在这里接受哈特谢普苏特女王(法老)和大众的膜拜。

453 奇琴伊察建筑群

  奇琴伊察建筑群是晚期玛雅宗教活动的重要见证,是新的世界七大奇迹之一。

464　伊斯坦布尔

　　索菲亚大教堂/清真寺和蓝色清真寺这两座地标性宗教建筑，不仅传承了拜占庭建筑的因素，更传承了迈锡尼和古罗马建筑的元素。让我们得以看到不同文明、不同文化是如何互相影响、互相吸收并不断创新的，即使是群体之间的冲突和战争，也可以成为不同文明之间交流和互相影响的渠道。

475　科尔多瓦大清真寺/大教堂

　　科尔多瓦大清真寺展示了西班牙南部地区从8世纪到11世纪的两百多年间，伊期兰建筑在技术、工艺、装饰风格和图案各方面的发展轨迹。它是伊期兰建筑的杰出范例。

486　托马尔基督修道院

　　圣殿骑士团和后来的基督骑士团在葡萄牙最早和最主要的大本营就是托马尔基督修道院。它见证了基督教文化与伊斯兰文化在伊比利亚半岛的交流和冲突，从中见到来自中东、北非和欧洲文化因素的交融汇合。

497　维斯教堂

　　传说中繁缛雕饰、奢靡颓废的洛可可风格建筑到底如何，总需要有些典型的例子让大家"眼见为实"。德国的维斯教堂便是一座典型的洛可可风格建筑，里面饱含了人们对宗教的虔诚，以及建筑设计师齐默尔曼家族的心血。

506　阿旃陀和艾罗拉石窟寺

　　它们见证了印度古代和中世纪佛教以及本土三大宗教的发展，反映了不同时期当地的经济和政治，是印度古代建筑工艺和绘画艺术发展的珍贵实物见证，还显示了印度宗教艺术与西亚、欧洲、东亚古代文化艺术的互动。

工业遗产篇

524 铁桥:工业革命的标志

　　1709年英国人亚伯拉罕·达比发现用焦炭炼铁能够大规模生产质量较好、成本又较低的生铁,由此为钢铁机械的大量生产和使用奠定了基础,因此被视作推动工业革命的重大技术发明之一。达比进行这一技术革新的地点就在英国什罗普郡铁桥的科尔布鲁克德尔村。

534 新拉纳克纺织厂

　　位于苏格兰南拉纳克郡新拉纳克的这座纺织厂之所以出名,不仅因为历史悠久,主要是因为它在19世纪有一位非常具有前瞻意识的管理者罗伯特·欧文。

543 维利奇卡和博赫尼亚王室盐矿

　　从13世纪到1772年,盐矿曾先后属于克拉科夫公爵和波兰王国。波兰王国成立了一个专门机构,管理这个盐矿,其收入归王室,故维利奇卡和博赫尼亚盐矿有"王室盐矿"的头衔。

551 后记

前 言

人类在地球上生存了数百万年，凭借着一代又一代人无穷的智慧、多样的审美观和坚韧不拔的努力，在世界各地不同的自然环境中留下了极其丰富多彩，或蔚为壮观，或富丽精致的文化遗产。这些物质或非物质的文化遗产，是人类创意和技术的结晶，是启迪现在和将来人类创意的源泉，是彰显人类文化多样性的珍贵见证，因此是全人类的共同财富，值得现在和将来的人们珍惜和保护。

自从联合国教科文组织在1972年通过保护人类文化遗产的宪章以来，世界上许多国家已将鉴定、保育和利用本国文化遗产作为治国策略的一部分。到2015年为止，联合国教科文组织的世界文化遗产名录上，已经有779项文化遗产和197项自然遗产，还有31项自然和文化双遗产。[1] 数目还在逐年增加。通过保育和善用这些杰出的文化遗产，联合国教科文组织和世界各国政府希望宣传人类文化的多样性，增加人类群体之间的互相尊重和包容，让公众认识各项文化遗产所包含的历史、科学、审美艺术和社会价值，从而认识各地人类的历史与文化。

---

[1] http://whc.unesco.org/en/list/.

认识人类文化遗产的一个途径，就是旅游。

通过旅游去欣赏文化遗产，不仅是一个宁静身心、释放压力、愉悦灵魂的休闲过程，而且是一个接受相关信息的教育过程。在全球化的今天，很多商品都可以在别的国家或地区买得到；只有世界各地独特而多样的人文和自然风光，如中国的万里长城、瑞士琉森地区的天鹅湖、梵蒂冈西斯廷小教堂的天顶壁画、法国拉斯科山洞的史前壁画等等，是必须到当地旅游才可亲身感受及欣赏的。这些人类创意的结晶和各具特色的艺术品，能够培养和强化我们的审美和人文修养，让我们赞叹和欣赏古往今来人类的创意和成就，不仅赞美自己的历史文化，同时也赞美其他族群的历史和文化。这些美丽的人文和自然风光，还可以成为我们生命美好记忆的一部分和心灵平静的源泉，帮助我们心平气和地面对生命中的种种挑战。

此外，旅游还是短暂脱离我们所熟悉的文化环境，到另外一个陌生而又有些相似的文化中，通过观察和比较人类群体在不同自然环境中所创造的多种历史、文化、社会结构和价值观念等，来反思我们自身的文化和价值观，思考生命的意义。因此，旅游既是心理层面的休闲，更是开阔眼界和学习的过程。"读万卷书，不如行万里路"，正是此意。在世界不同的地方旅行，欣赏丰富多彩的人类文化遗产，可以随时对比、观察，反思、自省、挑战自己习以为常的价值观，更能开阔视野，荡涤心灵。

这本小书所描述的世界文化遗产，是从我去过的50个海外国家160多个城市中选择而成的。必须承认，每个人都有偏好与局限，我的选择同样也是个人教育背景、专业和兴趣的结果。因此，本书所描述的文化遗产比较集中在欧洲，并不是一个兼顾世界五大洲的均衡选择。本书没有列入联合国教科文组织世界文化遗产名录上的中国文化遗产，这绝对不是说中国境内的世界文化遗产不重要，只是因为这方面的书籍已经很多,不必重复。本书也不是"人生必到"指南,每个人都可依据自己的标准去发现美丽。对于同一项文化遗产,不同的人完全可以有截然不同的看法。这本小书汇集的只是我最喜欢、认为最有特色的国外世界文化遗产,希望与读者分享这些人类伟大作品的美丽和魅力,并且能够亲自去感受和欣赏人类不同群体所创造的杰作。

除此之外,本书还希望介绍一些现代文化遗产保育的基本概念,并与读者分享一些重要的世界文化遗产所包含的历史、科学或艺术信息。为了强调重点,本书所描述的文化遗产按照遗产保育领域比较常见的分类进行归类,如考古遗址、古城古镇、宗教建筑等。但必须说明,这个分类不是绝对的,也无法绝对,因为世界上的事情本来就是复杂的。有些考古遗址和古城里面就包含了宗教建筑,有些宗教建筑也是考古遗址,诸如此类。分类的标准是根据该文化遗产的主要特性,例如墨西哥的奇琴伊察主要是与宗教有关的建筑,故归入宗教建筑;而特奥蒂瓦坎是一个包括了宗教建筑的古城遗址,故归入考古遗址。

现代人对每一项世界文化遗产的认识都是很多学者努力的结果,理应加以尊重。本书引用了各地学者对世界文化遗产研究的结果,所引资料均注明出处,也方便有兴趣的读者进一步延伸阅读。每个"文化遗产"中所配照片基本拍摄于同一日期,所以只在第一张后面标出,供大家参考。当然,书中的错漏之处均由我负责。

最后,衷心感谢三联书店同意出版这本小书,感谢曹明明编辑为此付出的辛劳和努力。若这本小书能够对读者欣赏世界各地文化遗产有所助益,就是我最大的欣慰了。

高山云
2016 年 1 月

表 本书介绍的世界文化遗产年表及世界古文明简介

年代	亚洲	欧洲	非洲	美洲
公元前17000多年（旧石器时代末期）		马格德林考古学文化，包括洞穴遗址、艺术和石器、骨角器工具等，本书"文化景区篇"的法国维泽尔河谷即为该文化的重要分布区		
公元前约3500年（距今5000多年）	两河流域（今天的伊朗、伊拉克等地）主要以农业为基础的苏美尔文明，其特色是独立的城邦国家。古城遗址、寺庙、楔形文字、青铜器等遗址和文物是主要的文化遗产	英国处于"新石器时代"，本书"考古遗址篇"的巨石阵属于这个时期		
公元前约3000年（距今5000多年）			埃及文明出现，神庙、金字塔、帝王墓葬和出土文物是其主要文化遗产	
公元前2600多年（距今4600多年）	印度河流域的哈拉帕文明出现，以今天巴基斯坦境内的摩亨佐－达罗和哈拉帕遗址为代表	希腊克里特岛米诺斯文明出现，宫殿遗址和出土文物为主要文化遗产	埃及文明	

续表

年代	亚洲	欧洲	非洲	美洲
公元前约2100年（距今约4000年）	以农业为基础的黄河流域夏、商、周文明，以城市遗址、墓葬及出土文物为主要文化遗产	米诺斯文明	埃及文明	
公元前1600—前1500年（距今3600—3500年）		迈锡尼文明出现，以城堡聚落、墓葬和出土文物为主要文化遗产。本书介绍迈锡尼遗址，以及由希腊移民在土耳其建立的以弗所聚落	埃及文明，包括本书"宗教建筑篇"介绍的卢克索和哈特谢普苏特神庙	墨西哥地区的奥尔梅克文明，目前所见主要为出土文物
公元前750年（距今2700多年）到公元1000年	印度河流域的佛教和其他本土宗教出现。**阿旃陀和艾罗拉石窟寺**为其代表性宗教建筑之一	古希腊文明，聚落遗址、墓葬和出土文物为主要文化遗产。希腊建筑的三大柱式：多立克式、爱奥尼亚式和科林斯式出现于此一阶段。本书"考古遗址篇"的特洛伊遗址晚期堆积属于这一时期	迦太基早期聚落出现	中南美洲高地文明，主要有各种聚落遗迹和出土文物，包括本书"考古遗址篇"中的墨西哥特奥蒂瓦坎遗址
公元前4世纪至公元106年	约旦地区的纳巴泰文明，"考古遗址篇"中介绍的约旦**佩特拉古城**为其首都			

续表

年代	亚洲	欧洲	非洲	美洲
公元前1世纪至公元235年	西亚地区为罗马帝国之一部分，"考古遗址篇"的约旦杰拉什古城为代表性遗址之一。192年至15世纪，越南出现占婆文明。本书"文化景区篇"的美山遗址属于其重要文化遗产	罗马帝国文明，主要文化遗产包括遍布欧洲、北非和西亚地区的聚落遗址及建筑遗迹、军事设施、墓葬和出土文物等，包括本书"文化景区篇"介绍的英国哈德良长城，"考古遗址篇"介绍的意大利庞贝古城，"古城古镇篇"的意大利维罗纳古城、英国巴斯古城和德国特里尔城等	北非地区为罗马帝国一部分，迦太基考古遗址见证了罗马文明入侵北非并在此发展	
300—900年	本书"文化景区篇"中的拉帕努伊岛上的波利尼西亚文明出现			玛雅文明，聚落遗址、神庙、国王雕塑、玛雅文字等为主要文化遗产，包括本书"考古遗址篇"介绍的帕伦克、乌斯马尔和卡巴遗址
500—1500年		中世纪时期，哥特式宗教和民间建筑、哥特式艺术等是主要的文化遗产		

续表

年代	亚洲	欧洲	非洲	美洲
500—1500年		本书"古城古镇篇"的科英布拉大学城、克罗地亚古城杜布罗夫尼克,"宗教建筑篇"中的托马尔基督修道院等均始建于这一时期。波兰克拉科夫的维利奇卡和博赫尼亚盐矿开始挖掘。8—13世纪阿拉伯文明进入欧洲南部,葡萄牙辛特拉、西班牙南部的阿尔罕布拉宫和科尔多瓦大清真寺/大教堂,均为这一"文明冲突"和交流的见证	伊斯兰文明约在7世纪兴起于中东地区,并影响到北非和南部欧洲。本书"古城古镇篇"的突尼斯凯鲁万属于其重要文化遗产之一	
802年	柬埔寨的高棉文明,吴哥窟是其重要文化遗产之一			
约1420—1600年		文艺复兴时期。法国卢瓦尔河谷历史建筑、丹麦克伦伯城堡等始建于此期		

续表

年代	亚洲	欧洲	非洲	美洲
1476—1534年				印加文明,"考古遗址篇"的马丘比丘和"古城古镇篇"的库斯科古城属于其重要文化遗产
约16—18世纪	"古城古镇篇"中的越南会安古城见证了当时的海上贸易经济。"宫殿城堡篇"中的景福宫和昌德宫是朝鲜半岛古文明的重要文化遗产	巴洛克艺术风格盛行于欧洲。本书介绍的英国布莱尼姆宫、波兰华沙的维拉诺夫宫均属于巴洛克风格。苏格兰爱丁堡和捷克的克鲁姆洛夫城的主要建筑建于此期		
18—19世纪		洛可可艺术风格盛行于欧洲。德国巴伐利亚州的维斯教堂是典型代表。现代运动、工业革命,新古典主义和浪漫主义兴起。"宫殿城堡篇"中介绍的德国天鹅堡和新天鹅堡属于19世纪的浪漫主义建筑。"工业遗产篇"中的英国新拉纳克纺织厂和铁桥均为工业文化遗产		

文化景区篇

　　所谓文化景区（cultural landscape，有时候也译成"文化景观"），是文化遗产学界的一个分类术语。根据欧洲生态地理学家的定义，文化景区指在一定的地理区域中，由于人类数百年甚至数千年的活动，在当地形成了独特的人文景观；区内又有独特的自然环境。[1] 从古到今，人类如何适应不同自然环境，创造出不同的生活方式、经济模式和社会政治制度，一直是认识人类文化多样性的重要内容。因此，一个文化景区反映了当地人类、文化和自然长时期的互动和互相影响，不同的文化景区则反映了世界上的自然和人类文化的多样性。

　　从遗产管理的角度而言，一个文化景区内通常存在多项自然遗产和物质或非物质文化遗产，或者是多项物质和非物质文化遗产。界定一个文化景区，不仅是因为在景区里面存在不止一项文化遗产，更因为这个景区的地理环境、自然和文化遗产综合起来，展现了独特的、具有重要历史、科学、审美、艺术和社会价值的自然和文化、历史和人文风光，反映了某一地区自然和人类社会从过去到现在的共

---

[1] Farina, A. 1998, *Principles and Methods in Landscape Ecology*. London: Chapman and Hall.

英国湖区风光。摄于 2007 年 6 月

英国 18—19 世纪著名诗人华兹华斯在湖区的旧居，现在是纪念他的博物馆。摄于 2007 年 6 月

雪线上下的阿尔卑斯山和矗立于雪线下的小小城堡,有唐代诗人王之涣"一片孤城万仞山"的气势。摄于 2013 年 12 月

存、互相影响和变化。如果说一个地质公园、一座历史建筑或一个考古遗址是一个孤立的、自然或文化遗产的点,一群相关的历史建筑或考古遗址共同构成一条文化遗产的线;那么,文化景区就是由自然和物质与非物质文化遗产综合形成的一个面,或者一个区域。

文化景区既有陆地的,也有海岛的;既有以河流湖泊为特色的,也有以崇山峻岭为依托的,当然也有多种地理元素兼备的文化景区。不同的文化景区各有特色,适合不同爱好、不同兴趣、不同需求的人群。比如,英国著名的湖区(Lake District),位于英格兰西北部坎布里亚郡(Cumbria County),是风景秀丽的自然和人文景区。虽然并未列入世界文化遗产名录,但湖区山峦起伏,英格兰海拔 900 米以上的山峰尽在这里。山间错落分布着大小湖泊,岸边到处是绿树鲜花掩映的民居别墅。湖中有黑白天鹅游弋,空中百鸟飞翔,正是文学家和诗人酝酿灵感之地,无怪乎 19 世纪末至 20 世纪初的英国著名儿童文学家和插图画家比阿特丽克斯·波特（Beatrix Potter）选择在这里定居，在这里创作了著名的《彼得兔的故事》，至今还深得世界各地儿童的喜爱。这里是英国和世界著名的度假胜地，也是诗人文士著述潜修的好地方，华兹华斯（Wordsworth）等湖畔诗人都曾经在湖区生活和写作。现在湖区有专门纪念华兹华斯和波特的博物馆。又比如，苏格兰高地的古堡和众多湖泊共同构成了充满历史沧桑的文化景区，维也纳森林、多瑙河和奥地利的历史文化也可以说是一片承载着无数音乐华章的文化景区，而位于西欧中南部的阿尔卑斯山脉则孕育了多族群、多语言的山地文化。

联合国教科文组织名录所列的文化景区只是一小部分，世界各地美丽的文化景区甚多，端赖有爱美之心的人去发现和欣赏。这里仅和大家分享法国的维泽尔河谷和卢瓦尔河谷、英国的哈德良长城、葡萄牙的辛特拉、柬埔寨的吴哥和越南的美山等陆地文化景区，以及三个列入世界文化遗产名录的海岛文化景区。陆地和海岛是两种完全不同的地理环境，但即使同样是海岛，每个岛屿独特的地理位置、自然资源和环境，以及岛上居民在登岛时所带来的文化，都对该岛的自然和文化变迁有重要影响。本篇所介绍的三个岛屿，其地理位置、自然资源、人类文化的差别，使其成为各具特色的文化景区。

世界各地各具特色、分属于不同历史时期、由不同人类群体创造的文化景区，向我们展示了不同自然环境、不同时空中丰富多彩的人类文化，为我们和将来的人欣赏、赞叹、获取灵感和发挥创意提供了无穷无尽的源泉。

欧洲旧石器考古学的圣地：维泽尔河谷

学习过考古学、艺术史、古代世界史或者现代人类起源的学者或学生，大概都听过法国维泽尔河谷（Vallée de la Vézère）丰富的旧石器文化遗址，很多遗址中包含了在整个世界都享有盛誉的史前绘画和雕塑艺术。

维泽尔河谷位于法国西南部，属于法国阿基坦大区多尔多涅地区的佩里戈省（Périgord），多尔多涅河的支流维泽尔河流经该地。这里属于石灰岩地区，山清水秀，河水清澈见底，两岸树木成荫，郁郁葱葱，气候温和，还有很多山洞，成为人类定居、生活的最佳地区。若史前环境与此相似，难怪远古人类会选择在此繁衍生息。

在维泽尔河谷大约 1200 平方公里的范围内，共发现了 147 个旧石器时代的遗址，出土 50 多万件燧石石器，大量的动物骨骸，844 件艺术品，还有人类骨骸的遗存，包括克罗马农人遗骨。这些古代遗物很多都发现在洞穴中。在其中的 25 个洞穴中发现了绘画、浮雕和线刻等史前艺术作品，所表现的动物大约 100 种，包括已经灭绝的动物如披毛犀等。因为其重大、独一无二的艺术和历史价值，1979 年联合国教科文组织将维泽尔河谷的史前遗址和洞穴群列入了世界文化

维泽尔河谷风光。摄于 2000 年 5 月

遗产名录。[1]

除了展现史前人类和自然的互动及文化发展的旧石器时代考古遗址之外，现代的维泽尔河谷还以葡萄酒、民间工艺品著称。这里还保留了大量历史建筑，展现了中世纪以来的历史和文化发展。石灰岩地貌是一种独特的自然地理景观，大量的石灰岩溶洞成为史前乃至古代人类良好的居住场所。整个河谷地区见证了人类从古到今与大自然的互相依存和文化发展，因此完全可以称为一个文化景区。

众多的史前艺术洞穴中，首屈一指的是拉斯科山洞（Lascaux）。这是一个旧石器时代晚期的洞穴，位于维泽尔河谷的蒙提涅附近。在

---

[1] UNESCO 1979, "Prehistoric Sites and Decorated Caves of the Vézère Valley", http://whc.unesco.org/en/list/85/.

拉斯科1号洞穴入口

艺术史、考古学和文化旅游业,拉斯科都称得上是大名鼎鼎,因为洞里布满了绘于距今1.7万年的彩色壁画,号称是"史前的西斯廷"。[1]不过,我不大喜欢这个比喻。首先,拉斯科的年代比梵蒂冈西斯廷小教堂顶部的壁画古老多了。其次,拉斯科的壁画是史前时期相对平等的人类群体成员发自内心的、激情的创意表述,不是由掌握大权的宗教统治者定制的作品。最后,西斯廷教堂的壁画绘于顶部,慕名到访者必须仰头瞻望,时间一长,人人脖子酸痛;拉斯科洞穴的画大部分是绘在洞壁上的,只有少量绘在洞壁顶部,可以从容、仔细地慢慢欣赏。

　　考古遗迹和遗址的发现,除了考古学家的努力、盗掘者的行径

---

[1] Delluc B. et al. 1992, *Discovering Périgord Prehistory*, Luson, France: Sud Quest.

之外，往往还来自民间百姓的意外经历。拉斯科洞穴的发现就是一个典型的例子。法国国家科学中心考古研究所的考古学家告诉我，1940年9月12日，四个当地的少年带着一只狗游玩。狗走丢了，四个少年到处寻找，无意中发现了这个洞穴。1948年，这个山洞开始对公众开放，但很快就发现每天一千多位访客所产生的二氧化碳以及带入的霉菌等，对壁画造成了严重的破坏。1963年，法国政府决定关闭这个洞穴以便保存这一珍贵的史前文化遗址，并在附近建了一个复制的洞穴，1983年开放供游人参观。这个复制品称为"拉斯科2号"，是20多位法国艺术家用11年的时间，按照原洞穴绘画的比例、用同样颜色的颜料精确复制成的，非常具有原来洞穴艺术的神韵，所以每年仍吸引大量的游客到此参观。至于原来的洞穴则称为"拉斯科1号"，不对公众开放。2000年，"拉斯科1号"每天最多接待三位专业学者参观，且参观者必须持有当地文物管理部门发出的邀请信。非常感谢法国考古研究所的学者代为申请了一封邀请信，我因而有机会瞻仰这一旧石器史前艺术的圣地。

跟一般人心目中的"山洞"不同，拉斯科1号洞穴的入口开在地面，大致朝西北，整个洞穴位于地下，确是不易发现。据负责保育管理的学者告知，洞内全封闭，一年365天全空气调节，以便保持洞内的温度和湿度处于稳定状态。进入第一道门后，地上有一个长方形的塑料盘，里面有药水浸泡的一小块地毯，每个参观者必须先在这药水地毯上站一会儿，让药水清洗鞋底。带领我们参观的学者说，这是为了消毒，防止外部的细菌特别是霉菌进入洞中。壁画的"敌人"不仅有变化不定的温度和湿度、灯光和二氧化碳，还有各种霉菌的侵蚀。

进入洞口就是一个宽阔的洞厅，上面绘着硕大健壮的马、牛、鹿等动物,其中的一头公牛长达4米。洞厅的东边和南边各有支洞,东边的支洞较窄,南边的支洞较宽,南端又有东、西两个分岔的支洞。壁画集中在洞厅和东边支洞两边的洞壁上,此外在南边各支洞的洞壁上也有相当多的绘画。绘画的主要内容是各种形态、大小不等的马、牛和鹿科动物,也有个别类似人或半人半鸟的形象;颜色则有黑、黄、红色等。绘画者对所绘动物的身体、头、角等细节十分熟悉,画出来的动物充满动态,或昂首奋蹄,或成群奔驰;动物的个体大小不等,姿态各异,但每一动物无不栩栩如生,朝气勃勃,极富神韵,充满了澎湃的艺术震撼力,令人深刻感受到17000年以前的人类远古祖先,尽管生活在气候十分寒冷的冰河时期,生活艰辛,但仍然充满了对生命和自然的激情和热爱。这气势宏大、生动而瑰丽的史前艺术感动了无数的参观者。毕加索在参观完拉斯科1号之后曾经说:"我们根本没有发明新的东西。"[1]

除了壁画以外,拉斯科1号还有精美的史前雕刻艺术,表现的内容也是以动物为主。拉斯科1号发现至今超过70年,考古学家、艺术史学家和人类学家都对洞穴及其壁画进行过研究。考古学家认为拉斯科的绘画应当是史前人类用以祈祷狩猎丰收的仪式的一部分;换言之,当时在洞内绘上这些动物的形象,是希望狩猎时有丰硕的收获。艺术史学家分析拉斯科壁画中色彩的运用、主题和符号的意义,或研究其绘画的原料和方法等。研究人类演化的体质人类学家则引用拉斯科和其他史前艺术作为根据,分析现代智人(Homo sapiens sapiens)的创意和审美等智力和观念。简而言之,拉斯科1号洞穴是史前人类文化、创意、审美和认知能力的物质证据,为现代人类提供

---

[1] Graff, J. 2006, "Saving Beauty", *Time*, 15th May.

了无数的灵感、思考和研究资料。

不幸的是，拉斯科1号的史前壁画经历过一场生死存亡的危机。2006年5月15日，《时代》周刊曾经作了报道。拉斯科1号1968年安装的空调系统是根据对洞穴内自然气候的仔细分析来设立的，其功能尽量模拟洞中原来的空气流通模式，只是在最潮湿的季节减少洞内的湿度和水分。2001年，拉斯科1号装设了新的空调设施，加了两个巨大的抽气扇，尝试进一步改善洞内的空气质量。但因为缺乏严谨的科学论证，这套新的空调系统反而导致洞中水分积累，白色和黑色的霉菌全面暴发，引发出一场空前的且无法控制的灾难。2002年法国文化部成立了一个拉斯科洞穴科学委员会，尝试解决这个问题，甚至使用大量的化学药品来除霉，但效果并不理想。[1] 由于主管机构沟通不灵，行动迟缓，到2009年，一部分壁画和雕刻已经受到破坏，其中大约一半精美的雕塑已经消失。同年，联合国教科文组织的世界文化遗产协会通过了一个决议，要求法国政府立即成立一个多学科综合委员会，抢救拉斯科。到目前为止，抢救工作似乎有所进展，但问题尚未完全解决。[2] 已经幸存了17000年的拉斯科，没有毁于战乱，没有毁于自然灾害，却在短短数年间遇到了因保育方法不当而造成的浩劫。这一人类史前文化的圣地是否能够继续保存下去，端赖各学科学者的共同努力！

拉斯科的惨痛经历再次说明了人类文化遗产的脆弱性，也再次提醒我们：第一，不是所有所谓现代的、先进的就都是好的。在拉斯科的个案中，显然是新不如旧。第二，《威尼斯宪章》提出的最小干

---

[1] Graff, J. 2006, "Saving Beauty", *Time*, 15th May.
[2] International Committee for Preservation of Lascaux, 2011, "Prehistoric Paintings in Danger", www.savelascaux.org.

预原则是有道理的。人类往往自以为是，认为自己所创造的技术可以控制自然，其实并非如此。第三，文化遗产保育需要多学科的综合努力和慎重研究，任何改动事先都需要经过审慎、科学的论证和检验，否则后患无穷。第四，官僚主义对文化遗产保育同样也是灾难。

瞻仰拉斯科1号已经是十多年前的事情，但山洞中那些色彩鲜艳、充满活力的动物形象，在脑海中至今依然清晰可见。因为灯光会让壁画褪色，所以，1号洞穴内禁止拍照。我只有在洞口拍的一张照片和在洞外购买的一张光盘。所幸2010年法国文化及通信部为了庆祝拉斯科山洞发现70周年，做了一个网页，参观者可以在网上的虚拟空间参观拉斯科1号。尽管网页都是法文，对不谙法文的访问者可能有些不方便，但观看图像已经可以部分感受到其艺术震撼力。网页的右侧展示拉斯科洞穴的全图以及绘画所在的位置，而且还可以局部放大。网址如下：http://www.culture.gouv.fr/culture/arcnat/lascaux/fr/，只要在"Lascaux"的标题下面点击"Visite de la grotte"，就可以开始你的拉斯科虚拟之旅了。此外，在"抢救拉斯科"的网站上有一个网页www.youtube.com/watch?v=jk8TAY5T8Mo，展示拉斯科发现和保育的历史以及所遇到的问题，也值得一看。

绝大部分游客到维泽尔河谷只能参观拉斯科2号。千山万水地去到法国西南部，当然不能只看一个精致的复制品。所幸维泽尔河谷还有很多距今一两万年的洞穴遗址，里面有壁画、浮雕和雕塑，而且都是真迹。例如贡巴来尔洞穴（Les Combarelles）的线刻披毛犀和鹿，卡普布朗洞穴（Abri du Cap-Blanc）那些距今大约1.4万年、身躯庞大、栩栩如生的高浮雕奔马，丰德高姆洞穴（Font-de-Gaume）中距今超过2万年的彩绘浮雕野牛、披毛犀、鹿等，以及佩里戈市考古学博物馆展示的史前象牙、泥雕艺术品等，无不栩栩如生，充满了动态和强大的生命力。这些旧石器晚期的艺术品，被称为人类最伟大的艺术作品之一，见证了史前人类的创造力、智慧、信仰和经济活动，以及他们对自然界包括对动物的认识和理念。尽管现代人理解这些理念并不容易，但那些色彩鲜艳的壁画和生气勃勃的雕塑，仍然能带给我们强大的艺术感染力和美的感受。

除了考古遗址之外，佩里戈市还有很多历史建筑物可供观赏。这座城市至少在2000年还基本保留着中世纪的格局，大教堂是全市最高的建筑物，以彰显宗教至高无上的地位。市内还保留了很多中世纪至十八九世纪的历史建筑，因此建议计划至少四五天的时间停留在此地区，慢慢欣赏。

旅游小知识

签证：

法国是申根公约缔约国，有申根签证即可前往。

交通和住宿：

拉斯科坐落在法国西南部山谷之中。如果从巴黎出发，可从巴黎的奥斯特里茨火车站（Gare de Paris-Austerlitz）先乘火车到佩里戈市。此外，法国南部的尼斯也有火车到佩里戈。若不谙法文，在网页右上角可将语言转换成英文。

从佩里戈市到拉斯科山洞所在地区仍有一段距离，所以如果专门为了看拉斯科2号洞穴，法国旅游部门会建议游客住在蒙提涅。在夏天的旅游旺季，参观拉斯科2号必须在蒙提涅的旅游办公室购买门票，而且未必买得到当天的。如果要看其他旧石器时代的艺术和洞穴遗址，建议到了佩里戈市再换乘火车前往一个叫雷思思－泰雅（Lez

Eyzies-de-Tayac），简称雷思思（Lez Eyzies）的小村子。这个小村子位于各主要洞穴遗址之间，有很多民宿或小旅店。游客可以住在村里，然后以此为据点出发参观各史前洞穴遗址。初夏的整个维泽尔河谷风景秀丽，空气清新，气候宜人，非常舒服。2000年的时候当地还没有公共交通，可在村里的旅游办事处租自行车作为交通工具，或租车自驾到各景点参观。当时本地人基本不说英语，因此需要懂一点法语。现在情况可能不同了。

参观：

为了保育这些史前艺术遗产，各山洞都限制每天入场人数。门票可以在雷思思村里的旅游办公室预订；也可发电子邮件到tourisme@tourisme-aquitaine.fr 询问，或浏览网页www.tourisme-aquitaine.fr/en，上面有很多有用的信息，包括交通工具、气候等。要注意所有考古洞穴遗址都禁止拍照，而且要由导游带队入场参观。

食物：

佩里戈地区盛产红酒、果仁和鹅肝酱。若住在雷思思村，村子外面有个超级市场，可购买各种日常用品。当地的民宿一般都有简单的烹饪设施，可做三明治或烤面包之类。当然不要做中式油炸或大煎大炒，因为有些民宿的烹饪设施就在房间里面，而且没有抽油烟机。其实，到了号称西方美食天堂的法国，实在没有必要自己烹饪，大可品尝当地的菜式。雷思思村里就有不少餐馆，提供具有当地特色的佳肴。至今还记得有一道香肠烩杂豆十分美味，上菜时盛在一个陶罐里，要舀到盘子里再吃。2000年时当地所有餐厅的菜单基本是法文的，没有英文。现在的情况可能不同，但学一点法文，至少会看菜单，还是有好处的。

华丽的卢瓦尔河谷

位于法国中部、巴黎西南大约 120 公里的卢瓦尔河谷,全长大约 280 公里,面积约 800 平方公里,是法国最美丽的风景名胜地之一,有法国花园之称。景区见证了人类和自然在两千多年间的互动发展,特别是欧洲文艺复兴和启蒙运动时期的社会变迁;河谷中的历史建筑,尤其是文艺复兴时期的城堡,具有极高的建筑和历史价值,联合国教科文组织 2000 年将卢瓦尔河谷列为世界文化遗产名录中的世界文化景区。[1]

卢瓦尔河是法国主要的河流之一,全长超过 1000 公里,流经法国中部和西部。至少距今 2000 年前,这里就有人类定居。当地的经济形态既包括葡萄种植和家禽家畜饲养等农业活动,又有城市商业活动,河流两岸的森林则适宜狩猎活动。[2] 今天,卢瓦尔河两岸到处可见大大小小的城堡、宫殿和豪宅,既有皇家建筑,也有贵族私邸,蜿蜒分布,错落有致。很多宅第都有它独特的历史故事。

---

[1][2] UNESCO 2000, "The Loire Valley between Sully-sur-Loire and Chalonnes", http://whc.unesco.org/en/list/933.

在这里，蓝色的卢瓦尔河、翠绿的田园风光、朴素的农庄和高耸入云的教堂、华丽炫目的宫殿城堡共存，整个卢瓦尔河谷可以说是一部物质化的法国中世纪到近现代政治、建筑、艺术历史的彩色长卷。

要理解卢瓦尔河谷及其城堡在法国历史上的重要性，需要对法国历史和历史上的重要人物有一点了解。法国是欧洲最早有人类居住的地区之一。公元前58—前51年，罗马帝国的恺撒大帝征服了现在的法国地区，将之纳入帝国的版图。5世纪初由法兰克人建立独立的国家，定都巴黎。法国之名即源自于此。14—15世纪中期，百年战争中的许多战事就发生在卢瓦尔河谷，当地因此出现了大量用于军事用途的城堡。巴黎经常受到英国军队的威胁，所以法国王室长住卢瓦尔河谷。百年战争结束之后，法国的国王和贵族拆除原来用于防御的军事城堡，花费巨资改建为风格华丽的宫殿式城堡，便于狩猎、休闲、聚会。从16世纪开始，卢瓦尔河谷成为欧洲文艺复兴时期艺术和文化繁荣之地，法国国王弗朗索瓦一世和来自意大利的凯瑟琳·德·美第奇王后在这方面发挥了巨大的影响力。卢瓦尔河谷著名的香波城堡（Château de Chambord）就是由弗朗索瓦一世开始修建。美第奇和她的后代则居住在舍农索城堡（Château de Chenonceau）。17世纪以来，随着商业、航海、工业的发展，法国国力进一步强盛，号称"太阳王"的国王路易十四开始建立绝对君主制。但君主制被1792年的法国大革命推翻，后来虽然曾经有过短暂的复辟，但时间不长。至少从19世纪开始，卢瓦尔河谷又成了旅游区。[1]

---

[1] Haine, Scott 2000, *The History of France*, Westport, Connecticut, London: Greenwood Press.

除了法国历代国王、王后及其他宫廷贵族在卢瓦尔河谷留下数不清的故事之外，卢瓦尔河谷还留下了很多欧洲历史名人的足迹。圣女贞德（Jeanne d'Arc）是 15 世纪的女英雄，她带领当地军民在百年战争中取得好几次胜利，后来被敌军用火刑处死。[1] 贞德被视为法国的守护神，位于卢瓦尔河谷的奥尔良正是她的家乡。19 世纪著名法国小说家乔治·桑（George Sand，原名 Armandine Lucie Aurore Dupin，曾是波兰钢琴家肖邦居留法国时期的爱人）曾居住在卢瓦尔河谷。意大利文艺复兴时期"三巨人"之一达·芬奇的晚年岁月也是在卢瓦尔河谷度过的。据说，他 1519 年临终时，国王弗朗索瓦一世守候在他床边。达·芬奇最后的居所吕塞城堡（Château de Clos Luce）现在成了达·芬奇博物馆。

除了首府奥尔良市之外，卢瓦尔河谷地区还有其他历史名城如昂布瓦斯（Amboise）、昂热（Angers）、布卢瓦（Blois）、希农（Chinon）、南特（Nantes）、索米尔（Saumur）和图尔（Tours）等，其中的布尔日（Bourges）教堂和夏特尔（Chartres）大教堂也是世界文化遗产。这里还有三个自然公园，种植着大量的植物。要把这些都走一遍，至少需要两个星期。游客可根据自己的时间和兴趣来安排参观。不过，以我浅见，有几个城堡是特别具有历史和艺术价值的，可以说是卢瓦尔河谷必看的景点。

论城堡的大小规格、建筑风格的华丽和历史的重要性，首先要看的当然是弗朗索瓦一世的香波城堡。弗朗索瓦一世在政治、宗教和经济方面的统治成绩见仁见智，但他是法国文艺复兴的主要推手。他

---

[1] Haine, Scott 2000, *The History of France*, Westport, Connecticut, London: Greenwood Press.

香波城堡。摄于2000年6月

从他的教师那里接受了文艺复兴艺术和思想,鼓励文学、艺术的发展,大量收集艺术品,花费巨资修筑了卢浮宫、枫丹白露宫、巴黎市政厅等,并资助了许多艺术家,包括达·芬奇。这也就是达·芬奇的许多名画今天留在法国的原因。弗朗索瓦一世在卢瓦尔河谷修建或重修了好几个城堡,香波城堡是弗朗索瓦一世为了向欧洲各国炫耀法国的富庶而修筑的。这位法国君主当时与神圣罗马帝国皇帝查尔斯五世、英国国王亨利八世是政治对头,为了争夺欧洲政治的话语权,军事冲突不断。1519年弗朗索瓦一世决定修建香波城堡,但战事失利,国库空虚,宫殿的建筑工程直到1684年左右才算完成,而此时弗朗索瓦一世早已去世多年了。[1]

香波城堡平面为长方形,四角和城堡正面有圆形的塔楼,最高

---

[1] Lagoutte C. 1999, *Chambord*, Paris: Editions ouset-France; Haine, S. 2000, *The History of France*, Westport, Connecticut, London: Greenwood Press.

的塔楼为32米。城堡内部有四百多个房间,包括中心塔楼、国王寝宫、小教堂等,装饰均具有文艺复兴时期的风格。城堡的内园和外围都是法国式花园,丛林花木都被剪裁成各种几何形图案,是西方建筑艺术中花园设计的典型代表。

第二座是舍农索城堡。这座城堡修筑在卢瓦尔河中央,靠入口和桥梁与两岸相接。房子原来是一个贵族的宅第,因为欠税变成了皇家产业,后来又经过了多次翻修扩建。比起香波、雪瓦尼等城堡,舍农索规模是比较小的,但重要性不仅因为其地基部分建于1412年,而现存的城堡建于1513年,距今已有500年历史;而且因为它和当时欧洲最重要的政治家族、历史事件有关。1533年,佛罗伦萨的统治者美第奇家族的一个女儿凯瑟琳·德·美第奇(Catherine de Medici,1519—1589),嫁给当时还是王子的亨利二世。这是一个强势的王后,在丈夫去世后曾摄政,三个儿子先后成为法国国王,两个女儿嫁为西班牙、纳瓦拉王后,因此她对16世纪的法国甚至欧洲政治

舍农索城堡

有相当大的影响。1547年,亨利二世将舍农索城堡送给他的情人戴安娜·德·普瓦捷(Diane de Poitiers);但1559年亨利二世意外去世后,摄政王后凯瑟琳·德·美第奇将城堡要了回来,用另外一座城堡和戴安娜·德·普瓦捷交换。之后,美第奇和她的两个女儿、三个儿媳先后在这里居住,因此有一间房子称为"五个王后的房间"。

从中世纪到近代,法国的国王们和政客们在舍农索城堡进行过各种政治活动。城堡的楼下有个画廊,据说1940—1942年德国占领期间,城堡的入口位于德国占领区,但人们可从画廊的南门前往当时自由法国运动的地区。[1]所以,可以说舍农索见证了法国从中世纪到近现代的政治历史之一部分,而建筑本身则是典型的文艺复兴时期风格。

第三座城堡雪瓦尼(Château de Cheverny)不是皇家宫殿,而是贵族住宅。法国国王路易十一时期的贵族雪瓦尼伯爵购买了这块土地,后来曾一度成为国家财产,亨利二世把它送给情人戴安娜·德·普瓦捷,后者却出售给雪瓦尼伯爵的儿子。雪瓦尼城堡建于1624—1630年间,直到2000年仍为雪瓦尼伯爵的后人拥有。城堡的建筑是文艺复兴时期风格,内部的装饰、挂毯、艺术品均富丽堂皇。但最特别之处是城堡主人于1914年将城堡向公众开放,这是法国最早向公众开放的历史建筑之一。2000年我到访的时候,城堡的主人还住在城堡的三楼,而地下和二楼则对公众开放。城堡主人仍保留着打猎的习惯,因此养了一大群猎犬,每天定时有人喂食,而这个活动也成为吸引游客的亮点之一。

雪瓦尼城堡的独特之处是其主人一直居留在城堡里面,城堡因

---

[1] 舍农索城堡导游小册子,2000年英文版,作者不详。

而有了活生生的现代气息，不像其他城堡，尽管富丽堂皇，但无人居住，只是冷冰冰的博物馆。此外，雪瓦尼城堡的开放和运作也是一种历史建筑保育和管理可持续的模式。众所周知，古老建筑的维修和养护需要大量的资金。雪瓦尼城堡主人通过向公众开放、收取费用用于维修城堡，某种程度上减少了公共资金的开支。此外，由主人负责维修城堡，维修保养的质量自然相对较高，有利于保持其原真性，即城堡独特的历史风格。

卢瓦尔河谷重要的城堡当然不止这三个，还有哥特式和文艺复兴风格的昂布瓦斯城堡、布卢瓦城堡等十多个城堡，就留给游客亲临河谷自己慢慢欣赏吧。爱好园林的游客还可看看当地的法国式花园，和中国花园作个比较，分析花园格局所反映的法国与中国文化的自然观。最近法国旅游局卢瓦尔河谷的网页有中文版，显然是因为近年中国游客多了，或者是希望吸引更多中国游客。网址如下：http://cn.franceguide.com/cartes/france/regions/centre-val-de-loire/home.html?NodeID=1282。这个网页十分有用，不仅介绍卢瓦尔河谷，而且介绍法国各地的基本情况，包括行政区划、各地区历史、交通、旅游所需要的证件、住宿、美食、购物等，可以说游客前往法国的基本信息一应俱全。此外该网页还将卢瓦尔河谷主要城堡的法文名字用中文注音，方便游客记忆。

旅游小知识

季节：

法国最佳旅游季节是4月底到6月中旬，这时候白天的气温在10—20℃，还可以穿长袖衣服，天气不热，人也不会太多。七八月份欧洲和美国的学校放假，到处人山人海。

雪瓦尼城堡

交通：

从巴黎乘火车可以到达卢瓦尔河谷不同的城市，班次很多。可选择从巴黎的蒙帕纳斯火车站（Gare de Montparnasses）乘坐法国的TGV（子弹列车，最高时速可达300公里）前往卢瓦尔地区西南端的城市图尔，大约半个小时就进入风光如画而又历史悠久的卢瓦尔地区。也可以从巴黎乘火车到卢瓦尔河谷东北端的城市布卢瓦。

饮食：

众所周知，法国美食是西方美食的翘楚，各地的美食又各有特色。蜗牛、火腿、家禽、海产，甚至只是各种豆类，都有其独特之处。卢瓦尔河谷以各种红酒、奶酪等出名。法国一些地区正式宴会的程序是：开胃小食、汤、头盘、主菜、奶酪、甜品和咖啡或茶；吃完主菜以后,主人会推出不同的奶酪让客人挑选,之后才是甜品。喜欢奶酪的人在法国可找到一二十种奶酪。很多人喜欢鹅肝,但其实鹅肝含极高的胆固醇,浅尝即可。

法国甜品的品种很多,包括著名的小甜饼马卡龙(macaron)。这种圆形的双层夹心小甜饼有多种颜色,表面酥脆,中间松软。据说,法国大革命期间被送上断头台的玛丽·安托瓦内特(Marie Antoinette)王后最喜欢这种甜品。当被告知百姓没有饭吃时,玛丽王后的回答是:"何不食小甜饼?"这和中国的晋惠帝那句"何不食肉糜"一样,反映了不知人间疾苦的统治者心态。好莱坞电影《玛丽王后》,说的就是这位奥地利籍法国王后的故事。不过,马卡龙的糖分实在太高,甜得发腻,并不符合现代健康饮食的标准。我推荐烤制的杯装小蛋糕(soufflé,发音类似"苏芙丽",中文多称舒芙蕾),这是法国著名的甜品之一,主要成分是蛋白和糖。这种蛋糕香软可口,有多种味道,如巧克力、香橙、姜汁等,但没有马卡龙那么甜,甚至还有微咸的苏芙丽。

法国人习惯中午吃大餐,同事们中午聚在一起吃饭聊天,可以吃两个小时。晚上他们在家一般吃得很少,通常是面包加蔬菜汤之类。他们说,这是他们保持身体不超重的原因。对游客而言,大城市的餐馆晚上还是有很多不同品种的菜肴可供选择,但如果到小城市或乡村,就要留意一下当地餐馆晚上的营业时间,太晚了可能就找不到吃饭的地方。

法国盛产矿泉水,价钱也非常便宜。除非泡茶或咖啡,欧洲人都没有烧开水喝的习惯。

住宿:

法国各地的住宿从大酒店到私人家庭经营的小酒店都有,丰俭由人，具体可以在法国旅游局网页上寻找，也可托中国国内的旅行社负责安排。在法国住宿，我推荐入住历史建筑如宫殿、城堡、豪宅之类改建的酒店。这类酒店外观独特，内部经过现代改装，是历史建筑再利用的典型，既有历史的厚重，又有现代的舒适。这类酒店的价钱往往比较昂贵。

语言和风俗：

别看法国旅游局有了中文网页，会说汉语的法国人依然是凤毛麟角。法国大城市会说英语或者愿说英语的人多一些，但在小城市和乡村就很少了。法语曾经是17—19世纪欧洲上流社会必须学习的语言，当时会说法语才是有教养的表现，所以法国人当然不喜欢现在英语在全世界越来越"独大"。有些法国人，特别是上了年纪的法国人，真的不会说英语，有些人即使会说也不愿意说。当然，法国各地游客中心的职员都会说一口流利的英语。

据一位法国朋友说，他们能够容忍不会说法语的亚洲人（他们一般分不出中国人、日本人还是韩国人），愿意和他们说英语，但他们不那么能容忍不会说法语的欧洲人。据我在法国生活、工作和游览的经验，这应该是实情。所以，中国人到法国，一定程度上还是可以用英语沟通的。

法国的族群和文化相当多元。法国在越南、北非等地有不少殖民地，当地的人民普遍接受法语和法国文化教育。20世纪中期以后，这些前殖民地尽管独立了，但因为种种政治和经济的原因，有不少来自前殖民地的居民选择移居法国。因此在法国常常见到来自非洲和东南亚特别是越南的族群，包括越南的华侨。因为大量移民进入法国，部分当地居民对外来移民抱有偏见，认为外来移民抢了他们的工作和福利，出现了种族歧视。

此外，法国的失业率，特别是年轻人的失业率偏高，而福利政策逐渐不胜负荷，因而带来了很多社会问题。由让·勒庞创建、现在由其女儿玛丽娜·勒庞继任主席的法国极右翼政党国家前线就是在这样的社会背景下出现的，而且支持率逐步攀升，现在已经成为法国第三大政党。当然这不是说法国人都是种族歧视者，但在当前的社会经济背景下，无论是自由行还是跟旅行团，都需要注意安全和谨慎保管个人财务，不可炫富，且避免夜间外出。法国某些小火车站晚上乘客很少，有时候甚至没有工作人员，所以，要尽量避免晚上到这些小火车站乘车。

哈德良长城

中国的万里长城为世人所熟悉，位于英国和欧洲北部的"长城"，知道的人可能就不多了。其实这是2世纪罗马帝国在欧洲地区军事性防御设施的一部分。1—2世纪的罗马帝国处于全盛时期，版图涵盖欧洲、亚洲西部和非洲。为了防御来自帝国境外"野蛮民族"的进攻，保卫帝国的安全，罗马帝国不同时期的统治者在帝国的边疆修建城墙、城堡、望楼、兵营、壕沟等军事设施，分布范围从英国北部、欧洲西部一直到黑海、中东和北非地区，总长超过5000公里。[1]哈德良长城（The Hadrian's Wall）就是其中之一。

英伦三岛在史前时期就已经有人类居住。公元前55—前54年，恺撒将军曾跨过英伦海峡并在英国南方短暂停留。43年，罗马帝国皇帝克劳狄一世（ClaudiusⅠ，41—54年在位）开始进攻英国。85年左右，英伦中南部成为罗马帝国的一个省，称为布列塔尼亚（Britannia）。为了防御来自北部地方武装力量的进攻，122年，罗马帝国皇帝哈德良（Hadrian，117—138年在位）下令在英国北部，即

---

[1] UNESCO 1987, "Frontiers of the Roman Empire", http://whc.unesco.org/en/list/430.

今天的诺森伯兰郡（Northumberland）一带修建城墙、城堡、军营等军事设施，哈德良长城因此得名。[1]

根据学者的研究，哈德良长城及其军事设施由英国当地的士兵用超过十年的时间修建，西起英国西北的索尔威湾（Sloway Firth）一直延伸到英国东部的泰恩茅斯（Tynemouth）等地，横跨整个英伦岛的北部。后来，布列塔尼亚省的疆域曾一度北扩，142年到访英国的罗马皇帝安东尼·庇护（Antonius Pius）下令在苏格兰境内修建同类的军事设施，称为安东尼长城（The Antonine Wall），用以抗击来自北方的入侵势力；哈德良长城因此一度失去军事功能。160—250年间，哈德良长城再次成为罗马帝国的前线。[2] 随着罗马帝国的覆灭，哈德良长城也逐渐荒废。

目前保存得较好的哈德良长城段位于诺森伯兰郡科布里奇（Corbridge）和赫克瑟姆（Hexham）境内，全长118公里。苏格兰的安东尼长城今天还保留了大约60公里长的一段。另外，德国西北部到多瑙河也保留了一段长约550公里的罗马长城。[3] 1987年，联合国教科文组织接受英国政府的申请，将哈德良长城列入世界文化遗产名录。后来，该文化遗产的范围多次扩大，今天这一世界文化遗产称为"罗马帝国前线"（Frontiers of the Roman Empire），包括了英国、德国和其他国家境内的罗马帝国军事设施。这一横跨欧洲和英伦岛的世界文化遗产，不仅有用石头垒起的高6米、厚3米的城墙，还有各种各样的军营、城堡、望楼、壕沟，甚至还包括附近的民间聚落。在不少地区，这一"帝国前线"还利用了当地的河流、山脉等自然地理环

---

[1] UNESCO 1987, "Frontiers of the Roman Empire", http://whc.unesco.org/en/list/430.
[2][3] Breeze, D. 2006, *Hadrian's Wall*, London: English Heritage.

哈德良长城罗马时代军队粮仓遗迹，始建于 185 年。
摄于 2007 年 6 月

境修建。[1] 整个"帝国前线"见证了罗马帝国全盛时期的政治结构和军事制度，反映了罗马帝国时期的军事防御理念，代表了当时的建筑工艺设计水平，因此是古罗马伟大文明的见证，同时还反映了当时族群之间的冲突，以及不同群体的聚落、文化和他们的创造力。

在这一范围广阔的罗马帝国军事系统中，坐落在英国北部乡村地区的哈德良长城应当是旅游开发较早的一个地段。哈德良长城景点比较集中的中东部地区属于丘陵和平地夹杂的地貌，罗马时代的城墙蜿蜒其间，还有城门、粮仓、街道、喷泉、碉楼、瞭望塔和军营遗迹、采石料的石矿遗址等。只是罗马帝国覆灭以后，哈德良长城的很多军事设施都被拆毁作为建筑原料，两千年来人类的农业和牧业活动

---

[1] UNESCO 1987,"Frontiers of the Roman Empire", http://whc.unesco.org/en/list/430.

要塞内的北门遗迹

又带来不少破坏，[1] 故绝大部分建筑都只剩下了地面遗迹。

　　哈德良沿线的主要军事设施遗址及博物馆超过十个，比较重要的有雷文格拉斯（Ravenglass）罗马浴池、科布里奇罗马遗址、切斯特（Chester）罗马城堡、沃特镇（Walltown）罗马军队博物馆、森豪斯（Senhouse）罗马博物馆和伯多斯沃尔德（Birdoswald）罗马城堡等。这些考古遗址和遗迹不仅反映了罗马时代军事设施的建筑技术和工艺，而且反映了当时士兵的生活风貌。比如粮仓的石板地面下建有矮墙，让空气在地板底下流通，以便让谷物保持干燥，就是颇为有智慧的古代建筑结构。当时对士兵的健康似乎也颇为重视，军事要塞内有公共厕所，还有浴场。博物馆里可看到考古学家发掘出来的罗马时

---

[1] UNESCO 1987,"Frontiers of the Roman Empire", http://whc.unesco.org/en/list/430.

纽卡斯尔 13—18 世纪的城墙和城门

代遗物，包括军队士兵及其家庭成员的日用品、文献记录等。只不过，罗马帝国这一花费大量人力、物力建造的军事前线最终还是没能抵挡得住"蛮族"的进攻。

在世界历史中，横跨欧、亚、非三大洲的罗马帝国扮演着重要的角色，对各地的经济、政治、社会和文化都产生过巨大的影响，军事设施和武力又是罗马帝国扩张和防御的主要手段，因此，哈德良长城可以说是罗马帝国在英伦岛最重要的历史见证之一，为我们认识罗马帝国和英伦三岛的古代历史、军事技术和建筑工艺提供了难得的实物资料。

哈德良长城沿线的景点不少，游客可自行选择参观的数量和地点。不过要先把说明书看清楚，到了当地博物馆要仔细看说明牌，以了解罗马长城的结构。强调这一点是因为畜牧业是当地经济之一，不少农家会垒起石头墙分隔各家的羊群。如果事先不弄清楚，就会把随处可见的现代石头墙误认为是罗马时代的军事长城。

管理这个世界文化遗产遗址的是哈德良长城基金会，其资金来自"英国遗产"（English Heritage，一个曾经是官方、现在转为非官方的英国国家文化遗产管理机构）和"自然英格兰"（Natural England），还有地区发展项目和地方商界等。他们有一个网页 http://www.hadrians-wall.org/，对游客非常有用，上面的信息包罗万象，从如何使用公共交通、预订住宿、寻找美食，到参观景点需要注意的事项、AD122号旅游车每年运行的时间表等无不具备。如果游客希望发电子邮件咨询管理基金，他们的电子邮件地址是 info@hadrians-wall.org。网页上有一句口号：准备入侵（哈德良长城）（"Plan your invasion"）。

哈德良长城主要的游览地段位于英国的纽卡斯尔市附近，熟悉英国足球的朋友大都听过纽卡斯尔联队。纽卡斯尔颇具英国北部中等城市安宁清静的风貌，值得一游。

旅游小知识

季节：

中欧和西欧（包括英国），最美丽、最适宜旅游的季节是初夏，也就是5月初到6月中旬。此时的气候和风光最宜人，白天的气温大概在十多摄氏度，清爽舒适。初夏的英国到处都是鲜花和绿草，其中包括著名的英国玫瑰。旅途中可一路享受清新空气，更可欣赏多彩的风景。此时的欧洲，刚刚进入旅游季节，所有与旅游相关的设施都开始运作，游人却不多，酒店的价钱往往比较实惠，你可以悠闲地慢慢观赏，真正享受旅游的乐趣。6月底至8月，欧洲进入休假、旅游旺季，几乎所有博物馆、教堂、古城、商店、酒店等挤满了游客，价钱贵，服务不好，主要景点到处都是长长的"人龙"排队入场，加上天气热，实在不是一种享受。

交通：

前往参观哈德良长城，需要先从伦敦乘火车到纽卡斯尔。当然也可以乘飞机，但在英国境内，乘火车旅行可观赏沿途的英国乡间风光。抵达纽卡斯尔之后，要到市中心火车站乘坐AD122号旅游车（以哈德良长城修建的那一年为汽车编号）到主要的景点。AD122号旅游车是沿着哈德良长城双向运行的，西边的起点和终点站在卡莱尔（Carlise）镇，东边的起点和终点站在纽卡斯尔，但始发和终到车次最多的是在赫克瑟姆游客信息中心，周一到周五每天7趟车，周末2趟。游客可以买一天的车票无限次上下车，方便中途下车游览。但要注意，在英国，旅游季节是从每年的4月到10月，因此AD122也只在这段时间营运。其他时间前往参观的游客可以乘坐185号乡间公共汽车。要沿着这段城墙走一路，还可以选择租自行车甚至步行，当然这需要较多的体力。

住宿：

英国最常见的是"B & B"，即"Bed and Breakfast"的缩写。这些小型旅店很多是私人家庭经营的，一般都很干净、舒服，而且主人家往往都很热心，乐于助人，正好为游客提供融入当地社区、认识当地风土人情的好机会。当然，你不能指望主人会说汉语。英国也有各种等级的酒店，适应不同游客的需要。

饮食：

英国有丰富的海产、水果、家禽等，在四星、五星级的高级酒店餐厅可以品尝到较为"高档"的菜式，如鱼子酱、蓝龙虾头盘和煎鹅肝、香橙鸭胸，不仅摆设成艺术品，味道也丰富，因为除了龙虾或鸭胸之外还加入了小萝卜和其他蔬菜，配上酸甜爽口的沙拉，鱼子酱的浓郁、龙虾的清甜和小萝卜的爽脆，各有各的精彩，又能够融合成多层次的口感。我从不喜欢鹅肝，但鸭胸和橙汁相配则酸甜可口。甜品舒芙蕾的松软也恰到好处。

在英国，最常见的食物是炸鱼和薯条。问过一位英国学者什么是英国名菜，他居然说是咖喱鸡。大概这与英国在印度长期的殖民历史文化交流有关。

英国的饮食文化中最著名的大概是下午茶。不过，英国下午茶的甜品既多油又多糖，并不健康，也算不上是令人回味的美味。品尝下午茶其实是一种社会仪式，借此宣示对英国生活方式的认同而已。今天，游客纷纷前往伦敦的丽兹（Ritz）酒店去喝下午茶，以致该酒店一天供应四次下午茶，成了大批量生产，已失去下午茶的原意。个人意见认为丽兹酒店下午茶的食物质量和服务都不见得有多么出色，无非是大家都慕名去它的金色棕榈厅坐一下，打扮起来到那里看人也希望被人看，喝下午茶成了一种"社会表演"。

伦敦每年评出当年"最好的下午茶"，丽兹酒店并非年年都独占鳌头。2013年的最佳下午茶不是授给丽兹酒店金色棕榈厅，而是授给了伦敦的戈林酒店（Goring Hotel），想到那里品尝下午茶得提早一个多月在网上预订。

其实，要体验原汁原味的英国下午茶，不如到城市常见的咖啡店，那里同样有英国红茶、格雷伯爵茶（Earl Grey Tea）或印度大吉岭红茶（Darjeeling Tea），配上松软而热气腾腾的英式松饼和美味的德文郡奶油、果酱，不必像到五星级酒店那样穿着正式，更可以放松地享受美食和一段悠闲的下午时光，这才是下午茶的原意。

今天很多年轻人都掌握了喝英国下午茶的仪态，不过部分国人还有可以改善之处。喝下午茶既然是"社会仪式",当然就有一些"规范化的行为"。喝茶的时候,应当把搅完奶茶的勺子放到茶杯的杯碟上,再端茶杯喝茶。不要把勺子放在杯子里然后端着杯子喝,也不要用勺子舀茶来喝。松饼、三明治等都是用手拿着吃的。松饼的吃法应当是用餐刀从松饼中部横切一刀,将之一分为二,然后涂上果酱或者奶油。不要用叉子来叉松饼。长方形或三角形的软蛋糕则通常要用叉子来吃,应当根据自己想吃的大小,持叉子垂直切向蛋糕的横切面,然后舀起那一小块蛋糕放入口中。不管是吃主菜还是吃蛋糕,吃多少就切多少,不要把一块牛排先切成很多小块再逐块叉来吃,那是没有餐桌礼仪的表现。此外,不管喝汤或咀嚼食物都要合起双唇,不要发出大的声音。英国人比较重视这些,适当的礼仪和举止有助于提升国人在海外的形象,比疯狂购物更能够"为国争光"。如果拿不准餐桌礼仪,可以先观察和学习当地人的行为。

风俗习惯:

英国人说话比较间接,特别重视礼貌。你可以痛批这是虚伪,但我们老祖宗说入乡要随俗,礼多人不怪。所以,请时常使用"谢谢""请""对不起""抱歉打扰"这些基本礼貌用语,特别是在问路、购物等场合;否则会被对方视为没礼貌,遭到白眼。另外,很多英国人讨厌在公共场合大呼小叫、高谈阔论。部分美国人有这毛病,不少国人也有这种习惯。为了避免不愉快,最好加以注意。

缤纷的辛特拉

本章开头介绍的法国两个文化景区都在河谷地区，英国的哈德良长城则位于丘陵地区。葡萄牙的辛特拉（Sintra）和这三个文化景区有两点不同。首先，辛特拉具有地貌和地理位置的独特性。它位于葡萄牙首都里斯本西北部山区，距里斯本大约23公里，最高峰529米。辛特拉山（Serra de Sintra）西望北大西洋海岸，山脚下是宽阔的平原和伊比利亚半岛主要的河流塔古斯河（Tagus R.），周边环境良好。扼守山顶即可控制山脚下的大西洋沿岸地区，因此，辛特拉是兵家必争之地，战略位置十分重要。其次，辛特拉具有鲜明的文化多元性。在这里不仅可见到南欧的葡萄牙宫殿和城堡，还可以见到北非阿拉伯文化的摩尔人城堡。多彩缤纷的辛特拉，是南欧文化的代表作之一。

一位葡萄牙朋友曾经告诉我，北欧和西欧国家有些人歧视比利牛斯山脉南面的西班牙和葡萄牙，认为他们不是"纯粹"的欧洲文化，掺杂了很多北非文化的因素。葡萄牙和西班牙的确留下不少属于伊斯兰文化的世界文化遗产，有些更是同时兼有伊斯兰和基督教文化的因素，如辛特拉、西班牙科尔多瓦大清真寺和教堂。这些文化遗产正是南欧历史的见证，也是南欧地区的文化特色。

从辛特拉山顶远眺山下的现代聚落和大西洋。当天空气的质量并不十分好。摄于 2010 年 6 月

南欧和北非只隔着直布罗陀海峡，最窄处只有 13 公里。位于非洲和欧洲之间的伊比利亚半岛，自古以来就是人类族群互相交流之地。大约距今 50 万年前，就有人类从北非迁徙到伊比利亚半岛。农业在距今 7000 年左右出现于伊比利亚地区。从公元前 1000 年，凯尔特人、腓尼基人、希腊人先后来到伊比利亚，带来了冶铁、海上贸易和其他文化因素。公元前 218 年，罗马人入侵伊比利亚东部，屠杀了大量居住在当地的凯尔特人，伊比利亚成为罗马帝国的一部分。基督教在 2 世纪传入伊比利亚。5 世纪开始，主要来自德国的"蛮族"进攻伊比利亚，这些信奉基督教的族群在当地建立了多个王国。[1]

---

[1] Anderson, J. M. 2000, *History of Portugal*, Westport, USA: Greenwood Press.

700年，农作物歉收带来的饥荒和疾病导致伊比利亚大量人口死亡。711年，来自北非、信仰伊斯兰教的摩尔人跨过直布罗陀海峡入侵伊比利亚半岛，此后基督教和伊斯兰文明在南欧展开了对当地控制权的反复争夺，爆发了多次军事冲突。[1] 正因为伊斯兰文明曾一度在南欧地区建立政权，所以今天伊比利亚半岛才会留下带有伊斯兰文化因素的世界文化遗产。辛特拉文化景区内的多项物质文化遗产，鲜明地展现了这一文明冲突与交流的历史。

根据考古学发现，辛特拉地区早在公元前10世纪左右就有人类活动。9—10世纪，来自北非属于伊斯兰文明的摩尔人在此修建了城堡和城墙。1093年，伊比利亚半岛北部属于基督教文明的莱昂王国（Leon），国王阿方索六世（Afonso Ⅵ）从摩尔人手中夺回辛特拉。阿方索六世去世后，摩尔人曾夺回辛特拉城堡。1147年，葡萄牙的第一个国王阿方索·恩里克斯（Afonso Henriques）再次夺回摩尔城堡，此后这个地区便基本处于基督教文明控制之下，15世纪开始在山顶建修道院。18、19世纪欧洲浪漫主义文化时期，辛特拉被称为"月亮之山"，曾经是英国和德国文人向往之地，他们盛赞辛特拉是"辉煌的伊甸园"，到访此地的包括英国著名诗人拜伦。1833—1834年，葡萄牙政府解散宗教团体，辛特拉修道院被废弃。1838年，费南多二世（Fernando Ⅱ）购买了修道院的废墟，并开始建设一座浪漫主义风格的、城堡式皇家宫殿。宫殿的设计师在设计中加入了英国新哥特式风格，以及北非摩尔、印度和东方文化因素，与葡萄牙的建筑文化融合，建成佩纳宫（Palacio da Pena）。1910年，葡萄牙革命推

---

[1] Anderson, J. M. 2000, *History of Portugal*, Westport, USA: Greenwood Press.

辛特拉的摩尔人碉堡和城墙

翻了君主制,佩纳宫就成了"国家宫殿"。[1]

作为一个文化景区,辛特拉地区的自然遗产是郁郁葱葱的植物群落,其中有些属于稀有的树种。为了保护这些物种,辛特拉被宣布为国家自然公园,景区内有两个植物园。有了茂密的森林,当地即使在盛夏,气温也相对凉爽,因此辛特拉在历史时期就是欧洲王室和上流社会的避暑胜地。这里的不可移动物质文化遗产包括从史前到近代的遗址和历史建筑。属于史前时期的文化遗产主要是位于山坡上的考古遗址,考古学家在这里发现了从石器时代到青铜时期的器物,证明辛特拉地区早已有人类活动。至于历史时期的物质文化遗产,最有气势的是9—10世纪摩尔人修筑的碉堡和城墙。虽然使用的原材料只是

---

[1] Pereira, P. and J. M. Carneiro 2012, *Pena National Palace*, London: Scala.

佩纳宫和城堡的入口

当地盛产的岩石,而且没有什么华丽的宫殿和装饰,但这些城墙和碉堡沿着辛特拉山势蜿蜒起伏,几乎与崇山峻岭融为一体。登上这一军事设施的最高处,既可俯视脚下大片海滨和河流平原,又可远眺渺无边际的大西洋,非常壮观。游人登临到此,可谓襟带当风,胸怀为之一畅。

要论色彩缤纷,辛特拉景区最为瞩目的文化遗产自然是佩纳宫,外墙的颜色有黄、红、灰、白等,在蓝天白云绿树的衬托之下格外耀目。不管是否喜欢这样的色彩和外观,必须承认这一宫殿的建筑风格与法国、德国、意大利等地的建筑风格都不同,具有强烈的葡萄牙本土建筑文化特色。这也是它能够被列入世界文化遗产的原因之一。众所周知,葡萄牙在十五六世纪的"地理大发现"时期曾经是一个强国,其财富积累来自航海活动在美洲、非洲和亚洲的殖民地,以及葡萄牙商人在全球的贸易活动,特别是香料和奴隶贸易。[1] 所以在15世纪末期至16世纪初期流行一种采用与航海贸易相关元素作为装饰的建筑艺术,其装饰图案包括航海必需的绳索,象征大海的贝壳、珍珠和海藻纹饰,还有植物纹饰、基督教和伊斯兰教的符号等;建筑形态则常见半圆形穹庐顶、大量立柱、装饰繁复的窗沿和遮檐等等。后来这种建筑风格以葡萄牙全盛时期国王曼努埃尔一世(Emmanuel I)的名字命名为"曼努埃尔式"(Manueline)。佩纳宫宫殿左边大门的两个门柱就是雕成绳索的形状,大门则可见大小不等的贝壳、珊瑚形装饰;窗户的装饰和遮檐的使用也都是曼努埃尔式。这一建筑风格见证了葡萄牙历史上以航海获取巨大财富并曾经一度拥有一个横跨三大洲殖民帝国的历史。

---

[1] Anderson, J. M. 2000, *History of Portugal*, Westport, USA: Greenwood Press.

辛特拉国家宫殿博物馆

在辛特拉山脚的古老小镇上还有一座辛特拉国家宫殿（Sintra National Palace），它的外观奇特之处是两个白色的圆锥形屋顶。这座历史建筑是葡萄牙保存最好的中世纪皇家宫殿，是辛特拉文化景区中的重要物质文化遗产之一。宫殿始建于 10 世纪，当时辛特拉处于摩尔人统治之下，宫殿是里斯本摩尔总督的行宫。1147 年葡萄牙第一个国王恩里克斯重新夺回里斯本，宫殿成为皇家产业，并且从那时候开始一直是皇室行宫、夏宫和狩猎住所，直至 1910 年葡萄牙君主制被推翻。在这漫长的 900 年间，历代国王按照他们的需要和爱好加建、扩建，因此宫殿的规模不断扩大。最早的摩尔建筑已经不存，现存最早的建筑是由葡萄牙国王迪尼斯（Dinis）在 14 世纪早期修建的。难得的是这些加建和扩建并未完全消除该建筑原有的伊斯兰风貌，曼努埃尔一世甚至使用原来的瓦重新装饰宫殿。[1] 现存的辛特拉国家宫殿混合了哥特式、摩尔式和曼努埃尔式的建筑元素，已成为博物馆开放给公众参观。里面比较重要的有天鹅大厅，因天花板上布满天鹅绘画装饰而得名；还有皇室纹章大厅、宫廷会议室等。参观时可留心室内装饰使用了不少青色、白色或蓝色的瓷砖，花纹则有植物、花卉等图案，是伊斯兰和曼努埃尔式建筑元素的体现。

辛特拉文化景区内还有一个宫殿克卢什（Palace of Queluz），位于辛特拉附近的一个小镇上，从里斯本乘前往辛特拉方向的火车，在克卢什站下车还要转乘公共汽车前往。克卢什小镇今天真的有些"荒凉"的感觉，宫殿所在的大道人烟颇为稀少。这座宫殿始建于1747年，也是葡萄牙皇室的夏宫，规模非常宏大，后花园十分壮观。主要建筑师是法国人，因此建筑风格和佩纳宫、辛特拉国家宫殿的风格相差很大，基本属于法国、奥地利等西欧国家的建筑风格，类似法国凡尔赛宫和枫丹白露宫、奥地利美泉宫等宫殿的翻版。有趣的是在宫殿内见到为数不少的清乾隆时期出口瓷器，其中有些是中国特色的青花瓷，另外一些则是西方文化风格的瓷器，似乎是专门为出口而制作的。室内还有"中国特色"的装饰，再次显现出18世纪欧洲人对于中国文化的兴趣。现在宫殿只有部分开放给公众参观，游人甚少，保养似乎也有待改善，部分外墙的粉红色灰皮已经脱落。若要前往参观该宫殿，至少需要另外大半天的时间。

辛特拉景区内还有一座比较重要的历史建筑瑟特阿斯宫（Palace of Seteais），位于辛特拉文化景区的西侧，距离其他主要景点比较远。该大宅18世纪时由一个荷兰商人所建，后来被葡萄牙的玛拉维亚侯

---

[1] Instituto dos Museus e da Conservacao 2008,"The National Palace of Sintra", Lisbon.

爵买下来，曾经招待不少王室贵族，现在已经改建成一座豪华酒店。如时间充裕，不妨前往参观其外观，也可选择入住。

辛特拉文化景区的特色，在于其独特的地理位置，更在于其缤纷多彩的文化和历史。辛特拉山脉在葡萄牙西海岸具有重要的军事和政治战略位置。过去1000多年来，伊斯兰文明和基督教文明在这里既互相冲突，又兼容并存，互相影响。加上葡萄牙独特的航海贸易历史，都在这里留下了独具特色的文化遗产，展现出不同文化、不同族群在辛特拉这一地理区域内生存发展的多姿多彩，成为人类文化多元性的代表之一，并且对欧洲其他地区的文化发展产生一定的影响。1995年，联合国教科文组织接受葡萄牙国家的申请，将辛特拉文化景区列入世界文化遗产名录，以确认其独特的历史、科学和审美价值。[1]

旅游小知识

签证：

葡萄牙是申根公约成员国，若有申根签证可直接入境；否则便需要申请签证，具体可浏览葡萄牙驻华使馆网页。

季节：

葡萄牙位于欧洲南部，在七八月的时候很热。辛特拉虽然古木参天，非常清凉，但因为要步行穿梭在山路之中，建议在6月底或之前前往。

交通：

在葡萄牙首都里斯本的罗斯奥（Rossio）火车站，每隔15分钟

---

[1] UNESCO 1995, "Cultural Landscape of Sintra", http://whc.unesco.org/en/list/723.

就有火车开往辛特拉镇，车程大约40分钟，可以从里斯本出发到辛特拉一日游。从辛特拉火车站下车大概走10分钟就到小镇的中心，再沿着山路向上走就可抵达城堡、宫殿。当地很难停车，不推荐自驾游。如果从里斯本出发一日游，建议先参观小镇的皇家宫殿博物馆，对当地历史有所了解，再步行上山参观城堡、佩纳宫等。

住宿：

若选择住在辛特拉，除了由宫殿改建的五星级酒店瑟特阿斯（Tivoli Seteais Palace）之外，还有两座四星级酒店和当地的小旅店（B&B）可供选择。具体可浏览网页 www.portugalvirtual.pt/_tourism/costadelisboa/sintra/index.html，或者请国内旅行社代为安排。

参观：

佩纳宫的开放时间为每年9月16日到次年6月30日，每天上午10：00到下午5：30，4：30停止进场；从7月1日到9月15日，开放时间是上午10：00到下午7：00，6：00停止进场。门票7欧元。辛特拉国家宫殿的开放时间是早上9：30到下午5：30，下午5：00停止进场。克卢什宫开放时间是早上9：30到下午5：30，下午4：00停止进场。门票4欧元。

食物：

葡萄牙位于大西洋海边，食物中的海产特别是鱼类甚多，包括腌过的咸鱼"马介休"（bacalhau）。除了海产和水果以外，葡国鸡、葡式牛肉土豆等都是常见的菜式。奶酪也是葡萄牙饮食文化中的一部分。甜品的品种也不少，比较有特色的是一种用米、糖、牛奶和柠檬做的点心 arroz doce，还有特浓咖啡 Bica。喜欢喝酒的可以尝试樱桃酒 Ginjinha。

语言和风俗：

年青一代的葡萄牙人会说英语的不少，但年长的就不一定。火车站的职员也有不会说英语的。游客要自己看清楚火车的班次、方向和停站点。每到一个地方首先要去的是游客中心。收集好资料，就可以放心地自由行。我感觉南欧居民比较热情，但现在当地经济不景气，失业率高企，特别是青年的失业率很高，可能社会的气氛也不一样了。

劫后余生的美山

美山（My Son）位于越南中部广南省（Quang Nam province）的维川（Duy Xuyen）地区。"美山"越南文的意思是"美丽的山"。这是相当名副其实的。美山位于一处面积不大的河谷，周围有翠绿的群山环抱。这里的文化遗产主要是印度教风格的庙宇和神殿。此外，值得关注的还有越南抗美战争时期留下的战争遗迹。

越南是一个狭长形的国家，位于东南亚大陆的东岸，面向太平洋。东南亚大陆，英文曾经称为"Indochina"，译为"印度支那"，指出了中国和印度文明对当地的影响。东南亚大陆包括越南、柬埔寨、泰国、老挝、缅甸等国家。这里位处亚热带和热带地区，气候温暖潮湿，有漫长的海岸线，境内又有多条大小河流蜿蜒奔流，植物和动物资源十分丰富。早在距今一百多万年前，当地就已经有人类居住。1936年在印度尼西亚发现的爪哇人，即为亚洲大陆最早发现的直立人化石。在距今4000多年到3000多年间，东南亚大陆曾经受到来自中国特别是长江流域以南古代文化的影响。大约从2世纪开始，印度文化对东南亚大陆的影响增大，印度教和佛教先后传入此地；当地的族群在不同时期也建立了多个本土政权。据中国文献记载，192年，由马来族群建立的占婆政权出现在越南中部的广平、广治、承天、顺化等地区，其经济基础是稻作、渔业和海洋贸易，印度教是占婆的国家宗教。[1]

根据现代学者的研究，占婆内部有不同的族群。他们和中国历代政权处于时战时和的状态。当中国的政权强大时，便往往派出军队和占婆政权作战，争夺对当地的政治控制权；当中国的政权衰弱时，两者便比较和平。此外，10—15世纪，占婆和北部的越南政权也不止一次地发生冲突。12—13世纪，位于占婆西侧的高棉王国一度相当强大，占婆政权和高棉王国之间也有军事冲突，双方互有胜负。最后，越南军队于1471年攻占了占婆的首都，占婆国正式灭亡。[2] 占婆政权存在的时间从2世纪到15世纪，长达1300年之久，可以说是东南亚大陆历史最悠久的政权之一。美山的佛教殿堂和庙宇，正是占婆政权在4—13世纪修建的宗教建筑。在这里还发现了31块石碑，上面的文字为研究美山和占婆的历史提供了极其珍贵的资料。[3]

美山的宗教建筑分布在河流两岸，据说全盛时期当地有70多座神庙。研究者认为美山一直是王国的宗教圣地，直到占婆灭亡。保存到今天的建筑遗迹被分为八组，其建筑年代为10—13世纪。其中五组宗教建筑位于河流两边的台地上，另外还有三组分布在山上。进入遗址景区，中心地区的四组建筑规模较大，另外一组在靠近入口和出口的河流左岸，规模较小，只有几个建筑遗迹。分布

---

[1] UNESCO 1999, "My Son Sanctuary", http://whc.unesco.org/en/list/949.
[2] Tarling, N. 1992, ed. *The Cambridge History of Southeast Asia*, Cambridge, New York: Cambridge University Press.
[3] Doanh, N. V. 2008, *My Son Relics*, Ha Noi: The G101 Publishers.

丛林中的美山历史建筑群。摄于 2009 年 12 月

在山上的三组建筑也都只有四五个建筑遗迹。[1] 这些建筑大部分是用红砖建造的，神庙的屋顶可能是用木料建成，但今天已不存。神庙入口通常有一对带雕塑装饰的石柱。景区内还有印度教湿婆神（Shiva）的象征石祖、雕塑、石碑等，原料都是天然石材如板岩、火山岩等。美山的建筑中，高大的主塔象征着宇宙中心神圣的山，方形或长方形的神庙基础象征着人类世界。在建筑的屋檐下通常有浮雕作为装饰，屋顶上原来覆盖着黄金或白银的叶子，[2] 彰显占婆王国的财富和国王对宗教的虔诚。

15 世纪占婆国灭亡以后，美山逐渐荒废，被掩埋在丛林之中。这一历史遗迹的"再发现"和早期的维修和研究，也是东南亚殖民历

---

[1][2] Doanh, N. V. 2008, *My Son Relics*, Ha Noi: The G101 Publishers.

已经清理、修复的神庙

史的一部分。从 19 世纪中期开始，越南成为法国的殖民地。1885 年，一群法国士兵"发现"了美山。从 1895 年开始，法国人开始对美山遗址进行了清理、研究和考古发掘，对现存的建筑进行分类，并发表了碑文的内容。1937—1944 年，法国远东学院对美山的建筑进行了修复和重建工作。根据法国殖民政府在 20 世纪初期的记录，1945 年之前，美山还有大约 50 座建筑，而且基本是完好的。1954 年法国殖民统治结束。1955 年越南战争爆发之后，特别是 1966 年以后，美山经历了空前的劫难。当时美山是越南南方游击队控制的地区，成为美国埋地雷、用 B-52 轰炸机狂轰滥炸的地区。1969 年的一次大轰炸，毁掉了美山的大部分建筑。现在美山的地面上还留有当时轰炸留下的巨大弹坑。1980 年越南政府开始调查和记录美山历史建筑的情况时，

神庙外墙的雕塑

发现只有19座建筑保留着原状，其他建筑或者已经崩塌，或者只剩下基础或残迹。[1]

战后，越南政府逐步清除美山地区的地雷。从20世纪80年代到90年代后期，越南和波兰政府合作，对美山进行了全面的清理和修复工作。[2] 不过，从我2009年拍的照片可见，美山的维修和管理还有很多工作要做。有些建筑遗迹上仍长满植物，如不清理，这些植物会影响建筑结构的稳定性，甚至导致坍塌。另外一些建筑也岌岌可危，其基本结构已经松散，随时有崩塌的可能。要完全修复美山，仍需要大量的资金和人力。旅游业的收入固然有所帮助，但直到2009年，美山的旅游业似乎尚在初期阶段，除了遗址的修复之外，基础设施有待建设，人力资源也需培训。

有人将美山称为"小吴哥"。的确，美山在很多方面都可以和柬埔寨的吴哥相比。美山和吴哥都是东南亚大陆古代王国的宗教圣地，也都是印度文化和宗教传入东南亚地区的历史见证。美山和吴哥又都随着古代地方王国的衰落而被遗忘，都是在法国殖民统治时期被"重新发现"，由殖民政府开始做调查和维修的工作。但是，美山和吴哥又不完全一样。这不仅是因为美山的兴建年代远远早于吴哥，占婆王国的历史也比高棉王国要古老得多，因此美山是东南亚人类聚居和文明更加古老的文化遗产；而且还因为美山见证了20世纪人类最残酷的战争之一。经历了现代最先进武器的摧残，美山的大部分神庙被彻底破坏，能够幸存下来的历史建筑实属侥幸。劫后余生的美山，提醒人们不要忘记战争对人类的伤害。

1999年，联合国教科文组织把美山列为世界文化遗产，因为它

---

[1][2] Doanh, N. V. 2008, *My Son Relics*, Ha Noi: The G101 Publishers.

岌岌可危的神庙

见证了印度文化在东南亚地区的影响,并且有助于我们了解和研究东南亚历史上曾经存在过的占婆王国。[1] 不过,我认为美山应当属于文化景区,这不仅是因为美山有数量可观的佛教宗庙,而且更因为美山的宗教和政治意义与当地的自然环境密切相关,或者说当地特殊的自然环境是美山宗教建筑存在的一个决定性因素。首先,美山所在的河谷适宜种植水稻,稻作经济直到今天仍然是当地重要的经济活动之一,而当年占婆政权的经济基础之一也是稻作。其次,美山位于群山环抱之中,战略上易守难攻,所以它不仅是占婆王国的一个宗教圣地,也是一个重要的政治据点。在这特殊的地理环境中,美山得以持续成为占婆王国的宗教圣地,历代国王投入相当的资源在这里修建华

---

[1] Doanh, N. V. 2008, *My Son Relics*, Ha Noi: The G101 Publishers.

丽的宗教建筑，并进行参拜活动。占婆政权覆灭之后，美山的宗教活动也停止了。[1] 由此可见，美山反映了古代占婆王国当权者如何利用当地特殊的自然环境建筑一个宗教中心，通过国家的宗教活动来强化当权者的管治。

联合国教科文组织决定将美山列为世界文化遗产时，并没有提及它20世纪中期越战中的那段心酸历史，原因不得而知。但我认为这段历史是不应该被忘记的。首先，越南的抗美战争，不仅对于整个越南，而且对于当代亚洲和世界的政治格局都产生了相当深远的影响；其次，不管是幸存下来的美山神庙，还是已经被炸为碎片的历史建筑，都是战争摧毁人类文明和文化遗产的物证。站在美山巨大的弹坑前面，面对散落在地上的建筑残件，我们都应该反思人类为什么要自相残杀，应该珍惜今天的和平环境，思考如何为维护和平而出一分力。归根结底，通过认识人类多元文化而减少冲突，这也是1972年联合国教科文组织倡议保护人类文化遗产的初衷。

旅游小知识

签证：

前往越南需要到越南驻中国各地领事馆办理签证手续，具体可到越南驻中国使领馆了解详情。

旅游季节：

越南属于热带气候，全年气温偏高，冬天去比较舒服。

语言：

2009年去的时候，会说英语的人太少了，会法语的相对多一些，

---

[1] Doanh, N. V. 2008, *My Son Relics*, Ha Noi: The G101 Publishers.

故懂一点法语会有帮助。

交通和食宿：

2009年时，美山当地并没有旅社，需要住在附近的会安，再乘车前往美山。住宿可以由旅行社代订。会安是一个非常安静的小城，也是一个世界文化遗产地，可以在那里逗留两三天，一天游览美山，一天游览会安。

饮食：

越南的食物品种多样，既有多种作料的米粉、越南春卷等，也有深受法国饮食文化影响的大菜。越南中部的食品价格并不贵，可好好享受当地的美食。

风俗习惯：

越南的城市差别很大。首都河内有点像中国20世纪八九十年代的城市，胡志明市（西贡）则非常西化。美山所在的越南中部西化的程度有限，感觉民风比较淳朴，但语言是个很大的障碍。

苍茫吴哥

吴哥（Angkor），来自梵语"nagara"，意为"城市"或"首都"[1]。整个吴哥遗址区的面积有四百多平方公里，坐落在柬埔寨王国暹粒省暹粒市的北部，位于湄公河下游洞里萨湖（Tonle Sap，"大湖"之意）北部一大片开阔的平地上，是东南亚大陆最重要的文化遗产之一。

东南亚大陆早在远古时期就有人类居住，不同历史时期又先后接受了不同外来文化的影响。印度的宗教和文化在距今 2000 年左右开始传入东南亚，之后又有伊斯兰教和基督教传入。但东南亚大陆的居民并非完全被动接受外来文化的影响。他们在吸收外来文化的同时，将其与自己的文化融合，逐渐形成了一种外来与本土结合的丰富多彩的文化。吴哥正是见证了佛教如何与当地文化融合，并发展成为具有本地特色的古代文化。

很多人将吴哥称为考古遗址，我觉得应该称之为文化景区。吴

---

[1] ICOMOS 1992, "Evaluation Report", http://whc.unesco.org/archive/advisory_body_evaluation/668.pdf .

正在修缮的吴哥主要建筑群。摄于 2005 年 6 月

哥不仅是一大片曾经被废弃后来又被修复、供游人观赏的皇家陵墓、殿堂和庙宇,其实也是东南亚数千年来一个重要的聚居地。这里地势平坦,土壤肥沃,水资源丰富,气候温暖潮湿,非常适宜种植水稻;洞里萨湖有支流连通湄公河,便于贸易。就地理位置而言,吴哥扼守着湄公河下游和东南亚南端,经济、战略地位十分重要。

  根据考古研究,自从新石器时代以来,这个地区就有人类居住,是东南亚大陆最早的人类居住地之一。据中国史籍记载,从 2 世纪开始,这个地方曾经出现过不同的小王国。中国史书把当地 2—6 世纪间的王国称为"扶南",6—8 世纪的国家称为"真腊"。9 世纪初,高棉王国的国王阇耶跋摩二世(Jayavarman Ⅱ)在今柬埔寨中部奠定了王国的基础。[1] 根据当地的碑文和考古学发现，吴哥适宜农业、渔业和贸易，而这一直是古高棉王国的主要经济活动。高棉的国王依靠宗教的力量来凝聚臣民，建构和强化他们对国家的向心力；而吴哥的印度教庙宇往往掌握着大量的土地和其他财富，并且通过对土地的管理来控制人民。高棉王国的庙宇是宗教、政治和经济中心，地方家族和国王各有自己的庙宇，不同等级的庙宇构成社会政治和经济权力等级的基础。[2]

802—1431 年，高棉王国是东南亚大陆南部最强大的国家，而吴哥应当是其政治、经济和宗教中心之一。苏利耶跋摩二世（Suryavarman Ⅱ，1113—1150 年在位）和阇耶跋摩七世（Jayavarman Ⅶ，1181—1218 年在位）统治时期，高棉帝国处于巅峰，军队东征西讨，领土包括现代的老挝、泰国、越南、缅甸和马来西亚的一部分，覆盖了东南亚大陆的大部分地区。后来，由于战争、水稻灌溉系统的逐渐失修以及邻近的泰人兴起，高棉帝国渐渐走向衰落。1431 年吴哥被泰人所占领，高棉国王逃到南部地区。此后，高棉国王将政治中心转到东南部，即现代的金边一带，因为那里更便于和中国进行贸易。[3]

吴哥巨大的宫殿、神庙和帝王陵墓因此荒废了，很多建筑被热带雨林覆盖和侵蚀，巨大的树根甚至长在建筑上。但是，作为一个人类聚居地，吴哥地区一直有村落，而且众多庙宇也一直是当地社区生活和宗教信仰的一部分。2005 年 6 月的清晨，我仍然见到当地居民

---

[1] ICOMOS 1992, "Evaluation Report", http://whc.unesco.org/archive/advisory_body_evaluation/668.pdf.

[2][3] Tarling, N. (1992) ed. *The Cambridge History of Southeast Asia*. Cambridge, New York: Cambridge University Press.

吴哥遗址的大树根对遗址的结构造成破坏

敏捷地攀到吴哥神庙的顶部,虔诚地膜拜他们的神灵。欧洲的学者承认,欧洲人"重新发现吴哥"的传说其实是欧洲中心主义建构出来的神话。当然,从16世纪末以来,欧洲一些探险家和传教士对吴哥进行了报道,引起了外部世界对吴哥的关注。[1]

19世纪是西方列强向海外殖民的世纪,东南亚大陆也不能幸免。1863年,柬埔寨国王与法国签订协议,柬埔寨正式成为法国的被保护国,后来逐渐成为法国的殖民地。在法国殖民政府的支持下,吴哥地区考古工作正式开展,对考古遗迹进行报道、记录和修复。从1907年开始,法国远东学院负责吴哥的管理,并进行了小规模的修缮。一方面,这些工作对维护吴哥遗址具有技术上的积极作用;另一

---

[1] Freeman, M. and C. Jacques 2005, *Ancient Angkor*, Thailand: River Books Guides.

方面,正如人类学家安德森指出的,殖民政府对吴哥和东南亚其他古代遗址的调查、记录和修复等工作,是其殖民统治手段的一部分。这些工作可以向百姓证明殖民政府的政绩和能力,借此确立其殖民统治的合理性。修复后恢宏巍峨、气势逼人的古代历史建筑,与低矮破旧的现代柬埔寨乡村茅屋形成的巨大反差,向当地百姓传递这样的信息:"你们已经衰落了,无法承袭祖先的辉煌了。所以,还是让我们来管理你们吧。"[1]

1953年,柬埔寨宣布独立,但是不久就经历了各种内外战乱。1972年以后,因为动乱,吴哥的维修工程基本停止,小部分结构还受到了战争的破坏。1979年,国内外战争虽然基本停止,但连年战争,专业人员和资源匮乏,因此政府向联合国教科文组织请求国际社会援助吴哥的修复和管理。[2] 从1989年开始,吴哥得到世界遗产基金的赞助,新一轮的清理和修复工作展开,参加工作的学者来自波兰、英国等。到目前为止,已经有英国、法国、德国、匈牙利、瑞典、日本、中国等多个国家直接参与或资助了吴哥的维修和管理。中国政府派出的工作队负责修复其中的周萨神庙。1992年,吴哥被联合国教科文组织列入世界文化遗产和濒危文化遗产。经过多个国家的共同努力,2004年,联合国教科文组织终于将吴哥从"濒危"世界文化遗产名单中删除。[3]

作为柬埔寨两个世界文化遗产之一,吴哥每年吸引来自世界各国大量的游客和学者。吴哥文化景观区包含了附近的洞里萨湖,以及7—9世纪不同时期、风格独特的古代高棉建筑。这些建筑不仅是

---

[1] Anderson, B. 2006 *Imaged Communities*, London and New York: Verso.

[2][3] Freeman, M. and C. Jacques 2005, *Ancient Angkor*, Thailand: River Books Guides.

圣剑寺的巨型石雕佛像

古高棉帝国统治阶级礼敬诸神的殿堂,而且是统治阶级成员之间争权夸富、展示经济和政治实力的作品。高棉帝国以印度佛教为尊,作为帝国政治、宗教中心的吴哥,集中展示了当时最高水平的建筑工艺、审美和技术,因此成为东南亚佛教文化艺术的伟大殿堂。其中,建于1129年的圣剑寺(Preah Khan)门口的两排石雕人像,让人想起埃及卢克索神庙的布局。这里随处可见的大象,是佛教的符号之一,因为大象是印度神话中神的坐骑;翩翩起舞的雕塑,是印度佛教中伟大的湿婆神在跳毁灭和再生之舞,在舞蹈中生出多种形象,并且由舞姿中生出宇宙变化和消亡的力量。[1] 而随处可见的建筑装饰,其精雕细琢更使人叹为观止。

---

[1] Freeman, M. and C. Jacques 2005, *Ancient Angkor*, Thailand: River Books Guides.

建筑表面的精细浮雕

经过一百多年无数人的努力,吴哥又重新展现在世人面前。现代人来到广袤的吴哥文化景区,凝望在郁郁葱葱的参天巨木中错落蜿蜒的吴哥废墟上千姿百态的雕塑、风格多样的建筑,感受其壮丽、精细和深沉,同时也感受历史的苍茫和文化的厚重。历史学家感叹高棉王国曾经的辉煌,建筑学家欣赏建筑工艺、技术和装饰,宗教学家寻找印度教和佛教的符号和意义,人类学家在此看到的是作为国家的工具,宗教殖民政治和权力的合法化、现代国家之间政治和经济力量的对比和角力;从事文化遗产研究的学者,关心的是如何建立一个可持续的管理计划,不仅要保育吴哥,而且要妥善管理吴哥地区的水、土地和动植物资源,同时还要照顾到当地社区现代的生活需求。

苍凉、深邃而恢宏大气的吴哥,精雕细琢的吴哥,历尽磨难的吴哥，见证了人类数千年在这片土地上的生息繁衍，见证了古代高棉帝国的繁盛和消亡，也见证了现代柬埔寨国家殖民、独立的历史、战争和内乱的纷争，还有，最终的和平，以及世界各国共同维护这一人类艺术和创意结晶的努力。吴哥不仅属于柬埔寨，属于东南亚，更属于爱好和平的世界人民。

旅游小知识

签证：

中国居民前往柬埔寨需要申请签证。可浏览柬埔寨驻中国使领馆的网页获得具体信息。

气候：

柬埔寨属于热带气候，夏天比较闷热，春、秋两季较为舒适。

交通：

吴哥附近的暹粒市有国际机场。从柬埔寨首都金边可直飞暹粒。机场离市区不远，坐出租车可抵达。整个吴哥遗址非常大，因此最好租一辆由当地司机驾驶的吉普车或越野车，由司机兼任导游，至少花两三天的时间慢慢看。这也是和当地人聊天的好机会。

住宿：

建议事先预订旅馆，可以在互联网上预订，当然要选择较可靠的网页。

货币和语言：

暹粒市非常"旅游化"，2005年我到当地时，美元已经是通用的货币。旅馆和餐饮行业的从业人员也大多会说英语，所以自由行完全没有问题。

复活节岛的故事

飞机在空中盘旋下降。蓝天白云下面就是三角形的小岛,如同一扇巨大的绿色贝壳,漂浮在波光粼粼、一望无际的南太平洋之中。这就是荷兰探险家雅各布·罗格文(Jacob Roggeveen)于1722年复活节抵达的复活节岛(Easter Island)。[1] 当地人称之为拉帕努伊岛(Rapa Nui),即"伟大的岛屿"。

十七、十八世纪的西方探险家常常宣布他们"发现"了这个岛屿、那个遗址,实际上往往是误导世人,严格地说是殖民主义者争夺文化话语权的一种表现。波利尼西亚人早在400年前后就已经航海到此,他们的后裔一直居住在这个岛上。因此,他们才是真正的发现者。为了表示对他们的尊重,本文沿用当地人的称呼,称该岛为"拉帕努伊岛"。

拉帕努伊岛的面积大约163平方公里,四面环海,无论从岛上的哪个方向向外望,目之所及的海面上看不到陆地或其他岛屿,真正是天苍苍、海茫茫。距离拉帕努伊岛最近的人类聚居地点是皮特凯恩岛

---

[1] Garcia, M. et al. 2005, *Rapa Niu*, Santiago, Chile: Editorial Kactus.

岛上的巨石像大部分是倒卧的。摄于 2007 年 5 月

(Pitcairn Island),也在两千多公里之外。因此,拉帕努伊岛可以说是世界上最与世隔绝的岛屿之一,岛上的动植物系统也具有相当的独特性。在这片独特的地理区域,曾经存在过独特的波利尼西亚古代文化。

今天的拉帕努伊岛是智利领土,但距智利本土的直线距离也有大约 3500 公里。岛上现代的居民都集中住在岛的西部,其他地方基本无人居住。当地人告诉我,岛上现在住有大约 4000 人,绝大部分人自称是波利尼西亚人(尽管他们实际上含有智利和其他地区人的血统),主要靠旅游业为生。

到拉帕努伊岛的游客,有些是为了度假,更多人是为了参观岛上著名的大石像。当地导游带我看了倒卧在海边的大石像,告诉我其实当荷兰人来到这里的时候,岛上所有的大石像就都是倒卧的。我非常惊讶,因为之前见过的拉帕努伊岛明信片或照片,都是矗立的石像!

导游一边带我参观岛上其他地点的大石像、开凿石像的矿脉,以及中部的火山口湖,一边叙说这个海岛的故事。他说,根据地质学家的研究,拉帕努伊岛是由三座火山喷发后形成的岛屿。这三座火山分布于岛的中部、西部和南部,形成三个山峰。岛上一共有三个淡水湖,中部至今还有一个巨大的火山口湖。他又说,根据考古学家的研究,拉帕努伊和夏威夷、大溪地、新西兰等岛屿,在古代都是属于波利尼西亚文化区。部分学者认为拉帕努伊岛最早的居民是波利尼西亚人,300—400 年从 3700 多公里外的马克萨斯群岛(Marquesas Islands)移民到此。其他的学者认为他们或来自印度,或来自美洲。

不管从哪里来,这些一千多年前的航海家从原地出发的时候,如何知道在一望无际的太平洋远方某处有个岛屿可供他们安居?或者,他们只是出海探险?是什么原因驱使他们如此勇敢地奔向未知的、安危莫测的大海?他们驾的是什么船只,使用的是什么航海技术,如何在大海中辨别方向?如此长途的航海,又如何储存食物和淡水?我们不能不叹服古人的智慧、勇气和探险精神。

岛上的巨石像,当地人称为"摩埃"(Moai)。这九百多个巨石像沿着海岸线分布,几乎遍布全岛。石像全部用岛上拉努拉拉库(Ranu Raraku)火山的深色凝灰岩为原料,人工凿成,高 1—20 米,最重的达 11 吨。[1] 现在在山上还可见到尚未凿成和已经凿成却尚未运到山下的石像。联合国教科文组织认为这些巨石像代表了一个消失的文明,是人类历史上一个非常重要的文化现象,因此在 1995 年将之列为世界文化遗产,用的也是当地的称呼"拉帕努伊"[2]。

---

[1] Garcia, M, et al. 2005, *Rapa Niu*, Santiago, Chile: Editorial Kactus.
[2] UNESCO 1995, "Rapa Nui National Park", http://whc.unesco.org/en/list/715.

欧洲人"发现"这个岛之后，向世界报道和宣传岛上矗立的巨石像，引发了世人种种猜想：是谁建造了这些大石像？是现代岛上居民的祖先吗？它们是如何被建造和运送到岸边的？它们代表了什么？有什么用？甚至有人问，它们是人类的产品，还是外星人的杰作？如果是人类所为，那么，创造和竖立这些巨石像的人类文明，后来如何发展？

现在岛上只有两个地点的巨石像是矗立的，但那是由现代考古学家重新竖立起来的。在其中一个地点阿胡汤加里基（Ahu Tongariki）竖着一块牌子，写明这个复修计划是由日本政府的资金赞助，1992—1996年完成。那么，为什么那么多的巨石像之前都是倒卧的？它们是被自然力量推倒，还是因为人类的行为所致？如果是后者，当初是谁、为什么要竖立这些石像，后来又是谁、为什么要推倒它们？

根据考古学家和人类学家的研究，这些倒卧的巨石像背后，是一个古代人类滥用自然资源、最终导致自身文化湮灭的故事。最近20年，考古学家在该岛持续进行考古发掘、古环境研究、人类活动分析。[1]最后他们得出的结论是，当最早的人类移民来到拉帕努伊时，岛上有丰富的动物、植物资源，包括高大的棕榈科树木、体形巨大的海鸟，还有海中大量的鱼类和海产。在优越的自然环境中，来到岛上的居民定居下来，砍倒森林，发展农业，乘独木舟出海捕鱼，还猎食岛上的巨型海鸟，生活过得不错，人口逐渐增加。增多的人口分属12个大小不同的氏族，各有头领，各有领地。随后他们开凿巨石像，每一个石像都是一个氏族头领的象征。凿好的石像还要运到海岸边竖立起来并且"开眼"，即凿出眼睛。巨石像的大

---

[1] 详细资料可见 www.eisp.org。

阿胡汤加里基重新竖立的巨石像

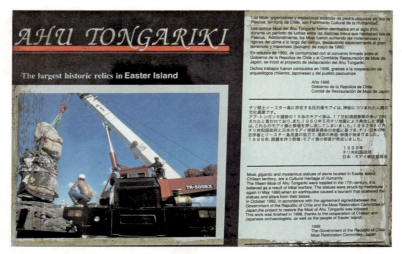

阿胡汤加里基地点的牌子,说明由日本的修复巨石像委员会出资赞助该计划

小,展现各氏族的实力。[1]

可惜好景不长。丰富的食物供应导致人口迅速增加。16—17世纪时,岛上的人口估计已达1.2万—1.5万人。更多的土地被开垦,森林迅速消失,不仅是因为开荒,还因为需要用滚木的方法将石像从山上运到海边。森林消失导致海鸟失去了它们的栖息地,加上人类大规模的捕食活动,海鸟最终灭绝,而人类由此缺少了一种重要的食物。没有了树木,无法制作船只,岛上的居民不仅无法出海捕鱼,更严重的是再也无法航海迁徙到其他岛屿上。最后,数量可观的族群被困在孤岛上,面临土地贫瘠、食物匮乏的生存问题,氏族之间开始爆发争夺土地和其他资源的冲突,而巨石像就在冲突中被推倒。族群

---

[1] A. Farina 1998, *Principles and Methods in Landscape Ecology*. London: Chapman and Hall.

冲突加上饥荒，令岛上的人口在大约17世纪的时候开始减少。后来，殖民者带来的疾病和奴隶买卖又进一步导致岛上人口的下降。[1]

拉帕努伊岛的故事应该引起现代人的反思。我们今天的地球是否是一个扩大版的拉帕努伊？地球上的资源是有限的，而人口的增加是无限的。我们的生活方式是否应该改变？我们需要频繁更换电器、服装、家具和汽车吗？我们还能够狂吃狂喝，然后再消耗资源去减肥吗？如果按照我们现存的消费模式生活下去，拉帕努伊的故事是否有一天会在全球范围内重演？那些凝视着茫茫太平洋的石像，那些仿佛有生命的石像，难道不是给现代人无声而最有力的警示？

拉帕努伊岛上的石像展示了距今约1600多年前曾经繁盛一时的太平洋古代文化。除此之外，岛上的动植物也具有其独特性，因此今天的拉帕努伊岛是智利国家公园，不仅石像，岛上的动植物和自然景观也属于需要保护的内容。天苍苍、海茫茫的拉帕努伊岛、岛上的动植物系统和巨大的石像，共同构成了一个独特的文化景观，见证了一千多年前人类远航出海、一个岛屿接一个岛屿地迁徙、将人类的居住地域从陆地扩展到海岛的文化变迁；而拉帕努伊岛古文化的衰落更是值得现代人类警惕和反思的现象。

旅游小知识

签证：

中国公民进入智利需要申请签证，详情请浏览智利驻中国大使

---

[1] A. Farina 1998, *Principles and Methods in Landscape Ecology*. London: Chapman and Hall.

馆网页。

交通：

拉帕努伊岛位于从智利首都飞往新西兰的航线上，因此前往该岛可从新西兰或智利搭乘飞机。如果从智利首都圣地亚哥起飞，要5个多小时才能到达。飞机在这里留下一批乘客，又接载一些乘客，然后飞向新西兰。机场不大，出口处就有不少民宿、酒店的接待柜台，招徕游客住宿。

住宿和饮食：

岛上住宿以民宿为多，2007年时每晚收费在六七十美元，不包括小费。注意要在入住的时候讲好价钱，以避免结账时发生争执。有些民宿老板在结账的时候要客人加小费，所以最好在开始的时候就问清楚价钱是否包括小费。

拉帕努伊岛居民虽然以旅游为主要经济来源，不过在2007年尚未高度"商业化"，岛上没有现代高楼大厦，麦当劳等连锁店也尚未"入侵"。但因为除了海产之外，岛上几乎所有物品都是从智利本土运来的，所以物价相对较高。岛上有特色的是一种叫作"Curanto"的烹饪，基本做法是在地上挖个洞，洞底铺上预先烧红的石头，然后放上海产、肉类、土豆等，上面再铺上树叶或其他植物叶子，然后压上土、草捆等重物，过一个小时以后，食物即可食用。

参观：

因为石像数量多、分布广，最好租一辆由当地人驾驶的越野车来观赏，最少看一个整天，所以头尾至少需要停留三天。租车可托民宿主人介绍，可以尝试砍价。2007年的时候，包车和司机一天的价钱是150美元。带我游览的司机兼导游非常专业，拥有考古学的学士学位，知识丰富，不是背书式的讲解。不论是岛上的石像制作还是遗址现在的保育管理问题，他都是有问必答。

语言：

岛上居民说他们的母语是波利尼西亚语，但因为以旅游经济为主，很多人都会讲英语。

克里特岛

坐落在希腊东南部的克里特岛（Crete Island），是希腊最大的岛屿。尽管尚未列入联合国教科文组织的世界文化遗产名录，却是世界古代文明的起源地之一。这个岛屿是米诺斯文明（The Minoans）的发祥地，岛上目前开放给公众参观的三个古代宫殿建筑群：克诺索斯（Knossós）、费斯托斯（Phaestus）和马利亚（Malia），都是米诺斯文明重要的文化遗产。米诺斯文明是欧洲最古老的文明，也是世界最古老的文明之一，年代为距今4600多年到3000多年。[1]

从空中俯视克里特岛，其平面大致为南北短、东西宽的长方形。全岛面积为8000多平方公里，首府是伊拉克利翁（Heraklion，或Iraklion）。岛上的地貌以山地为主，也有峡谷、平原与河流，多样的地貌和水资源为人类的生存和发展提供了基本条件。根据考古学研究，克里特岛早在公元前6000年左右就开始有人类居住，最

---

[1] Loguadiu, S. 2005(?), *Knossos*, Athens: Mathiqoulakis & Co.

克诺索斯考古遗址。摄于 2005 年 8 月

早的居民可能来自小亚细亚地区。这些史前居民已经学会耕种谷物和驯养家畜,并用石头建筑房屋。到了公元前 2600 年左右,新的群体来到克里特岛,岛上开始出现青铜器,进入了"青铜时代",但这时候还未出现宫殿等大型建筑,被称为"前宫殿时期"。最早的宫殿建筑出现于公元前 1900—前 1700 年,一直延续到公元前 1300 年左右。考古学家已经在克里特岛上发现了四座宫殿群,分别是克诺索斯、费斯托斯、马利亚和扎克洛斯(Zakros),也许还有更多宫殿群。[1]

米诺斯文明的经济基础是农业、家畜驯养和海上商贸活动,后者得益于克里特岛得天独厚的地理位置。从坐落在地中海东部中心的

---

[1] Loguadiu, S. 2005(?), *Knossos*, Athens: Mathiqoulakis & Co.

克里特岛航海出发，北可到达希腊和土耳其，东可抵达西亚的两河流域，往南可到埃及和北非。米诺斯文明的手工艺技术也相当发达。考古学家在岛上发现了手工业作坊，其产品有青铜器的工具、武器和装饰品，各种形态、功能、大小不一的彩绘或素面陶器，有些甚至用彩绘和立体雕塑来装饰；还有水晶、象牙等贵重器皿，以及用黄金、水晶、象牙等贵重材料制成的装饰品及人物雕像。[1] 这些出土文物都陈列在伊拉克利翁的考古博物馆内。

据研究，米诺斯的居民可能属于不同的族群、不同的氏族。当地的政治制度可能是一种"城邦国家"，即每个城市都是一个政治实体，各有一个国王。也有一种推论认为，米诺斯的政治制度具有某些中央集权的性质，在传说中的"米诺斯"国王统治之下有若干相对独立的小王国，岛上的每个宫殿群都是一个小王国的政治中心。米诺斯的国王也兼任大祭司。[2]

米诺斯文明已经出现了文字。在费斯托斯宫殿出土的一件圆形碟状文物上刻满了文字符号，但到现在为止学术界尚未能够释读该文字。[3] 因此，对于米诺斯文明的了解，目前主要是依靠考古学的发掘和研究。

米诺斯文明在公元前1000年之后逐渐衰落，学术界对其原因仍有不同的意见。居住在克里特岛上的现代居民在他们的日常生活中一直能发现古代文物。从19世纪后期开始就有人在克里特岛上进行考古发掘。持续的大规模考古发掘始于20世纪初，最早是由英国牛津大学阿斯莫林博物馆（Ashmolean Museum）的阿瑟·埃文斯博士主持。埃文斯在这里主持发掘和研究30年，并根据传说中的克里特

---

[1]–[3]　Loguadiu, S. 2005(?), *Knossos*, Athens: Mathiqoulakis & Co.

宫殿南部经过修复的"大祭司宅"

岛米诺斯（Minos）国王的名字，将所发现的考古遗迹和文物命名为"米诺斯文明"。与此同时，埃文斯还主持了对克诺索斯宫殿遗迹的修复和重建。今天我们见到的不少建筑结构和装饰，其实都是修复和重建的结果。尽管当代文物保育领域的学者对于埃文斯的修复方法、技术和材料的运用有不同的意见，例如当时使用了现代水泥这种和传统石、木建筑不兼容的材料，未必有利于出土遗迹的长久保存；[1] 但无论如何，埃文斯在发现和研究米诺斯文明方面的贡献是不容忽略的。为了纪念他，在克诺索斯立起了埃文斯的雕像。

　　米诺斯文明的宫殿建筑已经具有作为国家中心的各种基本功能，包括了用于进行管治的宫廷，用于祭祀的神殿，还有用于居住的生活

---

[1] Loguadiu, S. 2005(?), *Knossos*, Athens: Mathiqoulakis & Co.

绘画复制品"蓝色女士图"。出土物原件陈列在伊拉克利翁考古博物馆

宫殿墙上经过修复、重绘的海豚装饰。出土文物陈列在伊拉克利翁考古博物馆

空间。以规模最大的克诺索斯宫殿为例,宫殿群依山而建,在西侧有坡道通向整个建筑群。宫殿的主要建筑群平面大体为正方形,方向大致为南北向,稍微偏向东北—西南。建筑群的中心是中央宫殿(Central Court),将整个建筑群分为东西两部分:西面是宗教活动场所和处理国事的殿堂,东面是国王的生活空间和王室工作坊。[1]

米诺斯的宫殿沿袭了早期建筑的传统,以石头和木材为主要建筑原料。宫殿内部的装修以彩绘为主,通常是用灰泥抹平墙壁,再在上面绘画。这些彩画的内容比较丰富,有表现斗牛的,有表现仕女的,也有描述神话中的圣兽"格里芬"(Griffins)的。这种鹫头狮身圣兽的传说不仅出现于古希腊神话中,也流传于中亚草原和其他地区,据说它能够守护财富。在宫殿墙上还发现有海豚作为室内彩绘的图案。[2]

除了克诺索斯宫殿之外,费斯托斯和马利亚是另外两个大规模的宫殿建筑遗迹。据说,这三处宫殿所在的三个城镇都是由米诺斯国王所建立的。费斯托斯宫殿群的平面是个不规整的长方形,面积约8400平方米,大致是南北向。宫殿群的中心同样有一个大规模的"中央宫殿",周围环绕着较小的宫殿建筑、祭坛、通道、国王及其家庭的住宅等,共有超过一百个大小房间,分别建于不同的年代,包括被地震及其他灾害破坏后重建的房屋。费斯托斯宫殿的西区主要用于宗教活动,祭祀的主要对象是一位女神,[3] 由此可见宗教信仰在米诺斯文明中的重要性。

考古学家在费斯托斯发现了大量珍贵的出土文物,其精华多在

---

[1][2] Loguadiu, S. 2005(?), *Knossos*, Athens: Mathiqoulakis & Co.
[3] Davaras, C. 2005(?), *Phaistos*, Athens: Hannibal Publishing House.

伊拉克利翁考古博物馆陈列，包括用彩绘和立体花朵装饰得极其精美的高脚大陶杯、布满米诺斯文字的圆形陶器，以及各种用青铜、水晶或其他材料制作的器物。费斯托斯宫殿的布局、建筑材料和装饰手法等，与克诺索斯颇为相似。

与前两个宫殿群相比，马利亚的规模是最小的，面积大约7500平方米，坐落于距伊拉克利翁东面约34公里的一个小平原上，靠近海边，有利于航海活动。马利亚最早的宫殿建于公元前1900年左右，公元前1700年被毁，之后又重建，最后于公元前1450年毁于大火。马利亚宫殿群的平面布局与克诺索斯和费斯托斯相似，且较为简单，同样有"中央宫殿"和周围环绕的各类建筑，还有宽大的台阶通道。在马利亚也发现了巨大的陶罐（pithos），这类陶罐广泛见于古代地中海地区，一般认为是用作储存液体和粮食的。[1]

米诺斯文明的产生和繁荣与克里特岛独特的地理位置和自然资源可谓密切相关。克里特岛位于亚、非、欧三大洲多种文化交汇互动的中心，米诺斯文明的产生和繁荣是三大洲古代人类群体和文化交往的结果，也是古代人类善用自然地理资源的结晶。米诺斯之后是迈锡尼（Mycenae）和希腊文明，因此米诺斯文明可以说是欧洲文明之源头。今天，克里特岛上这些古老的文明遗迹，与该岛的天然地貌和海岸线，共同构成独特的文化景区，展示了青铜时代海洋岛屿生态环境中人类文化的发展和演变。

米诺斯文明当时的影响不仅限于欧洲，而且远至埃及，因为公元前16世纪埃及法老雅赫摩斯一世（Ahmose I）的宫殿里面发现了米诺斯的壁画，内容是一位女性牵引一只动物走向祭坛。雅赫摩斯一

---

[1] Davaras, C. 2005(?) *Palace of Malia*, Athens: Hannibal Publishing House.

马利亚出土的巨大陶罐

世是埃及第 18 王朝的创建者,他选择米诺斯壁画来装饰他的新宫殿,可见米诺斯文明在尼罗河流域具有一定的影响力。[1]

最后值得一提的是,目前游客在克诺索斯宫殿看到的绘画、建筑结构等,都是经过现代的修复甚至重建,并非考古学家发现时的面貌。事实上,克里特岛是一个火山和地震活动频繁的地区,也曾经历过多次战火。[2] 可以说,距今两三千年的建筑要完好保留到今天的可能性是极低的,考古发掘通常见到的都是断壁残垣。如何使这些古代文明留下的碎片能够被现代观众所认识,也是现代考古学研究、文化遗产保育和公众教育所面临的课题之一。完全没有修复和重建,一般参观者见到的都是残缺不全的墙基、柱础之类,难以据此想象古代建筑的面貌。若通过修复和重建复原古代宫殿和其他建筑的原貌,固然

---

[1][2] Heraklion Archaeological Museum, 2005(?), "The Minoan Wall Painting at Tel el Daba, Egypt", museum caption.

容易帮助参观者认识古代文明的建筑工艺、风格、功能和相关的政治、经济和社会制度，但这种修复和重建，在多大程度上是古代建筑忠实的"复原"，在多大程度上是现代学者的解读和重构，分寸仍然不容易把握。克诺索斯宫殿正是这一课题的实例，带出现代人对如何保育、管理和维修古代建筑的思考。

旅游小知识

签证：

希腊是欧洲申根公约缔约国，持有申根签证可以直接前往。当然，如果只是去希腊，就要到希腊驻中国大使馆申请入境签证。

旅游季节：

希腊位于南欧，七八月的时候气温可达40℃。海边地区好一些，因为有海风；但在内陆还是会感到酷热。如果时间许可，应避开七八月出游。

语言：

希腊语无论是字母还是发音都独具一格。克里特岛街上会说英语的人不多，但旅游是克里特岛重要的经济支柱之一，所以酒店、旅游中心、博物馆和考古遗址的职员，甚至公共汽车司机都可说一些英语。依靠地图、英语加一点身体语言，在克里特岛自由行还是没有问题的。

交通和住宿：

从希腊首都雅典可乘飞机到伊拉克利翁，当地有各种酒店可供住宿。三大宫殿群离伊拉克利翁都有点距离，以克诺索斯最近，马利亚最远，但从伊拉克利翁有公共汽车直接抵达，可到当地旅游中心获取汽车路线和时间表。

参观：

建议先参观伊拉克利翁考古学博物馆，对米诺斯文明的年代和内容有个初步认识，并可欣赏精美的米诺斯文物，然后再去参观三个宫殿群。参观时仍需要导览服务来认识各宫殿的建筑特色、功能等。看完博物馆和三个宫殿最少需要两天的时间，其中到马利亚如果乘坐公共汽车的话，来回连参观就要大半天。如果还想参观城区和享受岛上的海滩，那需要停留更多时间。各景点的最新开放时间等资料也可在当地的旅游中心取得。

美食：

从米诺斯时代，农、牧、渔业就是克里特岛的经济基础之一。岛上现在仍盛产海产、土豆、水果（包括酿酒的葡萄）、橄榄等，而山地农民则从事畜牧业，主要养山羊和绵羊。岛上的食材很多来自当地，制成各种沙拉、面包、比萨、鱼肉类主菜、甜品、奶酪、酒等，游客可按照个人口味喜好品尝，甚至可参加当地的"农业旅游团"，观看传统农业和酿酒的过程。

马耳他群岛

马耳他群岛位于地中海中心，西北距意大利西西里岛只有90公里，向西、向南可到非洲海岸，向东可到希腊和克里特岛。该群岛主要由马耳他和戈佐（Gozo）两个大岛以及若干小岛组成，其中有人居住的是马耳他、戈佐和科米诺（Comino）三个岛，其余均为无人岛。岛上现在的居民有阿拉伯人、欧洲人、非洲人以及各族群之间通婚的后代，人口约40万人。[1] 马耳他共和国属于欧洲国家，首都瓦莱塔（Valletta）位于最大岛屿马耳他岛的东北岸。戈佐岛和科米诺岛均位于马耳他岛的东北，三个岛大致形成一个"品"字形。

由于其独特的地理位置，从古到今，马耳他都是欧洲、亚洲和非洲地区人类文化交流的桥梁。这里曾经是古代腓尼基人（Phoenician）活动的地方，后来，希腊人、罗马人、拜占庭人、阿拉伯人、天主教圣约翰骑士团、法国人和英国人又先后统治过马耳他。因此，马耳他虽然面积不大，但岛上可找到不同文明的丰富历史文化遗产。首都瓦莱塔数百年历史的老城区保留得相当完整，而且继续在

---

[1] Bonechi, M. et al. 2011, *Malta, Gozo and Comino*, Malta: Plurigraf.

马耳他群岛历史文化景区。摄于2011年5月

使用,并没有成为纯粹的商业旅游区。马耳他有三个世界文化遗产,分别是瓦莱塔历史城区、属于新石器时代的地下建筑和地面的巨石遗迹。整个马耳他就是一个巨大的历史文化景区,随处可见炮台、教堂、历史建筑和传统街区。

  瓦莱塔历史城区位于瓦莱塔城的东部,平面虽然不规则,古城内的街道布局却基本上是棋盘式。古城周围有高耸的城墙围绕,还有很深的护城壕沟。这座古城从1566年开始由圣约翰骑士团指派意大利工程师修建,城市规划、设计、建筑和防御设施等均深受意大利文艺复兴晚期城市规划的影响。1798年,圣约翰骑士团放弃该城

马耳他首都瓦莱塔的古老城墙和护城壕

之后,瓦莱塔古城区没有经过大的改动,基本布局和结构保存相当完好。城内今天仍可看到许多16—18世纪的历史建筑,包括建于16世纪的圣约翰大教堂、"大团长"宫殿、圣约翰骑士团西班牙和葡萄牙分团的团部(Auberge de Castille)[1]等。在瓦莱塔55公顷面积的历史城区内一共有320项古迹和历史建筑,密度在世界范围内也属罕见。瓦莱塔古城是一座在海岛上设计建造而保存相当完好的意大利文艺复兴晚期风格的城市,又是曾盛极一时的欧洲圣约翰骑士团军事和宗教政治历史的见证,具有独特的历史、审美和科学价值,因此联合国教科文组织于1980年将瓦莱塔古城列入世界文化遗

---

[1] "Auberge"是法语,一般翻译为"酒店、旅馆";但是圣约翰骑士团在马耳他建的很多"auberge"用作其下属分团的办公用地和团员居所,似乎应当称为"分团部"。

正在维修的"大团长"宫殿

产名录。[1]

  1530—1798年,马耳他被属于天主教的耶路撒冷圣约翰骑士团统治了二百多年,因此,马耳他的历史成为欧洲骑士团历史的重要部分。骑士团是始于中世纪的宗教军事组织,原则上只听命于教皇。圣约翰骑士团是欧洲最著名的三大骑士团之一,1048年始建于耶路撒冷,起初是一个在当地修建医院、教堂和修道院,为信众和朝圣者服务的宗教慈善修会;从12世纪起,逐渐发展为拥有武装力量、独立于国家之外的骑士团(the Knights of the Order of St. John),不仅保障其财产和利益,而且在欧洲和地中海地区开疆拓土,抵抗穆斯林的政

---

[1] UNESCO 1980, "City of Valletta", http://whc.unesco.org/en/list/131.

治、军事和宗教势力，扩展天主教影响力，建立属于骑士团的领地。[1]

骑士团的首领称为"大团长"（Grand Master），其下有教士会议、法官、骑士等。马耳他圣约翰骑士团的标志是红底八角形的白色十字架，口号是"守卫信仰、援助苦难"。1310年圣约翰骑士团占据了罗德岛，1523年未能顶住阿拉伯苏丹苏莱曼一世20万军队的进攻，被迫撤出。1530年，骑士团获得教皇克雷芒七世及神圣罗马帝国皇帝查理五世的同意，占领了马耳他，并于1565年成功顶住了奥斯曼帝国的进攻，从此正式成为马耳他的统治者，开始修建瓦莱塔城，并以当时的骑士团大团长瓦莱提（Jean de la Vallette）的名字命名该城。此后圣约翰骑士团在地中海地区称霸一时，直到1798年拿破仑迫使他们投降并离开马耳他。今天，圣约翰骑士团的总部设在意大利罗马的马耳他宫，这是现在属于该骑士团的唯一领地。[2]

瓦莱塔古城是马耳他中世纪到近代的历史文化遗产，但马耳他岛的人类活动历史要古老得多。根据考古学研究，早在公元前5200年左右的新石器时代，马耳他岛上就有人类居住和活动。到了公元前3600多年，岛上出现了巨石建筑。这类建筑用经过雕琢的巨大天然岩石建成，有庙宇、祭坛等。距今4500年到3000年，马耳他进入青铜时代，岛上仍然有巨石建筑。公元前7世纪前后，马耳他属于腓尼基文化区；公元前4世纪前后受过北非迦太基文明的影响，公元前3世纪纳入罗马帝国版图，之后又受过阿拉伯文化的影响，然后才是圣约翰骑士团和法国人的统治。19世纪，马耳他成为英国殖民地，1964年独立。今天瓦莱塔的考古博物馆中陈列了不少出土文物，展现了马

---

[1][2] Order of Malta, 2008(?) "960 years of history", www.orderofmalta.int/history/639/history-order-of-malta/?lang=en.

耳他群岛从史前、希腊罗马、阿拉伯到近现代的社会文化变迁。

马耳他群岛上的另外两项世界文化遗产均属史前建筑，[1] 一项是位于瓦莱塔市区内的哈尔·萨夫列尼地下墓群（Hal Saflieni Hypogeum）；另外一项则是位于马耳他和戈佐岛上的七个巨石建筑群，戈佐岛上的两个建筑群属于青铜时代建筑，马耳他岛的三个建筑群姆那拉（Mnajdra）、哈扎伊姆（Hagar Qim）和塔西安（Tarxien）则始建于新石器时代晚期。考古学家一般认为这些大型建筑是用于宗教活动的，将其称为"庙群"。

哈尔·萨夫列尼地下墓群用巨石和珊瑚石灰石建成，年代在公元前 2500 年左右，属马耳他的青铜时代。这座地下墓群犹如蜂巢，大体上分为三层（实际上很难清晰区分），每层都包括了层层叠叠的圆形、椭圆形或近似方形的大小石室，以无数通道从平面和立体互相连接。1902 年，岛上居民建房子的时候无意中发现了这个巨大的"地下室"，经过考古发掘，在这里发现了超过 7000 具人骨，所以一般认为"地下室"早期可能有某种宗教功能，后来变成了一个巨大的地下墓群。这座巨大的复合"地下室"开凿在地下岩石中，墙壁凿得相当光滑，展示了高超的岩石加工技术；而当时的工具只是用燧石和其他岩石制成的石器！[2] 由此可想象当时开凿和建造这样一座巨大地下建筑所需要的人力和社会组织能力，也令人思考为什么要用这样浩大的人力来建造这座建筑。

马耳他群岛的巨石庙群中，对塔西安神庙（Tarxien Temples）的考古研究工作做得最多。神庙的发现和发掘均始于 20 世纪初期，经

---

[1] 在马耳他，青铜时代仍属于"史前"。
[2] UNESO 1980, "Hal Saflieni Hypogeum", http://whc.unesco.org/en/list/130/.

马耳他最精美的 16 世纪历史建筑之一：圣约翰骑士团西班牙分团部，18 世纪经过重建，现在是马耳他总理官邸

过考古学家多年来的持续工作，目前已经大致了解神庙的建筑年代和功能等。据研究，神庙始建于公元前 3600 年左右，比哈尔·萨夫列尼地下墓群还要早 1000 多年。此后不断有新的扩建，原来的建筑又经过多次改建和重修，形成今天见到的大型建筑群。[1]

神庙中心的主要建筑是三座互相连接的椭圆形建筑，较大的一座由三个椭圆形建筑连接在一起，平面看起来像一个葫芦；另外两座建筑平面为"8"字形。每个椭圆形建筑的中轴线顶端有类似祭坛的结构，中轴线的中间和底部有门道相通。建筑构件上有浮雕的旋涡形纹饰、船形纹饰、动物纹饰等装饰图案。类似的椭圆形建筑也见于神庙的东部。

---

[1] Pace, A. 2010, *The Tarxien Temples*, Malta: Heritage Books.

神庙的功能一直是考古学家关注的问题。在神庙群南部发现了一个巨大的女性雕像残部（摆在现场的是复制品）。而这个女性雕像是神像，还是一个社区领导者呢？此外，在神庙群的不同地点均发现了尺寸较小的石雕人头像，还有石器、陶器、动物骨头等；在神庙群的一间房子内有一个巨大的石盆，周围的墙上都是火烧的痕迹。所有这些发现又说明了什么呢？考古学家目前尚没有一致的意见，但倾向于认为塔西安神庙是史前时期马耳他岛上的政治、宗教和社会中心，人民聚集在此举行某些政治和宗教仪式。到了距今约4500年的青铜时代，神庙突然失去了原来的功能，考古学家在神庙建筑的废墟上发现了火葬墓地。为什么会出现这样突然的变化？是自然

塔西安神庙南部的残缺女神像（复制品）和浮雕纹饰

灾害还是人为入侵导致塔西安神庙所代表的当地文化突然消失？这也是尚未完全解决的问题。[1]

总之，马耳他群岛上的文化遗产向世人展示了从距今 7000 多年到近现代，来自不同大陆的不同群体、不同文化在一个海岛上交流、碰撞、融合、发展的历史。

旅游小知识

签证：

中国公民前往马耳他需要申请签证，具体信息可见马耳他驻华签证中心网页 http://mt.vfsglobal.cn/chinese/index.aspx。

季节：

马耳他属于地中海气候，夏天热，冬天较为温和，春秋季节较宜人。

交通和参观：

瓦莱塔城区内有公共汽车，交通比较方便。哈尔·萨夫列尼地下墓群就在瓦莱塔历史城区里，到当地旅游中心找张地图，可按图索骥。该墓群的入口处很小，就在现代民居之间，但地下别有洞天。最好事先在网上预约参观，网站是 www.visitmalta.com/en/info/hypogeum。

其他重要历史建筑都在古城内，像大王宫、教堂、骑士团建筑、公共广场等，都可步行参观。城内的历史建筑太多，只能挑重要的看。

巨石建筑分布范围较广。到塔西安神庙的公共交通很方便，公共汽车 1—6 号、8 号、11—13 号等都可抵达。在瓦莱塔也有公共汽

---

[1] Pace, A. 2010, *The Tarxien Temples*, Malta: Heritage Books.

车到另外一个新石器时代晚期的庙群哈扎伊姆。到其他遗址则要看具体情况，有些遗址需要预约，交通也没有那么方便。欲知更详细的信息可浏览网页 www.visitmalta.com。

语言和文化：

马耳他的官方语言是马耳他语和英语，只要会英语，在马耳他自由行就没问题。这里的文化和族群相当多元，虽然绝大多数人信仰天主教，但也有其他宗教信仰者。

美食：

马耳他靠海，海产丰富，食材有海产、肉类、橄榄、奶酪、蔬菜等。饮食文化同样属于"地中海"谱系，似乎明显受到意大利文化影响。当地有特色的食品有鱼饼、鱼汤、复活节杏仁甜品、西西里风格的甜品等，随季节变化而变化。要注意马耳他的淡水资源十分缺乏，现代主要是靠海水淡化。经过淡化的海水烧开了喝，仍有些咸味，用来泡茶和冲咖啡总感觉有点不一样。

考古遗址篇

　　在漫长的历史长河中，生活在不同时间、不同自然环境中的人类群体，各自发挥着他们的创意和智慧，创造出各具特色、辉煌壮观的文化和文明。不同时代、不同地区的考古遗址，便是人类多种多样的古代文化和文明的见证。

　　一个考古遗址就是一个古代人类曾经在此活动，并留下了遗迹、遗物、人类遗骨和动植物遗存的地点。在考古遗址中发现的墓葬、建筑和其他遗迹，石器、陶器、金属器、玉器等多种多样的考古遗物，人类的遗骨、动植物遗存等，为我们认识古代文化和文明提供了重要的实物资料。

　　考古学所说的人类"文化"和"文明"是有区别的。简单地说，一个考古学"文化"，指的是过去在某一时期、某一地区，某一群体的生活方式，包括了这个群体的衣食住行、社会结构、信仰理念等。例如中国陕西地区新石器时期的"仰韶文化"，指的就是距今大约7000多年到5000多年前生活在陕西地区的人类群体的生活方式，或者说他们所创造的文化，包括半地穴式房屋、种植小米、彩绘陶器等。只有出现了国家、城市、文字、社会分工等现象的古代"文化"，

伊朗的波斯波利斯遗址。摄于 2015 年 9 月

才可被定义为一个"文明",例如黄河流域的夏商周文明。进入"文明"标志着当地的文化进入了"历史时期",因此尚未进入"文明"阶段的古代文化便被称为"史前文化"。所以,法国的拉斯科洞穴和英国巨石阵所代表的是一个史前的"文化",而中美洲玛雅遗址所代表的是已经出现国家的玛雅文明。

人类历史中最古老的文明,除了大家所熟悉的夏商周文明之外,还有始于距今 5500 年左右的两河流域文明、距今 5200 年左右地中海克里特岛的米诺斯和迈锡尼文明、距今 5000 年左右的埃及文明、距今 4500 年左右的印度河流域古文明、距今 3500 年左右的南美洲古文明,以及其他出现于欧洲、东南亚、非洲、大洋洲等地年代稍晚的古代文明。这些古代文明是现代人类文明的基础,其经济、政治、意识形态、社会结构等,对今天和未来人类社会的变迁仍然具有深远的影响。

每一种古老文明都有代表性考古遗址。两河流域文明主要分布

纳斯卡的"飞鸟"图案。摄于2007年5月

在中东地区，如今天的伊朗、伊拉克、叙利亚、约旦、巴勒斯坦、以色列、土耳其等地，其中最古老的苏美尔文明的乌尔、尼尼微和巴比伦遗址等，都位于今天的伊拉克境内。这些考古遗址，虽然因为历年战乱受到严重的破坏，仍然有部分保存下来，如大名鼎鼎的伊朗波斯波利斯（Persepolis）遗址，由阿契美尼德王朝的大流士一世（Darius Ⅰ the Great）于公元前6世纪所建，是两河流域古代文明的代表作之一，向世人展示当时的政治中心、宫殿建筑工艺和艺术、国家积累的巨大财富和当时的宗教活动。不过，因为现代国家之间和国家内部的冲突，今天到伊拉克、叙利亚等地旅游仍然有安全问题甚至生命危险，因此本篇只介绍在世界史和考古学史上都享有盛名的土耳其特洛伊遗址和以弗所遗址。地中海最古老的米诺斯文明位于希腊的克里特岛，在"文化景区篇"已经作了介绍。本篇会介绍米诺斯文明之后的

迈锡尼文明。年代较晚但非常有特色的约旦佩特拉古城，也会在本篇介绍。至于迈锡尼文明之后希腊地区以雅典为代表的古代文明，相关介绍很多，无须在此重复。

古埃及文明以金字塔和神庙为特色，前者的资料也很多，无须重复；后者将会选择性地在"宗教建筑篇"中加以介绍。印度河流域古文明代表性的考古遗址是位于今天巴基斯坦境内的莫亨佐达罗（Mohenjodaro）和哈拉帕（Harappa）遗址，但该国目前恐怖袭击不断，不宜前往参观，只好付之阙如。代表南美洲玛雅文明早期的墨西哥帕伦克遗址，代表玛雅文明中期的墨西哥特奥蒂瓦坎遗址和属于玛雅文明晚期的墨西哥乌斯马尔及卡巴遗址，以及代表印第安文明的秘鲁马丘比丘遗址，都会在本篇加以介绍。年代稍晚的东南亚高棉文明的杰作吴哥和复活节岛所展示的古代海洋文化，都已在"文化景区篇"加以介绍。

从公元前2世纪到公元3世纪左右，相当于中国的战国到秦汉时期，是罗马文明的全盛时期。当时的罗马帝国版图横跨欧洲、非洲和亚洲西部地区。这个庞大的帝国疆域宽广，帝国境内的居民族群各异，各有其原来的文化；但分布于现代的欧洲、约旦和北非等地的罗马考古遗址，却展示出高度相似的文化因素，充分证明当时的罗马帝国成功地推行了某种程度的"文化单一化"。本篇将介绍突尼斯的迦太基遗址、约旦的杰拉什遗址和意大利的庞贝遗址，从中可见罗马文明在非洲、西亚和欧洲三大洲的巨大影响。

因为时间和文化的距离，更因为考古遗址所出土的往往是过去的城市、建筑遗迹和其他人类活动留下的碎片，所以，要认识考古遗址所见到的遗迹和遗物并不是一件容易的事情，有些遗址的功能更是一直让考古学家煞费苦心。例如英国的巨石阵和秘鲁的纳斯卡线

（Nazca Lines），后者是少见的必须乘四人小飞机参观的考古遗址。纳斯卡遗址位于秘鲁南部的纳斯卡沙漠，遗址的图案有猴子、飞鸟、蜘蛛、花草等，最大的图案超过200米长。该遗址1994年列入了联合国教科文组织的世界文化遗产名录。学者认为纳斯卡线是400—650年的纳斯卡文明留下的痕迹，至于其功能则众说纷纭。但正因为很多考古遗址的未解之谜，考古学的研究工作才富有挑战性和趣味性。

由于自然灾害和人为因素如战争等活动的破坏，能够保存到现在的考古遗址数量很少。考古遗址中所有的一切，从一个建筑遗迹到一件出土文物，都是不能够再生又极易受到破坏的人类文化遗产，需要加以珍惜和保护。在联合国教科文组织的世界文化遗产名录中，有为数不少的考古遗址。此外，世界各国也有很多考古遗址，虽然尚未列入世界文化遗产名录，但从不同角度反映了当地不同时代的文化变迁，或者反映了同一历史时期在广大地域内的文化交流。当我们参观这些经过千百年岁月洗礼而幸存下来的古老文化遗产的时候，应当善加珍惜，努力保存。这不仅是为了我们这一代，更是为了将这些珍贵的文化资源留给我们的后代子孙去欣赏、去研究。

作为游客，如希望对世界各地的考古遗址有较多的了解，最好在出发之前做些功课，例如对当地的考古、历史和文化有些最基本的了解，参观的时候留心阅读当地的说明资料，听导游的讲解，或者购买一本小册子帮助理解。要从考古遗址的断壁残垣中认识古代的辉煌，参观者还需要有一定的想象力，例如从地面柱础想象当年竖立的房屋支柱，从残缺的地面和墙壁的装饰想象当年房屋的结构和内部装修的华丽，等等。总之，要有一点从局部复原全体、根据平面痕迹想象立体三维空间结构的能力。

巨石阵和老塞勒姆城堡遗址

大名鼎鼎的巨石阵（Stonehenge，也有人称之为"巨石圈"）和相关的考古遗址，位于英国南部威尔特郡索尔兹伯里（Salisbury, Wiltshire）市附近的平原，是世界上最巨大、最著名的古代巨石建筑之一，也是最令人费解的考古遗址之一。虽然经过了多年的发掘和研究，考古学家至今还在争论巨石阵的功能和意义。不过，大部分考古学家同意它是当地史前人类留下来的遗迹，新石器时代和青铜时代的人类可能在此举行过特殊的仪式或葬礼。

所谓新石器时代，在世界不同地区有不同的内涵。在中东地区和欧洲，新石器时代的开始是以农业、定居和磨制石器工具的出现为标志的。在中国，则往往以陶器的出现为标准。至于青铜时代，简单来说，就是人类发明和使用青铜器物的时代。距今6000年左右，中东地区的人类群体发明了青铜冶炼技术。距今4200年左右，英伦三岛的居民从伊比利亚半岛（即今天的西班牙和葡萄牙）的居民那里学会了制作红铜和青铜器物的技术。从此，金属器物逐步取代了石器工

巨石阵外缘的圆形沟槽和游客。摄于 2006 年 5 月

具,英国进入了青铜时代。[1]

所谓史前,就是文字和古代国家出现之前的那一段人类历史,但要注意,不同地区"史前"的定义不一样。中国的夏商周时期也是青铜时代,所以中国的青铜时代属于历史时期。中东地区也是如此。但在欧洲的不少地区,例如英国,是从43年罗马帝国入侵时开始出现文字记载,[2] 在罗马入侵之前的青铜时代还没有出现系统的文字,所以英国的青铜时代仍属于"史前时代"。又比如澳大利亚的原居民直至18世纪还没有出现系统的文字和国家。这说明世界各地人类的社会和政治结构的变化不是一模一样的,不同地区的人类各自有其文化发展的轨道,表明人类文化的丰富和多样,但不存在所谓"先

---

[1][2] Darvill, T. 1996, *Prehistoric Britain*. London and New York: Routledge.

进""落后"文化的分别,因此千万不要根据这一点去鄙视不同的群体,否则就变成和十八九世纪欧洲殖民主义者一样的种族歧视者了。

根据考古学的发掘和研究,现在的英伦三岛,早在距今大约70万年前就开始有人类居住,靠狩猎和采集食物为生,但似乎是断断续续地在此活动。大约距今6000年前,英伦三岛的居民开始定居下来,修筑房屋,在某些地区开始用石材作为建筑和家具的材料;他们还种植谷物和圈养牲畜,进入了新石器时代。农业能够提供剩余产品,社会逐渐出现分工和分化,除了农民之外,还出现了手工业者、领导者等,人类社会的差异和不平等从此逐步积累。当时某些有权力的人开始修筑大型墓葬,英国最早的大石建筑出现在距今5300—4900年。索尔兹伯里的巨石阵是在大约距今5100年开始建造的,其建造和改建的时间断断续续一直延续到距今3600年,[1]即英国的青铜时代。

据英国学者的研究,现在见到的巨石阵结构大致是两个同心圆加上中心的一个马蹄形结构。最外的一圈是围绕着巨石阵的地面沟槽痕迹(外围凹陷的一圈),据说这是距今4900—4600年最早的圆形木结构留下的痕迹。当时这里并没有巨石,只是在地面上挖了56个柱洞,竖起56根木柱,围成一个巨大的圆圈。大圆圈的中心可能也有用木柱建起的较小的圆形结构,不过中心的柱洞痕迹已经不清楚了。距今4550年左右,史前居民开始将附近的莫尔伯勒丘陵(Marlborough Down)的砂岩巨石运抵当地,还有来自200多公里之外威尔士(Wales)的蓝色石头。这些巨大的石头被用作建造我们现在见到的中心圆及圆圈内的马蹄形结构。据研究,当地夏至和冬至太阳升起和下山的光线可以分别从相反的方向穿过马蹄形中心的巨石,

---

[1] Richards, J. 2005, *Stonehenge*. London: English Heritage.

而当时的人类就会到巨石阵来进行某些仪式。至于这些仪式的功能和内容则难以考究了。[1] 外围的巨石就是原来中心圆的组件，而中心"川"字形的三块竖立的石头和上面的两块横梁石头，则是马蹄形结构的一部分。

大约在43年罗马帝国入侵英国之前不久，巨石阵就不再使用了，并逐渐成为人们探奇研究的对象。1130年已经有人描述巨石阵，比较认真的研究工作则始于16世纪。1883年英国通过了关于保护古代建筑的法案，巨石阵被列为古代建筑。可惜，18世纪后期巨石开始出现塌落。从20世纪开始，考古学家通过多次发掘来解决巨石阵建筑的年代、功能等问题，但到目前为止仍没有一个大家都接受的答案。[2] 现在，巨石阵由"英国遗产"负责进行保育和管理。1986年，联合国教科文组织将之列入世界文化遗产名录，原因是巨石阵和邻近的考古学遗址是史前人类杰出创意和技术成就的见证，为现代人类的建筑、艺术、考古和历史研究提供珍贵资料，具有重要的科学和历史价值，并有助当代人了解史前英国的丧葬和其他社会仪式。[3]

今天的巨石阵位于A303和A334两条高速公路之间，路过的汽车排出的大量尾气加速了岩石的风化。据"英国遗产"的一位学者说，他们曾经提出过不同的保育计划，包括在巨石阵附近修建地下隧道，或修铁路取代两条高速公路，以减少汽车尾气对巨石阵的污染和破坏。但到现在为止都只是计划而已，不论哪个计划都需要大量的资金，而且对当地的交通和生活有相当的影响，所以一直没有能够实

---

[1][2] Richards, J. 2005, *Stonehenge*. London: English Heritage.
[3] UNESCO 1986,"Stonehenge, Avebury and Associated Sites",http://whc.unesco.org/en/list/373.

巨石阵

施。由此可见即使如巨石阵这样的著名世界文化遗产,其保育和管理同样要面对现代社会资金和政治的压力。

巨石阵留下许多未解之谜,由此也带出现代考古学的局限性。考古学依靠所发现的物质遗存来研究和了解古代人类的生活文化,但面对"非物质"的内容,例如古代的仪式、信仰和理念等,能够做的往往有限。近年来一些考古学家提出"认知考古学",希望通过综合各种学科的研究手段,例如体质人类学、心理学、文献记载再加上考古发现,来认识人类意识、信仰和理念的变化。不过,巨石阵这类考古遗址并没有文献记载作为参考,因此,要真正了解巨石阵的功能和意义,还需要更多新的研究方法和思路。

今天,巨石阵的主要社会功能是作为吸引游客的文化景点,每年为英国旅游业带来可观的收入。在这里,游客可以根据自己的想象

索尔兹伯里市内的历史建筑

力来解读巨石阵的功能，或猜测当年在这里曾经举行过的仪式。巨石阵北部大约 30 公里的埃夫伯里（Avebury）也有类似的巨石建筑，但知名度不如巨石阵。此外，巨石阵附近的西尔布利山（Sibury Hill），则号称欧洲最大的史前时期由人工建造的白垩土堆，高 39.5 米，但功能仍不清楚。[1]

除了巨石阵以外，索尔兹伯里市和市郊的老塞勒姆（Old Sarum）城堡遗址也十分值得一看。索尔兹伯里市不大，但其城市建于中世纪，至少在 2006 年，街头仍可见到不少古色古香的房屋，而且都在使用，仍然是当地社区生活的一部分，并没有成为冷冰冰的博物馆。市内的哥特式大教堂建于 13 世纪，号称拥有英国最高的旋转楼梯，有兴趣者可前往登高远眺。市内还有博物馆、历史建筑等也值

---

[1] UNESCO 1986, "Stonehenge, Avebury and Associated Sites", http://whc.unesco.org/en/list/373.

得参观。

至于老塞勒姆城堡遗址,它和英国历史上一位大名鼎鼎的人物"征服者威廉"(William the Conqueror)密切相关。威廉原是法国北部的诺曼底公爵(Duke of Normandy),1066 年跨过英伦海峡从英国南部登陆,征服了英国并成为其国王,史称"诺曼征服"。威廉一世的统治对英国的文化产生了深远的影响,包括在英国大修城堡、碉楼和其他军事防御设施,改变了英国的宗教、贵族结构、文化和语言,并在英国和法国之间建立了长久的联系。[1]

老塞勒姆城堡就是由征服者威廉始建,后来历代统治英国的国王又有加固修缮。城堡是 11—12 世纪的英国王室住所、行政管理中心和监狱,里面关押过的囚犯甚至包括英王亨利二世的妻子伊莉诺王后。14 世纪之后,国王们不大到这里来了,城堡逐渐荒废。1514 年,亨利八世(另外一个英国国王,著名的原因之一是喜新厌旧,先后结婚六次,与两个妻子离婚,杀掉两个妻子,另一个早死)将城堡送给了一个英国贵族,允许他拆除城堡的建筑材料循环再用(今天觉得真是匪夷所思)。结果,好的建筑材料全部被拆走,城堡成为废墟。

从地理位置来看,城堡建于一个山岗上,可四面俯瞰索尔兹伯里平原,军事位置十分重要。城堡四面有两米多深的护城壕,城堡的唯一入口是横跨护城壕的木桥,如果敌人逼近,木桥就会被拆除,厚厚的橡木城门关闭上闩。当然现在看到的木桥是重修的。进入城堡遗址内部,可看到当年用石块修筑起来、厚度超过 1.5 米的城墙,以及同样是用石块修筑的皇家宫殿地基。在这里还有王室的厨房、面包

---

[1] Morgan, K. O. (ed.) 2010, *The Oxford History of Britain*, Oxford, New York: Oxford University Press.

房、花园等，以及建于1075—1092年的教堂（11世纪，索尔兹伯里大主教就曾经驻节于此）。虽然这些建筑现在都只剩下了地基，但老塞勒姆城堡仍被视为索尔兹伯里最古老的政治和行政中心，是当地人缅怀本土历史、进行国民教育、培养本土和国家认同意识的场所。这是文化遗产在当代社会最常见也最重要的社会和政治功能，也是现代国家及各级政府花费巨资保育和管理文化遗产的主要原因之一。

旅游小知识

交通：

要看巨石阵需要到索尔兹伯里市，从伦敦或英国其他大城市都有火车开往索尔兹伯里。我是从英国南部另外一个世界文化遗产古城巴斯（Bath）乘火车去的。在索尔兹伯里火车站外面就有汽车开往巨石阵和老塞勒姆。若抓紧时间，这两个遗址可以在一天内看完。

住宿：

索尔兹伯里市内有不同类型的酒店和小型旅社（B＆B），可在网上预订。具体信息可浏览当地的网页 www.visitwiltshire.co.uk/salisbury/home。该网页还有简体中文，可见中国游客对欧洲市场是日益重要了。

参观：

各遗址和索尔兹伯里大教堂不同季节开放的时间不一样，要先查清楚。可浏览上述网页获得最新信息。大教堂的开放时间可见网站：http://www.salisburycathedral.org.uk/visitor.opening.php。

老塞勒姆城堡主要的建筑遗迹和当地的游客

迈锡尼

世人所熟悉的、以希腊雅典卫城为标志的古希腊文明,并非希腊地区最早的古代文明。当地最古老的是米诺斯文明,距今大约4600年出现于希腊南部的克里特岛。距今3600年左右,迈锡尼文明出现在希腊南部的伯罗奔尼撒半岛(Peloponnese)。希腊神话和《荷马史诗》中有很多关于迈锡尼国王和英雄的传说,比如说这个古代王国是由大神宙斯的儿子珀尔修斯(Perseus)缔造的,其中一个国王阿伽门农(Agamemnon)是特洛伊战争的统帅,为了抢回弟弟被诱拐的妻子海伦而召集希腊各国国王进攻特洛伊,用木马计获得成功,等等。[1]

世界上最古老的文明包括了距今5500年左右出现于中东地区两河流域的苏美尔文明、距今大约5100年出现于尼罗河流域的埃及文明、距今大约4600年出现于地中海地区克里特岛的米诺斯文明。其中,两河流域、埃及和米诺斯－迈锡尼－希腊文明体系都位于地中海东侧,两河流域位于地中海的东岸,埃及在地中海东侧的南岸,米

---

[1] Decopoulos K. 1999, *Corinth Mycenae, Nauplion–Tiryns–Epidaurus, Archaeological Sites and Museums*, Athens: Hellinico.

诺斯、迈锡尼及希腊文明在其北部的希腊半岛。

　　三大古代文明体系齐集在地中海东部，绝非偶然。距今 1.2 万—1.1 万年，两河流域的古代人类逐渐结束了逐水草而居的狩猎采集生活方式，开始定居下来，并在距今 1 万年左右开始栽培小麦和大麦，驯养山羊和绵羊，[1] 从根本上改变了人类文化发展的轨迹。简单来说，因为定居和农业，社会逐渐生产和积累剩余产品，出现社会分工，手工业、商业等行业开始出现，也出现了远距离的贸易和交换。因为定居，人口逐渐增加，社会不断复杂化，部分聚落从村落发展为城市，成为当地的政治、经济、宗教和行政中心。因为财富的积累和社会分化，社会的某些成员具有比其他成员更多的财富和政治权力，这些人逐渐成为"国家"的领导者，又因为财富的积累和差别以及争夺农业和其他经济活动所需要的土地、水等资源，或争夺财富和便于贸易的城市和商道，聚落之间出现冲突的概率增加，由此导致了聚落防御措施的发展，城墙、碉堡等相继出现。这些社会变化都成为古代文明出现的基础。最后，因为农业发展和人口增加，农业社会需要更多的土地，因此不断向外迁徙。贸易和其他经济活动也增加了地区内和地区之间族群的文化交流和互相影响。

　　继两河流域之后，希腊和埃及地区先后在距今 8300 年和 8000 年左右出现了农业，这可能是受到两河流域影响的结果。[2] 农业为古代文明出现奠定了经济、社会和政治基础。与农业发展相关的迁徙和交流，因社会分工发展而促进的商业贸易活动，甚至是族群之间的冲突，都增加了族群之间的互相影响。可以说，三大古代文明体系汇聚

---

[1] Scarre, C.(ed.) 2005, *The Human Past*, London: Thames & Hudson.

[2] Decopoulos K. 1999, *Corinth Mycenae, Nauplion-Tiryns-Epidaurus, Archaeological Sites and Museums*, Athens: Hellinico.

在地中海地区，是农业和贸易经济率先在当地出现和发展，以及当地不同族群文化发展与互动的结果。

学术界对于迈锡尼文明产生和发展的经济基础持不同的看法，其中一种观点认为迈锡尼文明的主要经济来源是迈锡尼人给埃及法老当雇佣兵，获得黄金作为报酬。[1] 迈锡尼文明最具有代表性的考古遗址迈锡尼遗址，坐落于希腊南部距雅典大约 90 公里的阿尔戈斯（Argos）河谷东北一个平面为三角形、高约 40 米的小山上，是迈锡尼古代文明的一个政治和军事中心。整个遗址面积大约 3 万平方米，所在位置正好控制当地的一条交通要道。这个遗址被称为"The Acropolis of Mycenae"，"acropolis"在希腊文是"最高点"的意思，说明该遗址为迈锡尼的最高点。在这里可以看到的考古遗迹包括了位于小山顶部的城堡，里面有城墙、城门、宫殿的遗迹，以及王族和贵族的墓葬等。城堡外面和周围的山坡上还有平民居住的聚落和墓葬。此外在城堡的西南大约 400 米外还有一座石砌的穹庐顶墓葬，号称"阿伽门农王之墓"。19 世纪德国人谢里曼（Schilemann）宣称他在这墓里发现了阿伽门农王曾经戴过的黄金面具，[2] 不过，近年有考古学家开始怀疑其真实性。

迈锡尼城堡的建筑依山而建，经过后来的加建和重建，平面的形状不规整，各建筑的建成年代也不同。城堡在山脚的唯一入口在西北方，城门用巨石砌就，门楣上巨大的三角形石块上刻有一对高浮雕的狮子作为装饰，这就是鼎鼎大名的狮子门，建于大约距今 3250 年前。[3] 留心观察，可见那一对狮子没有鬃毛，显然是母狮子的形象。

---

[1]–[3] Decopoulos K. 1999, *Corinth Mycenae, Nauplion-Tiryns-Epidaurus, Archaeological Sites and Museums*, Athens: Hellinico.

迈锡尼王族和贵族圆形墓葬 A 区,中间长方形的是经过发掘的墓坑。当时的遗址没有围栏,游客可随意进入。摄于 2000 年 5 月

看过《动物世界》的朋友应该知道,在狮子群中,尽管公狮子是首领,母狮子却是为狮群提供食物的主要猎手。至于为什么古代迈锡尼人选择母狮子而不是外表更威猛的公狮子来作为城堡入口的浮雕图案,就留给现代人去解读了。

整个城堡由巨石建成的城墙所围绕。狮子门的东边(或左侧)有一个面积不大的房屋遗迹,可能是卫兵驻守城门的地方。跨进狮子门,最引人注目的就是右侧的墓葬群,称为"圆形墓葬 A 区"。这里面的墓葬其实是长方形的,但有一道圆形的石墙把这些墓葬围起来,因此得名。谢里曼于 1874—1876 年首先发掘了这一片墓葬,发现了大量的黄金陪葬品。之后又有其他考古学家先后在此发掘,尤其是 1950 年以后希腊考古学家的发掘和研究,为了解迈锡尼文明提供了更多的资料。根据他们的研究,在圆形墓葬 A 区的南面有祭台等建

筑，城堡外的西面山坡上还有圆形墓葬 B 区。[1]

经过墓葬区，沿着上山的通道上去，在城堡的中央有一组规模宏大的建筑遗迹，被称为"宫廷大厅"。再往上走，在城堡的东面最高处有一个布满柱洞的建筑遗迹，可能是原来的宫殿所在。这里可以说是城堡的制高点。在山顶北面的城墙还有一个小门，通向后面的山坡，也许是城堡失守时逃生所用。不过，以现场的实地观察来看，这座城堡所在的山岗高度和面积都有限，若敌军以优势兵力围困城堡，堡内的人恐怕难以逃脱。

根据考古学家的研究，早期的迈锡尼文明明显受到克里特岛上米诺斯文明的影响，但是从大约距今 3450 年开始，迈锡尼文明取代了米诺斯文明，其全盛时期的政治版图延伸到现在意大利的西西里、中东的巴勒斯坦、叙利亚和埃及等地。从距今 3350 年开始，迈锡尼人用石材建造了很多城堡。不过，到距今 3200 年左右，随着从海上和中东迁徙到希腊半岛的不同群体，以及多利安人（Dorians）的到来，迈锡尼文明逐渐步向衰落。有意思的是，迈锡尼城堡在迈锡尼文明衰落之后仍有人居住，一直到 2 世纪，城堡才完全荒废。[2]

除了古老的迈锡尼文明之外，伯罗奔尼撒半岛上还有很多从新石器时期到近代的考古遗迹和历史建筑。在迈锡尼遗址东北有著名的科林斯（Corinth）遗址。科林斯是古希腊时期的城邦国家之一，其位置扼守伯罗奔尼撒半岛前往希腊大陆的通道。科林斯人曾经受到迈锡尼文明的控制，后来大约在公元前 8 世纪成为一个独立政权。现在地面可见到的考古遗迹包括半圆形剧场、宫殿、市集、神庙、商店、祭坛等。

---

[1][2] Decopoulos K. 1999, *Corinth Mycenae, Nauplion–Tiryns–Epidaurus, Archaeological Sites and Museums*, Athens: Hellinico.

科林斯遗址部分遗迹，据研究是当时的商店、
市集、祭坛等，应是聚落的经济和宗教中心

从科林斯向南不远就是阿尔戈斯海湾，其中在纳夫普利奥（Nafplio）市有一座位于海水中的布尔齐（Bourtzi）城堡特别令人难忘。城堡大约始建于15世纪，是统治当地的威尼斯人修建的，用来保护城市免遭海盗的进攻。希腊一度被土耳其的奥斯曼帝国统治，1822年希腊人从土耳其人手中夺回城堡。20世纪之后城堡丧失了军事功能，曾经一度作为旅店。这座位于蔚蓝海洋中的城堡，在蓝天白云、碧树青山之间遗世独立，尽管原来的功能是为了战争和防御，今天看来却是特别的宁静、平和而悠远。站在岸上于海风习习中遥望静静矗立于海中的布尔齐城堡，想象数千年来地中海波澜壮阔、风云变幻的人类历史，都沉淀在湛蓝的地中海水之中，只有石头见证着当年的英雄豪杰和他们的故事。多少一世枭雄，均已变成天边飘浮的白云。对尘世的名与利、生和死，又何必过于执着呢！

希腊南部纳夫普利奥海湾中心的布尔齐城堡

旅游小知识

签证:

希腊是欧洲申根公约缔约国,如果持有申根签证,就可以直接去希腊。当然,如果只是去希腊,就要到希腊驻中国大使馆申请入境签证。

季节:

希腊位于南欧,七八月的时候气温可达40℃。到海边地区好一些,因为有海风;但在内陆还是会感到酷热。还是那句话,如果时间许可,避开七八月去希腊。

语言:

希腊语无论是字母还是发音都独具一格。2000年的时候,很难在街上碰到会说英语的人,但酒店、旅游中心的职员一般都可说一定程度的英语。当然，今天的情况或许不同了。

住宿：

可通过一些比较可靠的互联网或请国内旅行社安排。迈锡尼离雅典并不远，可住在雅典，那里酒店的选择较多。若有时间可选择在纳夫普利奥住宿，慢慢欣赏当地的海洋风光。

饮食：

希腊盛产橄榄、奶酪、海产、水果等，食材颇为健康。"希腊沙拉"就是用橄榄、橄榄油和奶酪加蔬菜拌成。此外还有各式比萨、鱼、虾等主菜，夏天则有新鲜多汁的瓜、杏、桃等。

交通：

本文提到的三个遗址距离希腊首都雅典都不远，可在抵达雅典后乘长途汽车前往参观。比较省事的方法是参加当地旅行社组织的旅游团，一天就可以看完这三个遗址。

风俗习惯：

2000年的希腊给我的印象很好。尽管有一定程度的语言障碍，但接触到的希腊民众似乎对生活都相当满意，因此表现乐观，开朗健谈。但目前希腊正处于严重的经济衰退之中，主要的原因是过去十多年的巨额社会福利开支以及逃税漏税，最终导致国家债台高筑，不得不靠向欧盟借贷度日，而民众更必须勒紧裤带过日子。今天希腊的悲剧其实反映了资本主义社会的基本矛盾。国家为了减少社会矛盾，扮演了"劫富济贫"的角色，通过税收和社会福利制度将部分财富再分配到贫穷人手中。但如果财富再分配的尺度把握不好，最后是国家濒临破产，受苦的依然是最贫困的一群人。这是值得其他国家和地区人民反思的。

特洛伊

读过希腊神话故事或者看过电影《木马屠城记》的读者,大概还记得美丽的古希腊女子海伦被特洛伊王子诱拐私奔、阿伽门农王率希腊联军远征特洛伊、最后用木马计赚开城门攻陷该城的故事。这是古希腊史诗《伊里亚特》中描述的特洛伊战争,一般认为发生在公元前1300—前1200年。特洛伊的故事流传了3000多年,是西方文学的重要内容之一。

特洛伊并非子虚乌有,而是确实存在过的一个古代城市,其遗址位于今天土耳其安纳托利亚地区(Anatolia)的西岸、达达尼尔海峡(Dardanelles Strait)出海口东岸一个叫作希沙立克(Hisarlik)的小山丘,隔海与西面的希腊遥遥相望。达达尼尔海峡是连接黑海和地中海的重要通道,而特洛伊正好扼守这一出海口,战略位置十分重要。地中海地区是南欧、中东和北非三大古代文明体系交流互动的核心地区,特洛伊在这一地区的文化演变中扮演了相当重要的角色。

从19世纪现代考古学出现以来,不少西方人都尝试寻找特洛伊遗址,有些人是为了证实或推翻荷马关于特洛伊战争的描述,个别人则是为了自己成名。1860年一个英国人和当地居民发现了特洛伊遗址,并进行了小规模发掘,初步了解了遗址的主要范围。但论对遗址造成的破坏程度,则首推德国人谢里曼,也就是发掘过迈锡尼的"阿伽门农王墓"的那个德国人。据谢里曼的自传,他在幼年时期听过特洛伊的神话故事,就下定决心去寻找和发掘这个遗址。在第一次世界大战中,谢里曼靠贩卖军火发了财,于是向当时的土耳其政府申请发掘特洛伊遗址。[1]

问题是,谢里曼完全没有受过正规的考古学训练,不懂得考古田野发掘的规范和要求,而且他的目的仅是为了发掘特洛伊战争的遗迹以印证荷马的叙述,根本不是为了探讨地中海东岸古代的文化和社会。考古发掘的规则是从上到下逐层发掘、分辨和记录不同地层的文物和遗迹,但谢里曼完全没有遵照这一规则,而是在遗址的中心开挖了一条巨大的南北向大沟,宽40米、深17米,横切整个遗址的主要考古堆积。他主观地认为"特洛伊战争"的遗存应该在遗址底部,所以完全忽略遗址上部的文化堆积,只是垂直挖到底,无可挽回地破坏了遗址上层的大量考古堆积,包括属于传说中的"特洛伊战争"时期的堆积。在这条大沟的底部,他发现了特洛伊早期即公元前2900年左右的城墙遗迹,这是远远早于"特洛伊战争"时期的考古遗迹。[2] 换言之,他的所谓"发掘",其实对特洛伊遗址造成了极大破坏。

从20世纪开始,特洛伊的考古发掘逐渐进入正轨。90年代以来,来自将近20个国家的350多个考古学家、自然科学家和技术人员参加了特洛伊的发掘,发掘的目的并不是为了印证《荷马史诗》关于特洛伊战争的记载,而是为了全面认识地中海东岸古代文化和人类

---

[1][2] Tosun A. (2005?) *Troy*, Istanbul: Uzman Matbaacilik San. Tic. Ltd.

谢里曼挖掘的大沟。摄于 2005 年 8 月

的交往、迁徙。经过多年仔细认真的发掘工作,考古学家认识到特洛伊是一个有相当规模的人类聚落,在全盛时期其城市规模达到 75 公顷。学者将特洛伊的考古遗存分为九个时期。

特洛伊 I 期:公元前 3000 年—前 2500 年。人类开始来到土壤肥沃的希沙立克居住。最早的特洛伊城平面近圆形,直径大约 90 米,有厚重的墙身和塔楼。当时的特洛伊人就住在城墙内,而统治阶层则住在城市中心。凭借这里重要的地理位置和良好的自然条件,特洛伊逐渐发展成为当地最大、最重要的青铜时代城市。

特洛伊 II 期:公元前 2500—前 2200 年。特洛伊 I 期的城市曾受到严重破坏,第 II 期的特洛伊是在 I 期城市的废墟上建起来的,同样有厚重的城墙。19 世纪 70 年代谢里曼宣称他发现的一大批金银首饰

特洛伊Ⅵ期的南门和城楼遗迹

和其他文物，即所谓"特洛伊的珍宝"，就属于这一期。谢里曼将这批文物非法运到了德国。第二次世界大战后这批文物被苏联红军取得，现存莫斯科的普希金博物馆。

特洛伊Ⅲ期到Ⅴ期：公元前2200年—前1800年。公元前2200年左右，可能来自欧洲大陆的族群再次入侵特洛伊，并将城市夷为平地。此后特洛伊被多次重建，但规模都不大。

特洛伊Ⅵ期：公元前1800—前1275年。公元前1700—前1275年是特洛伊的全盛时期。这期间城市的人口明显增加，聚落的范围扩张到城市的东面和南面，并且修建了宽3.5米、深1.98米的护城壕，还有高达9—10米的城墙和塔楼。但一次严重的地震再次毁灭了繁华的特洛伊。

特洛伊Ⅷ和Ⅸ期的宗教建筑遗迹

特洛伊Ⅶ期：公元前1275—前1100年。人们重建了被地震破坏的城市，但是公元前1180年左右又受到了严重破坏，这次的侵略者可能是来自欧洲南部巴尔干地区的航海族群，他们曾一度定居在特洛伊。

特洛伊Ⅷ期：公元前700—前85年。公元前8世纪初，希腊移民来到这里定居，特洛伊成为希腊文化区。公元前4世纪，特洛伊被纳入波斯帝国的版图。马其顿的亚力山大大帝也曾经来过该地区。公元前2世纪，在经过激烈的战争之后，特洛伊成为罗马帝国的一部分，但城市受到严重破坏。

特洛伊Ⅸ期：公元前85—前50年。罗马皇帝苏拉（Sulla）重建了特洛伊，扩建了庙宇，修筑了露天剧场等公共设施。公元前4年，君士坦丁大帝曾经一度选择特洛伊为东罗马帝国的首都，不过他很快改变了主意，因为特洛伊已经逐渐丧失了它的经济重要性。

公元前1世纪之后，特洛伊仍然有人类居住，并曾经是拜占庭帝国的一部分。1350年完全废弃。[1]

从考古发掘可见，特洛伊见证了人类在地中海东部从距今5000年到距今1300年间长达3000多年的历史。在这漫长的历史时期，特洛伊曾多次被毁，或毁于兵燹，或毁于自然灾害；但特洛伊也多次浴火重生，甚至更加繁华。在3000多年的时空中，不同的古代文明在特洛伊碰撞、冲突、交流；不同的群体先后在这里建设家园，繁衍生息，又先后消失。特洛伊所代表的安纳托利亚地区文明，与大体同时期的迈锡尼和埃及文明，并称地中海的三大文明，都是古代人类智慧和创造力的伟大结晶。

从青铜时代到铁器时代的刀光剑影，最终都消失在希沙立克的蓝天白云中了。那么，到底那场争夺美女海伦的特洛伊战争是历史事实还是传说？考古学家在这个问题上也没有统一的看法。一派学者认为没有足够的考古学证据证明特洛伊战争的确发生过，另一派认为不排除特洛伊战争曾经发生的可能性。[2] 从上述考古学资料可见，特洛伊的确经历过不止一次的战火洗礼。也许，荷马关于特洛伊战争的描述，是地中海地区古希腊文明的政治体制、希腊各城邦国家之间的关系、宗教信仰、军事制度和技术，以及希腊和安纳托利亚地区的群体冲突和利益争夺等等历史事实的艺术再创造。

无论木马屠城是否真的存在过，特洛伊遗址都真实地见证了人类在地中海地区数千年生存繁衍的历史，特洛伊城市的兴衰则反映了

---

[1][2] Korfmann, M. 2004, Was there a Trojan War? www.archaeology.org/0405/etc/troy.html.

人类屡经挫折而不断重建家园的精神，当然也反映了人类社会为了各种原因而出现种种流血冲突并为此付出的巨大代价。特洛伊数千年的考古文化堆积真切地反映了战争与和平的结果，或许这是今天我们参观特洛伊遗址的时候值得思考的问题。而荷马所创造的关于特洛伊的故事，数千年一直是西方文学的重要作品，也是西方文学的源泉之一。特洛伊为西方文明早期发展提供了重要的证据，因此在1998年被列入了联合国教科文组织的世界文化遗产名录。[1]

旅游小知识

签证：

中国公民到土耳其需要申请旅游或公务签证。详情可向土耳其驻华使馆查询。

季节：

在土耳其的爱琴海和地中海地区旅行，最好的季节是春天（4月到6月中旬），但建议避开4月中下旬，因为每年的4月25日是澳大利亚－新西兰兵团日（ANZAC Day），纪念1915年第一次世界大战时澳新兵团在达达尼尔附近加利波利（Gallipoli）半岛的一次军事行动；届时特洛伊所在的恰纳卡莱及附近城镇将会出现酒店爆满的情形。

土耳其的夏天相当炎热，不过特洛伊位于海边，因此即使在盛夏8月也不是十分酷热。6月中旬到9月中旬是旅游旺季，尽管参观特洛伊的人通常不会很多，但土耳其其他地方人多拥挤，酒店、交通

---

[1] UNESCO 1998, "Troy (Turkey)", http://whc.unesco.org/archive/advisory_body_evaluation/849.pdf.

服务等价钱较高。

交通和住宿：

从土耳其的伊斯坦布尔有长途公共汽车到恰纳卡莱，可在那里停留一夜，塞纳卡尔有不少酒店可供选择。从恰纳卡莱乘公共汽车出发到特洛伊，距离大约36公里，车程40分钟左右。上车后可预先告诉司机自己去"Truva"，请司机到时候停车。从公路走进遗址的距离并不远。回程可看好时间表在公路旁等车返回塞纳卡尔。

夏季，伊斯坦布尔的一些旅行机构会组织特洛伊一天游，但因为汽车从伊斯坦布尔到特洛伊单程就要5个小时，所以在遗址停留的时间很短，并不值得。塞纳卡尔的旅行社在旺季也会组织特洛伊半日游。

语言和风俗：

土耳其的货币是里拉（Lira），带美元去兑换即可。土耳其的官方语言是土耳其语。在2005年的时候，大城市的"白领"有些会说英语，大酒店和餐厅的员工一般也会英语，但大部分人只说土耳其语。土耳其是伊斯兰国家，要注意遵守当地的风俗文化和宗教忌讳。可从网站 www.goturkey.com 寻找更多信息。

饮食文化：

土耳其的饮食文化既有地中海文化的因素，也有伊斯兰文化的因素。橄榄油、酸奶、牛、羊、鸡、鱼、豆类、各种果仁等是常见的食材。不同地区有不同的菜式，如爱琴地区比较多用海鲜作为食材。在大街上常见的是土耳其烤肉，一片片切下来包在薄饼里面出售，味道通常不错。浓郁的土耳其咖啡也很有特色。土耳其软糖（Turkish delight）也是当地比较有特色的小吃之一。

参观：

夏季（4月1日到11月14日）遗址的开放时间是上午8:00到

下午8：00，最后入场时间是下午7：30。冬季（11月15日到次年3月31日）遗址开放时间是上午8：00到下午5：00，最后入场时间是下午4：30。遗址内道路有些崎岖，要穿轻便的旅游鞋，怕晒的要做好防晒措施。

以弗所

在世界考古学、宗教史和古代史领域中,以弗所(Ephesus)应当是最著名的遗址之一。遗址位于土耳其共和国西部安纳托利亚地区伊兹密尔(Izmir)南部大约 50 公里的爱琴海西岸。以弗所曾经是一座历史城市,现在已经完全是一片废墟。离遗址最近的现代人类聚落是塞尔丘克(Selçuk)镇,大约 20 公里外还有一个较大的镇库萨达斯(Kuşadasi)。

在古希腊罗马和早期基督教的文献中就已经记载了以弗所的历史和相关重要人物,所以从 19 世纪开始就有人到这里发掘。最早来到这里的是英国工程师伍德(J. T. Wood)。在大英博物馆资助之下,伍德于 1859—1874 年间在此挖掘,发现了小剧场和号称"古代世界七大奇迹"之一的阿尔忒弥斯(Artemis)女神庙遗址。伍德发现的重要文物都运到大英博物馆陈列,包括著名的阿尔忒弥斯女神像。

从 1895 年开始,奥地利考古学研究所在此持续发掘,先后发现了当时的露天市集(Agora)、大剧场、藏书量号称在古代世界排名第三的塞尔苏斯图书馆(Celsus Library)等。从 1954 年开始,以弗所

以弗所遗址远眺。摄于 2005 年 8 月

博物馆的考古学家也参加了考古学发掘，并维修和重建所发现的文物和遗迹。今天，发掘工作仍在进行中，考古学家已将更多的精力放到维护和重修已经发现的建筑遗迹和出土文物、监测和保育遗址周围的自然环境等方面的工作上。[1]

超过一个世纪的考古发掘虽然还没有揭开以弗所古城的全貌，但已经发现了很多重要的雕塑、建筑物和街道等。据目前发掘所见，古代的以弗所是一个依山而建，东西向、平面为长方形的聚落，从西向东分布着希腊罗马时代的海湾大街、可容纳 2.5 万人的大剧场、神庙、大理石大街、塞尔苏斯图书馆、喷泉、长方形会堂、公共浴场，甚至还有妓院、公共厕所等。

---

[1] Mert, B. 2005, *Ephesus*. Istanbul: Mert B. Y. Y. Ltd.

根据希罗多德和其他古代历史文献的记载,以及考古学家的发掘和研究,以弗所作为人类聚落的历史可追溯到距今 5000 年左右。在距今 3000 多年前,当地的土著就在以弗所建立了城市。大约从公元前 1200—前 1050 年,希腊部分居民开始向安纳托利亚地区移民。经过和当地土著的浴血冲突之后,来自希腊的爱奥尼亚人(Ionian)在今天的土耳其西部建立了一系列移民城市,或占领和改建原来当地土著居住的城市,以弗所即为其中之一。[1]

希腊移民在这里建立和发展了与希腊本土不完全相同的文化。他们以农业和与地中海其他国家、地区的贸易为主要经济。今天以弗所遗址的科尔特大道,一头通向著名的图书馆遗迹,另一头穿过以希腊罗马神话中的大力士赫拉克勒斯(Heracles)命名的赫拉克勒斯之门通往小剧院、多米提安神庙、市集等。在以弗所,科尔特大道是一条重要的商业大街,两旁曾经布满了商店。移民到此的希腊爱奥尼亚人崇拜自然、土地和丰收女神阿尔忒弥斯,从公元前 625 年开始就修建神庙供奉这位女神。建于公元前 564—前 540 年的阿尔忒弥斯神庙,据说长 425 米,宽 200 米,高 20 米,有 127 根柱子,号称"古代世界七大奇迹"之一。可惜的是,这个巨大的神庙后来被火烧毁,于公元前 334—前 260 年重建,最后在 262 年哥特人入侵时又被毁掉。[2] 神庙的遗址在现在的塞尔丘克镇外,地面只有一些柱础。在神庙发掘出土的重要文物现在都陈列在大英博物馆中。

据历史文献记载,公元前 5 世纪,以弗所属于波斯帝国。公元前 334 年,马其顿的亚历山大大帝成为以弗所的统治者。公元前 2 世纪,以弗所成为地中海地区最重要的商业港口之一,被纳入罗马帝国

---

[1][2]　Mert, B. 2005. *Ephesus*. Istanbul: Mert B. Y. Y. Ltd.

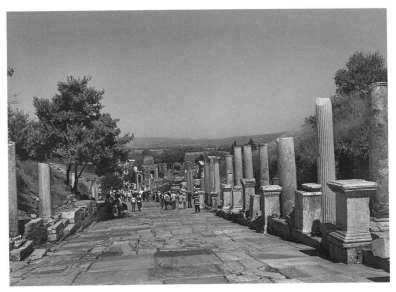

以弗所古城的科尔特大道

的版图。1世纪，以弗所是整个西亚地区最重要的商业贸易中心之一，富甲天下，城市人口达到22.5万人，是罗马帝国在小亚细亚地区的首府，又是政治和学术中心。当时修建的大剧场是爱琴海地区最大的剧场之一，可容纳2.5万人，从一个侧面反映了当时城市人口的数量可观。今天在以弗所还可见到一座建于2世纪、献给罗马皇帝哈德良的庙宇，建筑元素包括装饰精致的科林斯柱式和拱券结构，入门的门楣上方饰有高浮雕，是一座典型的罗马建筑。这座庙宇是由考古学家用出土文物重修起来的，门楣上的高浮雕是复制品，原件在以弗所博物馆展出。[1]

除了大量希腊和罗马时代的文物之外，在以弗所还可以见到古

---

[1] Mert, B. 2005, *Ephesus*. Istanbul: Mert B. Y. Y. Ltd.

能容纳 2.5 万人的罗马时代大剧场

塞拉皮斯神庙遗迹

埃及文明的遗迹。以弗所遗址西部还有一座同样建于2世纪的庙宇，据说是为当时来自埃及的商人所建，供奉埃及的塞拉皮斯（Serapis）神，但神庙的建筑风格仍是罗马式，同样采用了装饰富丽的科林斯柱式和高质量的大理石作为建筑材料。尽管这个庙宇似乎没有完成，有学者仍然认为，这充分说明古代的以弗所是一个具有多种宗教文化的大都会，在这里，不同的文明和信仰可以和平共存。[1]

作为罗马帝国的学术中心之一，以弗所自然需要一座图书馆。这座罗马时代的图书馆位于以弗所古城的中心位置，现存的建筑立面有两层楼，以风格华丽、精雕细刻的科林斯柱式为承重结构托起前门廊，大厅正面分列四座大理石雕像作为装饰，称得上是以弗所最美丽的建筑，因此总是聚集了最多的游客。据研究，这座建筑同时又是一座墓葬。2世纪，以弗所的总督塞尔苏斯（Celsus Polemaenus）去世，他的儿子在他的墓上建了一个富丽堂皇的书房，这就是图书馆的前身。20世纪初期奥地利考古学家在此发掘，在图书馆地面下发现了墓室，还有其他珍贵文物，部分文物后来被运到了维也纳的博物馆。20世纪70年代，考古学家根据出土文物开始重建图书馆的立面，[2]成为今天我们所看到的图书馆遗迹。

除了在古代地中海地区的经济、政治和学术领域扮演重要角色之外，以弗所在基督教历史上也占有重要地位。从1世纪开始就有早期基督徒来到以弗所传教，游说当地民众舍弃原来的多神宗教，包括放弃对阿尔忒弥斯女神的信仰，改信基督教。据历史文献和传说，基督教的早期使徒之一圣保罗于65—68年间曾居留在以弗所；耶稣的母亲圣母玛利亚和圣约翰也曾经在此停留。因此，以弗所又成为天主

---

[1][2] Mert, B. 2005. *Ephesus*. Istanbul: Mert B. Y. Y. Ltd.

游人如织的罗马时代塞尔苏斯图书馆建筑遗迹

塞尔苏斯图书馆的科林斯式柱头和立面装饰细部

教和基督教徒朝圣的地点。[1] 这个考古遗址见证了从古希腊到罗马时代地中海西岸人类的聚落历史和文化变迁，包括多族群和多宗教共存的历史；其历史建筑，特别是图书馆的正立面，又是古代建筑不可多得的精美范例，具有独特的历史、科学和审美价值。因此，无论是从考古学、古代历史、建筑史、宗教史还是从艺术史角度而言，以弗所都是到访土耳其不容错过的重要人类文化遗产。

旅游小知识

交通：

从伊斯坦布尔有长途汽车到伊兹密尔，车程9—10个小时；也可以乘飞机到伊兹密尔。从伊兹密尔中央汽车站可坐公共汽车到塞尔丘克，车程大约1.5个小时。塞尔丘克离以弗所大概3公里，可搭出租车前往遗址，当然也可以步行。伊兹密尔有些旅店可为住客安排从伊兹密尔到塞尔丘克的往返交通。图省事的游客可以在伊兹密尔或者库萨达斯参加当地旅行社组织的一日游前往遗址，但这些一日游往往安排了购物项目，比较浪费时间。

开放时间：

每年的5月到9月是旺季，遗址从上午8：00开放到下午7：00。有两个入口，10月到4月则开放到下午5：00。认真参观完整个遗址大概需要一天的时间。最好付一点钱（2005年的时候成人是4.5欧元）租一个语音导游机，有助游客了解不同的遗迹和文物。

---

[1] Mert, B. 2005, *Ephesus*. Istanbul: Mert B. Y. Y. Ltd.

玫瑰古城佩特拉

位于约旦王国首都安曼南部的佩特拉（Petra）古城，是约旦境内三大著名古代城市遗址之一，也可以说是世界上最美丽的考古遗址之一。当地导游说，"Petra"的意思就是"岩石"。古城坐落在玫瑰色砂岩的群山之中，主要建筑也都在玫瑰色砂岩的山岩上开凿而成。砂岩是一种硬度较低、容易开凿（当然也容易风化）的岩石。古城的修建者充分利用这种岩石的特性，在山崖陡壁的剖面上直接开凿修建各种建筑，而且还用同样的砂岩制成建筑材料。整个古城均为温柔的玫瑰色，因此佩特拉又被称为"玫瑰城"。

佩特拉及其邻近地区很早就有人类居住。公元前6世纪左右，阿拉伯半岛的游牧民族纳巴泰人（Nabataeans）迁徙到这里，并控制了今天以色列和约旦境内相当大一部分土地。通过发展商贸经济，特别是经营阿拉伯、中国、印度、罗马和希腊之间的丝绸和香料贸易，纳巴泰人在公元前4世纪到公元106年建立了一个相当繁盛的王国，佩特拉就是王国的首都。[1] 为了在当地干燥的气候和环境中生存，纳

---

[1] Case Editrice Plurigraf 1996, *Jordan*, Amman: Plurigraf S.P.A.

佩特拉古城的入城通道。
摄于 2005 年 8 月

巴泰人也发展出一套相当成功的灌溉和供水系统。

富裕的王国和巨大的财富难免引起旁人的觊觎。因此，纳巴泰人充分利用当地的地理环境，将佩特拉建成了一座具有高度防御性的堡垒城市。古城的主要入口是一条在山岩之间的狭窄通道，称为"the Siq"。这条通道是利用天然的山间峡谷修凿而成，全长大约 1.2 万米，最窄处的宽度只有大约 3 米。通道两边是高耸入云的陡峭山崖，从通道上望可见典型的"一线天"。在冷兵器时代，来犯之敌要攻入这样的通道，肯定伤亡惨重，几乎是不可能的。当地导游说，古城的唯一弱点是水源来自城外，供水系统的源头当然也在城外。当敌人切断水源时，城内的居民只有投降。

公元前后，由于商贸路径的改变，特别是公元前 25 年罗马帝国皇帝奥古斯都开通了阿拉伯和埃及亚历山大港之间的海上贸易通道，繁盛一时的纳巴泰王国开始逐渐衰落。106 年，罗马帝国皇帝图拉真吞并了纳巴泰王国，佩特拉古城的政治和经济地位一落千丈。363 年，古城又经历了一次严重的地震破坏。中世纪十字军东征的时候，古城曾一度受到重视，但之后就湮没无闻，直到 1812 年才由瑞士旅行家布克哈特（Burkhardt）重新发现并逐渐引起世人的注意。[1]20 世纪以来，来自英国、以色列和美国等国的考古学家先后在佩特拉古城从事发掘工作，复原和修建了部分已经发掘的考古遗迹。美国好莱坞电影《夺宝奇兵》曾经以这座古城为背景拍摄了部分镜头，大大增加了它的世界知名度。今天的佩特拉古城是约旦境内最具吸引力的旅游地点之一，每年都吸引来自世界各地的大量游客。

今天进入佩特拉仍需要通过那条弯弯曲曲的"一线天"。游客可以选择乘坐当地人经营的小驴车进入古城，也可以选择步行。乘坐小驴车的好处是可以从车夫那里得到很多关于古城的信息，包括在通道两旁所见到的古迹，如纳巴泰人特有的墓葬。这组形式独特的墓葬是 1 世纪由一个纳巴泰家庭修建的，上部的四座方尖碑式墓葬年代较早，共埋葬了五位死者。

穿过狭窄的通道便进入古城，眼前的景观豁然开朗。古城的中心坐落在一个巨大的山间盆地，周围是连绵不绝、气势恢宏的玫瑰色群山。城中央有一条宽阔的街道，两旁密集排列着用经过加工的圆形红色砂岩石块叠垒而成的罗马式石柱。竖立在街道上的英文和阿拉伯文说明牌告诉游客，这条街道由纳巴泰人始建，114 年罗马帝国图拉真皇帝吞并纳巴泰王国之后重建，是当年城内的主要商业街道，两边

---

[1] Case Editrice Plurigraf 1996, *Jordan*, Amman: Plurigraf S.P.A.

入口处的方尖碑式墓葬

曾经布满了商店,并且通向城里的大市集。

  中央街道的一侧是纳巴泰人的"大神庙"遗迹,从 1993 年开始由美国布朗大学的考古学家进行发掘。神庙由纳巴泰人建于公元前 1 世纪,平面面积超过 7000 平方米,高度应超过 18 米。神庙的正面曾经有四根高 15 米的巨大圆柱,还有精细的植物雕刻装饰。神庙的主要建筑今天已经不存,但神庙遗迹的宽度和留下的石柱、台阶、内部建筑等,仍可让人感受到当年的恢宏气象。门框上精细的雕塑植物图案又让人体会到纳巴泰人的建筑不仅有气势宏大的一面,也有细腻妩媚的一面。

古城连接市集的中心街道和山上的古代建筑遗迹

中央大道通往开凿在山崖断壁上的大量墓葬，这里埋葬着属于不同时代、不同阶级的古城居民。其中一座崖墓称为"瓮墓"，因在其山形墙上有一陶瓮而得名。这类崖墓的规模巨大，可以想见当时开凿这样一座崖墓所需要的人力和物力，由此也可见墓主人家族所拥有的政治和经济力量。这原是一座皇族墓地，447年曾被当地的主教改作教堂。这大概是历史建筑再利用的古代例子了。

佩特拉古城里面主要的考古遗迹或者古代建筑有十多个，包括"宝库"、罗马露天剧场、"修道院"、罗马战士墓等。其中，依山开凿的半圆形露天剧场，始建于公元前4年到公元27年，据说可容纳4000名观众。这座露天剧场的结构和格局与其他地区所见的罗马剧场大同小异，但仔细看仍可发现建筑师的匠心。剧院高低不等的观众席是沿着倾斜的山坡凿成的，这一设计可大大减少开凿岩石的人力。此外，在今天的伊斯兰国家看到与在欧洲地区所见极其相似的罗马露天剧场，也令人深刻感受到古代罗马帝国宏大的版图和文化的影响力。

要参观佩特拉古城最引人注目的考古遗迹，当然不可遗漏宝库和修道院。宝库位于古城中心区附近，沿着罗马剧场向南不远即可抵达。这座在山崖断面上凿建的建筑，被视为佩特拉最重要的遗迹之一。宝库建于公元前1世纪，可能是纳巴泰王国的一个大墓，或者是一个庙宇。其立面分为上下两层，柱式明显属于科林斯式，立面上部的圆形和斜脊形结构很有特色，在古城其他建筑中也可发现类似的结构。建筑立面上部还有砂岩的人像雕塑作为装饰；中央的圆形建筑顶部雕有一只鹰，据说是纳巴泰人和希腊人所尊崇的一个男性神祇的象征。这座建筑之所以被称为"宝库"，是因为当地的游牧民族贝都因人相信，立面上部中央的圆形"石罐"是海盗收藏宝藏的地方。

如果说宝库以装饰华丽著称，"修道院"则是佩特拉最大和最具气势的建筑。这座建筑位于古城西北的山巅，从古城中心区步行前往至少需要一个小时，而且全部是上山的路，相当崎岖陡峭。不愿意或不能步行的游客可乘坐当地人经营的马匹前往。

虽然名为"修道院"，但并没有证据说明这座建筑曾用为修道院。这座纳巴泰建筑可能是一座庙宇，用来供奉纳巴泰王国全盛时期即公元前1世纪在位的国王奥博达一世（Obodas Ⅰ）。无论其功能是什么，它显然是佩特拉古城最大、保存最完好、气势最撼人的一座建筑。该建筑的立面高约50米、宽45米，中央的圆形"石罐"形结构高达10米左右。对比站在入口的游客，可见该建筑的巍峨恢宏。"修道院"的立面装饰不如"宝库"那么富丽，但却有一种庄严雄浑的气势。

现在，佩特拉古城的这些历史建筑里面都是空空如也，只有宽

罗马露天剧场

敞的岩厦大厅，没有什么文物。只有其中一个纳巴泰人崖墓被用作考古学博物馆，里面陈列了在佩特拉古城历次发掘中发现的部分建筑构件、雕像等；另一些重要的文物则陈列在约旦首都安曼的考古博物馆。不过，据说一个新的考古学博物馆将要建成，里面将会陈列佩特拉历次发掘发现的所有重要文物。

佩特拉古城是距今两千多年前纳巴泰文明的杰出代表。现代人类社会对这个文明了解得不多，因此佩特拉古城的遗迹和文物为我们认识这一"消逝的文明"提供了极其重要的资料。从建筑和审美的角度而言，纳巴泰人对玫瑰色砂岩的利用发挥到极致，不仅善于在山崖上开凿墓葬、露天剧场等，在砂岩上用雕刻和打磨工艺建成各种柱式、山墙和立面，而且还用红色砂岩制成了长方形、方形、圆形等各种形状的建筑材料，用来建造大气恢宏的地面建筑，并加上细致的图

古城的主要遗迹"修道院"

案装饰。整个古城的建筑既气势磅礴,与巍峨的群山融为一体,又富丽堂皇;既有其自身独特的艺术风格,又有希腊和罗马艺术的影响。"大神庙"和各类墓葬从不同角度揭示了纳巴泰人的信仰和政治结构,中央大街和市场展示了纳巴泰人的商业经济,而罗马剧场则证明了罗马帝国对当地的影响。总而言之,佩特拉城内的遗迹和遗物,成为我们认识纳巴泰文明的经济、历史、审美、建筑艺术和技术、社会结构、政治制度、信仰理念以及文化交往的重要物质证据。因此,1985年佩特拉被联合国教科文组织列入世界文化遗产名录。

旅游小知识

签证:

进入约旦王国需要申请旅游签证,可访问约旦王国驻中国大使馆网页。

季节：

约旦的气候干燥温热，夏季尤其炎热，要记得带上足够的饮用水和少量食物。

交通和住宿：

从首都安曼有长途汽车经过佩特拉。另外可以在安曼当地旅行社租车（包司机）前往。后者比较方便，而且费用也不贵。约旦境内还有不少古代文化遗址，可到约旦旅游局的网页上搜寻更多信息：http://www.visitjordan.com。该网页有简体中文版。

语言和风俗：

阿拉伯语是当地的官方语言。2005年，我碰到的部分约旦年轻人能说简单的英语，但上年纪的人一般都不会说。不过，我所遇到的约旦人都十分友善，乐意帮忙。约旦是伊斯兰国家，所以要特别注意尊重当地的文化和宗教信仰。

饮食：

约旦盛产各种橄榄油、果仁、鱼类、肉类等，食材很丰富。我个人最喜欢的是香脆的烤饼和各种果仁，如开心果、腰果等。开心果最早是在中东栽培种植的，约旦的开心果和其他果仁都经过当地的香料加工，非常美味，其他国家制作的同类果仁绝对无法比拟。注意，天然的开心果外壳是褐色的，白色外壳的开心果往往经过了漂白处理。

参观：

古城的开放时间是上午9：00到下午4：00。城内有餐馆，但参观古城主要景点需要一天的时间，不能花太多时间购物和吃午饭。古城的道路崎岖，以山路为主，要到"修道院"更需要走很长的一段山路，所以一定要穿轻便的鞋子。当地导游的信息未必都准确，所以最好还是事先购买一本关于佩特拉的手册。

迦太基

在世界古代史上,迦太基(Carthage)文明、汉尼拔(Hannibal)将军等名字如雷贯耳。即使在参观欧洲宫殿的时候,也时常会见到关于迦太基、罗马帝国、汉尼拔等历史故事的陈述。例如在德国陶伯河上的罗腾堡主教宫殿中的众多挂毯里,就有一幅讲述当年罗马帝国征服迦太基并将之纳入罗马帝国版图的故事。

地中海地区位于欧、亚、非三大洲的交会处,是古代和现代文明交汇、交流和碰撞之处。迦太基文明的代表性遗址迦太基,位于地中海南岸、非洲大陆北部、突尼斯海湾的西岸。从迦太基出发,东面可从陆路抵达埃及,东北面可航海到意大利的西西里岛,更可进一步抵达中东地区,北面可穿过地中海抵达意大利的撒丁尼岛,向西可从陆路到达北非的摩洛哥,向西北则可航行到西班牙和欧洲南部其他地区。显然,迦太基位于地中海一个非常重要的战略位置,而这一古老文明的繁衍和衰落又都与此相关。

根据考古学研究,以小麦和大麦栽培为主的农业经济,早在距今 1 万年左右便出现在中东地区,随后向北进入欧洲,向南则进入非洲北部。农业经济为古代人类提供了相对较多和较稳定的食物,也促进了社会分工、贸易发展。位于非洲北部海岸的迦太基文明,便是以农业和贸易为主要的经济基础。

迦太基最早的城市是地中海地区腓尼基文明的殖民地。腓尼基文明大约在公元前 15 世纪出现于中东沿海地区,并在公元前 12—前 8 世纪左右达到巅峰,其政治影响力曾经遍及整个地中海地区。腓尼基文明以海洋贸易为经济基础,是独立的城邦国家,其拼音语言被公认为西方拼音文字的祖先。公元前 6 世纪以后,腓尼基人被来自中东的亚述人、巴比伦人和波斯人统治,最后在大约公元前 332 年被马其顿的亚历山大大帝所征服。[1]

据说,腓尼基文明的城邦国家之一泰尔(Tyre)城国王的妹妹埃利莎(Elissa)公主在大约公元前 9 世纪来到北非的迦太基,在公元前 814 年开始兴建迦太基古城。不过,目前在迦太基附近发现年代最早的陶器制作于公元前 760—前 680 年左右,比传说中迦太基建城的时间稍晚。考古学家还在这里发现了三个墓地,但尚未发现公元前 7 世纪以前的居址遗迹。[2]

由于独特的地理位置,迦太基在北非、欧洲和西亚地区的海上贸易中扮演着重要的角色,很快就成为当时整个地中海地区主要的贸易中心。以迦太基城为中心,当时的迦太基帝国控制着北非和欧洲南部海岸地区。这个时期被称为迦太基文明的"布匿时期"(Punic period)。"Punic"在拉丁语中意为"腓尼基的";因为迦太基人来自腓尼基,故用以指迦太基人,或迦太基文化。[3]

从公元前 6 世纪开始,迦太基文明就与希腊文明及后来的罗马

---

[1][2] Gates, Charles, 2003, *Ancient Cities*, 2nd edition, Oxford and New York: Routledge.
[3] Anonymous, unknown year, *Carthage: History, Monuments, Arts*, Tunisia: Rotalsele & Sitcom.

文明发生冲突。公元前 264—前 146 年，逐步崛起的罗马帝国与迦太基帝国在地中海地区为争夺土地、资源和人口而爆发了三次战争，在世界史上被称为"布匿战争"（Punic wars）。第一次布匿战争，迦太基帝国输多赢少。在第二次布匿战争中，迦太基名将汉尼拔曾挥军进入罗马帝国境内，取得一系列胜利，但罗马入侵迦太基，迫使汉尼拔回师北非，最后被罗马将军西庇阿（Scipio Africanus）击败，迦太基帝国也被迫向罗马帝国支付战争赔款，经济和政治实力受到进一步削弱。最后一次布匿战争发生在公元前 149—前 146 年间。在这次战争中，迦太基城被罗马军队围困三年，城中不少人饿死，更多的人战死。最后罗马军队攻城，迦太基人虽然顽强抵抗，最后仍寡不敌众。整个城市被罗马军队彻底破坏，幸存者沦为奴隶，许多重要历史文献被付之一炬。[1]因此，今天在迦太基遗址中，属于布匿时期的考古遗迹和遗物的数量都较少。

　　这三次战争改写了地中海、欧洲和北非地区古代文明的版图，从此迦太基文明灭亡，罗马文明成为地区霸主。土地富饶、盛产谷物的北非成为罗马帝国的主要粮仓，每年大量的粮食从迦太基港运往意大利和其他罗马城市。[2]罗马军队摧毁了布匿时期的迦太基城之后，在公元前 29 年重新建造罗马风格的城市，这也是今天迦太基遗址主要的文物和遗迹。此后迦太基成为罗马帝国非洲行省的政治和行政中心，直至公元 7 世纪阿拉伯文化进入，迦太基才被毁弃，其政治和行政中心的地位被突尼斯城取代。[3]

　　迦太基遗址之后荒废了相当长的一段时间，直到 19 世纪才有来

---

[1][3]　Scullard, H. H. 2002, *A History of the Roman World, 753 to 146 BC*, Routledge.
[2]　Anonymous, unknown year, *Carthage: History, Monuments, Arts*, Tunisia: Rotalsele & Sitcom.

自法国的耶稣会教士开始对遗址进行发掘。从 20 世纪 70 年代开始，考古学家对这个遗址进行了规模可观的发掘和研究。[1] 遗址现存面积大约 5 平方公里，平面为不规则的长形，在遗址上建有"迦太基考古公园"。遗址内不同时期、不同性质的遗迹分布在不同的地点，年代分属于布匿时期、罗马帝国时期及中世纪时期。由于公元前 146 年罗马军队攻克迦太基城之后的大规模破坏，遗址内属于布匿时期的遗迹数量较少，主要是房屋聚落和少量墓葬。迦太基遗址内主要的遗迹和文物都属于罗马时期，如图书馆、希腊神话里医药之神埃斯科拉皮奥斯（Aesculapius）的神庙遗迹、市政广场、坐落在山坡上的罗马房屋聚落、半圆形剧场和位于海边的巨大罗马浴场等。此外，遗址公园里还有一个博物馆，收藏和展示迦太基遗址出土的部分文物，包括罗马时代的雕塑、马赛克拼图、陶器和玻璃等。通过观赏这些遗迹和遗物，游客可从中了解罗马时代迦太基城市的规模、公共设施和民众的生活方式、社会等级和审美概念等。例如，罗马聚落是罗马帝国时期迦太基贵族的聚居地，其中有一座用多种马赛克拼图装饰地面的豪宅，既显示了罗马贵族的财富，又反映了罗马时代的房屋结构布局、建筑技术、艺术和审美标准、人物形象和服饰等。

浴场是在罗马时代考古遗址经常可见的遗迹，但迦太基的罗马海滨浴场不论是规模、气势，还是结构的复杂，在同类遗迹中都可说是首屈一指。这是罗马帝国第三大的浴场，建成于 2 世纪罗马皇帝安东尼统治期间，故称为"帝国安东尼浴场"（The Imperial Antonine Baths）。从现在留下的遗迹来看，大浴场的建筑分为上下两层，底层

---

[1] Anonymous, unknown year, *Carthage: History, Monuments, Arts*, Tunisia: Rotalsele & Sitcom.

布匿时期的房屋聚落遗迹。摄于 2013 年 12 月

埃斯科拉皮奥斯神庙巨大的柱础

考古遗址篇

罗马时代聚落遗址

罗马时代豪宅地面的马赛克装饰

坐落在海滨的罗马时代安东尼帝国大浴场,以及高高耸立的科林斯石柱

由密集相连的穹隆形结构所支撑,上层可见高耸的科林斯石柱和厚重的砖砌建筑构件。在遗迹现场有一幅复原图。根据这幅图,当时的罗马浴场下层是储存燃料的仓库,为浴场提供热能的巨大炉灶也位于下层;上层则是一座穹隆形的高大建筑,内部装饰华丽,设施齐全,包括更衣室、桑拿、热水浴池等,还有室外游泳池。整个浴场可以同时接待数以千计的顾客。[1]

迦太基出土的罗马时代建筑遗迹和遗物,与欧洲各地和西亚(约旦)所见的罗马时代建筑遗迹和文物可谓大同小异,都见到科林斯柱式、马赛克装饰的房屋地面、彩绘的壁画等。欧、亚、非三大洲

---

[1] Anonymous, unknown year, *Carthage: History, Monuments, Arts*, Tunisia: Rotalsele & Sitcom.

罗马时代遗迹和遗物的这种相似性，说明罗马帝国的统治者在其广大的疆域、多种多样的原住民文化中，成功地推行了罗马文化的很多重要因素，包括城市的设计和布局、主要的政治、宗教和社会设施，以及建筑工艺和艺术等。这可以作为人类学考古学研究古代文化交流和某种"同化"现象的重要证据。

值得指出的是，18世纪以来，西方殖民主义者经常将非洲描绘成一片蛮荒之地，是"野蛮和落后"的地方。但是，迦太基遗址向我们揭示了非洲大陆古代文明的源远流长。非洲大陆不仅有埃及文明，还有曾经显赫一时、影响整个地中海的迦太基文明，而迦太基遗址就是这个古老文明最重要的物质见证之一，而这也正是这个遗址最重要的文化和社会价值之一。它向世人证明非洲大陆在人类文化发展中同样占有重要的地位，做出了重要的贡献。

旅游小知识

签证和货币：

进入突尼斯需要办理签证。突尼斯的货币是第纳尔（DT），2013年12月的时候，1第纳尔大约可兑换0.5欧元。在酒店和机场都可以兑换，但机场的兑换率相对较低。

交通：

突尼斯是法国的前殖民地，法国航空公司每天有多班航班从巴黎戴高乐国际机场直飞突尼斯。迦太基遗址位于突尼斯城东面的海滨地区，距离首都大概只有十来公里的距离。突尼斯国际机场即以迦太基命名，称为"迦太基国际机场"。在世界各国首都国际机场中，以一个考古遗址命名的机场似乎数量不多，由此可见迦太基遗址在当地的重要性。

游客可乘火车从突尼斯前往迦太基遗址。遗址的范围颇大，需要在不同的火车站分别上下车,然后再步行前往参观各考古遗迹,需要足够的时间和体力。另外一个方法是请酒店职员代为联系当地的出租车,讲好价钱,司机将客人带到迦太基遗址的各主要地点参观,参观完后再带回市区酒店,这样比较节省时间和体力。2013年12月时,这样一个行程的价钱是100突尼斯第纳尔,不到50欧元。当然进入遗址到各个地点还是要步行的,特别是在罗马房屋聚落和罗马浴场,要步行相当的距离,所以穿着要轻便。

饮食:

突尼斯的烹饪有地中海烹饪文化的特色。突尼斯北部和东部面向海,所以食品原料中有很多海产品。当地也盛产橄榄,所以橄榄制品也很常见。主要的食物有烤饼、煎蛋卷、烤鱼和牛羊肉排等。此外,北非地区盛产各种果仁、椰枣、蜜枣、无花果等,既健康又美味,值得品尝。

宗教信仰和风俗习惯:

突尼斯是伊斯兰国家,所以宗教在当地的社会文化和生活中扮演着很重要的角色。因为穆斯林每天有定时祈祷的时间,所以如果出租车司机到一定时间说要停车去祈祷,请尊重他们的信仰,耐心等候。

在突尼斯,以我的经历,当地人能够说英语的不多,会说法语的不少,大概因为突尼斯曾经是法国殖民地的关系。如果是自由行的话,学几句法语会很有用。

庞贝古城

庞贝（Pompeii）位于意大利拿坡里省（Province of Naples，"拿坡里"是意大利语发音的译音，"那不勒斯"是英语发音的译音）。从地图上看，意大利半岛很像一只高跟靴子，从欧洲南部伸进地中海，隔海和地中海南岸的北非相望，东边是希腊和中东。这里是多个古老文明汇聚、交流、互动的核心地区，曾经是盛极一时的罗马帝国首都所在，又是欧洲文艺复兴运动的起源地。从中世纪以来，这里就是天主教教廷中枢所在。具有如此丰富淳厚的历史文化背景，无怪乎意大利境内到处是考古遗迹和各种各样的历史建筑。在联合国教科文组织的世界文化遗产名录上，意大利拥有的世界文化遗产数量最多。

庞贝大概是世界上知名度最高的考古遗址之一。古城坐落在意大利东面的拿坡里海湾。这里风景秀丽，夏天海风送爽，不像罗马那样炎热，所以自罗马帝国时代以来，这里就是富裕人家和上层社会的避暑胜地。由于靠近维苏威火山，火山灰是极好的肥料，因此这里土地肥沃，农业发达。此外，靠近海岸线的地理位置也便于人们从事海陆贸易和其他经济活动。[1]

　　根据历史文献和考古学的研究，庞贝始建于大概公元前9世纪到前8世纪，距今已经有将近3000年的历史了。古代庞贝以农业、海陆贸易为经济基础。公元前5世纪，埃特鲁斯坎人（Etruscans）曾经一度管治庞贝。从公元前3世纪开始，罗马帝国开始入侵意大利南部，庞贝也逐渐成为罗马帝国的一部分。在罗马帝国统治时期，庞贝的经济不断发展，城市人口持续增加，成为帝国最重要的经济和政治中心之一，其城市面积一度达到66公顷。靠海陆贸易致富的商人成为庞贝城中具有影响力的"中产阶级"，为了从掌握政权的贵族阶级那里分享权力，他们在城里建造了很多华丽的住宅，通过炫耀财富来增加其政治影响力。[2]

　　庞贝古城的覆灭是世界古代史上最惨烈的悲剧之一。79年8月24日，维苏威火山突然大爆发，一时烈焰腾空，通红的滚滚熔岩奔腾而下，在很短的时间内涌向庞贝、赫库兰尼姆（Herculaneum）和斯塔比亚（Stabiae）三座城市，迅速埋葬了城市内所有的建筑、器物和走避不及的居民。此后维苏威火山又曾多次爆发，最近的一次爆发在1631年。[3] 因为火山灰是良好的肥料，而且自然环境优美，因此尽管每次火山爆发都令很多人丧生，人类还是一次又一次回到这里居住。目前这里仍是意大利人口最密集的地区之一，庞贝古城附近就有现代的庞贝镇。

　　维苏威火山两千多年前的那次大爆发将庞贝的城市文化突然凝固，直到19世纪才通过考古学家的发掘而重见天日。今天游客所看

---

[1][3] Santini L. 1998, *Pompei*, Terni: Plurigraf.
[2] http://whc.unesco.org/en/list/.

庞贝市政广场的巴西利卡遗迹。摄于 1998 年 5 月

到的都是经过考古学家发掘、整理、复修之后的考古遗迹,不过这只是庞贝古城的一部分。庞贝古城中的主要景点包括市政广场和阿波罗神庙、圆形大剧场、公共浴场、陈列出土文物的考古博物馆,以及民居、商铺等。

庞贝古城的平面大致为长方形,周围有城墙围护。城市的布局是典型的罗马风格,城市的街道分为南北向和东西向。南北向的被称为"cardo",主要的南北向大街被称为"cardo maximus",通常是商店林立之处,也是城市的经济中心。东西向的街道则被称为"decumanus"。[1] 根据城市所在的自然地貌和文化需求,有些罗马城市以南北向大街为主要街道,有些城市以东西向大街为主要街道,但无论是哪一种形式,市政广场通常都位于南北和东西大街的交会处。

---

[1] Santini L. 1998, *Pompei*, Terni: Plurigraf.

阿波罗神庙遗迹

罗马时代的市政广场是政府机构、宗教建筑和中心市集所在地，是城市的经济、政治、社会和宗教中心。在这里通常有一座被称为"巴西利卡"（Basilica）的建筑，便于政府官员在此管理和解决当地的行政、法律和商业事务。到了中世纪，巴西利卡往往又是宗教活动的中心。

庞贝古城的市政广场平面是个不规则的长方形，广场的北面是供奉希腊罗马大神朱庇特的神庙，西南是巴西利卡和阿波罗神庙，东面则是其他的神庙和重要建筑。阿波罗神庙的遗迹保存较好。阿波罗是古代希腊罗马信仰体系中一个很重要的神，被视为太阳、音乐、舞蹈、奥林匹克之神，又具有管理城市、宗教、惩恶扬善等多种功能。庞贝的阿波罗神庙可能始建于公元前6世纪，比市政广场的其他建筑要古老得多。神庙后来又经过扩建，既有意大利风格又有希腊风格。[1]

---

[1] Santini L. 1998, *Pompei*, Terni: Plurigraf.

整座神庙的平面呈方形，周围有48根高耸的石柱环绕，中央的高台上是长方形的神殿。神殿内既有供奉阿波罗神的祭台，也有阿波罗和罗马神话中执掌狩猎、月亮和生育女神狄安娜的雕塑；但这两件雕塑的原件放在拿坡里考古学博物馆，庞贝古城所见的是复制品。整个市政广场的遗迹不仅可让游客认识罗马时代城市的格局，也可了解宗教信仰在城市生活中的重要性。

露天剧场是罗马时代几乎每个城市都有的公共设施，庞贝城里有好几个剧场。其中最大的是圆形露天剧场（Amphitheatre），建于公元前80年，至少可容纳1.2万名观众。圆形剧场的旁边是运动场。从这里还可远眺现代的庞贝镇。

另外一座"大剧场"，则是罗马时代典型的半圆形露天剧场。剧场始建于公元前2世纪，是城中较古老的建筑之一，保留了希腊时代的建筑风格，可容纳5000名观众。庞贝城里还有不少较小的剧场，包括室内剧场（Teatro Piccolo）。罗马时代剧场的座位通常分为底层、中层和高层，底层中央的座位是留给社会上层人物的，高层的座位则留给罗马帝国的自由民，如商人、手工业者、农民和工匠等。[1]

除了上述公共设施之外，不可错过的还有庞贝城中的贵族豪宅、平民房屋、商铺、作坊，甚至妓院，以及街道墙上两千多年前的选举标识和涂鸦，后者是古代庞贝政治制度的生动记录。在庞贝城，既可见到用马赛克装饰地面的豪宅，如"野猪宅"，因为其地面马赛克有一幅猎狗围攻野猪的图案而得名；或墙上布满美丽绘画装饰的"维纳斯之家"，因为屋子的墙上有一幅"贝壳中的维纳斯"而得名；或"塞伊之家"（House of the Ceii），建于公元1世纪左右，其花园北墙

---

[1] Santini L. 1998, *Pompei*, Terni: Plurigraf.

圆形大剧场，可远眺现代庞贝镇和维苏威火山

的绘画动物形象生动栩栩如生，等等。还有室内只有简单土床的平民住宅，这些住宅不仅是罗马时代建筑和绘画艺术的物质证据，也真实地反映了当时庞贝的社会结构和贫富差别。此外，城中的商铺和作坊遗址有助于我们认识罗马时代的工商业经济和手工业格局。

庞贝古城全面展示了罗马时代城市的布局规划、建筑技术和风格、审美和艺术、宗教信仰，乃至政治结构和社会等级。通过参观庞贝古城，我们可以对两千多年前的罗马文明，特别是当时城市中不同阶层居民的经济、政治和社会生活，有一个比较全面的认识。庞贝同时也是一个典型的人与自然的故事，其地理位置既是城市繁荣和居民财富的重要原因之一，也是城市毁灭的主要因素。如何取和舍，如何与自然相处，是庞贝留给世人思考的永恒主题。

贵族住宅"塞伊之家"内的壁画装饰

旅游小知识

签证：

意大利是欧洲申根公约国。如果没有其他申根国家的签证，则需要申请意大利旅游签证。

季节：

意大利位于欧洲南部，夏季可以达到将近40℃的高温。若在夏天前往，需要有心理准备，带好防晒油、太阳眼镜、帽子和饮用水等。打太阳伞在当地是不流行的。怕晒怕热的可选择春秋前往。

交通：

从拿坡里或者索伦托（Sorrento）都有火车直接到庞贝，十分方便。拿坡里火车站的工作人员会讲英语的不多，但只要发出"庞贝"这个音，他们就会指引游客到相应的站台。注意要在"Pompeii

Scavi"（庞贝废墟）车站下车，下车走一百多米就到遗址的入口处。若坐车到"Pompeii"站则会到达现代的庞贝镇，要走一大段路才到入口处。

语言和风俗：

在意大利，年青一代会说英语的稍多，中年以上的意大利人会说流利英语的都不太多。不过，意大利人普遍开朗热情，乐于助人，即使不会说英语，也会用身体语言、笔画地图等方法帮助游客。如果游客学会说一两句意大利语，如"谢谢""再见"之类，当地人就会表现得更加热情友好。

住宿：

可以住在拿坡里，也可以住在索伦托，除了看庞贝之外还可以参观市内其他的古建筑。如住在拿坡里，还可以参观拿坡里考古博物馆中陈列的庞贝出土文物，以及古老的城门、碉堡等。当然也可以住庞贝镇，但在庞贝镇住宿的选择不多。

饮食：

庞贝遗址里面是没有餐厅的，游客需要到遗址外的餐厅去吃饭。若不愿意花时间，也可自带食物。喜欢意大利食物的游客自然如鱼得水，可品尝到各种各样的意大利面、薄饼、奶酪、沙拉、著名的提拉米苏（甜到发腻）等。不喜欢意大利食物的游客可以选择去当地的中餐馆或者麦当劳之类的快餐店就餐。不过，意大利香浓的咖啡值得尝试。

参观：

庞贝遗址每年4月到10月的开放时间是从早上8：30到下午7：00，下午6：00停止入场；11月到次年3月的开放时间是从早上8：30到下午5：00，下午3：30停止入场。在遗址入口处有免费的大件行李寄存处，方便游人轻松参观。庞贝遗址里面只能步行，而且不少地方的道路并非十分平坦；大致看完整个庞贝遗址的主要景点最少需要一天的时间，所以，一定要穿舒适轻便、可以走长路的鞋子，高跟鞋和拖鞋都不适合。

想知道更多庞贝的故事，或想寻找更多的意大利境内名胜古迹，可浏览下列意大利国家旅游局的网页，有中文版：http://www.italia.it/en/discover-italy/campania/poi/the-archaeological-site-of-pompeii.html?no_cache=1&h=Pompeii。

杰拉什

杰拉什（Jerash）古城位于约旦阿杰隆（Ajloun）山地上，在首都安曼以北大约 58 公里。这里有一座号称欧洲以外保存最好的罗马帝国城市遗址，有人称它为"东方的庞贝"。这座城市在罗马时代被称为"Gerasa"，现在被称为杰拉什。罗马时代的中东地区有十个城市组成了十城联盟"德卡波利斯"（Decapolis），杰拉什是这个联盟的成员。[1] 今天，杰拉什是约旦境内最著名的三大古代城市遗址之一，另外两个古城遗址分别是佩特拉和巴尔米拉（Palmyra）。不仅如此，在罗马帝国之前，杰拉什已经是古代人类重要的聚落之一，见证了这个地区数千年来人类和文化的变迁。

杰拉什所在的约旦河谷，气候温和，降水丰沛，河流众多，土地肥沃，很早就有人类在此活动。这里也是世界上最早出现农业活动的地区之一，作物主要是小麦、大麦和果树，也牧养牛、羊等家畜。

---

[1] Sandias, M. 2011, "The reconstruction of diet and environment in ancient Jordan by carbon and nitrogen stable isotope analysis of human and animal remains", in *Water, Life and Civilization: Climate, Environment and Society in the Jordan Valley*, pp. 337–346, eds. Steven Mithen and Emily Black. Cambridge: Cambridge University Press.

伴随着农牧业经济的发展和产品的增加，贸易活动逐渐兴盛。目前所见世界上最古老的城堡耶利哥（Jericho），始建于8000多年前，位于今巴勒斯坦境内，其兴建就是为了保护约旦河谷的古代贸易商道。在杰拉什西面有个著名的考古遗址佩拉，早在距今3000多年前，佩拉城的居民就从事酒、橄榄油、羊毛、纺织品和牛羊的贸易，与非洲大陆的埃及文明有密切关系，甚至一度受埃及管治。[1]

公元前322年，马其顿国王亚历山大大帝攻占叙利亚，开始在地中海东岸地区建立希腊文化区。杰拉什最早的聚落大概出现于公元前2世纪早期，即希腊文化期。早期的聚落可能叫作安提阿（Antioch），规模较小，房屋主要聚集在河流西岸较高的山坡上，还发现了农业的设施和一个供奉希腊主神宙斯的小型神庙。公元前64年，罗马帝国的将军庞贝征服了约旦河谷，将这里变成罗马帝国的叙利亚行省，安提阿城改名为"Gerasa"。

罗马帝国时期，杰拉什是罗马帝国叙利亚行省的省会。现在我们看到的城中主要建筑如椭圆形广场、神庙、剧场、主要街道等，多是在这个时期建成。129—130年，罗马帝国皇帝哈德良，就是那个决定在英国北部修建长城的皇帝，曾驾临杰拉什。杰拉什的哈德良拱门即建于这一时期。286年罗马帝国分裂，杰拉什成为东罗马帝国的一部分。这时期杰拉什仍然依靠当地的商业贸易活动而保持着经济上的繁华。[2]

---

[1] Sandias, M. 2011, "The reconstruction of diet and environment in ancient Jordan by carbon and nitrogen stable isotope analysis of human and animal remains", in *Water, Life and Civilization: Climate, Environment and Society in the Jordan Valley*, pp. 337-346, eds. Steven Mithen and Emily Black. Cambridge: Cambridge University Press.

[2] Khouri, R. 1986, *Jerash - A Frontier City of the Roman East*, Hong Kong: Longman Group LTD.

自古以来，中东地区便有不同的族群生存繁衍，多种宗教在这里或并存，或互相排斥，不同的文化在这里或共存，或冲突。杰拉什古城的历史也不例外。罗马帝国灭亡以后，杰拉什城中的陶器制作和商业贸易在约旦河谷和邻近地区的经济活动仍扮演着相当重要的角色。从 6 世纪开始，杰拉什出现了不少拜占庭风格的建筑。614—630 年，波斯人占领了杰拉什。7 世纪，伊斯兰文明在阿拉伯半岛兴起并逐渐向外扩张，在中东的影响力也逐步增加。636 年，伊斯兰军队打败了拜占庭军队，杰拉什成为伊斯兰帝国的一部分。当时杰拉什城中的居民既有基督教徒也有穆斯林，不过后者可能占多数。750 年以后，随着巴格达作为当地政治和经济文化中心的崛起，杰拉什的地位逐渐下降。8、9 世纪之交时，这里曾出现一次地震，城市逐步荒废，9 世纪之后成为废墟，直到 20 世纪 20 年代才又被重新发现，并经过多年的考古发掘和古迹保育，成为今天的模样。[1]

杰拉什古城遗址见证了从公元前 2 世纪到近代约旦河谷的人类文化变迁，反映了从古罗马帝国、拜占庭帝国到伊斯兰文明在中东地区两千多年的历史。今天的杰拉什古城保存了罗马帝国时期城市的基本布局，仍可见到城墙、城门以及城内的建筑，如街道、商店、半圆形剧院、广场、不同宗教的庙宇以及大量的建筑构件，还有其他出土文物。这些遗迹和遗物大部分属于罗马时代，也有一些属于拜占庭和伊斯兰文化。通过参观杰拉什，游客可认识地中海地

---

[1] Khouri, R. 1986, *Jerash: A Frontier City of the Roman East*, Essex: Longman Group Ltd; Sandias; M. 2011, "The reconstruction of diet and environment in ancient Jordan by carbon and nitrogen stable isotope analysis of human and animal remains", in *Water, Life and Civilization: Climate, Environment and Society in the Jordan Valley*, pp. 337–346, eds. Steven Mithen and Emily Black. Cambridge: Cambridge University Press.

区古代城市聚落的发展和文化变迁，罗马帝国在地中海地区的影响，西亚地区文化在罗马帝国文明中所扮演的角色，以及不同古代文明在这里的碰撞和交流。

现存的杰拉什古城平面近似方形，城市的最南端是哈德良拱门，拱门之北是大竞技场，再往北数百米便是城市的南门。进入南门不远是宙斯神庙和半圆形剧场，神庙的东北面通向壮阔的椭圆形广场；后者的北端连接杰拉什的主要街道"卡多"（Cardo）的南端起点。"卡多"呈东北—西南走向，长约 600 米，是古代杰拉什的城市中轴线，当时街道两旁应当都是店铺和重要的公共建筑，现在则矗立着装饰华丽的科林斯式石柱。杰拉什重要的古代建筑大多分布在中轴线的南端和西侧，包括罗马时代的剧院、神庙、喷泉、浴场等，都是罗马帝国城市中常见的公共建筑。中轴线的东侧还有浴场、商店、小型的庙宇和住宅遗迹等。"卡多"的北端是城市的北门。与"卡多"垂直的还有两条大体东西向的街道，分别位于城市的南部和北部。此外，城中还有建于不同时代的住宅、商店、陶窑、墓葬等古迹，包括少量拜占庭时期的建筑遗迹，以及建于 7—8 世纪的清真寺遗迹等。

在杰拉什古城中，哈德良拱门、大竞技场、椭圆形广场、城市南端的宙斯神庙、中部的狄俄尼索斯（Dionysos）神庙和阿尔忒弥斯神庙，还有位于"卡多"西侧的罗马喷泉，是最壮观、最华丽、最具有代表性的建筑。如上所述，哈德良拱门是在 129—130 年为了纪念罗马皇帝哈德良到访杰拉什所造。拱门之北就是巨大的竞技场，平面为长椭圆形，长约 245 米，宽约 52 米，据说可容纳 1.5 万名观众。不过，这个大竞技场的建造年代、建造是否已经完成、是否曾经使用

大竞技场。摄于 2005 年 9 月

杰拉什城市的中轴线"卡多"、椭圆形广场和宙斯神庙遗址
(左前面的长方形建筑遗迹)

等,都还有待研究。[1]

经过大竞技场之后的现代游客中心,便是杰拉什古城的南门。南门的西侧是宙斯神庙的遗迹。在古代希腊罗马神话中,宙斯是天空、气象、法律和命运之神,是"万神之王"。因此,在希腊、罗马城市中,供奉宙斯的神庙具有重要的位置。杰拉什的宙斯神庙只剩下建筑的部分遗迹和散落在地面的大量建筑构件,据此可看出神庙的主要建筑是个长方形的大殿,由巨大的石柱和石墙组成。据法国和约旦考古学家研究,早在公元前1—前2世纪杰拉什作为希腊文化城市的时候,就已经建有一座希腊神庙。现存的宙斯神庙建于162—163年,规模宏大,展示了杰拉什当时作为罗马帝国叙利亚行省省会的地位。宙斯神庙不仅成为当时城市居民重要的宗教活动场所,而且和邻近的椭圆形广场、半圆形剧场一起,成为古代杰拉什城市的政治、宗教和社会中心。[2]

杰拉什椭圆形广场长轴90米,短轴80米,气势恢宏,地面铺满大石板,160根爱奥尼亚石柱环绕广场,石柱上面有石梁衔接。希腊古典建筑有三大柱式:多立克式、爱奥尼亚式和科林斯式,以多立克式最为恢宏而线条简洁、科林斯式最为修长而装饰秀丽。罗马文明沿袭了希腊建筑艺术的风格,因此在杰拉什可见到爱奥尼亚和科林斯式的石柱,也发现过多立克式石柱的碎片。在杰拉什可见到希腊古典建筑的三大代表性柱式,等于上了一节希腊罗马建筑的入门课。

在"卡多"西侧的众多建筑遗迹中,供奉狄俄尼索斯和阿尔忒

---

[1][2] Khouri, Rami 1986, *Jerash: A Frontier City of the Roman East*, Essex: Longman Group Ltd.; Sandias.

狄俄尼索斯神庙的入口和台阶

弥斯的两座神庙无论是从规模和建筑工艺上都十分引人注目。狄俄尼索斯是希腊神话中天神宙斯的儿子，既是酒神，也是农业和欢乐之神。杰拉什的酒神神庙最早建于2世纪，但通向神庙的入口和楼梯则是4世纪重建的，带有拜占庭艺术风格。因为4世纪基督教在中东地区的势力增大，狄俄尼索斯神庙被改作教堂，因此这个气势恢宏、装饰华丽的入口又被称作"大教堂入口"。沿着入口的楼梯到达庙宇的顶部，可见到4—6世纪的基督教建筑。[1] 因此，除了其建筑工艺和艺术风格的特色之外，狄俄尼索斯神庙还见证了古代杰拉什不同时期不同宗教文化的兴起和衰落。

---

[1] Khouri, Rami 1986, *Jerash: A Frontier City of the Roman East*, Essex: Longman Group Ltd.; Sandias.

阿尔忒弥斯神庙遗址

阿尔忒弥斯神庙位于狄俄尼索斯神庙的北端。在希腊罗马神话中，阿尔忒弥斯是宙斯的女儿、太阳神阿波罗的姊妹，是狩猎与月亮女神，也是罗马时期杰拉什的城市守护神。阿尔忒弥斯神庙始建于2世纪，是杰拉什最精细、最重要的单体建筑。神庙平面呈长方形，建在一个长约40米、宽约20米的基座上，基座下为宽百余米的长方形平台，通往平台有两层宽敞的台阶。神庙建筑遗迹包括高大的科林斯式石柱和2—7米厚的石墙。[1]

建于2世纪末的罗马喷泉水池也是杰拉什城内重要的公共建筑。尽管这个喷泉水池的规模不大，宽度在22米左右，但建筑和

---

[1] Khouri, Rami 1986, *Jerash: A Frontier City of the Roman East*, Essex: Longman Group Ltd.; Sandias.

硕大而雕饰华丽精细的石建筑构件

石雕工艺之精细、华丽却令人叹为观止。喷泉建筑的平面呈圆弧形,正面有两层罗马建筑特有的圆拱形结构,顶部有三角形山墙,上面布满了繁复华丽的石雕纹饰,包括七个雕刻的狮子头。这座喷泉水池具有鲜明的罗马建筑风格,是罗马时代杰拉什的代表性建筑之一。

城市是人类聚落的一种模式,一个城市的设施通常必须满足居民的居住、健康卫生、经济活动、政治活动、宗教活动和消闲娱乐的需求。从现存的建筑遗迹来看,早在罗马时代,杰拉什已经建造了各种建筑来满足城市居民的各种需求,住宅、商店、陶窑等无疑是为古代杰拉什居民的居住和经济活动服务的,剧院为居民的消闲娱乐服务,喷泉和浴场为居民的生活和健康服务,各种庙宇为居民的宗教信仰服务，而建于1世纪的椭圆形广场则应当是行政管理和政治中心。[1]

　　一个城市公共建筑的规模、技术和工艺，反映了这个城市的经济能力和政治地位。杰拉什现存古代建筑呈现出的恢宏大气，巨大的建筑构件上华丽精细的石雕装饰，不仅说明当时石雕工艺技术的成熟和无名工匠的创意，反映了罗马时代的审美和艺术观念，更看出当时投放在城市建筑中的大量人力和物力资源，也间接证实了罗马时期杰拉什城市的繁荣和财富。

旅游小知识

交通和住宿：

　　尽管杰拉什古城邻近现代的杰拉什城，但城中住宿很不方便，游客多数是从安曼出发到杰拉什游览，当天返回安曼。如早出晚归，有一天的时间足可看完整个城市遗址的主要建筑。从安曼有公共汽车前往杰拉什，也可以在安曼当地请酒店帮忙找可靠的旅行社租车（包司机）前往，不仅节省时间，也更具自由度。

参观：

　　古城开放的时间，冬天是上午8：00到下午4：00，夏天是上午8：00到下午5：00。在杰拉什城内参观只能步行。遗址的面积相当可观，需要步行的距离颇长，故衣履以轻便舒适为宜。南门的旅客入口处有个餐厅，游客可在此用餐；城中其他地方没有出售饮品或食物的商店（至少在2005年是如此），游客最好随身带足饮用水。

---

[1] Khouri, Rami 1986, *Jerash: A Frontier City of the Roman East*, Essex: Longman Group Ltd.; Sandias.

帕伦克

玛雅文明是人类重要的古代文明之一。经过考古学家、历史学家的多年研究,加上 20 世纪 60 年代之后学术界成功释读了部分玛雅文字,现代人对玛雅文明已经有相当的认识。玛雅文明大约始于公元前 500 年,主要分布在中南美洲大陆,以农业和贸易为经济基础,大约在 300—900 年进入全盛时期,无论建筑、城市化和艺术的发展都达到空前的高度,出现了众多城邦国家,具有独特的文字系统、历法、建筑和宗教等。玛雅的统治者通常依靠对祖先和神的祭祀来确认和巩固其政治权力,而祭祀的日期要根据历法来决定,所以,宗教和历法在玛雅文明中都占有十分重要的位置。玛雅的文字是一种拼音和象形文字,类似古埃及文字。[1]

由于自然灾害和城邦国家之间频繁的冲突,9 世纪之后,大部分玛雅国家开始衰落,只有在今天墨西哥东部尤卡坦半岛的玛雅国家还曾经繁荣了一个时期,一直延续到 15 世纪左右,才由于西班牙殖民

---

[1] Leal, M. C. 2006, *Archaeological Mexico*, Vienna: Bonechi.

者的入侵而衰亡。[1] 但玛雅文明的因素并没有完全消失。今天在中南美洲还有不少土著群体自称是玛雅人的后代，仍会说属于玛雅语系的语言。

在中南美洲大陆，特别是在墨西哥南部、洪都拉斯、危地马拉等地，分布着大量玛雅和印加文明遗址。仅在墨西哥境内就有超过20个重要的考古遗址，其中知名度较高的有墨西哥城外的特奥蒂瓦坎、位于墨西哥东南的帕伦克，以及尤卡坦地区的奇琴伊察和乌斯马尔等。其中，帕伦克遗址代表了3—6世纪玛雅文明早期的文化，一共有10个庙宇。

在这些考古遗址中，帕伦克既没有特奥蒂瓦坎宏伟壮观的大型金字塔，也没有奇琴伊察和乌斯马尔那样精致的建筑。但帕伦克仍被视为玛雅文明最出色和最重要的遗址之一，有三个原因：第一，在玛雅文明长达1000多年的历史中，帕伦克代表了位于墨西哥中部地区的早期玛雅王国，因此帕伦克遗址在玛雅文明研究中具有重要地位；第二，帕伦克的建筑有其特色，如透雕风格的屋顶装饰、墙壁表面广泛使用灰泥的技术、小型神庙内常见美丽的人/神图像浮雕和文字符号等，被视为玛雅建筑艺术的杰作；第三，帕伦克从一个小村庄逐渐演变成为一个控制大片土地的重要城邦国家，是玛雅文明发展的一个缩影，也折射出古代人类文化的变迁。[2]

帕伦克坐落于今墨西哥低地的恰帕斯（Chiapas）山脚，附近有数条河流交汇，周围是郁郁葱葱的热带丛林。通过考古发掘和历史学家、文字学家的研究，特别是在破译了部分玛雅文字之后，我们对

---

[1] Leal, M. C. 2006, *Archaeological Mexico*, Vienna: Bonechi.
[2] UNESCO 1987,"Pre-Hispanic City and National Park of Palenque" ,http://whc.unesco.org/en/list/411.

帕伦克遗址远景。右侧的建筑是宫殿遗迹，中间的建筑是"刻划文字庙宇"。摄于 2007 年 5 月

帕伦克的历史有了一个大致的了解。公元前 2 世纪左右，这里就有人类居住，但最初只是一个小村落。3—6 世纪，帕伦克已经是一个逐步扩大的城市。据玛雅文字记载，431 年 3 月 11 日，巴鲁姆·库克（Bahlum Kuk）成为帕伦克的国王，标志着帕伦克王国历史的开始。帕尔卡大帝（Pacal the Great，生于 603 年，卒于 683 年，615—683 年在位）统治时期是帕伦克王国的全盛时期，王国在玛雅诸城邦国家中具有强大的影响力，今墨西哥境内的恰帕斯和塔巴斯科两个州的大片土地都是当时帕伦克王国的疆域。[1]

帕伦克王国 9 世纪之后开始衰落，数以百计的神庙、宫殿和其

---

[1] UNESCO 1987,"Pre-Hispanic City and National Park of Palenque",http://whc.unesco.org/en/list/411.

C 号建筑的浮雕人像

他建筑从此湮没在热带雨林之中,直到 18 世纪的时候才被欧洲各国的探险家们"重新发现",并加以发掘、保护和维修。西班牙、意大利、墨西哥等国家的考古学家都先后参加过帕伦克遗址的发掘和维修工作。根据考古研究,整个帕伦克遗址的面积可能超过 25 平方公里,目前考古发掘披露的面积只有大约 2.5 平方公里,[1] 但不少重要的遗迹已经被发掘和修复,成为吸引游客的重要文化资产。

在已经发掘和修复的遗迹中,帕伦克的宫殿无疑是规模最大的建筑物。宫殿的主建筑坐落在三级次第缩小的高台基上,平面呈长方形,中央有一个四层高的方形塔楼,基座上的文字显示塔楼当时可能用作天文观测。塔楼的周围环绕着回廊和多座房屋,均为玛雅特有的

---

[1] UNESCO 1987,"Pre-Hispanic City and National Park of Palenque",http://whc.unesco.org/en/list/411.

"刻划文字庙宇"

金字塔式拱形屋顶。各建筑单元之间用小型的院落分隔，这些院落同时具有通风和采光的功能。建筑工匠还用灰泥在房屋表面雕成高浮雕的人像用作装饰，同时表达他们的某些意念。在宫殿中的 C 号建筑（House C）外墙上就有不少这样的高浮雕人像，有人认为部分人像可能是表现当时的战俘或奴隶。

与宫殿相对的是"刻划文字庙宇"，这座建于 692 年的庙宇中共发现了 620 个玛雅文字，其中部分文字尚未能解读。[1] 帕伦克其他建筑的基座多在三层到五层之间，这座"文字庙"的基座是所有帕伦克建筑最高的，有九层之多，层层收束，庙宇坐落在最顶层，达到 23

---

[1] UNESCO 1987,"Pre-Hispanic City and National Park of Palenque",http://whc.unesco.org/en/list/411.

米，高于对面的宫殿房屋。庙宇的正面有五个门，邻近的太阳神庙只有三个门；整座庙的宽度也远远超过其他庙宇建筑。这说明了"文字庙"在帕伦克建筑群中具有非同一般的重要性。

玛雅的庙宇一般用作祭祀，但有时候也用来埋葬重要的人物，因此也有人将之称为"金字塔"。1952年，墨西哥考古学家在"文字庙"的一个房间内发现了一座长22米、完全被泥土和石块封填的楼梯。经发掘，在楼梯尽头发现了五个殉葬人及随葬品，并发现了一块三角形的大石块。移开石块之后发现了一个巨大的石棺室，里面有一座石棺，上面覆盖了一块8吨重、布满浅浮雕图案的巨大石板；棺室的四面墙上则雕刻着玛雅文化死后世界的九个王，还有其他人像。石棺中的人骨为男性，身高大约1.73米，根据牙齿的磨损程度判断其死亡年龄为40—50岁。死者有大量玉器和其他贵重器物陪葬，面部覆盖着玉器制成的面罩，身体表面还覆盖了一层象征生命的红色粉末。[1]

死者显然是一个非常重要的人物，但对于他的具体身份，学术界有不同的意见。有人根据玛雅文献记载，认为死者很可能是帕伦克王国全盛时期的帕尔卡大帝。但另一派学者则反对，认为死者的年龄为四五十岁，而据玛雅文字记载，帕尔卡死的时候已经80岁，他们因此认为"文字庙"里的死者很可能是一个王和祭司，也就是集神权和政权于一身的人物。[2] 无论死者是谁，这一考古发现有助于我们了解玛雅文明的丧葬习俗、陪葬模式和宗教信仰。值得注意的是，用大量玉器随葬，特别是使用玉面罩的葬俗，也见于中国战国

---

[1][2] UNESCO 1987, "Pre-Hispanic City and National Park of Palenque", http://whc.unesco.org/en/list/411.

到西汉时期的王室贵族墓葬。在相距数千公里、年代先后相差数百年的两个古代文明,为何会出现如此相似的葬俗和信仰,是学术界探讨的课题之一。

除了宫殿和文字庙外,太阳神庙也是帕伦克重要的建筑物。太阳是玛雅文明中一个很重要的神,玛雅人会定期举行祭祀仪式膜拜太阳神以祈求护佑,所以这座太阳神庙有助于我们认识玛雅的宗教信仰。根据当地说明牌的介绍,这座太阳神庙是纪念帕尔卡大帝的儿子"蛇－美洲豹二世"(Serpent-Jaguar Ⅱ)635 年出生、684 年继位登基为王两件大事,因此具有重要的历史价值。最后,太阳神庙屋顶的灰泥雕塑装饰是帕伦克建筑独有的风格和工艺,[1] 这座神庙顶部的灰泥雕塑保存得相当完好,因此又具有独特的建筑和审美的价值。

宫殿、"文字庙"和太阳神庙都位于帕伦克的中心区,也就是游客进入帕伦克首先接触到的地区。此外,在遗址的北部还有一组五座庙宇,建在一个宽广的平台上。这些建筑的正面不少石板有浅浮雕装饰,屋顶也有灰泥透雕装饰,尽管大部分装饰已经不完整,但仍反映了玛雅早期的建筑工艺技术和审美观。帕伦克庙宇的结构相当一致,都是建在级数不等的多层台阶上,越重要的庙宇台阶通常也越高。庙宇中心的房间通常是神坛所在,是最重要的房间,正面墙壁由数块巨大的石板(通常是三块)建成,石板上面常刻有国王的形象,并伴以玛雅文字,记载庙宇始建年代、国王和重要王族的名字、与庙宇建造相关的重大事件等。帕伦克北区一座小庙的内室就有玛雅国王形象和玛雅文字,年代为 8 世纪。有些庙宇外墙上的石板也有浮雕的国王

---

[1] UNESCO 1987,"Pre-Hispanic City and National Park of Palenque",http://whc.unesco.org/en/list/411.

帕伦克遗址远景。左侧的建筑是太阳神庙

形象。玛雅文字目前主要见于庙宇、雕塑等建筑物上。帕伦克这些大小庙宇中的文字，不仅为了解帕伦克王国的历史，而且为了解玛雅文明，提供了珍贵的第一手资料。

  位于墨西哥低地的玛雅文明为什么衰落了？经过多年的研究，学界普遍同意，是由于自然灾害导致的农业歉收，玛雅群体内部经常性的冲突，国家之前或互为仇雠，或结成军事联盟，通过战争来争夺土地、资源和人民，以及对自然资源的无限制开发等因素，最终导致了玛雅文明的消亡。[1] 当现代人参观帕伦克和其他玛雅遗址的时候，

---

[1] UNESCO 1987,"Pre-Hispanic City and National Park of Palenque", http://whc.unesco.org/en/list/411.

帕伦克北区一座小庙内的国王形象（右侧站立者），左右的方块图案为玛雅文字。该庙的建筑年代为8世纪

帕伦克遗址中玛雅国王的形象

也应当反思如何吸取玛雅人的教训,如何在人类的需求和自然资源的保育之间取得平衡。

玛雅文明对现代南美洲乃至世界文明具有深远的影响,而帕伦克作为玛雅文明早期的代表性考古遗址,具有重要的历史、科学和社会价值。早在1979年,世界古迹遗址理事会(文化遗产保育领域的国际性专家组织)就提出,为了彰显玛雅文明对人类文明的杰出贡献,应当将重要的玛雅文明遗址如帕伦克等列为世界文化遗产。1987年,联合国教科文组织将帕伦克遗址及其周边地区列为世界文化遗产。[1]

旅游小知识

签证:

中国公民前往墨西哥需要申请旅游签证,具体可到墨西哥驻华大使馆查询。

货币:

墨西哥使用比索(Peso),最好带美元前往兑换。

健康和医疗:

到中南美洲之前需要先咨询医生,预先注射必需的疫苗。帕伦克和其他中小城市医疗设施有限,加上语言障碍,所以即使是身体健康的游客,也必须随身携带一些必要的药品,用于止血、退烧、止腹泻、治扭伤和蚊叮虫咬等。

交通和住宿:

帕伦克距墨西哥城大约130公里,有公共汽车前往,但车程

---

[1] http://whc.unesco.org/en/list/.

很长。此外，中美洲最早的文明是大约公元前1500—前400年的奥尔梅克（Olmec）文明，其主要文物陈列在墨西哥比亚埃尔莫萨（Villahermosa）的拉文塔博物馆—公园（La Venta Museum-Park）。如果想参观墨西哥境内主要的古代文明遗址和文物，可从墨西哥城乘飞机或汽车到比亚埃尔莫萨，参观完奥尔梅克文物以后，乘汽车到帕伦克；参观完帕伦克以后，再乘汽车到尤卡坦地区的首府梅里达（Merida）参观奇琴伊察和乌斯马尔等著名玛雅遗址，然后再返回首都墨西哥城。要想节省时间，可乘晚上的长途汽车从帕伦克出发，第二天早上6：00抵达梅里达。

帕伦克虽是一个小城，但仍可找到干净舒适的酒店。梅里达则是一个相当大的城市，有多种酒店可供选择。墨西哥基本还是安全的，但绝对不要炫富。乘坐出租车时最好选择有"Sitio"标志的车辆。

食物：

墨西哥盛产玉米、南瓜、各种水果、辣椒等，玉米薄饼很有特色，香脆美味，包裹了不同的馅料，色彩缤纷，味道丰富。不能吃辣的人则要小心选择，因为辣椒是墨西哥常用的食材。

语言和风俗：

墨西哥曾经是西班牙殖民地，西班牙语仍然是当地的主要语言。绝大部分墨西哥人不会说英语，即使年青一代，甚至从事旅游业的人，会说英语的也不多，因此学一点西班牙语很重要，至少会一点基本词汇，如"水""洗手间"等。我接触过的墨西哥人都很乐于助人，即使语言不通也会用手势沟通。另外，墨西哥有支付小费的习惯，各服务行业如餐厅、旅馆的从业人员都要付小费，我甚至遇见过在结账的时候要求支付一定数额"小费"的民宿老板。为了避免不必要的争执，在入住酒店的时候要问清楚费用包括哪些内容，总共要付多少钱，免得到结账的时候麻烦。另外，出外旅行总会有些意想不到的开支，如果不是非常不合理，其实也不必锱铢必较，免得影响自己的心情。

参观：

夏天的墨西哥相当炎热。帕伦克早上8：00就开门，最好趁早上参观遗址。庙宇在2007年的时候是允许游客攀爬的，需要爬到庙顶的祭祀室内才可见到玛雅国王形象和文字。但庙宇的阶梯非常陡峭，游客要注意安全。若要看完主要的庙宇最少需要半天的时间。

墨西哥旅游局的官方网页 www.visimexico.com 现在有中文版，可以浏览获得更多信息。

特奥蒂瓦坎

特奥蒂瓦坎（Teotihuacán），阿兹特克语的意思是"诸神诞生之地"。遗址位于墨西哥城外东北部的特奥蒂瓦坎河谷，距墨西哥城大约50公里，圣胡安河（San Juan River）流经此地。这个考古遗址是墨西哥高地古代文明留下的最大型建筑群。早在公元前，这里就有人类居住活动，但特奥蒂瓦坎城市的主要建筑年代为1—7世纪，[1]是中南美洲玛雅文明中期的典型遗址之一。

特奥蒂瓦坎是玛雅文明中期的城邦国家之一，也是当时最大规模的城市之一。与玛雅文明早期的帕伦克相比，特奥蒂瓦坎的建筑规模要宏大得多，例如，太阳金字塔的底座长225米，宽222米，高75米，[2]形成规则的几何图形。这些大型建筑既反映了当时玛雅文明的建筑工艺成就，说明了特奥蒂瓦坎具有调动大批人力、物力兴建大规模建筑的政治和经济能力，也反映了特奥蒂瓦坎人对于世界、宗教乃至外部物体形态的认知和概念。

---

[1][2] UNESCO 1987, "Pre-Hispanic city of Teotihuacan", http://whc.unesco.org/en/list/414.

特奥蒂瓦坎现在所见的主要建筑,如太阳金字塔、月亮金字塔、羽蛇金字塔(Temple of Quetzalcoatl)等,均是宗教建筑。这些大型建筑在城市中心形成了一个宗教建筑群,彰显宗教活动在玛雅中期文明的重要地位。根据16世纪欧洲人的文献记载,城市于650年因大火严重损毁,之后被逐步废弃;直到16世纪欧洲人进入美洲时,当地仍然有定期的宗教活动,这使得特奥蒂瓦坎成为中南美洲本土宗教最重要的圣地之一。[1]

虽然关于特奥蒂瓦坎的文字记载甚少,但从19世纪后期开始,国外和墨西哥的考古学家对特奥蒂瓦坎进行了长期有系统的考古调查、发掘和研究,再加上现代学术界已经解读了部分玛雅文字,因此对这个古代城市有相当多的了解。根据发掘和研究,考古学家复原了古代特奥蒂瓦坎的城市平面图,分析城内各种类型的考古遗迹和遗物,揭示了古城的聚落格局和不同类型社区的分布,借此展示特奥蒂瓦坎古代的城市经济、政治和社会制度。

据研究,特奥蒂瓦坎是一个大型、多族群、多元文化共存的古代城市。城市布局设计考虑了自然环境,将山川的走向与主要建筑有机地融合在一起,城市的中轴线北面以山峦为背景,使主要的宗教建筑更添气势。城市的平面布局基本上是棋盘格式的。整个古城的布局以现长约5公里、大致为南北向但偏东的"亡者之路"(Avenue of the Dead)为中轴,月亮金字塔位于大道的北端,太阳金字塔位于大道的东南面。和"亡者之路"垂直交会的还有一条东西大道,将整个城市大体划分为四个区域。在这个古代的"十字街头"有一个边长400米的广场达德拉(Ciudadela),屹立着六层高的羽蛇金字塔,以

---

[1] UNESCO 1987, "Pre-Hispanic city of Teotihuacan", http://whc.unesco.org/en/list/414.

及可能是王室住宅的建筑物。除了上述主要建筑之外,"亡者之路"两侧还有宫殿、庙宇和住宅,为当时城内的政治和宗教活动以及社会上层人士(主要是祭司)的生活服务。城内的大型建筑内部还有绘画和浮雕装饰,羽蛇是相当常见的图案,反映了古代玛雅人的世界观、宗教信仰和对自然的认识。因此,特奥蒂瓦坎被视作玛雅古代城市规划的模范,对同期和后来的中美洲地区文明有深远的影响,其影响力在 300—600 年间曾远达墨西哥东部尤卡坦地区甚至更远的危地马拉。[1]

特奥蒂瓦坎繁华的原因之一,是因为它位于从墨西哥河谷到墨西哥海湾的贸易路上。此外,大型宗教建筑的修建也可能使城市具有宗教圣地的功能,吸引大量的朝圣者前来,这同样有助于当地的经济发展。火山玻璃石器和其他手工业制品的制作和贸易也是重要的经济活动。1 世纪建城以来,特奥蒂瓦坎的人口迅速增加。100 年有 8 万人居住在此,到 200—600 年,据说当地有 10 万—20 万人,成为当时世界人口最多的城市之一。2—5 世纪应当是特奥蒂瓦坎的全盛时期,周边的政权多少都受其影响。[2]

在全盛期间,整个城市的面积达到 36 平方公里,城内曾修筑了 600 座金字塔、500 个手工作坊区、2000 座综合住宅建筑,还有广场、街道等。考古学家在"亡者之路"的南面发现了可容纳多个家庭的综合住宅建筑。在这类住宅内,每个家庭各自拥有卧室、储存室、厨房,还有家庭成员进行宗教活动、祭祀神祇的庭院。在特奥蒂瓦坎的东南边缘地区,考古学家则发现了"移民"居住区,这里的居民来自墨西哥湾或特奥蒂瓦坎河谷之外的其他地区。这些"移民"所居住的

---

[1] UNESCO 1987, "Pre-Hispanic city of Teotihuacan", http://whc.unesco.org/en/list/414.
[2] Prem, H.J.1997, *Ancient Americas: A Brief History & Guide to Research*, Salt Lake City: University of Utah Press.

在月亮金字塔顶部从北向南拍摄金字塔前面的广场、"亡者之路"和太阳金字塔（左边）及周围的群山。摄于 2007 年 5 月

大道北端的月亮金字塔

正在维修的羽蛇金字塔

月亮金字塔前广场东侧经过发掘的建筑遗迹

古代建筑的庭院、彩绘檐板、回廊和石柱上的装饰

建筑石柱上的羽蛇图案

房屋，建筑格式和房屋内发现的食物、器皿用具等，与"本地居民"的房屋都有明显的差异。[1] 据学者研究，特奥蒂瓦坎大部分的人口来自各地移民，但不知道这些移民是自愿迁入，还是因为战争或其他原因而被迫迁入当地。[2]

考古学家在特奥蒂瓦坎城内的不同位置都发现了手工业作坊的遗址和遗迹，为了解该古城的经济活动和社会结构提供了重要的资料。为城市中的统治阶级和社会精英服务的"作坊"建在城市中部大型贵族住宅附近，其他"作坊"则位于城市的边缘。例如，在城市的东部发现了制作玉器、水晶、石英、贝类等制品的地点，陶器制作工场则位于南部边缘。火山玻璃是制作石器的优秀原料，在特奥蒂瓦坎也发现了制作这类石器的地点。[3] 这些发现，一方面说明特奥蒂瓦坎的城市经济包含了多种不同的手工业，另一方面也说明社会精英对城市经济的控制。

综合多项研究的成果，考古学家认为特奥蒂瓦坎至少有三个层次的社区群。第一个社区群分布在城市中北部的"亡者之路"周围，这里聚集了特奥蒂瓦坎最主要的大型宗教建筑如太阳金字塔和月亮金字塔等，也汇聚了统治阶层和社会精英的大型居住建筑，如位于太阳金字塔西北面的"太阳宫殿"；因此，这里是特奥蒂瓦坎最早的聚落核心区，也是这个城市的政治和宗教中心区。第二个社区群是社会精英社区，位于中心部位，这里分布着许多住宅，是中上层居民区、行政区、文娱活动区和重要手工艺区。第三个社区群是边缘地带的居民区，这里也有一些较为大型的住宅，但更多的是手工业作坊、外来移

---

[1][3] Arnauld, M. C., L. R. Manzanilla and M. E. Smith 2012, *Neighborhood as a Social and spatial unit in Mesoamerican cities*, Tucson: University of Arizona Press.

[2] Scarre, C. and B. M. Fagan 1997, *Ancient Civilizations*, New York: Longman.

民住宅等，也有小型的庙宇和行政机构。特奥蒂瓦坎的统治者可能同时也是宗教领袖，其下是艺术家、技术高超的手工艺人和商人，而大量的农民和搬运工则构成社会的底层。[1]

大约 650 年之后，特奥蒂瓦坎开始走向衰落，具体原因尚不清楚，但有学者认为是周围其他政治势力兴起，逐渐取代了特奥蒂瓦坎作为经济中心的地位。考古学家发现，750 年左右，特奥蒂瓦坎突然没落，城市中心的许多建筑被烧毁或破坏，城市从此一蹶不振。[2]

特奥蒂瓦坎的大型建筑修建的年代各有不同。规模最大的太阳金字塔建于 100—250 年左右，在 1905—1910 年经过重修，顶部的第五层可能就是这时候加上去的。[3] 这种"修复"在今天的文化遗产保育中当然是不能容忍的，不过一百年前还没有像今天这样成熟的遗产修复原则。20 世纪 60 年代以来，特奥蒂瓦坎遗址由墨西哥国家人类学和历史学研究所负责协调考古发掘和研究，发现了不少新的考古遗迹，例如宫殿遗迹和太阳金字塔下面的洞穴等。[4]

特奥蒂瓦坎反映了中美洲玛雅文明全盛时期的城市规划、经济和社区结构、建筑工艺技术、宗教信仰、政治架构等多方面的内容，对同期乃至后来的美洲文明有深远影响，具有十分重要的历史、科学和审美价值，因此联合国教科文组织在 1987 年将特奥蒂瓦坎列入了世界文化遗产名录。墨西哥政府为保育和管理这个重要的考古遗址做了大量的工作，在规划地区发展时，在遗址附近划出建设控制地带，

---

[1] Arnauld, M. C., L. R. Manzanilla and M. E. Smith 2012, *Neighborhood as a Social and spatial unit in Mesoamerican cities*, Tucson: University of Arizona Press.

[2]-[4] UNESCO 1987, "Pre-Hispanic city of Teotihuacan", http://whc.unesco.org/en/list/414.

禁止修建现代建筑，以保持遗址的原真性、完整性和遗址周围地貌景观与遗址的和谐。[1] 今天进入特奥蒂瓦坎遗址，周围绝不见现代建筑的踪影，可让游人有"时光倒流"的感觉，在参观遗址的过程中想象古代玛雅文明的点点滴滴。这不能不归功于当地政府为保护特奥蒂瓦坎所付出的努力。

旅游小知识

交通：

从墨西哥城北的车站（Autobuses del Norte Station）每天上午7：00到下午6：00有公共汽车往返特奥蒂瓦坎，大约每15分钟一班车，需要大约一个半小时抵达特奥蒂瓦坎。如果希望自由掌握在遗址参观的时间，坐公共汽车去是最好的。当然，如果不懂西班牙语，或嫌坐公共汽车麻烦，也可参加当地旅行社组织的半日游，但价钱较贵，而且花在遗址的时间不多，只有大约一个小时。

参观：

大多数游客只参观"亡者之路"周围的主要建筑。太阳金字塔和月亮金字塔是可以爬的（至少在2007年的时候如此），如果要细看各主要遗址并爬两三座金字塔，需要三四个小时。建议自己带食物和水，因为遗址的范围较大，而供应饮品和食物的地点很少。

语言：

西班牙语是墨西哥的官方语言。2007年的时候，我遇到的墨西哥人会说英语的不多。所以，学几句最基本的西班牙语还是很有用。在墨西哥，不少人有安全的考虑。这是个人经历，难以一概而论。作

---

[1] UNESCO 1987, "Pre-Hispanic city of Teotihuacan", http://whc.unesco.org/en/list/414.

为一名单身女性,我在 2007 年的时候独自在墨西哥游览了将近十天,并没有遇到什么不愉快的事情。虽然语言基本不通,但感觉当地人都很友好,乐于助人。我也碰到不少其他国家的单身游客,男女都有。当然,贵重物品和证件需要小心保管。作为单身游客,特别是年轻女性,服装以保守为宜,切忌炫富。

乌斯马尔和卡巴

乌斯马尔（Uxmal）和卡巴（Kabah）都是玛雅文明后期的重要考古遗址。乌斯马尔位于墨西哥尤卡坦半岛西部，距奇琴伊察约 120 公里，是玛雅晚期的城邦国家之一，大概建于 7 世纪末，一度衰落；9 世纪末到 10 世纪又再度繁华，当时控制的领土大约方圆 25 公里，人口大约 3000 人，是尤卡坦地区的一个经济和政治中心，并且和奇琴伊察等玛雅城市结成政治和军事同盟。在乌斯马尔的部分玛雅建筑中发现了当时的文字和图像，记录了其中一位国王的事迹。[1]

12 世纪，尤卡坦地区的玛雅城邦国家之间冲突不断，乌斯马尔也被卷入其中。15 世纪，尤卡坦的玛雅文明开始衰落，乌斯马尔逐渐荒废。[2]16 世纪之后开始有游客造访。1834 年，西方探险家瓦尔德克（Jean-Frederic Waldeck）用绘画的方式记录了遗址的主要建筑，包括遗址中区的祭祀塔。照相技术发明之后，不少西方学者分别到中美洲的玛雅文明遗址探险，其中有数位探险家对乌斯马尔进行了记

---

[1][2]　Alducin, X. 1985, *Uxmal, Kabah: A Practical Guide and Photo Album*, Mexico: Ediciones Alducin; Sharer, R. with L. Traxler 2006, *The Ancient Maya*, 6th edition, Stanford: Stanford University Press.

乌斯马尔南区的方形祭祀塔。摄于 2007 年 5 月

乌斯马尔南区的官邸建筑，外墙上部的装饰与下部形成鲜明对比，是典型的玛雅山地建筑风格

录和测量，并且给这些建筑命名。[1] 今天乌斯马尔重要建筑的名字，例如总督官邸（The Governor's House）、修女的四合院（The Nuns' Quadrangle）、魔术家金字塔（The Magician's Pyramid）等就是这样来的，未必反映了这些建筑的真实功能。更何况根据玛雅文字的记载和考古学研究，玛雅的塔与埃及的金字塔功能完全不同，前者主要用于祭祀，应当称为"祭祀塔"，后者则是国王的墓葬。因此，为避免产生歧义，这里只将主要建筑按其形状或功能称为宫殿、四合院、方形祭祀塔或椭圆形祭祀塔等。

---

[1] Desmond, L. G. 2007, "A historical overview of recording architecture at the ancient Maya city of Uxmal, Yucatan (Mexico), 1834 to 2007", in Philippe Della Casa and Elena Mango eds., *Panorama: Imaging ruins of the Greek and Maya Worlds*: 6-13. Zurich: Archaeological Institute, University of Zurich.

从 19 世纪欧洲探险家拍摄的照片可见，当时的乌斯马尔遗址荒草丛生，一直长到祭祀塔顶部的庙宇屋顶上。南区的宫殿建筑周围，植物长得比人还高，屋顶上也有树木生长。这些植物会让建筑出现裂缝，增加坍塌的风险。20 世纪 30 年代，墨西哥国家人类学和历史学研究所成立，负责保护墨西哥全国的考古遗址和历史建筑。从此以后，考古学家和工程技术人员在乌斯马尔遗址进行了大量持续性工作，包括使用三维摄影技术来详细记录遗址各重要建筑的尺寸和细节，并维修和加固这些建筑。[1] 游客今天看到的乌斯马尔，是多年来政府和学者对该遗址进行保育和维修工作的结果，其中部分建筑尚未完成加固工作。

乌斯马尔遗址现存的玛雅古建筑分布在大约 850 米长、700 米宽的范围内，可辨认的主要建筑包括三座祭祀塔、一个球场，还有宫殿、庙宇等。这些建筑分别位于遗址的北区、中区和南区，其中以南区和中区的建筑最为精美。南区的主要建筑有方形的大祭祀塔、宫殿和庙宇等，均经过加固和维修。中区的主要建筑是西边的墓地、东边的四合院和底部为椭圆形的祭祀塔，还有一个球场。四合院和椭圆形祭祀塔也都经过大规模的加固和维修。北部的建筑群规模较小，尚没有名字。和玛雅其他考古遗址所见一样，乌斯马尔的主要建筑基本呈南北向排列，但偏东 17 度。这是玛雅建筑设计中最常见的中轴线。

乌斯马尔的大部分建筑是玛雅山地建筑风格的典型代表，其重要特征之一是建筑物外墙上部密布高浮雕几何图案，下部则朴实无华，完全没有装饰，[2] 建筑的上下两部分形成鲜明的对比，凸显上部

---

[1][2] Desmond, L. G. 2007, "A historical overview of recording architecture at the ancient Maya city of Uxmal, Yucatan (Mexico), 1834 to 2007", in Philippe Della Casa and Elena Mango eds., *Panorama: Imaging ruins of the Greek and Maya Worlds:* 6–13. Zurich: Archaeological Institute, University of Zurich.

装饰的富丽和精致。乌斯马尔的宫殿、四合院和其他建筑都充分体现了这种装饰风格，其中四合院的四座建筑外墙上部各有不同的装饰图案组合，被称为玛雅山地建筑最美丽的典范。四合院之所以得名，是因为在一个方形院落的四面分别有四座结构和风格不同的建筑。其中，北部的建筑最大，整座建筑宽 82 米，坐落在高 7.4 米的平台上，中央的台阶宽 30 米，台阶的两侧各有两个小庙宇。其余三座建筑规模较小，但同样具有华丽丰富的外墙，凸显玛雅古文明细腻高超的山地建筑工艺技术和审美观念。

总而言之，乌斯马尔建筑的装饰图案有立体或高浮雕的方形、曲尺形、倒梯形、圆形、菱形和锯齿菱形、锯齿菱形内嵌方形、立体圆柱形中间嵌圆形的"面具"图案，以及圆雕的蛇纹、神像等。因为农业需要水，所以古代玛雅人对雨水十分重视。雨神恰克（Chac）是重要的神祇之一，在建筑表面会出现恰克的面具图案，与中国古代青铜器上的兽面纹或饕餮纹颇为相似。玛雅建筑师运用多种图案的组合，加上浮雕或圆雕的工艺，组成非常繁复精细和华丽的外墙装饰，在阳光下极具立体美感。这些精细的图案，是以石雕工艺加工而成，不愧是古代玛雅山地建筑工艺技术最杰出的代表。

玛雅时期，虽然在不同时期、不同地区有不同的城邦国家，但其宗教仪式颇为相似，发现于不同玛雅遗址的祭祀塔、球场等宗教建筑的结构和功能也都大同小异，但建筑风格则往往各具特色。乌斯马尔遗址中最有特色的是中区的椭圆形祭祀塔。这座祭祀塔高四层，每层的直径逐渐收束，高度也逐渐递减。祭祀塔底层的平面近似椭圆形，第二层的平面为圆角长方形，第三层和顶部的庙宇基本是长方形。整座祭祀塔巧妙地从底部近似椭圆的几何图形渐变为顶部的长方

乌斯马尔中区四合院建筑外墙上部的装饰图案细部

形,其设计匠心独运,风格独树一帜。像这样的椭圆形祭祀塔,在玛雅文明中非常罕见。

  这座祭祀塔不仅外形设计独特,顶部的庙宇也很有特色。常见的玛雅祭祀塔多是平面方形或长方形,有两道或四道通向塔顶的阶梯。塔顶有一座庙宇,内有神坛,祭祀活动由祭司(往往由国王兼任)登上塔顶,在庙中进行,玛雅文明早期的帕伦克遗址已经出现了这样的建筑格局。但乌斯马尔的椭圆形祭祀塔,塔顶有两座风格不同的庙宇。塔的正面(西面)和背面有陡峭的阶梯,正面第三层台阶将近顶部建有一个庙宇,外墙布满了立体圆形、方形和面具形图案装饰,非常华丽。在玛雅文明中,这种整个外墙都加以装饰的建筑风格称为晨尼式(Chenes),与仅装饰建筑上部的山地建筑风格不同。

乌斯马尔中部的椭圆形祭祀塔侧面

　　这座晨尼式庙宇两侧各有一道狭窄的阶梯通向塔的第四层即顶层。塔顶的庙宇是只装饰建筑上部的"山地建筑"风格。在塔顶建有两座风格不同的庙宇，在我所见的玛雅从早期到晚期的祭祀塔中并不多见。为何会出现这样的情况，是否反映了不同族群在不同时期对乌斯马尔的控制，是值得深入研究的问题。

　　乌斯马尔有一个球场，但保存得不好，规模也不如奇琴伊察球场。球赛是古代玛雅宗教活动的内容之一，失败的一方也许会被用作祭祀的牺牲。这一点留待在"宗教建筑篇"中的"奇琴伊察"章节再介绍。此外在乌斯马尔还有刻着玛雅文字的石柱，是研究玛雅文明的重要资料。

　　卡巴是另外一个玛雅文明遗址，离乌斯马尔大约只有20分钟

乌斯马尔的球场,规模较小,保存状况不佳

乌斯马尔遗址刻有玛雅文字的石柱

卡巴宫殿外墙的神像和装饰

车程。这里的建筑大都是山地式，外墙甚至还有圆雕的神像；但也有晨尼式建筑，最令人印象深刻的就是"面具宫殿"。这座建筑原来显然已经塌陷，现代的重建工作尚未完成，但其外墙布满了面具装饰，据当地导游说，宫殿外墙大约有250件面具，都是玛雅雨神恰克的形象。雨水对玛雅农业非常重要，所以玛雅人十分崇拜雨神。以如此大量精细的雕塑来装饰正面的这座建筑物，当时必定具有重要的意义。

乌斯马尔在古代玛雅是一个政治中心，卡巴是它的卫星城，两者有道路相通。从现场的情况来看，卡巴的考古发掘和历史建筑修复工作还正在进行中，还有大量的玛雅建筑有待复原。另外，现场也见

考古遗址篇　　203

卡巴的面具宫殿，因外墙布满面具图案而得名

卡巴遗址发现的玛雅文字，尚未能完全释读

到一些玛雅文字，这些文字尚未能完全释读。显然，对于考古学家来说，要全面了解玛雅文明，还有很多工作要做。

最后一个有趣的现象是，乌斯马尔和卡巴都有拱券式的建筑，让人不禁想起在所谓旧大陆也都出现了各种形态的拱券建筑。美洲和欧亚大陆两地相距如此遥远，这种建筑技术的相似，到底是古代人类的多次发明，还是古代文化交流的结果，也是值得探讨的问题。

旅游小知识

交通和住宿：

从梅里达前往上述两个遗址距离较近，也可以参加当地的一日游旅行团，可在一天之内参观两个遗址，晚上回到梅里达住宿。

参观：

和帕伦克不同，乌斯马尔和卡巴的神庙建筑都是不准攀爬的。

马丘比丘

秘鲁中部海拔2430米高处白云缭绕的安第斯高山密林中，掩藏着世界最著名也是最壮观的考古遗址之一：马丘比丘（Machu Picchu，意为"老山顶"）[1]。遗址坐落在高山之巅，平面大致呈长椭圆形，东西短，南北长。这里的年平均温度大约26℃，年降雨量1500—3000毫米，气候温暖湿润。遗址周围是茂密的热带雨林，生长着大量美丽的动植物，特别是多种多样的兰花。

根据现代考古学研究，安第斯山脉至少从公元前5000年开始就有人类居住和活动。这些早期居民以狩猎、采集、种植瓜果、驯养驼羊、打鱼为生，并逐渐发展出他们独特的政治、宗教、手工业、建筑和艺术，特别是打磨石材用以建造大型建筑的技术。这种大型建筑在公元前1800年已经开始出现，[2] 很可能是进行宗教或特殊社会仪式的场所，标志着当时的社会已经出现了某些特权人物。

公元前900年左右，规模不等的王国开始出现在安第斯地区。

---

[1] 在当地的发音应当是"马出披出"。

[2] Scarre, C. and B. Fagan 1997, *Ancient Civilizations*, New York: Longman.

群山环绕中的马丘比丘遗址。摄于 2007 年 5 月

从 100 年开始,这里先后出现了多个强大的政权。印加帝国是最后一个本土政权,1476—1534 年统治着安第斯地区,库斯科(Cuzco)是帝国的首都。1532 年,帝国的人口达到 600 万人,这是一个相当可观的数字。但是,由于西班牙殖民主义者的侵略和屠杀,印加帝国的日渐衰落,1560—1570 年被迫向西班牙军队投降,接受殖民统治和文化同化,印加文明逐渐消失。[1]

安第斯古代文明的遗址主要分布在今天的秘鲁境内。其中,列

---

[1] Scarre, C. and B. Fagan 1997, *Ancient Civilizations*, New York: Longman.

入世界文化遗产名录的著名遗址，除了库斯科和马丘比丘之外，还有秘鲁中部的查文（Chavin）遗址、南部的纳斯卡线和濒危的陈－陈考古区域（Chan Chan Archaeological Zone）等。若论古代建筑气势的壮观和自然景观的美丽，马丘比丘应当是首屈一指的。它已经被联合国教科文组织列为世界自然和文化双遗产。[1]

据研究，马丘比丘是印加帝国的两个国王在1438—1493年建造的。但为何在距离首都库斯科100公里之外建造这样一个特殊的聚落，则不得而知。最近有西方考古学家认为，这里是印加帝国的一个宗教和历法圣地。这个地方何时、如何被废弃也不清楚，但根据对遗址出土人骨的研究，当地似乎没有发生过战争。[2]西班牙征服者似乎没有到过此地，因此，这个遗址是保存较完整的印加文化遗产。

马丘比丘这一亦城亦乡的聚落显然是经过全面布局规划的。整个遗址面积大约13平方公里，主要建筑分布在大约9公顷的范围之内，分为农业区、手工业区、皇家区、宗教区等。在这里，印加文明的建筑工艺技术、聚落设计、宗教信仰、历法、农业等都得到了全面的展示。这里有沿着陡峭山坡层层开凿建造的房屋、从山顶向各个方向开凿的供水渠道、各种形状的庙宇、庄严的皇家墓葬，还有日晷、采石地点等，为当时人类的各种需要提供了相应的设施。印加人民充分利用当地的自然资源，特别是安第斯山脉的岩石，发展出独特的建筑工艺。他们用经过打磨加工的岩石作为石材砌造各种建筑，石材之间严丝合缝，有些部分可以说是刀插不入，

---

[1][2]　UNESCO 1983, "Historic Sanctuary of Machu Picchu", http://whc.unesco.org/en/list/274.

展示出极高的工艺技术水平。

马丘比丘遗址内有两百多座建筑遗迹,重要的景点有20多个,如果从清早到达遗址且步行速度较快的话,可在一天之内大体看完。其中著名的景点有中心广场和"太阳贞女宫"(Acllahuasi)、手工业区、日晷、皇家宫殿和墓葬、"三个窗户的房间"、王子府第和太阳神庙、雄鹰庙等。

和玛雅文明相似,历法和对太阳神的崇拜也是印加文明的重要内容。太阳神庙有两扇窗户的位置是经过仔细选择的,冬至和夏至,太阳会分别射入这两扇窗户中。位于马丘比丘山顶的巨大日晷则是印加人用来观测太阳轨迹的。除了崇拜太阳神之外,印加人对翱翔在安第斯崇山峻岭间的雄鹰也非常崇敬。在马丘比丘就有一座祭祀雄鹰的庙宇,地面上的石雕就是雄鹰,而建造在倾斜的石岩之上的建筑,恰似雄鹰展开的翅膀。我们今天当然无法得知当年印加建筑师设计这一庙宇的构思,但面对这座犹如雄鹰振翅欲飞的石构建筑,仍不得不佩服数百年前印加人的大胆创意和高超的工艺技术。此外,马丘比丘还有用巨石砌成的"皇家陵墓",据说印加帝国某个国王的木乃伊就存放在这里。尽管到目前为止考古学家还没有在此发现人骨遗存,但这座"陵墓"的设计和工艺仍是印加建筑文化的代表之作,特别是"陵墓"上部的长方形石材,每一块都经过仔细打磨,石材的拼接严丝合缝,反映了极高的原材料加工和建筑技术。

1911年,一名美国探险家在当地居民的带领下"发现"了马丘比丘,吸引了美国和西方其他国家的考古学家和其他学者到此发掘、考察、收集文物,所以马丘比丘有相当多的文物保存在美国某些大学或文化机构中,最近才有部分文物归还给秘鲁政府。马丘比丘"再发现"和研究的历史,与亚洲、非洲其他殖民地国家考古遗址如吴哥、

太阳贞女宫和广场

太阳神庙

日晷

美山等的历史相似,同样是西方学术界通过掌握殖民地的考古资料,控制了诠释和认识当地历史的话语权。值得庆幸的是,近年来前殖民地国家的学术主权意识日益提升,开始争取收回属于自己国家的文物;某些西方国家的学术和文化机构也意识到过去强取行为不妥当,开始归还一些被掠文物。这不仅有利于各地世界文化遗产更加全面地展示其内涵,而且也有利于各个国家更加深入研究自己本土的文化和历史。

  今天的马丘比丘每年吸引了来自世界各地数以十万计的游客,但这一世界文化遗产的保育和管理也面临着很多问题。据工作人员介绍,遗址处于地震带,地质安全和稳定是一个重要的课题。因为所处地区为热带雨林地带,每年大量降雨导致的山泥倾泻、滑坡等地质灾

雄鹰庙

害,潮湿气候和游客行为引起的岩石风化等,都对遗址构成威胁。由于地势陡峭,山路崎岖,游客的安全也存在隐患。2010年春天的一次大雨就导致两千多名游客被困在山上,最后由直升机救援离开。马丘比丘是秘鲁最吸引游客的地方,如何平衡旅游发展的经济需求和遗址保育,仍是当地政府和人民面对的大挑战。

旅游小知识

签证：

中国公民到秘鲁需要申请旅游签证，可到秘鲁大使馆网页寻找详细资料。

季节：

南美洲的季节和北半球相反，中国的夏天是当地的冬天。不过秘鲁的气候比较温和，所以在5—6月份前往旅行还是很舒服的。

健康和医疗：

马丘比丘和库斯科都位于海拔2000多米的高山上，如果有心血管和肺部疾病，就要特别注意是否能够适应当地环境。为防万一，即使身体健康的游客也可以在出发之前预备一点"高山药"，缓解缺氧带来的不适。另外，库斯科城内的医药设施有限，加上语言障碍，游客最好还是随身携带一些重要的药品，如止血、退烧、治肌肉扭伤、止腹泻的药。

交通和住宿：

离马丘比丘最近的大城市是库斯科，这是一个充满历史文化遗迹的古城，也是世界文化遗产。从首都利马可以乘飞机到库斯科，再从那里乘清早的火车到马丘比丘。另外一个选择是，在马丘比丘山脚下有一个小镇叫作阿瓜卡莲待（Aqua Caliente），有些游客会选择先到这个小镇住一夜，第二天清早再乘坐从小镇出发的汽车前往马丘比丘。

语言：

秘鲁的官方语言是西班牙语，但因为旅游发展的关系，很多酒店餐厅和遗址公园的工作人员会说英语，当地很多指示标志也有英语。

食物：

秘鲁盛产各种瓜果、马铃薯、海产等，食材种类繁多，颜色鲜艳，菜式有沙拉、烤鸡、烤南瓜、串烧肉类等，选择很多。其中有特色的是一道叫作"Ceviche"的菜式，是用青柠檬、生鱼肉、红洋葱等加工而成，与番薯或者白色玉米同吃。是否欣赏它的味道就见仁见智了。另外一道菜"Lomo Saltado"则是百年前到秘鲁的华人移民所创，将牛肉、西红柿、洋葱、炸马铃薯等炒在一起。

古城古镇篇

　　城镇是人类社会出现私有化、贫富差别、财富争夺和群体冲突的产物，也是人类因应不同的自然环境发挥创意建立的聚落空间。根据考古学研究，人类最早的定居聚落应当是村落。在村落发展的基础上出现地区内的行政、经济甚至宗教中心，即镇（town）；随着社会发展，人口增加，其中某些镇进一步发展成为更大规模的行政、经济、宗教中心，即城市（city）。当然，每个地区的具体情况不完全一样，但一般说来，城市的规模较大，人口较多，通常也有较高的经济、军事、政治和文化重要性。

　　目前世界上最古老的、有城墙的聚落是位于今天地中海约旦河谷的耶利哥。根据考古研究，这里的房屋用泥砖建成，聚落的西边可见到一堵高 3.6 米的石墙，还有一座底径 9 米、残存高度 8 米、用石头建成的圆形塔楼，塔楼内有楼梯通向顶部，塔楼前有壕沟。这套防御系统建造的年代大约距今 1.1 万年。[1] 中国目前所见最早的城市遗址位于湖南澧县的城头山，始建于 6000 多年前，规模已经相当可观。

---

[1] Gates, Charles 2003, *Ancient Cities*, New York: Routledge.

在古代中国，"城"更多时候指的是城墙、城壕，是防御敌人、野兽和自然灾害的设施；"市"是市集，是经济贸易和手工业活动所在地。这两个汉字准确地概括了城市的主要功能：保护城内居民生命财产、贸易和手工业中心。城市的建造如果是为了防御敌人，那么城市的存在和延续便反映了群体之间的冲突，标志着群体认同意识的出现，或者说标志着人类社会内部出现了划分"我们"和"他们"的社会意识。

一万多年来，不同地区的人类就依据自然环境和不同的文化需求、信仰、生活方式等，用不同的材料、设计、工艺和审美观来建造不同的城镇。在欧洲中世纪的很多城镇（乃至乡村），教堂一定是最高的建筑，通过城市规划和建筑技术来彰显神权和政权的至高无上。城镇所在的环境、城市内外的布局和功能分区、城内的设施和建筑风貌，处处都反映着一个地区人与自然、人与人、人与神之间的关系。世界上各种各样的古城古镇，正是不同地区人类文化多样性、丰富性的见证；而每个城镇居民的生活方式，又使这个城镇充满了独特的活力和魅力。

在漫长的历史进程中，有些城镇被逐渐废弃，另外一些城镇则延续成百上千年，后者往往被称为"古城"。在联合国教科文组织界定的"物质文化遗产"类别中，"古城"是一个重要的大类。但是，和已经被荒废、失却原来功能的考古遗址不同，"古城"仍然是人类居住和生活的聚落；而不断变化的人类文化，不可避免地不断影响和改变着城市的格局和设施。如何在现代城市发展和保存人类过去所创造的杰作之间取得平衡，如何管理和保育"古城"，一直是文化遗产保育界最大的挑战之一。

在我所到过的 50 个海外国家的一百多个大小城市中，有些城镇并没有给人留下特别的印象；有些城镇则具有十分鲜明的特色，让人念念不忘。每个城镇，无论大小，要避免的就是"千城一面"，大家都是高楼大厦，或者大家都是城墙、教堂加碉楼，这样的城市难以令人留下深刻印象。只有那些充满个性的城镇，不管是大城还是小镇，不管是古老还是年轻，才具有永久的魅力。

一个古城或古镇的特色，在很大程度上取决于建筑。在全球化未曾影响世界各地建筑之前，不同自然环境和历史时空中生存的人类各自发展出独特的建筑风格和特色。建筑不仅是为了遮风挡雨，不仅是各种空间的营造，不仅是为了满足不同的功能，而且可以是使用者地位、财富和权力的宣示和象征。因此，在人类进入阶级社会之后，不同文化的建筑也出现了一些规范和制度，将建筑作为划分社会等级、区别尊卑的手段之一，比如希腊罗马建筑中的柱式，或者中国传统建筑对建筑规格和材料的使用制度，都是明证。至于同一城镇中来自不同文化的建筑，则是这个城镇历史文化演变的重要见证。此外，在不同地方见到相似的建筑，又往往反映了人类的文化交流。因此，要欣赏古城古镇中的历史建筑，打算自由行的游客，最好有一点古代建筑的基本知识，例如知道西方古建筑从公元前3000年到公元19世纪发展的大体脉络，能够大体分辨希腊古典建筑三大柱式：多立克式、爱奥尼亚式和科林斯式，知道罗马建筑承袭希腊建筑风格但也有新的变化，了解一点欧洲的哥特式、巴洛克式、洛可可式和新古典主义建筑大概有什么特色，东亚、东南亚和南亚地区的建筑各自有何特点，伊斯兰文明的建筑又有什么独特之处等，最好先读一两本世界建筑的入门书。

要论自然与人文风光的秀丽、历史的积淀与现代的舒适交融，日内瓦是首选。日内瓦坐落在阿尔卑斯山脉脚下、波光潋滟的日内瓦湖畔。在非旅游旺季的 12 月，初雪之后，铅云暗淡，湖对岸层峦叠嶂，可见楼宇次第掩映其中。湖岸边几乎不见行人，湖上也是一片静谧，只有天鹅在湖中游弋，水鸟在空中掠过，一派冬日的安宁景象，令人想起唐朝诗人柳宗元"千山鸟飞绝，万径人踪灭"的意境，只是没有"蓑笠翁"在"独钓寒江雪"罢了。如此诗情画意，在喧嚣的现代社会中，哪怕只是偶然一刻，也弥足珍贵。

若论历史的厚重感，圣彼得堡则令人印象深刻。圣彼得堡是 17—18 世纪统治俄国的沙皇彼得大帝所建，曾经是沙俄时代的首都。2003 年的圣彼得堡，特别是在涅瓦河两岸，仍可见到大量历史建筑。道路仍是用卵石铺成，仿佛下一秒就会听到车马辚辚，回头就会看到盛装的安娜·卡列尼娜倚在软垫上，冷冷地俯视着冰封的涅瓦河；仿佛转身就会见到阿芙乐尔号巡洋舰驶近冬宫，拉开十月革命的序幕，从此改变了世界历史。

要论知名度，英国大文豪莎士比亚的故乡沃伟克郡埃文河畔斯特拉特福（Stratford-upon-Avon）早在 18 世纪就吸引了大量游客，从著名文学家到普通百姓，络绎不绝地前往"朝圣"，瞻仰莎士比亚出生的旧居和他埋骨的教堂。小镇上还有不少 15—18 世纪的历史建筑，包括始建于 1450 年的白天鹅旅店。很难想象一座数百年的木建构旅店还在继续经营，但这座白天鹅旅店目前仍是旅店，而且内部经过大规模的装修，既保留了酒店原来的建筑特色，又绝不缺乏现代的功能和舒适，是善加利用历史建筑的好例子。

不过，以上这些城镇，早已有很多文献介绍，不必重复。本篇也没有包括大家耳熟能详的城市如伦敦、罗马、威尼斯、雅典等，同样因为这些城市已经有很多相关的介绍。本篇所选择的古城古镇来自不同时代、不同地区和不同文明，其建筑和布局各有特色又各有魅力,或者大气磅礴,或者小巧玲珑。这些城镇大小不等,有些是重要的地区首府,有些只是小城镇;但它们的共同特色是都具有独特的自然、人文和历史特色,展示了人类在不同自然和文化背景下丰富多彩的创造力和审美观念,见证了不同文明在不同时空的发展和变迁。这些城镇无愧于"世界文化遗产"的称号,值得我们去细心欣赏。其实,每个游客都可以在旅游的过程中,去发现和欣赏世界各地不同城镇的价值和美丽,包括城镇和周围自然环境的关系,这个城镇如何见证历史文化变迁,建筑特色及其所反映的人文内涵,以及城镇中不同文化的互动和发展,等等。

联合国教科文组织将历史建筑和历史文化名城列为"物质文化遗产",但建筑和古城古镇还凝聚着不同时代、不同自然环境、不同文化的人类审美意识、艺术、等级观念、宗教信仰和理念等"非物质"的成分,是人类文化多样性的见证。因此,古城古镇的历史建筑、现代居民及其文化风俗,不仅是人类认识自己的依据,而且是现代人类增进文化了解、获得灵感和创意的源泉。

和所有物质文化遗产一样,古城古镇及城中的历史建筑一旦毁坏便不可弥补,再造的"假古董"已经失去原来的真实面貌和文化内涵。在现代化、城市化的冲击下,如何保育古城古镇和历史建筑,成为世界许多国家面对的共同问题。正因为古城古镇和历史建筑的重要性和脆弱性,因此联合国教科文组织将之列为人类重要的文化遗产之一,并呼吁世界各国政府和人民采取措施加以保护。希望随着更多的公众认识到古城古镇和历史建筑的价值,为这一类文化遗产的保育带来更多的公众参与和支持。

涅瓦河畔的冬宫，现为艾尔米塔什博物馆，与伦敦大英博物馆、纽约大都会博物馆和巴黎卢浮宫博物馆并称为世界四大博物馆。摄于2003年9月

埃文河畔斯特拉特福镇之莎士比亚旧居，16世纪建筑。摄于2003年9月

会安古城

越南中部的会安古城（Hoi An Ancient Town），国际知名度也许不及河内、胡志明市等大城市，但在15—19世纪的时候，却是东南亚地区重要的国际商业贸易港口。在经过无数战火洗劫的越南，会安是唯一保存比较完好的古城，其古老的城市规划和街道布局仍基本保留原貌。城内的历史建筑建于18—20世纪，有一千多座，以砖木为主要建筑材料，除了民居、商店之外，还有宗教庙宇、塔、会馆、古井和古墓葬等。在会安，不仅是建筑这类"物质文化遗产"得以保存，与之相关的传统生活方式、饮食文化、宗教和风俗习惯等"非物质文化遗产"也延续下来。[1]

会安位于越南的东海岸，坐落在广南省秋盘河（Song Thu Bon）的北岸，其东面就是太平洋。秋盘河是越南中部的一条重要河流，从西向东流入大海，另有支流从北向南流入海，会安正好位于秋盘河的入海口，交通和战略位置十分重要。从事海上贸易的海船可以在这里

---

[1] UNESCO 1999, *Hoi An Ancient Town*, http://whc.unesco.org/en/list/948, 2014年6月9日浏览。

会安古城的历史建筑。摄于 2009 年 6 月

停泊,进出口的货物都可用水路或陆路交通转运到越南中部各地。无怪乎这里一度是越南中部最重要的商业港口和贸易中心。

考古学研究表明,早在公元前 2 世纪的时候,这里就是一个商港。16—19 世纪是会安最繁荣的时期,中国人、日本人、欧洲人都到这里来从事贸易活动,有些还长期定居于此。因此,会安的建筑既有越南本土建筑的风格,也受到中国和日本建筑的影响,反映了本地和外来文化在这座古代商城的融合、繁荣和发展。基督教 17 世纪经过会安进入越南。18 世纪之后,越南其他沿海地区的港口特别是岘港发展起来,逐步取代了会安的地位,发展的步伐缓慢下来,却也因此使整个古城的建筑和风俗文化得以保存和延续。[1]

---

[1] UNESCO 1999,*Hoi An Ancient Town*,http://whc.unesco.org/en/list/948,2014 年 6 月 9 日浏览。

"进记"大宅的斗拱

会安古城呈东西向的不规则长方形,有东西向和南北向的街巷,大多比较狭窄。房子或沿着河岸分布,或位于老城内。古城内有不少有趣的历史建筑,例如"进记"(Tan KY)大宅,是越南的"国家文化遗产",一直由同一个家族居住。这座房子建于18世纪,底层是商铺,上层是住房,是典型的"上居下铺"商人住宅。房子的后面临河,方便货物装卸;前面临街,方便商业活动。这座房子虽然不是会安最老的房子,却是保存得最好的历史建筑,其特色是带有中国、日本和越南的建筑风格。大宅的斗拱明显是中国风格,室内到处是用珍珠贝母镶嵌装饰的红木家具、陶瓷、字画等各种珍贵文物,连对联也用贝母镶嵌而成,凸显本地文化特色。天井两边的两块木板上刻有镶嵌贝母的书法,每一笔都是一只小鸟的形象。建筑材料都相当名贵,有大理石、铁木等,这也是大宅经历两百多年仍保存相当完好的原

"叶同源"显然是华人开设的商店,也是上居下铺

因。整座建筑包括大门、带照壁的天井和好几座两层楼的建筑,各有功能,如大厅、卧室、商店等,整体结构通畅疏朗,室内冬暖夏凉。因为靠近河边,历年洪水泛滥的时候还在墙上留下了多条痕迹。这种建筑格局在18—20世纪广泛见于中国的岭南地区和东南亚地区。

会安是商埠,来这里做生意的中国人按照他们的习惯成立各省的"会馆",因此在会安可找到中华会馆,还有广肇会馆、潮州会馆、琼州会馆等。会馆是离乡别井到异乡谋生的华人聚集之地,在这里,来自同一个地方的华人建立起在经济、政治事务和社会关系上互相帮助、互相支持的关系,有助于他们在异乡奋斗求存。会安的多个华人会馆,其建筑虽然未必都是古色古香,但反映了海外华人在异乡的社会纽带和奋斗历史。

由佛寺改成的会安博物馆

用青花瓷作为博物馆建筑围栏上的装饰

会安城里还有佛教寺庙，其中一座寺庙改成了会安博物馆，用文物和图片展示会安的历史和文化。这座博物馆并不大，但有意思的是，建筑上部栏杆用青花瓷片作为装饰。类似的装饰手法在其他会安建筑中也有所见。青花瓷是明清两代中国对外贸易的重要内容，用来作为房屋的装饰则别有特色。

会安古城的标志是一座有盖木桥，称为来远桥，又称日本桥，横跨秋盘河支流，以砖砌成桥墩，木桥两端有砖木结构的入口。据桥上的说明牌介绍，17世纪，住在会安的日本人建造了这座桥，以便和对岸的当地居民做生意。此后，该桥经过多次自然灾害的破坏，中国人和越南人不断重修，因此逐步丧失了原来的日本风格，反而带有明显的中国和越南风格。现存结构有些像中国南方侗族的"风雨桥"，但桥上的大量脊饰，则与风雨桥不同。桥一端的入口有一对猴神守护，另外一端的入口有一对犬神守护。当地居民在桥里面修了一个神龛供奉北帝，因此又被称为"庙桥"（Chua Cau）。神龛至今仍在使用。庙桥是生活在会安的日本、中国和越南文化交流的见证，也反映了会安作为国际商港的历史。

会安古城见证了15—18世纪东南亚地区海上和内陆的商业贸易活动，其历史建筑更是中国、日本、越南乃至后来的法国文化互相交流、互相影响的见证。因为这个古城所具有的独特历史和科学价值，联合国教科文组织在20世纪90年代将会安古城列入世界文化遗产名录。值得注意的是，在当代文化遗产保育的领域中，已有学者注意到东西方历史建筑、考古遗址等所用建材的不同，因此需要不同的修复和维护技术，以保存人类不同文化遗产的完整性和原真性。为了解决这个问题，2001年由意大利和越南政府资助，联合国教科文组织在会安召开了一个工作会议，专门讨论如何保育亚洲以砖、木、土为主要建材的历史建筑和古迹,并发表了"会安指引"。这份文件成为保育亚洲文化遗产的重要技术纲领。

除了丰富的历史建筑和传统文化,我认为,会安古城的吸引力之一是安宁静谧。虽然游客不少,但这里极少现代工业的噪声及污染,城中人口不多,街道上没有繁忙的交通;晚上尤其安静,住在城中的酒店,可以听得见河水淙淙,蛙鸣声声。在喧嚣的21世纪,能够有这样一片安静的土地,实属不易。

旅游小知识

签证:

中国游客进入越南旅游需要签证,详情请浏览越南驻中国大使馆网页 http://www.qianzhengdaiban.com/shiguan/yuenanshiguan.html。

交通和住宿:

会安没有机场也没有火车站,需要从邻近的大城市如岘港或胡志明市出发,乘公共汽车或出租车到会安。岘港在会安北边,距离会安约30公里。会安现在是个旅游城市,外国游客甚多,城内也有各种级别的酒店,游客可根据自己的预算和兴趣选择用较为可靠的预订网站先行预订。

参观:

要参观"进记"和其他重要的历史建筑需要购票,可买一张会安古城旅游票,自由选择参观城内的五个历史建筑。2009年的时候,"进记"的开放时间是上午8:00至12:00,下午1:30至5:00,中午关门。

若只看主要的五个历史建筑一天就可以了,若想享受会安宁静的夜晚可选择住在当地。

语言：

越南语是当地官方语言，当地人会说英语的极少，但主要历史建筑的说明牌多数是双语，即越南语和英语。不过，会安古城不大，有一张地图在手，基本上可自己找到主要的景点。

美食：

越南曾经是法国殖民地，所以饮食文化既有本地特色，又深受法国饮食文化的影响。越南盛产水稻，大米是越南饮食文化中的重要成分。会安靠海，各种海鲜成为重要的食材，加上越南本地的香茅、薄荷叶、辣椒和其他香料，混合外来和本土的烹饪方法，越南美食可以说是多种多样。在越南，以浓香的肉骨汤为基础、配上牛肉、扎肉、鸡丝、豆芽等作料的米粉，包上虾仁、扎肉、粉丝、蟹肉等各种原料的米纸春卷或经过油炸的春卷等，都是典型的本地美食。香脆的蒜蓉面包、烤鸡、浓郁的咖啡等则明显是来自法国文化。越南也盛产椰子，到当地不可不尝试具有本地特色的清甜鲜椰子汁、绿豆汤等多种饮品，沿河分布着不少餐厅，价钱也都不贵。

凯鲁万

凯鲁万（Kairouan）位于突尼斯的中北部，距首都突尼斯大约160公里。凯鲁万始建于670年，是西北非洲伊斯兰文明最古老的城市之一，不仅在突尼斯甚至北非地区都具有重要的历史文化价值。如果说突尼斯的迦太基考古遗址见证了北非地区本土文明与罗马文明的冲突，凯鲁万则见证了伊斯兰文明在非洲北部的兴起与发展。

从1世纪开始，罗马帝国内部纷争频仍，在北非也出现了不同的政治势力。6世纪，北非主要受拜占庭帝国统治，也有一些地方政权。这时候，凯鲁万是拜占庭帝国的一个军事据点。7世纪中叶，阿拉伯军队开始入侵北非，伊斯兰文明成为当地的主要政治力量，但拜占庭和地方政治力量并未完全消失。670年凯鲁万城的建立，标志着伊斯兰文明在非洲大陆建立固定的聚落点并发展其文化。据说这个地点的选择是有深意的。当时拜占庭帝国的舰队仍然在突尼斯海岸活动，突尼斯内陆的山区中又有反抗伊斯兰军队的地方政治势力；从凯鲁万到海岸和到山区的距离大体相等，不论从海边或从山区到凯鲁万都需要一天的行军时间。凯鲁万因而成为伊斯兰军队对抗拜占庭和本土政治势力的军事要塞。[1]

7世纪后期的凯鲁万是伊斯兰文明重要的文化中心,吸引了来自世界各地的穆斯林到此学习宗教教义。从8世纪到10世纪初,凯鲁万是北非地区艾格莱卜(Aghlabid)王朝的首都和政治、经济中心。这是凯鲁万的"全盛时期",今天见到的大清真寺和许多重要建筑都建于此时。9世纪末,来自埃及的军队入侵突尼斯;909年,艾格莱卜王朝被推翻,凯鲁万的政治地位逐渐下降。从12世纪开始,当地的政治中心转移到巴格达,凯鲁万不再是北非的政治中心,但一直是伊斯兰教的圣城之一。[2]

今天的凯鲁万城平面是不规则的近似四方形,大体为南北向。7世纪时的城市设计者将著名的大清真寺设计在城市中心,周围是"麦地那"(Medina)、宫殿和其他重要建筑。在此后的一千多年间,尽管中心城区的范围和位置发生了一些变化,但城市的基本布局至今保存完好。城内有很多重要的伊斯兰古代建筑,除了大清真寺之外,凯鲁万还有保存相对完整的古城"麦地那"、圣墓清真寺、三门清真寺和其他许多清真寺,以及为古代城市居民提供饮用水的圣水井等。简言之,凯鲁万是北非伊斯兰文明的历史、城市规划和建筑发展的见证,因此整座城市在1988年被列入联合国教科文组织的世界文化遗产名录。[3]

清真寺是教徒进行宗教活动的场所。清真寺的核心建筑是穆斯林祈祷的大殿。和基督教、佛教不同,清真寺的大殿里面没有神像,殿内最重要的结构是标志圣城麦加方向的神龛,用来指示信众祈祷的方向,还有供神职人员使用的宣讲台。大殿外通常有广场、回廊,有呼唤信众前来祈祷的宣礼塔,还有讲经堂、沐浴室等。有些清真寺还有

---

[1]-[3]　UNESCO 2010, "Kairouan", http://whc.unesco.org/en/list/499.

图书室等附属建筑。所有这些建筑都是为相关的宗教活动服务的。

因为宗教在伊斯兰文明中的重要性,清真寺往往成为当时当地建筑工艺技术、审美观念、财富和政治地位的典型见证。在联合国教科文组织的世界文化遗产名录中,就列入了不少来自不同国家的清真寺。随着旅游业的发展,作为文化遗产的清真寺也开始成为游客参观的地点。但是要注意,如果一座清真寺仍然保存其宗教活动场所的功能,那么在有些国家就不允许非教徒进入祈祷大殿。一处文化遗产如果能够保留其基本功能、建筑布局和技术,方能够保存这一文化遗产的原真性和文化价值。

凯鲁万始建初期,大清真寺位于城市的中心,但随着城市的发展,现在大清真寺的位置已经不再是城市中心,而是"麦地那"的东北角。大清真寺始建于7世纪,后来经过一系列的破坏、重修和扩建,最终成为一座规模宏大的建筑群,也是北非地区最宏伟的清真寺之一。清真寺现存平面呈规则的长方形,长120多米,宽70多米,基本是南北向。清真寺周围有高大的砖墙围绕,用于呼唤教徒来祈祷的圆顶三层宣礼塔就建在北面的围墙中间。围墙向内的一面以三排并列的罗马风格科林斯式石柱支撑着伊斯兰风格的双弧形砖拱,形成一道宽阔壮观的回廊,环绕着整个清真寺建筑群,包括建筑群中心宽广的长方形庭院。祈祷大殿位于庭院南侧,殿内用大理石和斑岩的科林斯式石柱支撑着伊斯兰风格的双拱砖券,以精细的镶木大门与外界分隔。大清真寺被称为伊斯兰宗教建筑的杰作,据说西北非洲的不少清真寺都是以此为蓝本建造的。[1]

除了著名的大清真寺之外,凯鲁万的圣墓清真寺和三门清真寺

---

[1] http://whc.unesco.org/en/list.

凯鲁万大清真寺的内院、宣礼塔和拱形回廊。摄于 2013 年 12 月

也很著名。圣墓清真寺或称宗教学校、巴伯清真寺，靠近大清真寺。这组建筑群是为了纪念穆罕默德的追随者 Abou Zama a Al-Balaoui 而建造的，此人于 654 年在凯鲁万附近一次与拜占庭军队的战斗中死去，被葬在凯鲁万。这座清真寺也因此成为伊斯兰信徒朝圣的目的地之一。[1] 圣墓清真寺始建于 15 世纪，后来经过重修和扩建，平面布局包括庭院、通向祈祷大殿的走廊、祈祷殿、圣墓和其他附属建筑，如可兰经学校。非穆斯林不可以进入祈祷大殿和圣墓，但游客可参观走廊和其他附属建筑。

圣墓清真寺狭长的走廊、布满白色透雕几何图案的穹庐顶和墙壁，都具有典型的伊斯兰建筑和装饰特色。看了这里的建筑，再对比

---

[1] http://whc.unesco.org/en/list.

回廊的科林斯式石柱、砖拱和精致的镶木大门

建于 13—14 世纪位于西班牙南部格林纳达地区的阿尔罕布拉宫（详见"宫殿城堡篇"），虽然两座建筑的功能不同，但其建筑风格、纹饰和工艺简直可以说是如出一辙。分别位于欧洲南部和非洲北部的这两座伊斯兰建筑，充分证明了古代两地的文化交流，也说明了在欧洲文明发展演变过程中，伊斯兰文明的影响和贡献。也有学者认为圣墓清真寺的建筑是受到了奥斯曼帝国和意大利建筑艺术风格的影响。[1]

建于 866 年的三门清真寺因祈祷殿有三个并列的门而得名，规模不大，可见到的主要建筑是宣礼塔和祈祷殿。三个入口上方有三个相连的砖拱，外墙上饰有高浮雕的《古兰经》经文以及花卉和几何纹饰，展现了典型的伊斯兰建筑装饰风格和工艺。据说这是目前所见年代最古老的带有高浮雕外墙装饰的清真寺。[2] 这座小而精致的清真寺坐落在凯鲁万"麦地那"一条不起眼的街巷中，附近都是民居和商店。同样，游客只能在外面参观，不能进入寺内。

小时候读阿拉伯世界文学名著《一千零一夜》，书中的主人公常说"我到'麦地那'去了"。来到阿拉伯世界才知道，"麦地那"是城镇、市集之意。凯鲁万的"麦地那"保存得极好，城墙和城门都保存完整，规模壮观。整个"麦地那"的平面近似长方形，位于整个城市的东北方，有城墙围绕，四周开有城门，高耸的城墙向外的一面有类似中国古代城墙的"马面"，大概也是用于加强防御。城里面是迷宫一般曲折蜿蜒的街巷，密密麻麻的商店和民居，还有不可或缺的清真寺和广场，以及管理城市的政治和行政机构。"麦地那"的商店还保存着传统商业的风格，多属于小型的零售店，出售服装、地毯、黄铜

---

[1] Anonymous, *Mausoleum of Sidi Sahib*, http://www.qantaramed.org/qantara4/public/show_document.php?do_id=657&lang=en.

[2] UNESCO 2010, "Kairouan", http://whc.unesco.org/en/list/499.

"麦地那"的城墙和半圆形碉楼

"麦地那"的城门之一

"麦地那"城内著名的"三门清真寺",其外墙上饰有《古兰经》经文

"麦地那"城内的街巷和民居

器皿、皮革制品等日常用品,应有尽有,也有很多是旅游产品,特别是地毯、皮革和黄铜制品。"麦地那"里还有很多伊斯兰风格的平房,显然,"麦地那"是阿拉伯城市的行政和经济中心。

在突尼斯、摩洛哥等阿拉伯国家的世界文化遗产名录中,经常可以见到保存完好的"麦地那"。在突尼斯,除了凯鲁万的"麦地那"之外,首都突尼斯和另外一个海边城市苏塞(Susse)的"麦地那",也是世界文化遗产。当然,凯鲁万、突尼斯和苏塞今天都是旅游城市,"麦地那"不少商品主要是为了吸引游客的,例如地毯、皮革、黄铜器皿等;但至少这些商品还是本地制作的。

值得一看的还有凯鲁万的"圣水井",这是两个巨大的圆形水池,称为"艾格莱卜蓄水池",建于9世纪,但现在看到的是1969年重建的。艾格莱卜王朝建造了一道引水渠，将水从凯鲁万西部36公里之外的山区引到小水池中，再引到大水池，为王朝的宫殿供水。现在所见的大水池深5米，直径128米，规模相当可观。游客可攀上游客中心的屋顶鸟瞰这两个水池。

和中世纪基督教文明的城市比较，凯鲁万等伊斯兰古城都强调宗清真寺的重要性，这与基督教文明的古城相似，后者也是以教堂为中心来设计城市聚落格局。中国古代黄河流域的城市一直以衙署为中心，这或许反映了中国政权大于神权的历史传统。不过，中国的古城与伊斯兰文明的"麦地那"似乎有不少相似之处：首先，城市都具有军事防御和保护城内居民和财富的功能；其次，城市都具有集市的功能；更有趣的是城墙的形式和结构，包括"马面"，都十分相近。这是古代文化交流的结果，还是不同地区人类创意的趋同现象，则是有待探讨的课题了。

旅游小知识

交通：

突尼斯的三个世界文化遗产城市：突尼斯、凯鲁万和苏塞形成一个三角形，突尼斯在北边的三角形"尖部"，凯鲁万和苏塞各自占据三角形底边的两个点。从突尼斯到凯鲁万160多公里，从凯鲁万到苏塞60多公里，从苏塞回到凯鲁万的距离也是160—180公里。因此，如果时间允许，可以从突尼斯到凯鲁万，从凯鲁万到苏塞，然后返回突尼斯，正好走完一个三角形。

直到2013年，当地旅行社也没有组织旅行团去凯鲁万。因此，游客要去凯鲁万，一个方法是到突尼斯市内的长途汽车站搭乘公共汽车前往。但据当地旅行社职员见告，长途汽车至少要四个小时才能抵达凯鲁万,往返就要八个小时。如果还想前往苏塞,则要在凯鲁万住一个晚上,次日再从凯鲁万坐公共汽车前往苏塞,再从苏塞乘长途汽车回突尼斯。

另外一个方法是通过酒店职员联系可靠的出租汽车和司机,事先谈好价钱,包车前往,司机可将游客直接带到各个主要景点,又可以提供不少关于当地风俗文化的信息,大大减少旅途花费的时间和精力。如果选择包车,在清晨出发,交通又顺畅的话,从突尼斯到凯鲁万只需要两个小时,一天之内可游览凯鲁万和苏塞两个古城,还可以在返回突尼斯的途中游览另外一个小规模的古城蒙提阿(Montiar)。2013年12月,这样包车一天的费用是250第纳尔,包括了所有的开支。如果只从突尼斯包车到凯鲁万,费用是180第纳尔。要注意,突尼斯的出租车分为两种,黄色的只能在当地营业,只有白色的出租车才可以跑长途。要通过比较好的酒店联系可靠的出租车司机,以保证旅途安全。

参观:

凯鲁万和苏塞的大清真寺和"麦地那"等重要历史建筑都收门票,成年人为10第纳尔,但这张"通票"可以参观城内已经列为世界文化遗产的主要历史建筑,所以要保存好。

要特别注意,突尼斯的很多世界文化遗产都是清真寺或与清真寺有关。在伊斯兰教作为国教的突尼斯,清真寺内教徒进行祈祷的大殿是宗教圣地,绝对不允许非穆斯林进入,游客只能够参观寺外的广场、回廊和其他附属建筑。此外,根据伊斯兰教的规定,所有女性进入清真寺范围之前必须先用头巾将有头发的部位包裹起来,因此女性游客要事先准备一条能够包裹整个头部的头巾,否则会被拒绝进入清真寺的范围内参观。头巾的颜色以素色为好。游客务必请遵守当地的

"圣水井"

参观规则,避免引起冲突。

  凯鲁万的大清真寺和圣墓清真寺比较容易找(如果是包车的话就根本不必找,司机会将游客直接带到地点,节省了问路的时间),但位于"麦地那"内的三门清真寺就相当难找,因为"麦地那"内街巷密集交错,即使有地图又问当地人,还是需要一点力气才能找到。我问道于一个卖地毯的当地人,他将我带到三门清真寺,但期待一点带路的小费。我付了3第纳尔,看他的表情还算满意。

  "麦地那"商店密密麻麻,人多拥挤,一定要小心保管好个人财物和重要证件。城内的街巷十分密集,而且外观没有明显区别,如果没有当地人带领,一定要有地图才可进入,否则容易迷路。

木头古城劳马

一提起欧洲古城,大家脑海中浮现的往往是高耸入云的城堡,连绵不断的城墙,深不见底的护城壕和装饰着贵族或王室徽章的城门。但坐落在北欧波的尼亚湾(Bothnia)东岸的芬兰古城劳马(Old Rauma)却与众不同,既不见城堡也看不到护城壕。作为世界文化遗产,劳马的特色是数百座颜色、形态各异的木头房屋。它是北欧地区现存最大的木头古城,已经有数百年的历史。

劳马的特色与芬兰的地理位置、自然资源有关。位处高纬度地区,芬兰的冬天酷寒,气温可降到-50℃;6月到8月的气温可以超过30℃。[1] 由于森林覆盖率超过60%,芬兰传统建筑广泛使用木材。

根据考古资料和历史文献记载,大约在距今1.2万年,地球的末次大冰期结束,气候变暖,人类开始出现在北欧地区,芬兰最早的人类聚落也可以追溯到这个时期。12—16世纪初的芬兰是瑞典王

---

[1] Maaranen, P. 2002, "Human touch, natural process: the development of the rural cultural landscape in southern Finland from past to present", *Fennia* vol. 180(1-2): 99-107.

国的一部分，人口和聚落都明显增加，基督教在当地具有巨大的影响力。19世纪初期，芬兰是俄罗斯的一部分，1917年俄国沙皇政府被推翻，芬兰才独立成为现代国家，[1]并且逐步由农业国家转为工业国家。

中世纪时期，芬兰的城镇不多，规模也不大，只有六个比较著名的城镇，其中一个就是劳马，另外一个是距离劳马不到100公里的图尔库城堡，也是世界文化遗产。劳马古城位于现代的劳马城内，劳马城是劳马地区的首府，而劳马地区则位于芬兰的西南海岸，是一个富裕的工业区，人口7万多人，其中3万多人住在劳马市，包括劳马古城内的大约800名居民。[2]

劳马古城最早见于1441年的文献中，至少在13世纪中期就已经成为当时重要的海上贸易中心。1442年劳马获得地方贵族卡尔·努特松（Karl Knutsson）爵士准许进行海上贸易。此后劳马的经济活动进入繁荣时期，劳马的商船经常出发到瑞典、德国，以及北海和黑海周边的其他国家，出售木材、木制品、黄油、兽皮和油脂等，换回盐、布匹、酒、香料和玉米等货品。[3]

随着经济的发展，劳马古城在其他方面的影响也逐步增强。大约在13世纪中期，城里出现了第一个教堂：圣三一教堂。基督教的法兰西斯修道院也建于这个时期。不过，16世纪，劳马古城两次出现了黑死病，大部分居民相继死去，据说只剩下五六百人。祸不单行，从1636年开始，劳马丧失国际贸易港的地位达130年之久。此外，古城还出现了两次大火，整个城市几乎完全被焚毁。1855年的

---

[1] Maaranen, P. 2002, "Human touch, natural process: the development of the rural cultural landscape in southern Finland from past to present", *Fennia* vol. 180(1-2): 99-107.

[2][3] Halmeenmaki et al. 1991, *Rauma*, Rauma: Oy Lansi-Suomi.

劳马古城的教堂和钟楼。摄于2006年5月

克里米亚战争又使劳马遭受战火摧残。[1]

不过,劳马并没有被这些天灾人祸所摧毁。在工业革命出现之后,19世纪的劳马是芬兰第一个自己修建铁路的城镇,还建立了自己的高等教育学院。19世纪之后,特别是第二次世界大战之后,随着芬兰的工业化,劳马的经济也转为以工业为基础,海上贸易逐渐式微。但工业经济的发展使劳马能够保持繁荣,城镇的人口也逐渐增加。[2]

游客初到劳马,首先映入眼帘的是高大的白色教堂钟楼,此外就是大片现代建筑。劳马古城被包围在这一大片现代建筑之中,但其历史风貌保存得相当完整。和许多欧洲古城的布局一样,劳马古城也

---

[1][2]　Halmeenmaki et al. 1991, *Rauma*, Rauma: Oy Lansi-Suomi.

有一个市政厅广场。市政广场往往是一个城市最重要的公共空间,兼有市集的经济功能和政治聚会地点和行政管理中心的政治和社会功能。建于1776年的市政厅矗立在广场旁边,现在是劳马博物馆,用来展示古城的历史,包括著名的蕾丝制作技术。

劳马古城宽窄不一的街道从市政厅广场向四面延伸,最大的特色是街道两旁那些完全由木材建成的平房,不仅大小和形状各异,装饰的颜色和建筑风格也是千姿百态。例如一座建造在两条街道交会处的房子,正门设计在交会点上,房屋的两翼分别向两条街道展开,形成了宽阔的立面;窗和墙分别涂上对比鲜明的颜色,屋顶正中加上一个小的尖塔,使整座房子具有鲜明的立体感,层次分明,简洁而大气。很多房子的窗楣和房屋正面的木墙都用木材制成装饰图案,并且漆上各种颜色。房子外墙往往钉有一块木牌,说明房子的建造年代。据我观察,有相当一部分房子建于19世纪后期。作为完全用木材建造的房子,能够延续超过百年,相当不容易。

只用不同的油漆就可以显著改变房屋的外观,这大概是木建筑的优越性之一。当然,木建筑也有它的弱点,最大的弱点就是容易毁于火。如上所述,劳马历史上曾经历了两次火灾。不过,1682年以后劳马就甚少发生火灾,至少在19世纪后期就出现了房屋火灾保险业务。到了20世纪60年代,当地政府也曾经考虑用现代建筑取代古老的木建筑,但这个计划最终没有执行。1981年当地政府开始对劳马古城进行保护;1991年劳马古城以其独特的建筑风格和创意,并作为从中世纪到现代北欧地区人类聚落的见证,列入了联合国教科文组织的世界文化遗产名录。

据我2006年的观察,劳马古城绝大多数的木房仍然保留了原来作为民居或商店的功能,只有少数房子改变用途,成为在夏天开放给

劳马的一家商店,其建筑充分利用了两条街道交会点的位置,营建出宽阔的立面

劳马古城的一间木房,其窗门和木墙具有独特的装饰

公众参观的"博物馆"。古城内原来训练海员的学校改为航海博物馆，此外还有两座艺术馆也值得参观。

　　因为大部分的木房依然是民居，游客通常只能够在外面参观；即使是开放给公众的商店或者博物馆，观众也难以进一步了解房屋的结构。若希望了解劳马古城房屋的建筑特色以及相关的保育维修技术，游客可参观劳马古城维修中心。这是一座规模不小的木房子，原来是私人物业，后来由当地政府买下来，改为维修和翻新技术的研究和展览中心。很多人都认为欧洲的建筑以砖和大理石为主，因此比较容易长期保存；东方的建筑以砖木为主，因此难以长期保存。但北欧地区其实有不少用木材构建的建筑，包括民房和教堂；劳马古城便是这类建筑的代表。木材容易损坏，所以木建筑的保养和维修技术方法与石建筑的维修方法不同，而这个中心正是为此而设立，参观者从中不仅可以了解劳马古城木房子的结构，而且可以认识木建筑文化遗产的保育理念和维修技术。

　　每到一个地方自然都需要大体了解当地的历史和文化。位于原来市政厅的劳马博物馆便展示了劳马古城的历史和现状。除了介绍历史之外，博物馆内还有一位妇女现场演示劳马的蕾丝制作。过去只听说比利时的蕾丝很有名，但来到劳马才知道当地的蕾丝也很有特色。这是一种手工编织工艺，和中国的刺绣和抽纱完全不同。据这位妇女说，制作蕾丝需要多条棉线，其数量视作品的宽窄和图案而定。每根线的一头用大头针固定在一个宽大约25厘米的皮辊轴表面，另外一头固定在一根葫芦状小木椎上。编织者双手上下左右快速甩动木椎，编织成各种不同图案、不同大小的蕾丝。因为是全人工制成，所以售价当然不便宜。2006年，一块杯垫大小的蕾丝，在当地商店的售价超过10欧元。

古城的"维修中心",每一间房子都展示其原来的结构以及后来所做的维修

劳马古城著名的蕾丝,手工编织而成

古城古镇篇

那么，为什么蕾丝会成为劳马著名的手工艺产品呢？承蒙展示蕾丝编织的妇女见告，因为海上贸易是古代劳马的主要经济形态，男人往往在海船上工作，长时间不在家；留在家里的女性便逐渐发展出蕾丝编织，既可以打发时间，又制作了一项可供出口的商品，家庭收入也得以增加。这听起来很有些"商人重利轻别离"的味道，也可见经济方式对家庭的影响在东方和西方都有些相似之处。今天，海上贸易已经式微，但劳马的蕾丝编织工艺仍然保留下来，成为一项非物质文化遗产。

目前劳马古城内仍有大约 800 名居民，古城又是劳马市的组成部分。正是这些在劳马古城内外生活和工作的居民，使劳马古城保持活力，既不是一个仅靠游客生存的"观光城市"，也不是一个"博物馆"，仍然具有其独特的地方文化，包括当地的方言。这也是劳马古城的吸引力所在。如何避免在旅游开放和保育过程中将历史文化名城变成"商业城"或者如博物馆一般的"死城"，是文化遗产学界共同关注的问题。劳马在这方面看来是做得比较成功的。

旅游小知识

签证：

芬兰是申根公约成员国，若持有申根签证可前往芬兰，否则要到芬兰驻华使领馆申请签证。

季节：

北欧冬季严寒，夏季前往较好，最佳旅游季节是每年的 5、6 月份。当然，想去看极光的不在此列。

交通：

到劳马古城可以选择从芬兰首都赫尔辛基出发，乘汽车或火车前往，需时大约四个小时；也可以从瑞典的首都斯德哥尔摩乘船到图尔库，上岸以后先参观图尔库的中世纪城堡，然后乘汽车到劳马，需时大约一个半小时。若选择后一条路线，邮轮晚上从斯德哥尔摩出发，第二天清早抵达图尔库，比较节省时间。瑞典的邮轮很舒服，舱房内有独立的卫生间和淋浴设施。

住宿：

劳马古城外围有不少酒店，价钱相宜，但夏天最好先预订酒店，可通过网上预订：http://www.rauma.fi/english/tourism.htm。

饮食：

芬兰的饮食文化既受到瑞典的影响又受到俄国的影响。芬兰有茂密的森林和数以千计的湖泊，又有漫长的海岸线，所以饮食中鱼、肉、浆果的成分较多。用醋腌制的鱼是北欧三国特色食物之一，甜酸可口，夏天更觉开胃。

人文风光：

芬兰的官方语言是芬兰语和瑞典语，但会说英语的人非常多。小地方的人往往更具有人情味。我印象很深的是初到劳马，拖着行李拿着地图在看街道名称寻找预订的酒店，就有当地妇女主动上前用英语问是否需要帮忙，然后热心指引。虽然游客不少，但劳马是一个很宁静的城镇，并没有一般旅游地区的喧嚣。

巴 斯

巴斯（Bath），英文沐浴、浴池之意。这个城市的名字来源于城里特有的温泉，据说是全英国唯一的含矿物天然温泉。[1]

对巴斯这一城市的兴趣始于阅读19世纪初期著名英国女作家简·奥斯汀的小说——世界文学名著《傲慢与偏见》《爱玛》《理智与情感》。奥斯汀曾经在巴斯生活过几年，其最后一部小说《劝导》（*Persuasion*）的主要场景就是巴斯。18—19世纪的巴斯是英国中上流社会聚会之地，是一个政治和时尚中心。那么，21世纪的巴斯，是否仍保存着19世纪的风韵，还是已经变成了一个和其他西方现代城市一样的工商业城？

从伦敦帕丁顿火车站乘火车，经过大约一个半小时，抵达位于英格兰西南部的巴斯。这个1987年被列入世界文化遗产名录的名城，今天古风犹存。没有高耸入云的摩天大楼，也不见玻璃、合金外墙的现代建筑。巴斯古城仍然保留着19世纪的景观，壮观的半月形广场（Royal Crescent）的巨宅雄踞城市中心，密集的排屋（即town house）遍布各区，连外墙和屋顶的颜色都保持一致。葱茏绿树和草地鲜花错落点缀在

---

[1] Riddington, M. and G. Naden, 2004, *Bath*, Norwich: Jarrold Publishing.

埃文河和巴斯古城。摄于 2006 年 5 月

美丽的巴斯城

城市的大街小巷。在我所入住的旅社后面有一个不大的公园，不同种类的鲜花和乔木上的嫩叶在 5 月的阳光下竞相绽放，可谓姹紫嫣红。树下有两张长椅，供游人静坐享受春天的气息，或者读一本好书。巴斯固然令人发思古之幽情，但更令人感受到现代社会难得的闲适与恬静。

巴斯古城坐落在英格兰南部的萨默塞特郡（Somerset），埃文河从东、南两面流经城区，整个城市的平面有点像一个犁铧。据博物馆资料介绍，巴斯附近的山上曾发现过史前时期人类活动留下的痕迹。传说凯尔特王子布拉杜德（Bladud）于公元前 863 年来到这里，浸泡在热泥浆中治好了麻风病，于是在这里建造了最早的巴斯城。罗马人征服英伦三岛以后，于 65 年前后在这里修建了一个温泉浴场和一个庙宇，位置就在巴斯古城中心的"罗马浴池"。据说当时很多人远道而来，就是为了享受温泉，或希望通过温泉治疗疾病。

罗马帝国覆灭之后，盎格鲁－撒克逊人占领了巴斯，温泉一度荒废。中世纪的巴斯城主要是宗教中心和羊毛贸易中心。11 世纪，一位大主教在罗马温泉的废墟上修建了一个供病人疗养的温泉浴池。浸泡温泉在 18 世纪的英国十分流行，巴斯城也逐渐发展成今天的规模。许多辉煌的建筑，如半月形广场的巨宅，就是那个时候兴建的。不过，19 世纪中期之后，到海滨游泳成为新时尚，温泉浴不再流行，巴斯也不再是英国中上层社会趋之若鹜的地方。"二战"期间，巴斯城有 1900 座房屋被毁。20 世纪 60 年代，当地居民甚至开始拆除一些历史建筑，建造新房子。后来，当地政府开始关注历史建筑的保育，并且通过立法和行政手段将 18、19 世纪一些重要的建筑保存下来，同时又通过城市规划使巴斯成为宜居城市。[1] 今天仍有数以万计

---

[1] Riddington, M. and G. Naden, 2004, *Bath*, Norwich: Jarrold Publishing.

巴斯古城路边小公园一景

的居民居住在巴斯古城的历史建筑中。

巴斯整个城市都被列为世界文化遗产，也就是说巴斯的街道、花园、绿地等都是世界文化遗产的一部分。[1] 这一类"全城"文化遗产在世界文化遗产名录中并不多见，这对地方政府的管理和保育自然也提出了更高的要求。巴斯市政当局不仅要负责保育和维修城内的重要历史建筑，而且要管理和保育整个城市，包括维持街道和花园的整洁、减少城市噪声、处理污染问题等。换言之，古城和周边的自然环境既需要保持历史的原真性和完整性，又必须满足城市发展、文化变化所带来的现代生活需要。要达到这样的目标，不仅需要政府的努力，更需要居民和游客的共同参与和合作。2009年联合国教科文组

---

[1] UNESCO 2009, "City of Bath", http://whc.unesco.org/en/soc/720.

罗马浴池，正面屋顶上有些是游客，有些是人物雕像

织的评估报告，巴斯市政当局在这方面是做得相当成功的。[1]

来到巴斯，首先要看的当然是建于天然温泉水之上的罗马浴池。在罗马时期，这里的建筑不仅有浴池，而且还有神庙。400年前后，浴池成为废墟。11世纪和15世纪，这里曾先后修筑过"国王浴池"和"女王浴池"。1880年，罗马浴池及神庙等建筑遗迹被重新发现。浴池后来经过重修，现在的建筑建于19世纪，屋顶上矗立着罗马风格的人物雕像。[2] 据说温泉的水温可达46℃，泉水现在仍不断涌出并流入浴池。今天，罗马浴池当然已经不是公共卫生设施，而成了一个博物馆。成人门票是12.75英镑，在旺季的7、8月份更达13.25英镑，[3] 不可谓不贵；但作为巴斯最重要的遗址和地标，罗马浴场还是不应错过。

---

[1][2]　UNESCO 2009, "City of Bath", http://whc.unesco.org/en/soc/720.
[3]　具体资料可浏览网页 www.romanbaths.co.uk/default.aspx.

巴斯大教堂

巴斯古城另一座重要的历史建筑是离罗马浴场不远的巴斯大教堂（Bath Abbey）。757 年，盎格鲁－撒克逊人在这里建造了巴斯城最早的教堂，据说英国第一个国王埃德加于 973 年在这里加冕。哈罗德（Harold）国王在 1066 年去世后，统治英国的历代君主，包括今天的英国女王，都是外国人。所以，巴斯大教堂便具有某些特殊的意义。11 世纪，原来的教堂被拆除，在原址建了一座诺曼风格的教堂，但后者于 15 世纪后期已经基本荒废。据当地博物馆的资料介绍，1499 年，当时的巴斯和威尔大主教重修了一座教堂，属于英国晚期哥特风格建筑，内部的穹顶用当地的石料建造，非常精美、壮观。现在见到的穹庐顶是 19 世纪 60 年代重修的。

既然 18、19 世纪的巴斯是个英国中上阶层聚会之地，社交中心自然不可少。自 1706 年以来，巴斯的社交中心是一座社区会堂，英

巴斯大教堂内的建筑结构和彩色玻璃窗

普尔特尼古桥，桥上有商店

文称为"the Pump Room"，之所以得此名是因为这里有一个水龙头，为访客提供直接饮用的温泉水。这座建筑始建于 1704 年，1796 年重建并沿用至今。除了饮用温泉水之外，访客还可以在此进膳；当地的各种社交文娱活动，包括舞会，也经常在这里进行。[1]

巴斯城内到处是 18、19 世纪的历史建筑，最壮观的是王室半月形广场的巨宅。这一大排相连的房屋由一位非常有影响力的巴斯建筑师杨格（John Wood the Younger）在 1767—1775 年所建，是英国乃至世界上最壮观的帕拉第式（Palladian）建筑之一，现在仍是民居和办公室。18 世纪有几个重要人物对巴斯的迅猛发展发挥了关键作用，其中伍德父子负责设计和建造了大量气势恢宏的建筑，如城市的中心圆形广场建筑、王室半月形建筑等。[2]

---

[1][2]　UNESCO 2009, "City of Bath", http://whc.unesco.org/en/soc/720.

巴斯埃文河上有一座颇有特色的古桥普尔特尼（Pulteney Bridge），是当地一个有钱的地主威廉·普尔特尼于1774年出资建成。和一般桥梁不同，这座桥是密封的，桥上两边有商店，既方便交通，又提供购物的场所，具有多种功能，可谓颇有创意。

到了巴斯，自然应当去参观一下"简·奥斯汀中心"。这是一个小型纪念馆，位于城市北部的盖尔街（Gay Street），纪念女作家简·奥斯汀，展示她生前在巴斯的生活。18、19世纪英国女性还没有多少独立自主权，如果嫁不出去而家里又没有资产，简直难以生存。奥斯汀的小说充分反映了那个时代男女之间的不平等，也揭示了19世纪初期英国中上层社会的生活百态，因此直到现在仍是拥有大量读者的世界文学名著。

巴斯城内值得欣赏的历史建筑和景点甚多，要大致看完需要两三天。若来到巴斯的客人希望享受温泉，可以到古城内的新王室浴场（New Royal Baths）去体验一下。这个新浴场由巴斯市政府投资数千万英镑修建，开放给公众使用，里面除了浴池之外，还有各种健身设施，供客人享用。

旅游小知识

交通和住宿：

巴斯距离伦敦大约100英里（约160公里），从伦敦帕丁顿火车站和滑铁卢火车站都有火车到巴斯，班次很多。此外，从巴斯坐火车到布里斯托尔Temple Meads站只要十几分钟，从那里可以换乘火车到英格兰南部的其他城市。还可以从伦敦乘飞机到布里斯托尔，或乘长途汽车甚至轮船都可以抵达巴斯，交通十分方便。

巴斯老城区不大，可以步行慢慢游览，也可以坐双层游览车，只要买一张全天的票，可随时在各景点上下车，非常方便；还可以骑自行车在城里穿梭。

巴斯的酒店也很多，种类各异，有民宿，有提供住宿和早餐的旅社（即"B & B"），也有贵价的酒店，各适其适。我住过的一间旅社位于巴斯的老房子里面，设施非常完善，连浴室的毛巾架都装有发热管。沐浴后拿起温热的浴巾，就知道什么叫"注重细节"了。

美食：

巴斯半月形广场的五星级酒店 Royal Crescent Hotel 提供下午茶，每位大约 44 英镑，包括茶、一杯香槟酒、各种三明治、甜点和松饼，还有著名的巴斯面包。

到了巴斯，不可不去尝尝巴斯面包。面包店叫作"莎利·露"（Sally Lunn's House），地址是 4 North Parade Passage。根据店里的资料，这间面包店最早的房子建于 1482 年，1680 年一位叫作莎利·露的年轻法国姑娘来到这里，将法国的面包制作技术引入当地，制作柔软美味的面包，用于早餐和下午茶。后来，房子经过了多次翻修和改建，原来的木墙变成石墙。莎利·露的面包制作配方于 1930 年重新发现，从此面包店就一直用这个古老配方制作巴斯面包。今天游客在这里既可以购买巴斯面包带走慢慢品尝，也可以在店里享受新鲜面包和各种点心。面包店的一部分已经成为巴斯面包的博物馆。大概因为近年到英国的中国游客日益增加，面包店的网页上居然有中文餐单。

巴斯面包是否十分美味或者见仁见智，但去参观这一座建筑，观赏一下现代烤炉中热腾腾的面包如何转眼就被游客和本地客人抢购一空，也是十分有趣的体验。

班贝格

曾经有个资深导游说过,到德国旅游,最好是去小城镇,因为德国很多大城市的文化遗产都受到战火的严重摧残,只有在小城镇才有机会找到幸存的、具有独特历史文化价值的文化遗产。在欧洲乃至世界历史上,从中世纪以来,德国一直是一个相当重要的国家。虽然在联合国教科文组织的世界文化遗产名录上,德国拥有的世界文化遗产比意大利和西班牙都少,但却拥有一些相当有特色的古城和建筑遗产,包括著名水城班贝格(Bamberg)。

班贝格有"小威尼斯"之称,其实两者的地理环境完全不同。威尼斯坐落在海边,是由众多小岛组成的海上城市;班贝格则坐落在德国南部巴伐利亚州的雷格尼茨河(Regnitz)边,是典型的内陆河流聚落。雷格尼茨河在这里分出基本平行的两段支流,从东南向西北流经班贝格,然后再汇合流入德国南部的大河之一美因河(Main River)。在班贝格,雷格尼茨河的西岸有青葱的群山,东岸的地势相对平坦,是适宜耕作的乡村,风景十分秀丽。

班贝格最大的特色是保留了中世纪以来的基本布局,整个城市各种时代、各种风格的房屋沿河流两岸迤逦分布。在中世纪西欧的城

班贝格河边风光。摄于 2013 年 12 月

市中,宗教具有极大的影响力,城市的政治统治者往往也是宗教领袖;作为政教合一的统治阶层,他们通常占据城市中最佳、最有利于防御的位置。这种社会关系和政治制度也体现在班贝格的城市规划和建筑中。在这里,主教和王公的建筑如教堂和宫殿均位于河流西岸的山岗上,居高临下俯瞰整个城市;平民百姓则主要住在地势较为平坦的山脚或河流两岸。显然,班贝格古城的布局充分利用了当地有山有水的自然环境,展示了中世纪西欧城市聚落中的社会等级以及宗教和政治的关系。

据研究,7 世纪,在班贝格已经出现了一座大型城堡。10 世纪初,班贝格由德国东部的巴本堡(Babenberger)王朝统治,后来又成为巴伐利亚公爵的领土。1002 年,巴伐利亚公爵亨利成为德国国王亨利二世,他打算将班贝格建成王国的首都并设置主教,因此在班

坐落在雷格尼茨河中心、连接两桥的老市政厅

贝格大兴土木，建造了很多大型建筑，包括帝国大教堂。1014年亨利二世加冕为神圣罗马帝国皇帝。11—18世纪，班贝格一直是德国南部一个公国的首都，其统治者身兼当地的大主教，其头衔为大公－主教（Prince-Bishop）。[1]

班贝格的全盛时期是11—17世纪，城中很多重要的建筑兴建于这个时期。在这数百年间，西欧的建筑经历了从中世纪的罗马式和哥特式，到文艺复兴式、巴洛克和洛可可风格的变化，而班贝格便保留了很多属于不同时代、不同风格的建筑，不仅有宗教和政治建筑，也有民间建筑。因此，班贝格清晰地展示了不同时期历史建筑演变的脉络，见证了不同时代的建筑工艺、审美创意和人文精神，因而也为研

---

[1] Kootz W. 2013, *Bamberg*, Germany, Dielheim: Willi Sauer Verlag.

帝国大教堂

究欧洲建筑的历史风格、建筑技术和工艺变化等提供了珍贵而丰富的实物资料。

  班贝格具有特色的建筑很多，最令人印象深刻的是老市政厅。作为政治中心，老市政厅位于河流中央一个小小的江心洲上，两边各有一道石桥连接东西两岸，这个位置本身就极有特色。根据当地文献记载，至少14世纪后期这里就建有市政厅，现存市政大厦始建于1461年，市政大厦南边那座木结构的尖顶小屋子是1668年建造的，也已经有300多年的历史。市政厅入口的塔楼则是巴洛克风格，建于18世纪。[1] 老市政厅的建筑组合包括了三个不同时代、风格各异的三座建筑，是班贝格丰富多彩的历史建筑的缩影。这一双石桥、市

---

[1] Kootz W. 2013, *Bamberg*, Germany, Dielheim: Willi Sauer Verlag.

大公－主教的老宫殿入口

大公－主教新宫殿内的帝国大厅

政厅、桥下喧腾奔涌的雷格尼茨河两段支流,共同形成了一道非常独特、充满动态而又古色古香的人文、建筑与自然风景,彰显了这个城市的古老和"水城"的特色。

　　老市政厅西侧的桥梁通向班贝格的"山城"部分,沿着古老的街道蜿蜒上行,山顶上矗立着巍峨壮观的帝国大教堂。教堂面向东边的班贝格城市中心,四个高高的塔楼耸入云天,与城内其他众多教堂判然有别,凸显其非同寻常的气势和地位。帝国大教堂始建于11世纪初,后来经过两次大火的破坏,现存建筑始建于13世纪,后来又经过不断的修缮改建,四座塔楼则是18世纪建成的。教堂内墙有一个13世纪的骑士雕像,教堂内还有神圣罗马帝国皇帝亨利二世及皇后、教皇克雷芒二世的棺椁,这也是阿尔卑斯山以北唯一的教皇棺樟。[1]

大教堂的北面就是班贝格大公-主教的老宫殿。宫殿始建于10—11世纪，正门是1570年建造的文艺复兴风格建筑。进入正门后，里面是一个宽阔的庭院，周围环绕一列建于15世纪的民居和乡村建筑。这些建筑在历史时期是为班贝格大公-主教及其家人服务的厨房、面包房、铁匠房、马房、食物储藏室、用人房间等，[2]现在仍然有人在此居住。

老宫殿对面就是班贝格大公-主教的新宫殿。这座宫殿是为了彰显班贝格大公-主教的显赫地位而修建的，始建于17世纪初，花了将近100年的时间才完工。[3]与老宫殿相比，新宫殿规模宏大得多，装饰更为繁复、精细，如同欧洲其他同时期的宫殿一样，有富丽堂皇的大厅、美轮美奂的王室寝宫、大大小小功能各异的房间。里面还有一个"中国式房间"，里面的装饰其实没有多少真正中国文化的成分，但在18世纪的欧洲建筑中，"中国风"曾经风靡一时，班贝格大公-主教新宫殿内的这个房间也反映了当时的建筑时尚。新宫殿后面还有一个玫瑰花园，只是冬天没有花，看上去颇为凋零。

在河流西岸的众多历史建筑中，有一座外墙装饰华丽的伯廷格宫（Böttingerhaus），建于1707—1713年。这座府邸的主人伯廷格是班贝格的王室顾问、税收负责人和法院负责人，兼行政、金融和司法大权于一身。除了位高权重之外，伯廷格还出身名门，因此能够买下一片土地建造豪宅，而且还从大公-主教那里得到免费的建筑材料。不过，据说因为设计和地理上的各种原因，这座巴洛克式豪宅并不舒适，也无法给伯廷格的12个孩子提供足够的空间，所以没过多久伯

---

[1]-[3]　Kootz W. 2013, *Bamberg*, Germany, Dielheim: Willi Sauer Verlag.

建于 18 世纪的伯廷格宫

廷格又在不远处另外建造了新的豪宅。[1] 现存的豪宅则成为班贝格 18 世纪重要的历史建筑之一，供后人欣赏和研究。

世界各地的很多古城中，往往只有一部分历史建筑能够保存下来，而且这些历史建筑往往都是属于所谓社会精英的，如宫殿、教堂、贵族府邸等，一般的民居很少能够保存下来，结果就是社会中下阶层的历史文化，在很多古城中消失，或者只有很少的资料能够得以保存。但在班贝格，不仅可见到统治阶层的历史文化，而且平民阶层的房屋也随处可见。属于社会不同阶层的建筑能够在班贝格得以保存，实属难能可贵。

---

[1] Kootz W. 2013, *Bamberg*, Germany, Dielheim: Willi Sauer Verlag.

因为现代化和工业化的发展,很多城市的经济、社会格局发生了巨大的变化,即使有少数历史建筑能够保存下来,往往也只是在城市现代建筑的汪洋大海中若干零星的"点",点缀一下城市的历史。但在班贝格,整条街道甚至成片的历史建筑都能够保存下来,使整个城市具有一种完整的历史文化氛围。这也是班贝格令人印象深刻之处。据说,"二战"期间,盟军的飞机曾经飞抵这座小城,但看见城市如此美丽,不忍轰炸,这座中世纪建成的古城侥幸逃过战火。1993年,班贝格列入了联合国教科文组织的世界文化遗产名录。

有些人觉得古城就是死气沉沉之地,老房子都不宜居住。班贝格正好相反,在这里,很多建筑虽然历史悠久,却都维护妥善,一方面保留原来的建筑特色,另一方面又兼顾现代生活需求,仍然是民居、商店。街道虽然古老,却是生气勃勃,不仅有游客,还有城内的

班贝格的半木构建筑,楼下是商店,楼上是民居

居民来来往往。临近圣诞,古老的商店外墙装饰得喜气洋洋,石板铺成的街道上布满了小商贩搭起的临时商棚,形成色彩斑斓的"圣诞集市",就像中国过年前的市集。各种商品在这里出售,从吃的到用的无不齐备,很多还是居民自制的各具特色的产品。市民和游客挤在临时搭起的商棚前,或吃着当地的食品,或购买各种产品,热闹非凡。在这里,传统、历史和现代生活水乳交融,或者说,历史和传统就是当地居民现代生活的一部分,而不是为了吸引游客而专门"再创造"出来的"表演"。只有在这样的文化氛围中,像班贝格这样的古城才能够持久保持它的生命力,而这也是班贝格的魅力所在。

旅游小知识

旅游季节:

去欧洲的最好的季节是5、6月,如果想体验欧洲圣诞气氛则可选择在12月出发,不过要注意带够保暖的衣服,因为欧洲冬季颇为寒冷。此外,冬季在欧洲感冒的人不少,而且他们好像都没有戴口罩的习惯,容易互相传染,所以要注意带上口罩和药物。

交通:

德国的火车很方便,到班贝格最好从符兹堡(Wurzburg)乘火车出发。符兹堡靠近法兰克福,从法兰克福国际机场和市区火车站都有火车直接抵达,时间为一个多小时,班次很多。如果从符兹堡乘坐直达火车到班贝格,单程大约需要一个小时,每天的班次也很多。如果早上出发,可以在下午返回符兹堡。当然游客也可以选择在班贝格住宿一晚。符兹堡的大主教府和花园也是世界文化遗产,值得一看,有些人会喜欢它的气势,但该建筑明显经过战争破坏和后期的修理。

美食：

德国的面包品种繁多，制作各有特色，值得尝试。德国菜中比较著名的是"咸猪手"（烤肘子），但如果冬天到德国，则是吃鹅的好季节。此外，在巴伐利亚地区见到一种"冒烟"的啤酒，估计是热的啤酒，应当是为了适应当地寒冷的气候而制作的。在圣诞集市上见到不论游客或本地人都端着"冒烟"的酒杯把酒言欢，喜爱德国啤酒的游客自然不容错过。

游览：

班贝格不用买门票。因为火车站、停车场都位于河流的东岸，游客中心也在东岸，所以游客一般都是从东岸向西游览，可选择不同的参观路线。其中一个选项是在下了火车之后乘出租车直接上到西岸的山顶大教堂，从那里看完大教堂、大公－主教的新老宫殿之后再慢慢步行下山，沿途可观赏其他历史建筑，然后跨过老市政厅返回火车站，这样比较节省体力。

在德国的大城市，会说英语的人相对较多，但在班贝格有些小商店里，店员未必会说很多英语，当然简单的沟通还是可以的。在班贝格，很多路标和当地商品标签等都是德语，所以懂一点德语会比较方便。

陶伯河上的罗腾堡

这个名字有些长的德国小城，和班贝格一样，都坐落在德国巴伐利亚州的法兰克尼亚地区。在有限的章节中介绍属于同一个国家同一个州的两座古城，似乎有"偏心"之嫌；但班贝格和罗腾堡（Rothenburg ob der Tauber）各有特色，而且都有各自的代表性和重要的历史文化价值，实在难以割舍。

罗腾堡的自然景观和班贝格完全不同，坐落在巴伐利亚西北部的高地上，周围是一片群山。古城的平面是个不规则的方形加一道延伸向南部的长"尾巴"。陶伯河从西侧流经城下，因此称为"陶伯河上的罗腾堡"（下文简称"罗腾堡"），德语的意思是"陶伯河上的红色城堡"，恰如其分地描述出这座小城的风貌。在德国叫"罗腾堡"的城市不止一个，"陶伯河上的罗腾堡"以其保存完好的中世纪城市及其防御系统而著名，成为德国旅游界在 20 世纪中叶设计、推广的"浪漫之路"和"古堡之路"两条旅游路线上的重要景点，每年吸引大量国内外游客。

罗腾堡位于德国南部的商道上，最早的聚落始建于 960 年。1142 年，国王在陶伯河旁的山顶上建筑了罗腾堡城堡。此后数百年

陶伯河上的罗腾堡古城主干道和周围的自然景观。
摄于 2013 年 12 月

间,罗腾堡逐渐发展成一个商业城市,统治者曾数度变更,新的建筑不断出现,包括市集、市政厅、教堂、钟楼等。1274 年,鲁道夫一世赐予罗腾堡"帝国自由城邦"的地位,罗腾堡因此享有独立的政治管治和司法权,城内出现了更多的宗教和世俗建筑,作为防御设施的城墙也早已建成。1356 年,一场地震摧毁了城内很多主要建筑。1631—1648 年,天主教的军队数次入侵信奉新教路德派的罗腾堡。入侵者撤离之后,一度富裕繁荣的罗腾堡几乎被掠夺一空;再加上 1634 年的黑死病导致城内大量居民死亡,罗腾堡元气大伤,从此一蹶不振,因此整个城镇大体保留了 17 世纪的面貌。19 世纪后期,一

具有哥特式（白色）和文艺复兴风格（黄色）的市政厅

全城最高大的圣雅克布大教堂

群德国的艺术家重新发现了罗腾堡并鼓励游客来此旅游。旅游业和相关行业从此成为当地重要的经济成分之一，行政部门也制定了相应的法律来保存城市的原貌。1945年，罗腾堡仍然受到盟军的轰炸，城区东部受到严重破坏，大约40%的古建筑毁于战火。战后，罗腾堡经过了长期的重建，才恢复成今天的面貌。[1]

今天的罗腾堡古城仍然被城墙团团围绕，间隔一定距离的城墙之间建有哥特式碉楼，这一保存完好的中世纪风格城墙系统在整个欧洲也不多见。城墙内是方便守城士兵运动和防御的木栈道，每隔一定距离有几乎垂直的木楼梯供士兵上下。城墙上还凿有向外射击用的孔洞。古城的四面均有城门，各城门的结构各有特点：东城门正面是一个看上去颇为单薄的拱形城门，两边有两个尖顶的小塔楼，进入第一道城门后还有第二道城门和一个主塔楼。南城门没有塔楼，但第一道城门和第二道城门之间有个颇大的空间，周围是砖石基础的半木结构建筑，很像中国古代的"瓮城"。

在中国古代城市防御系统中，"瓮城"是为了加强城门的防御功能而在城门外加建的护门设施，通常是半圆形或方形的封闭空间，对外和对城内方向各有一个城门，周围有城墙围绕，方便守城士兵运动。即使敌人突破城门，攻入"瓮城"，守城士兵还可在"瓮城"墙上居高临下杀敌，有瓮中捉鳖的可能。西安明清时期的南城门还保留着"瓮城"。想不到在距离西安数千公里之外的德国小城罗腾堡会看到相似的结构。虽然这里的"瓮城"周围的二层楼建筑不知道在中世纪如何使用，不过这种在城门外加建城门和封闭空间来增强城市防御功能的理念似乎是相似的。

---

[1] Rothenburg Tourism Service, unknown year, *Rothenburg ob der Tauber*, pamphlet.

古城南城门类似"瓮城"的结构

罗腾堡保存了很多风格、功能各异的历史建筑,包括在欧洲中北部地区具有特色的半木结构房屋。根据建筑学家的研究,从中世纪到现代,欧洲不同国家都曾流行过半木结构的房屋。[1] 欧洲建筑历史书籍都将重点放在神庙、教堂、宫殿等社会精英的建筑上面,这些建筑通常都用石材建成(当然在北欧地区也有木制的教堂),以彰显建筑的恢宏壮观和持久性。半木结构的房屋多数是世俗建筑,包括住宅、商店、旅店、餐厅等。这类建筑所使用的材料与教堂宫殿之类的材料很不同,平面布局和装饰风格也不一样。之所以称为"半木结构",是因为这类房屋的底部通常是用砖或石头建成,而上部(二楼

---

[1] Yarwood, D. 1992, *The Architecture of* Europe: the Middle Ages, 650-1550, London: B. T. Batsford Ltd.

或以上）是用木枋作为承重的框架，在木枋之间填充各种材料如砖、石头等，形成外墙。这些木枋呈垂直、平行和斜十字交叉结构，表面涂上不同颜色的油漆，因此既是房屋上部的骨架，又形成了外墙的装饰。至于木枋之间的填充材料所形成的墙体，表面往往抹上一层灰泥，然后再涂上不同颜色的油漆，通常与木枋的颜色形成差别，例如白色的墙体配红色的木枋，或米黄色的墙体配深棕色的木枋等，使整座房屋的外立面具有独特而美丽的色彩。有些房屋的木枋上面还有精细的彩绘木雕花草图案作为装饰。

相比在欧洲常见的教堂和宫殿，罗腾堡和班贝格等小城所保留下来的半木结构房屋同样可贵。这是因为任何一个人类社会的存在和发展都离不开社会中下层的付出，任何社会中的统治阶层或者所谓的精英，生存都要靠社会的中下层来支撑。因此，反映社会

建于17—18世纪的历史建筑（左边为半木结构），现在仍是商店、酒店和餐厅

半木结构房屋的
外部装饰

中下层的历史建筑其实更应该妥为保存,以便让后人全面地认识到某一时空人类聚落的等级结构和不同社会阶层的生活和文化。在世界各地的文化中都有各种外貌、风格各异的民居,联合国教科文组织和国际古迹遗址理事会称之为"乡土建筑",是人类建筑文化遗产的大类之一,专门有一个委员会关注这类文化遗产,呼吁各国政府加以珍惜、善加保存,并且强调在保存这类建筑中特别需要当地社区的参与和支持。[1] 德国的旅游业界则充分利用了这类建筑作为"文化资源",在1990年设计了一条"德国半木结构房屋之路",全长2800公里,从北到南纵贯德国,向游客介绍各地将近100个

---

[1] ICOMOS 2011, "ISC Vernacular Architecture",http://www.icomos.org/en/116-english-categories/resources/publications/303-isc-vernacular-architecture.

古老的水井,虽然失去了原有功能,仍然被保存了下来

城镇不同的木结构房屋特色和风格,鼓励游客去探索德国各地的风俗和文化。[1]

和其他欧洲城市一样,罗腾堡也拥有市集、市政厅、钟楼和大小不等的教堂。罗腾堡的城市布局以纵贯南北的一条大街为中轴线,还有一条横贯东西的街道,市集位于这两条主要街道的交会处,也就是城市的中心。这里矗立着分别具有哥特式和文艺复兴风格的市政厅大楼,同时也还是现代罗腾堡的商业中心,每年一度的圣诞市集也在这里举行。

---

[1] Head Office,2014(?),"German Half-Timbered House Road",http://www.deutsche-fachwerkstrasse.de/uk/index.php?s=10&c=portrait.

精细的金属商店招牌

中世纪的城市里，大教堂通常都是城市里最高大、占据中心位置的建筑，罗腾堡也不例外。罗腾堡的圣雅克布大教堂应当是城内最大的教堂，坐落在市集的西北面，是全城最高大恢宏、最引人注目的建筑。教堂始建于 1311 年，1485 年才建成，[1] 可以想见当时社会投放在这一宗教建筑上的人力、物力，以及教会在罗腾堡的权力和影响力。

此外，罗腾堡城内还有大小不一、风格各异的教堂及其塔楼，包括在城市西北面的克林根（Klingentor）塔楼，据说这是古代城市供水系统的起点。城里还有不少古老的水井、小喷泉和水槽保留下来。某些商店的招牌本身就是精细的工艺品。罗腾堡的各个城门都有各自的建筑特色和风格，值得细看。城市的西面还有一个花园，夏天有鲜花盛开。城里的皇家城市博物馆展示中世纪罗腾堡的历史文化，而罪犯博物馆则展示中世纪拷打和处置犯人的器具。

---

[1] Head Office，2014(?),"German Half-Timbered House Road", http://www.deutsche-fachwerkstrasse.de/uk/index.php?s=10&c=portrait.

总之，罗腾堡可以说是相当完整地保存着一个欧洲中世纪城市的布局、建筑、主要城市设施和防御系统，保留着大量13—17世纪不同风格、不同功能的历史建筑，是现代人和后人认识中世纪欧洲城市聚落和建筑历史的重要文化遗产。因为这样保存相对完整的中世纪城市不多，所以陶伯河上的罗腾堡更加值得珍惜。

旅游小知识

交通：

到陶伯河上的罗腾堡最好从符兹堡乘火车出发。符兹堡靠近法兰克福，从法兰克福国际机场和市区火车站都有火车直接抵达，时间为一个小时左右，每天的班次很多。从符兹堡到罗腾堡要在施泰纳赫（Steinach）转一次车，每天的班次很多，几乎每个小时都有车，单程全程也是一个小时左右。如果清早出发，黄昏可以返回符兹堡。此外，城里有旅店，有兴趣的游客可选择在城内过夜。如果住在符兹堡，可以花一天游览罗腾堡，另外一天游览班贝格。

参观：

罗腾堡需要最少一整天的时间，而且都要步行，穿着以轻便、舒适为宜。如果是12月前往，市政厅前面的圣诞市集很热闹，出售各种食物和当地的手工艺品，游客可在此体验当地的文化。

美食：

城里餐厅不少，除了本土食物外，还提供其他地方的食物供游客选择。我印象较深的是当地的一种甜品"雪球"，应当是炸黄油面粉外面裹上巧克力，味道不错。当地人强调这是在冬天可以增加热量的甜食。此外，还有一种"冒烟"的啤酒，有兴趣者可尝试。

特里尔

坐落在德国西部摩泽尔（Mosel）河岸、靠近卢森堡的特里尔城（Trier），是德国最古老的城市之一，也是卡尔·马克思的故乡，1986年被列入世界文化遗产名录。早在罗马帝国时期，特里尔就是一个重要的政治和商业城市。古城中至今还保留了数量可观的罗马时代建筑遗迹，成为古罗马帝国在欧洲中部文化和历史的见证。[1]

据考古学的发掘，早在公元前5000年前的新石器时代，摩泽尔河谷就已经有人类在此居住。公元前1世纪，这里是凯尔特人的特雷维利（Treveri）部族的领地。公元前50年，罗马帝国恺撒大帝征服特雷维利部族；公元前30年在此地设立军营，以镇压部族的反抗。这个军营的遗迹是特里尔最早的罗马遗迹。[2]

若干年之后，罗马帝国皇帝奥古斯都在帝国的新行省修建各种基础设施，包括公路和桥梁。在特里尔，罗马人修建了一座横跨摩泽

---

[1] UNESCO 1996, " Roman Monuments, Cathedral of St. Peter and Church of Our Lady in Trier", whc.unesco.org/en/list/367。

[2] Trier Tourist Office 2013(?), Tourist Information Trier, www.trier-info.de/english/the-treveri-and-the-romans.

尔河的木桥。根据现代考古学对木桥残件进行的树轮断代法分析，该木桥建于公元前 17 年。这一年遂被定为特里尔建城的年代。罗马时代的特里尔叫作"奥古斯都的特雷维利城"（德文 Augusta Treverorum），[1] 这反映了城市的历史和对这个城市影响最大的族群和个人。

从那以后，特里尔城一直延续至今，拥有两千多年无间断的历史和文化。70 年，特雷维利人最后一次反抗罗马统治的努力也告失败，从此只有接受罗马帝国的文化和语言。当时，特里尔已经是一个相当富裕的城市，是当地重要的商业中心。144 年在摩泽尔河上建立的石桥，直到 21 世纪仍然是连接特里尔城东西城区的重要通道，每天有数以千计的汽车通过这座桥。2 世纪，特里尔城进入全盛时期。作为罗马帝国的大城市之一，城内先后修建了长 6.4 公里、高 8 米的城墙和巨大的城门尼格拉门（Porta Nigra）、引水渠、大浴场、可容纳 1.8 万人的大剧场。其中，尼格拉门既是特里尔唯一的石城门，又是宫殿式的建筑，非常独特。[2]

到了 3 世纪，罗马帝国已经是千疮百孔。权力的争夺导致帝国的皇帝们不停地被暗杀，各地的政治和军事冲突不断。特里尔城在这个时期也受到日耳曼部族的攻击。罗马帝国皇帝戴克里先于 284 年即位之后，推行了一系列旨在解决危机、拯救帝国的改革，其中一项措施就是 293 年将以拉丁语系为主要语言的帝国西部与讲希腊语的帝国东部分开，又分别将东、西帝国再各分为两部分。换言之，横跨欧亚非三大洲的罗马帝国被一分为四，每一部分各自设立统治者进行管治，除了帝国的首都罗马之外，在其他四个地区又各有首都。戴克里先继

---

[1][2] Trier Tourist Office 2013(?), Tourist Information Trier, www.trier-info.de/english/the-treveri-and-the-romans.

罗马石桥,桥的上部分显然是复修的。
摄于 2013 年 12 月

尼格拉门

罗马时代的半圆形大剧场遗迹

续管治东部帝国,委任马克西米安为管理西部帝国的"皇帝",以米兰为首都。两人的权位相当,其头衔都是奥古斯都(Augustus)。在这两个皇帝之下各有一个副手,称为恺撒。这样,帝国一共有四个统治者,两正两副,称为"四帝共治"。3世纪,特里尔便是西罗马帝国"恺撒"的驻跸之地,主要管理阿尔卑斯山以西、以北的帝国西北地区,包括高卢省和不列颠省(今天的英国)等地;特里尔又是一个抗击日耳曼人入侵的军事基地,还设有铸币局,因此有"第二罗马"之称。[1]

4世纪,罗马帝国分裂为东西两个帝国,特里尔曾经一度成为西罗马帝国皇帝君士坦丁大帝及其继任者的驻跸之地,因此号称与土耳其的伊斯坦布尔各自为东、西罗马帝国的首都。君士坦丁在特里尔城

---

[1] Trier Tourist Office 2013(?), Tourist Information Trier, www.trier-info.de/english/the-treveri-and-the-romans.

内大兴土木,今天的大型公共会堂巴西利卡便是当时西罗马皇帝的御座所在,是宫殿的一部分。帝国浴场也是始建于君士坦丁执政时期。浴场长度超过 200 米,宽度超过 100 米,规模宏大,据说是有意与意大利罗马的浴场相匹敌。此外,特里尔还是当时西罗马帝国高卢省的行政中心。[1] 特里尔在 2—4 世纪的罗马帝国拥有重要地位,因此在古城中建有大量罗马帝国的建筑,成为研究特里尔和罗马帝国历史的实物资料。

君士坦丁大帝是一个对基督教采取容忍态度的罗马皇帝,在 313 年他和西罗马帝国皇帝李锡尼一起起草了《米兰赦令》,宣布实行宗教自由,停止对基督教和其他宗教的镇压,并归还之前所剥夺的宗教财产。这一文件为基督教的合法化及后来的兴盛奠定了重要的政治基础。后来君士坦丁自己也皈依基督教,成为第一个信奉基督教的罗马帝国皇帝。[2]

4 世纪后期,罗马帝国不断受到日耳曼人的侵略,位于帝国前沿的特里尔已无法继续成为帝国的首都,西罗马帝国便把首都迁到了米兰。5 世纪,特里尔被法兰克王国吞并。和欧洲其他主要城市一样,特里尔从此进入政教合一的中世纪时代,基督教的主教成为城中的统治者。[3]

此后,特里尔经历过不同的统治者,882 年又受到维京人的入侵,城中大量居民被屠杀,城市遭到严重的破坏,经过相当长的时间才得以恢复元气。11—13 世纪,特里尔城内出现了很多教堂、修道院、神学院和其他宗教建筑,罗马时代留下来的尼格拉门也改为教堂。中世纪的城墙、圣彼得大教堂和圣母教堂也建于这一时期,建于 13 世

---

[1]-[3]　Trier Tourist Office 2013(?),Tourist Information Trier, www.trier-info.de/english/the-treveri-and-the-romans.

巴西利卡,在 11 世纪和 13 世纪曾被重建

罗马帝国大浴场遗迹

纪的圣母教堂更是德国最早的哥特式建筑之一。这时候的特里尔是神圣罗马帝国的一部分，特里尔的大主教从一开始就是七个选帝侯之一，在帝国中拥有相当的政治影响力。此后，特里尔经历了一系列战争，也经历过文艺复兴所带来的政治、经济和社会变化，到18世纪又逐步进入发展时期。古罗马的石桥和城墙得到重建，还新建了巴洛克风格的选帝侯宫殿和洛可可风格的花园。[1]

18世纪末期，德国选帝侯和奥地利联军败给法国军队。1797年，特里尔和莱茵河西部的整个德国地区成为法国的一部分。1814年，普鲁士军队进入特里尔。四年之后，也就是1818年，马克思诞生于特里尔城。[2] 马克思的学说和思想，直到今天仍然有着巨大的影响力。

马克思的出生地在今天特里尔城南部，现在已经成为马克思博物馆，据说参观的游客大多数是中国人。博物馆里的说明都有简体中文，或者此言不虚。在城里，我只找到一条用"马克思"命名的街道，是一条通向摩泽尔河边的小街。

处于德国西部边界的特里尔，在两次世界大战中都遭受了战火摧残。西罗马帝国皇帝的御座在1944年的空袭中被完全烧毁，选帝侯宫殿、大教堂，还有城中的很多重要建筑都在这一年的空袭中受到严重破坏。战后，特里尔进入了和平发展时期，部分古迹也得到修复。[3]

纵观特里尔两千多年的历史，可以说是欧洲城市从罗马时代到现代的发展缩影。特里尔见证了古罗马帝国后期一段重要的历史，包括基督教的合法化；城内不仅有大量罗马帝国的建筑遗迹，还有丰富的中世纪历史建筑，更有像马克思这样伟大现代思想家的生活遗迹。

---

[1]-[3] Trier Tourist Office 2013(?), Tourist Information Trier, www.trier-info.de/english/the-treveri-and-the-romans.

圣彼得大教堂和教堂前面的圣诞市集

正在维修中的选帝侯宫殿

卡尔·马克思出生地，现在是马克思博物馆

特里尔的历史，是欧洲和欧亚古代、中古及现代历史的重要部分。这正是特里尔独特的历史和文化价值所在。

旅游小知识

交通和住宿：

最靠近特里尔的国际机场是卢森堡大公国的机场。从卢森堡机场可乘坐117号公共汽车前往特里尔。此外，从卢森堡火车站也有火车到特里尔，班次非常多，单程大约一小时。从德国法兰克福国际机场也有火车到特里尔，单程大约三小时，且需要中途转车。

特里尔城内的旅店很多，从简单的旅社到星级酒店都有，游客可通过比较可靠的网站预订合适的酒店。

参观：

在特里尔城，至少需要一天半的时间看完主要的古迹。马克思博物馆不大，大约1个小时就可以看完。除了重要的古迹之外，城里也有一些18世纪的历史建筑值得观赏。半圆形剧场是需要购买门票的，但罗马桥、大浴场和尼格拉门等则免费。

美食：

说到德国美食，除了各种面包之外，好像比较出名的就是"咸猪手"。如果冬天到德国，可是吃鹅的好季节。在特里尔的一家酒店尝过当地的鹅，做法有点像中餐的红烧，但使用了当地的香草，鹅腿烧得软而香，而且有鹅肉的味道（这好像是废话，但现在很多用饲料喂出来的家禽、家畜，吃起来味同嚼蜡，没有了肉类原来的味道，肉质粗糙难以入口）。虽然我觉得有点咸，但搭配的酸甜味道的烩红椰菜和加奶油制成的土豆泥，减少了鹅肉的油腻感，吃起来非常美味，只是分量有些大。此外，特里尔也是产酒区，有各种德国啤酒可供选择。

五彩爱丁堡

在去过的 160 多个异国城市中，爱丁堡（Edinburgh）是最令人难忘的城市之一，也是少数几个渴望旧地重游的城市。我也曾向若干朋友、学生推荐过爱丁堡，他们去过之后也都交口称赞。

爱丁堡位于苏格兰东南海岸，拥有良好的海湾和港口，从欧洲大陆可以直接航行到此，地理位置相当重要。这里的纬度虽高，但靠近大海，属于海洋性气候，冬天气温达到零下十多摄氏度，最热的 8 月则在 31℃左右，尚算温和宜人。

爱丁堡城分为新城（New Town）和旧城（Old Town）两个城区，新城在北，旧城在南。蜿蜒流过城区的利斯河（Leith）为整个城市提供了重要的水资源。其实，所谓新城建于 18 世纪的城区，至今也有两百多年的历史；而旧城以爱丁堡城堡（Edinburgh Castle）为核心，年代可追溯到 16 世纪之前。在凯尔特的语言中，爱丁堡原来称为 "Eidyn"，638 年盎格鲁人（Angles）入侵苏格兰之后，才改用英语的称呼"爱丁堡"。[1]

---

[1] Tabraham, Chris 2003, *Edinburgh Castle*, Edinburgh: Historic Scotland.

爱丁堡老城区,左边高耸的深色尖形建筑是斯科特纪念碑,中央是著名的巴尔莫勒尔酒店、钟楼和火车站。摄于 2007 年 6 月

据考古发现,距今 1 万年左右,苏格兰就有人类居住。爱丁堡早在距今 3000 多年前就出现了人类聚落,大约在 10 世纪成为苏格兰王国的一部分,是王国内最大的商业城市。从文艺复兴时期到 17 世纪,爱丁堡一直是苏格兰王国的首都,见证了苏格兰地区悠久的文化,具有非常厚重的历史积淀。因此,在爱丁堡或者说在苏格兰旅游,需要了解一点英格兰和苏格兰的历史。[1]

今天的大不列颠和北爱尔兰联合王国的国家和族群认同是一个相当复杂的历史和政治问题,这方面的著作可以说是汗牛充栋。简单

---

[1] Tabraham, Chris 2003, *Edinburgh Castle*, Edinburgh: Historic Scotland.

修筑在山岩上的爱丁堡城堡和城墙

地说,英格兰和苏格兰在历史上是两个经常冲突但王族之间又有千丝万缕血缘关系的国家。苏格兰在罗马帝国时期就已经出现了地方政权,哈德良长城就和苏格兰地方政权与罗马帝国的较量有关。长话短说,中世纪的苏格兰是凯尔特人的地域,今天苏格兰的许多旅游景点还随处可见凯尔特文化的符号。苏格兰最著名的政治人物之一是玛丽女王,她在幼年时被送到法国,后来嫁给了法国王子即后来的法国国王法兰西斯二世。后者登基只有一年就去世,成为寡妇的玛丽1561年回到苏格兰,并做了女王。后来她被国内的反对派势力所迫,让位给只有13个月大的儿子詹姆斯六世(James Ⅵ),于1567年逃到英格兰希望寻求庇护,却被她的表亲、英格兰女王伊丽莎白一世囚禁多年,最后被斩首。吊诡的是,伊丽莎白一世终生未婚,所以在她死后，玛丽女王的儿子、苏格兰国王詹姆斯六世于 1603 年"兼祧"英格兰王室，苏格兰与英格兰合并组成联合王国，詹姆斯成为这个新王国的国王詹姆斯一世（James Ⅰ），定都伦敦。[1]

因为这次合并，1707 年之后爱丁堡不再是王国的首都，但保持着苏格兰政治和经济中心的角色。不过合并后的苏格兰和英格兰之间仍然长期存在着政治角力，直到今天苏格兰也有争取独立的政治势力。1997 年苏格兰在爱丁堡重新成立了自己的议会，并且有了自己的"首席部长"（First Minister），有点和英国首相（Prime Minister）分庭抗礼的意思。2014 年苏格兰的独立公投也是这一政治势力的反映。今天很多苏格兰人有很强烈的地方意识。游客和当地人聊天时，要留意这一点。

爱丁堡城内现存最古老的建筑是大名鼎鼎的爱丁堡城堡，坐落在旧城西南面一块巨大的岩石上，居高临下，俯瞰整个城市，炮口可瞄准海岸线。由此可以想象在中古时期城堡的防御和威慑力量。据说，早在中世纪，这个城堡就是苏格兰王室的主要驻地，现在已经成为游客必到的景点。整个城堡包括上中下三院、王家广场和西部防御区。游客先通过位于下院的城堡大门、卫兵室等，拾级而上，穿过中院和上院，方可抵达位于较高位置的王家广场，参观这里的宫殿和小教堂等。如果碰巧，还可观赏到独具风格的苏格兰管风笛演奏，但这不是专为游客所设的表演，而是当地的管风笛队利用这个地方进行练习。不过，在每年的爱丁堡节，爱丁堡军乐队会在城堡进行大型表演，包括管风笛演奏。

1566 年玛丽女王曾经住在城堡内的宫殿中，并在这里生下她唯

---

[1] Warnicke, R. M. 2006, *Marry, Queen of Scots*, Florence, USA: Routledge.

爱丁堡城堡

爱丁堡城堡内的苏格兰管风笛演奏队

一的儿子——苏格兰国王詹姆斯六世兼英格兰国王詹姆斯一世，后者于1617年回到他的出生地庆祝登基50周年，并将宫殿和城堡内的若干建筑翻修或扩建。今天游客看到的基本上就是1617年留下的建筑和文物，包括"苏格兰的荣誉"——苏格兰的王冠、权杖和象征王权的宝剑等。这"王室三宝"于文艺复兴时代制成，首次用于玛丽女王1543年的加冕仪式；不过该仪式并没有在爱丁堡城堡举行，而是在爱丁堡西北大约40英里、建在悬崖之上的斯特林城堡（Stirling Castle）举行。

作为苏格兰古老的聚落之一，爱丁堡城堡周围仍有很多小街巷，据说是中世纪以来平民百姓居住的地方。这些小街巷内的大部分住宅现在依然是民居，只有个别的房子改为博物馆开放给公众，让大家了解爱丁堡最古老城区的历史。博物馆的陈列和介绍并没有刻意美化中世纪的爱丁堡，而是实事求是地说明当时大部分的民居房子都比较简陋，居民生活贫困，公共卫生条件也不好。此外还提到在工业革命以后，爱丁堡一度以造船、酿酒等工业为主；环境的污染，加上冬天家庭取暖大量燃煤所造成的空气污染，使爱丁堡的天空总是灰蒙蒙的。直到20世纪80年代以后，经济逐渐转型，居民取暖也不再以燃煤为主，爱丁堡的空气质量才显著改善，才能经常见到蓝天白云。这一段历史可以为其他国家现代城市的环境控制提供借鉴。

作为历史上苏格兰王国的首都，爱丁堡当然还拥有王家宫殿荷里路德宫（Palace of Holyroodhouse）。宫殿位于老城区的西部，坐落在巨大的圣十字花园西面，平面呈曲尺形，正门上方有苏格兰王家徽章。宫殿由苏格兰国王詹姆斯四世在1498—1501年兴建，现代的英国王室有时候也会到此小住。值得一看的是宫殿后面还保留着一座据说是由苏格兰国王大卫一世于1128年兴建的小教堂。教堂的建筑时间远早于宫殿,而且在 12—15 世纪的苏格兰政治中扮演重要角色,据说当时的苏格兰议会曾多次在此开会,并且有两位苏格兰国王和三位王后在 15—17 世纪先后在此加冕,包括玛丽女王的母亲玛丽王后(Mary of Guise)。16 世纪之后,随着王室宫殿的建成,小教堂的重要性逐渐减弱,18 世纪之后基本成为废墟。尽管如此,因为小教堂的古老历史和重要性,它仍然被保留下来,作为苏格兰历史的见证之一。

　　在爱丁堡,历史建筑可以说布满全城,触目皆是,而且这些建筑依然是城市生活的一部分。爱丁堡大教堂依然是信众参拜和告解的地方,新城和旧城的历史建筑仍然是现代生活的一部分,是民居、银行、商店、旅店、餐厅等。在这里,传统和遗产是有生命力的,是现代文化和生活不可分割的一部分,而不是被视作与"现代化"对立的、陈旧过时的"古董"。作为世界文化遗产,整个爱丁堡城固然是苏格兰文明和历史的见证;但爱丁堡同时又是一座繁忙而充满活力的现代大都会,是一座到处是公园、鲜花和葱绿植物的城市。正是这一历史和现代文化的交融,使爱丁堡成为一座五彩缤纷的城市,游人既可在这里访古寻幽,也可以享受购物、音乐节、博物馆和其他现代生活的乐趣。

　　爱丁堡只是苏格兰低地的一个城市,苏格兰广袤的土地上还有很多非常具有魅力的城市和自然风光,特别是湖光山色和点缀其中的众多古堡。在欧洲,有一种观点认为品位和财富的标志之一是拥有一座古堡,而不是多少名牌手袋或华服。苏格兰的很多古堡是私人住宅,可以买卖;但具有历史价值的古堡,其维修和保养必须遵守当地的规则。

　　在苏格兰常见男士腰间系着格子花呢的裙子,这种格子花呢被

荷里路德宫殿入口

据说建于 1128 年的小教堂的废墟

斯科特纪念碑，纪念 19 世纪著名的苏格兰作家和诗人沃尔特·司各特（Walter Scott）爵士（1771—1832）

从爱丁堡新城看对面旧城的历史建筑，左边露出的皇冠式尖顶是爱丁堡大教堂的拱顶，中间是苏格兰银行

爱丁堡大教堂

爱丁堡新城这座气势恢宏的历史建筑是一家百货商店

高街（High Street）是爱丁堡的中心街道

称为"tartan"。承蒙苏格兰国家艺术馆馆长见告，不同图案的 tartan 原来是苏格兰不同部族的标志，现在是苏格兰文化最重要的因素之一，可以说是苏格兰的"国服"，所以游客千万不要以嘲笑的态度对待。

苏格兰另外一项重要的非物质文化遗产是管风笛（bagpipes）。其实这种乐器不仅见于苏格兰，在爱尔兰、俄罗斯等地也有。但苏格兰管风笛吹奏的时候特别威武高亢，同时又透出苍凉的味道，也许这与苏格兰的经济和历史有关。同样承蒙苏格兰国家艺术馆馆长见告，苏格兰在历史上一直以农业和牧业为主，特别是苏格兰高地，牧业是重要的经济活动；此外，历史上苏格兰长期与不同的政治势力冲突，战争经常发生。由此看来，管风笛透出的也许是孤独牧人的心声，也许是抗敌武士的豪情，端视不同乐曲的内容而定。在爱丁堡的商店经常可见管风笛的光盘，是最好的旅游纪念品之一。

旅游小知识

季节：

苏格兰地区属于温带，冬天相当寒冷，最佳旅游季节是5月到9月。苏格兰高地在夏季的温度有时候只有十多摄氏度，前往时要准备合适的衣服。

交通：

从伦敦国王十字（Kings Cross）车站有火车直接到爱丁堡，需大约四个半小时，白天大概每半小时到一小时一趟；另外，爱丁堡也有国际机场。若希望欣赏英格兰北部和苏格兰低地的风光，火车是较好的选择。

到了苏格兰只游览爱丁堡未免有些可惜。爱丁堡西面的格拉斯哥（Glasgow）是苏格兰最大的城市，也是最大的商港，同时不乏许多历史建筑，值得一游。此外，要真正领略苏格兰文化的全貌，应当向北进入苏格兰高地，这里地广人稀，到处是湖泊、山丘、城堡，号称是欧洲风景最美丽的地方。这里的纬度较高，又是避暑胜地。爱丁堡是苏格兰的交通枢纽之一，有火车和长途汽车前往苏格兰各地。

住宿：

要大致看完爱丁堡的主要景点，至少需要两三天。如想参观附近的其他重要景点如斯特林城堡，从爱丁堡出发最少需要一天来回。若经济条件许可，爱丁堡五星级的巴尔摩拉尔酒店（Balmoral Hotel）是最佳选择。酒店本身就是一座历史建筑，是爱丁堡古城的地标之一，位置又正好在城市中央，靠近火车站，到各景点都方便。此外爱丁堡还有很多不同类别的酒店，丰俭由人，有些酒店甚至是由工厂改建而成，舒适卫生，每天只要五六十镑。

美食：

爱丁堡靠海，海产非常丰富，餐馆的食材经常有龙虾、三文鱼、带子和其他鱼类。爱丁堡的餐厅非常多，供应各个国家的食物，从印度到英格兰到苏格兰式食谱应有尽有。到了苏格兰当然要尝"苏格兰"的菜系，但其实苏格兰食谱中有不少法国饮食文化的因素，例如烤制的小蛋糕"舒芙蕾"、四色小甜品等，都是典型的法国甜品。其实欧洲各国文化互相之间交流很多，法国的饮食文化又号称欧洲第一，所以这也不足为奇。

在爱丁堡印象最深的美食是苏格兰的草莓。6月是草莓收成季节，各大超市均有草莓出售。苏格兰草莓的个头比美国和澳大利亚的草莓小得多，比日本的草莓也要小一些，但非常清甜，我认为是草莓中味道最好的。若6月到爱丁堡，当地的草莓绝对不容错过。

风俗文化：

我所接触过的苏格兰人都有很强的本土意识，对自己的文化非常骄傲；加上苏格兰与英格兰的历史和现代政治角力，在苏格兰与当地人讨论时事和历史的时候要留心。比如说英格兰人会认为1603年是苏格兰"并入"了英格兰，因为伦敦成为新王国的首都；但苏格兰人会认为是苏格兰"合并"了英格兰，因为是苏格兰国王詹姆斯六世成为英国的国王。游客最好避免因为这些历史课题与当地人出现冲突。

最后，苏格兰的英语口音和英格兰的相当不同，有时候难以完全听明白。有时往往因为面子关系，没听明白也假装听明白了，其实容易造成误会或耽误事情，还不如老老实实承认自己没听明白，客气地请对方说慢点、再说一遍。英语不是我们的母语，没听明白也没有什么丢人的。

当地的很多地名还保留了某些苏格兰用字，例如"loch"，是"lake"（湖）的意思。另外，近年因为苏格兰想要独立，有人提出要放弃英语，使用在苏格兰和爱尔兰历史上的古老语言盖尔语作为官方语言，所以在苏格兰某些地方也会见到双语的标志，即英语和盖尔语。

波希米亚的克鲁姆洛夫

"冷战"的结束给世界带来了很多变化,其中之一就是东西方之间铁幕的消失,使得中欧和东欧国家得以向世界展示它们独具特色的文化遗产。位于捷克共和国南波希米亚州伏尔塔瓦河(Vltava)流域的克鲁姆洛夫古城便是其中之一。古城的全名是 Ceskỳ Krumlov,意思是波希米亚的克鲁姆洛夫,因为在捷克的南莫拉维亚州还有另外一个克鲁姆洛夫城,称为"莫拉维亚的克鲁姆洛夫"(Moravian Krumlov),但后者不是世界文化遗产。

伏尔塔瓦河是捷克共和国境内最长的河流,全长大约 400 公里,发源于波希米亚森林,从南向北流经捷克的南波希米亚州和中波希米亚州,最后在捷克首都布拉格附近的梅尔尼克汇入易北河。克鲁姆洛夫古城便位于伏尔塔瓦上游的平原地区。这里地势平坦,植被丰盛,气候温和,又有丰富的水资源,是个适宜居住的好地方。

根据考古资料,可能早在距今 3500 年左右的欧洲青铜时代,波希米亚地区就已经存在一条贸易通道,而克鲁姆洛夫就位于这条重要的通道上,因此克鲁姆洛夫的历史非常悠久。中世纪的历史文献和文学作品中也都可见到克鲁姆洛夫城的记载和描述。大约从 1250 年开

鸟瞰克鲁姆洛夫城,中间是伏尔塔瓦河。
摄于2011年5月

始,当地的贵族便开始在这里修建城堡、宫殿等。最早的城堡是哥特式的建筑。1602年,克鲁姆洛夫成为哈布斯堡王朝的一部分。[1]

哈布斯堡王朝是中世纪到近代欧洲最显赫、统治地域最广的王朝。它其实并非一个统一的帝国,但从13世纪到19世纪初,哈布斯堡王族的男性成员统治过欧洲众多国家,包括奥地利帝国和奥匈帝国。王族的男性首领还经常被选为罗马帝国的皇帝。哈布斯堡王族的很多女性则嫁入王室,包括那位和路易十六在法国大革命中被砍头的

---

[1] Anonymous 2007, *Cesky Krumlov*, Ceske:Vydavatelstvi MCU s.r.o.

玛丽·安托瓦内特王后。

今天的捷克在哈布斯堡王朝的历史中，占有重要的地位。当时的波希米亚王国和莫拉维亚领地都属于哈布斯堡王朝，而布拉格还曾是神圣罗马帝国的首都，也是哈布斯堡王朝的一个重要城市。因此，1605—1947年，克鲁姆洛夫的统治者都是与哈布斯堡王族有关系的奥地利或波希米亚贵族。现存的城堡是由14—17世纪初统治当地的罗森贝克（Rozmberk）家族所兴建。18世纪初期统治克鲁姆洛夫的简·克里斯蒂安（Jan Kristian）公爵热爱文学、音乐、芭蕾舞和歌剧，因此在城堡中建了一座巴洛克风格的剧院；古城的城堡、宫殿等也都经过不同程度的翻修和更新。不过，1860年以后，克鲁姆洛夫的重要性逐渐降低；到1949年，克鲁姆洛夫成了捷克斯洛伐克的国家财产。[1]

克鲁姆洛夫建于伏尔塔瓦河的一个河流边滩上，河流从南北西三面环绕小城。古城的主要建筑分布在伏尔塔瓦河两岸，主要的贵族宫殿和城堡位于城外的伏尔塔瓦河北岸，市政厅、教堂和大部分民居则位于古城内。整个城市的面积并不大，只有大概50公顷。但因为古城在历史上没有经过太多兵燹，城里自中世纪以来的大部分建筑保存相对完好。作为人类的文化遗产，古城的布局和建筑都具有难得的原真性和完整性，整个古城展现了中欧地区从中世纪到近代商业小城和贵族领地数百年的历史，具有很高的历史价值。因此，克鲁姆洛夫在1992年被列为世界文化遗产。[2]

克鲁姆洛夫是一个非常精致的小城，白天和晚上各有其美丽动

---

[1] Anonymous 2007, *Cesky Krumlov*, Ceske:Vydavatelstvi MCU s.r.o.

[2] http://whc.unesco.org/en/list/.

克鲁姆洛夫古城,城堡和宫殿位于伏尔塔瓦河东北岸

人之处。宽大约一百米、清澈见底的伏尔塔瓦河,欢畅地环绕着克鲁姆洛夫城从南向北奔向布拉格。白天登上城堡,游客可远眺波希米亚地区辽阔的平原、散落在平原的村落城镇以及远处郁郁葱葱的森林,又可近观伏尔塔瓦河与克鲁姆洛夫城全景,欣赏两岸具有中世纪、文艺复兴时期、十八九世纪风格的建筑。在这里,城堡和教堂的建筑都是最高的地标,用高度来彰显政权和神权的权威和地位。

夜晚的克鲁姆洛夫并不像现代都市那样灯火辉煌,甚至可以说有些暗沉;但这正好方便游客逃脱现代城市的光污染和喧嚣,回归大自然,抬头可欣赏天上的明月和星星,低头可闭目倾听伏尔塔瓦河的淙淙水声。不少游客选择住在克鲁姆洛夫城,晚饭后聚集到古城北面的桥头欣赏夜景,或静默不语,或拍摄照片,或轻声交谈。此时的古城非常安静,伏尔塔瓦河两岸的灯光折射在古建筑上,倒映在河水

克鲁姆洛夫城堡夜景

中,川流不息的河水与灯影在月色中融成一片令人沉醉的夜色,使人可暂忘尘世的种种烦扰,身与心都得到全面的放松。三千多年来,古城曾经有过的辉煌与喧嚣,古老的宫殿和城堡中曾经璀璨的灯火与歌舞、历史上曾经权倾一时的公侯贵族,都随着清澈的伏尔塔瓦河流逝了,留下的只有沉默的城堡、教堂和房舍,见证着波希米亚平原一段古老的历史,给后人留下悠远的想象和对生命价值的反思。

　　古城的面积不大,一两天大概可以看完主要景点。古城里面重要的景点包括了城堡、宫殿、教堂、市政广场、民居等,要俯瞰全城则需要登上城堡的最高处。参观时尤其不要漏掉宫殿区内建于18世纪的巴洛克剧院。这个剧院并非全天开放,而是每天有一定的开放时段,游客必须预先购票,然后在参观票上指定的时间到剧院门口等待,由导游带领入内才可以参观。所以游客要到宫殿区的售票处事先

古城的街道和城门

了解开放的时间并购票。

根据导游介绍,目前在全欧洲只有两座建于18世纪具有类似结构的古代剧院保存下来,其中一座就在克鲁姆洛夫城,另外一座在瑞典斯德哥尔摩郊外的卓宁霍姆宫(Drottningholm Palace)。克鲁姆洛夫剧院内部有富丽堂皇的舞台和观众席,导游还会将游客带到舞台的底层,展示如何变换舞台布景,如何制造雷电、风雨等效果的种种设施,非常有趣,游客亦增加了不少关于18世纪舞台技术的知识。

除了城堡、宫殿、教堂之外,克鲁姆洛夫还保留着古老的街道、民居、修道院等建筑,其中很多都经过了修复和翻新。据说古城原来有十个城门,但19世纪以后随着工业化和城市的发展,九个城门都拆掉了,只剩下一个城门被保留下来。这个城门建于1598—1602年,是克鲁姆洛夫最"年轻"的城门,但直接通往城里最古老的街道、市中心以及城堡。城里的很多建筑仍保留了中古风韵，包括建在拱形门廊上面的通道，将街道两边的房子连接起来，十分有特色，值得细心欣赏。当然，居住在古城内的居民并非生活在中古时期，他们同样使用现代的交通工具，与具有古老风格的街道和建筑形成一种有差别的和谐。在这里，传统并非与现代对立，而是现代生活的一部分；而现代生活的丰富多彩，又正有赖于每一个地方传统文化因素的存在。

旅游小知识

签证：

中国公民前往捷克需要签证，欲知详情请联系捷克驻中国大使馆。

季节：

中欧地区夏天会相当热，较为舒适的旅游季节是五六月。捷克的旅游旺季是4—10月，从4月底开始克鲁姆洛夫就有些文化节之类的活动，如4月30日到5月1日的"神奇的克鲁姆洛夫"活动，6月22—24日的玫瑰节，6月29日的音乐节等。注意，克鲁姆洛夫城堡从11月到次年3月是不开放的。

交通：

克鲁姆洛夫距离布拉格大约190公里，从布拉格乘长途汽车可直接抵达克鲁姆洛夫，大约需要3小时，但最好预先订票，否则在夏天旅游高峰期间可能会没有座位。从汽车站到古城大约需要步行10分钟。另外一个方法是乘火车，但没有直接从布拉格到克鲁姆洛夫的火车，必须到布杰约维采（České Budějovice）转车。火车从布拉格到布杰约维采要两三个小时，从那里到克鲁姆洛夫的火车需45分钟，沿途可以欣赏典型的捷克乡村风光，所以是不错的选择。但火车站距离古城较远，进入古城需要再坐出租车。

因为古城里面仍然保存石板街道，带轮的行李箱在这样的路面上很容易受损甚至脱落，所以如果行李较重的话最好还是乘出租车。

关于汽车和火车的时间表以及其他相关资料，可浏览捷克旅游网页 www.myczechrepublic.com，上面有捷克的汽车和火车时间表。网页有捷克文、英文和德文。最后，如果时间很紧张，布拉格很多旅行社都有到克鲁姆洛夫一日游的旅行团，但其中坐车的时间就占了五六个小时，而且无法欣赏到古城的夜景。

住宿：

古城里面有不少旅店，有些是家庭式民居，有些是青年旅社。游客可以通过上述网站或者其他旅店预订网来预订。

旅游信息：

古城的市中心有游客服务中心，可以找到地图和其他有用的资料。

当地旅游服务中心和各景点的职员、导游都会讲英语。古城不大，凭一张地图完全可以自己走遍主要景点。

杜布罗夫尼克古城

飞机从德国法兰克福起飞,机翼下的亚得里亚海在阳光下犹如一匹无边无际的丝缎,蓝白色的粼粼波光温柔而明亮。这种达尔马提亚型(Dalmatian)海岸,有很多中世纪的小城,杜布罗夫尼克古城(Dubrovnik)号称"亚得里亚海上明珠",因其代表性的地理位置和结构,独特的历史、科学和审美价值,1979年被列入世界文化遗产名录。[1]

穿过大致为西北-东南走向的斯德山,杜布罗夫尼克古城就在山脚下。古城位于亚得里亚海东岸,背山面海,修建在一片延伸入海的半岛之上,平面是不规则的长方形。东南部不远处还有一个比较大的岛屿洛克鲁姆岛(Lokrum)。根据当地资料的介绍,7世纪的时候有一群移民来到岛上定居;之后斯拉夫人也来到斯德山脚下居住,并将自己的聚落命名为杜布罗夫尼克。12世纪,两个聚落合并为一个政治体,成为拜占庭帝国的附属国。1205—1358年,杜布罗夫尼克是威尼斯共和国的一个城市,1358年之后它成为匈牙利和克罗地亚

---

[1] UNESCO 1979, "Old City of Dubrovnik", http://whc.unesco.org/en/list/95.

鸟瞰杜布罗夫尼克古城。摄于 2011 年 5 月

王国的一部分，但实际上保持着相当大的政治独立性，是一个由富裕贵族统治的共和制城邦。[1]

　　杜布罗夫尼克古代的经济以海上贸易、造船业和海盐生产为主。15—16 世纪，杜布罗夫尼克城邦国家达到全盛时期，拥有当时地中海地区最强大的海上船队。当时的古城不仅经济发达，科学艺术也蓬勃发展。[2] 今天在古城中还可见到很多哥特式、文艺复兴式和巴洛克式的建筑，包括教堂、修道院、宫殿等，是古城当年繁华和富庶的见证。古城南面的扇形城堡中有两层楼是海事博物馆，其中的陈列介绍了古城的海洋文化历史。

　　不幸的是，1667 年的一场大地震摧毁了城市中的很大一部分建筑，许多居民也失去了生命。地震之后，杜布罗夫尼克古城元气大

---

[1][2]　UNESCO 1979, "Old City of Dubrovnik", http://whc.unesco.org/en/list/95.

伤。1808年拿破仑军队入侵该地,古城丧失了独立的政治地位,成为斯拉夫国家的一部分。和欧洲的许多国家一样,杜布罗夫尼克古城同样经历了两次世界大战的战火以及"冷战"之后的局部地区性武装冲突,1991年南斯拉夫内战又摧毁了城中很多历史建筑,古城因此被列入了"世界遗产濒危名录"。内战结束之后,联合国教科文组织和当地学者、民众合作对古城进行了大规模的维修,1998年古城终于脱离了"濒危"名单,整个城市面目一新,每年吸引大量游客。[1]

从整个城市的布局来看,当时的规划设计者显然是要防御来自陆地和海洋的入侵者,所以无论是靠山还是向海的方向均有绵延厚重的城墙围护,城墙四角有高耸的城堡。古城的两个主要城门分别位于城市的西侧和东侧,前者可从山上辗转抵达,后者开向大海一侧,不仅具有防卫功能,显然也方便古代的海上贸易船队进出海港。城市的设计十分规范,街道基本上是垂直和平行走向。古城中央有一条主干道,连接两个城门,城内的主要建筑基本集中在主干道两侧,包括建于文艺复兴时期的古老教堂、市政厅、钟楼等,主要的商店也都集中在这条主干道两侧。

从杜布罗夫尼克机场到古城有一段距离,游客可乘机场的公共汽车从西面的城门进入古城,沿着主干道步行参观,慢慢抵达向着大海的东侧城门和扇形的高大城堡。在主干道的东部有海上游船服务,游客可乘船出海,从海上观赏古城建造在岩石之上的城墙、碉堡以及东面的港湾。最后还可以登上古城墙,俯瞰全城风景,远眺城外波涛万顷的亚得里亚海。

古城内相当多的房子都经过翻修,而古城外也有不少新房子。

---

[1] UNESCO 1979, "Old City of Dubrovnik", http://whc.unesco.org/en/list/95.

古城的主干道，从西边城墙上遥望东边城门

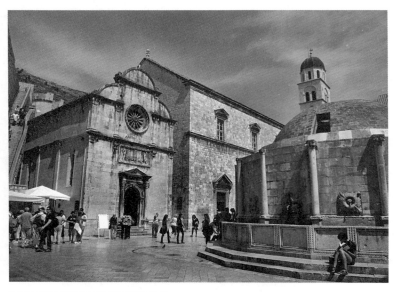

古城主干道旁建于文艺复兴时期的教堂

从海上欣赏杜布罗夫尼克古城的城墙

杜布罗夫尼克城墙上的通道和城堡

值得注意的是，城内城外的房子，屋顶大多数都用了一种橙黄色的瓦，与灰白色的城墙、教堂和钟楼，碧蓝的亚得里亚海及青翠的斯德山形成鲜明的色彩对比，在蓝天白云的衬托之下如同一幅大型风景画，赏心悦目，美不胜收。

欧洲很多古城，例如意大利的佛罗伦萨、法国的佩里戈、葡萄牙的波尔图等，都会见到城市的大部分房屋均使用颜色类似的瓦，使整个城市具有统一的色彩。在波尔图古城，我曾经问过当地的一位导游，她说根据古城的房屋修缮指引，大家都尽量使用同一颜色的瓦。若此说属实，则当地居民为了维护古城的色彩规范而做的努力，真的值得赞叹。如果没有对于自身所居古城的热爱，这样的自律和努力大概也是不可想象的。

我到过不少欧洲古城，杜布罗夫尼克古城是最令人难忘的城市之一。这也许是得益于它背山面海的独特地理位置，面向大海蜿蜒起伏的城墙和城堡，那一种与山海相映的壮观和美丽，令人一见难忘。特别是在颠簸的游船上欣赏古城，那看似温柔的海水与冷峻坚硬的城墙和碉堡形成了奇异的对比，橙黄色的房屋、灰白色的城墙和碧海青山又形成了鲜明的色彩对比，于是古城与周围环境共同构成了一道既自然又充满历史人文元素的美丽景观。整个古城的建筑和布局并没有特别强调某王公贵族的个人历史，而是凸显了古代海洋聚落的群体历史和海洋文化发展的轨迹，这使得古城具有其历史和文化的独特性。

据当地资料介绍，古城现在有将近 5 万居民，绝大多数是本地人。古城两边的街巷仍然是民居或商店，儿童在街上玩耍，在在显示出这不是一座专为游客而存在的"博物馆"城，而是一座富有生命力的城市。

古城街景：男童、他的小花猫和皮球

旅游小知识

签证：

中国公民前往克罗地亚共和国需要申请旅游签证，可联系克罗地亚驻中国使领馆。

季节：

古城位处海边，气候比较温和，春夏皆可前往。

交通：

古城附近有面积不大的国际机场。游客可以从克罗地亚首都乘飞机前往古城，或者从法兰克福、罗马等大城市乘飞机也可抵达。时间充裕的游客可选择沿达尔马提亚海岸乘船游览，逐个探访海边的中世纪小城。若乘飞机抵达，最好乘坐机场的汽车前往古城区。

住宿：

杜布罗夫尼克古城墙之外是现代城区。古城内外均有酒店，但古城内的酒店数量较少。若住在古城外，有公共汽车通往古城，交通还算方便。

参观：

古城本身并不大，花一天的时间基本可以看完主要景点，包括乘搭出海的游船。注意亚得里亚海风浪颇大，游船有时候会非常颠簸，晕船的人大概不宜登船。在船上照相一定要注意安全，首先是自身的安全，其次是相机的安全。

语言：

当地的官方语言是克罗地亚语，但旅游业是当地的主要经济之一，古城内会说英语的人很多，沟通基本没有问题。

维罗纳

读过莎士比亚著作的人都应当知道维罗纳（Verona）。莎士比亚至少有两部剧本的场景设计在这座古城：一部是著名的《罗密欧与朱丽叶》，另外一部是《维罗纳二绅士》。前者的名气比后者大，维罗纳又被称为"罗密欧与朱丽叶的故乡"，作为吸引游客的营销策略。

意大利维罗纳省的首府维罗纳位于意大利东北部，阿迪杰河（Adige Fiume）环绕城市，城市的平面因而大致呈"U"形。城市现有人口约25万人，经济主要是农业、渔业和酿酒业。据说城市始建于公元前1世纪，已有两千多年的历史；它曾经是罗马帝国重要的城市之一，在交通和贸易方面扮演重要角色。罗马帝国覆灭之后，维罗纳仍然是一个经济繁华、文化气息浓厚的城市，基督教逐渐成为这里的主要宗教。不过，大部分的中世纪建筑都没有保留下来。[1]

据当地学者研究，1107年，维罗纳成为一个城邦国家，维持了将近三百年。13世纪，维罗纳内部不同的政治势力出现了冲突，《罗密欧与朱丽叶》反映的就是这一时期的内斗。在一系列内外冲突的影

---

[1] Zuffi, S. 1995, *Verona*, Milan: Electa.

响之下，1387年维罗纳丧失了政治独立，从1405年开始接受威尼斯共和国管治，从此进入长达三个世纪的相对和平发展期，直到1796年拿破仑的军队入侵。[1]

作为一个拥有两千多年历史的古城，维罗纳令人印象最深刻的是它保存相当完整、具有独特建筑风格的古城墙和城门，以及从罗马、中世纪到文艺复兴时期的历史建筑，真实反映了一个城市的演变。或者说，这些历史建筑和考古遗址，见证了维罗纳城不同时期的文化发展，也见证了意大利北部两千多年来的人类聚落历史，见证了意大利境内古代不同国家之间的经济、政治和文化交流。因此，维罗纳在2000年被列入世界文化遗产名录。[2] 不过，令维罗纳古城广为人知的是莎士比亚笔下罗密欧和朱丽叶的故事。那一段中古欧洲两大贵族世家之间荡气回肠的爱恨情仇，数百年来成为无数人津津乐道的故事，以及大量电影、歌剧和其他艺术作品的题材，因此也使维罗纳古城成为现代人追寻永恒爱情的圣地。

在莎士比亚的故事中，罗密欧被放逐，据说就是从其中一个城门Bra Gate离开维罗纳的。朱丽叶的家，就是城中的一座老房子，其外墙上的小阳台，据说就是朱丽叶应答罗密欧的地方。因此，这座"朱丽叶旧居"是游客的必到之地。每年有不少情侣到维罗纳注册结婚或者度蜜月，希望他们的爱情可以天长地久。其实，当地学者认为，这个"朱丽叶露台"是为了取悦游客而编造的。这座宅子当然是一座历史建筑，但朱丽叶和罗密欧都是莎士比亚创造的戏剧主角，并不是真实的历史人物。不过罗密欧和朱丽叶的故事实在太过著名，为

---

[1] Zuffi, S. 1995, *Verona*, Milan: Electa.
[2] UNESCO 2000, "City of Verona", http://whc.unesco.org/en/list/797.

据说这是朱丽叶的旧居,那个小露台就是她和罗密欧应答之处。摄于 2005 年

了满足大众的愿望,所以命名了这样一个"朱丽叶露台"。当浪漫的文学遇上严肃的历史的时候,还是让人们各自选择自己愿意相信的故事吧。

维罗纳古城不大,两三个小时就可徒步走遍全城。城内有一个中心市集,周围的楼房看上去很有些沧桑感,外墙上绘着壁画装饰,阳台上种着花草,依然有人居住。据当地学者见告,市集依然按照传统的方式经营。我抵达市集时是清晨,大木柜中的货物尚未搬出来陈列,但路旁的商店有些已经开张。城内到处可见属于不同时期的历史建筑,包括罗马帝国时代的露天剧场、十八九世纪的教堂、市政厅和民居,夹杂着现代的超市、酒吧、商店和其他生活设施。古城墙下的

维罗纳中心广场的历史建筑,同时又是商店

中心广场古老的大钟,
现在依然运行

具有文艺复兴时代建筑风格的维罗纳教堂

木椅上坐着城里的主妇闲话家常,儿童在铺满落叶的地面追逐嬉戏,俨然就是一幅欧洲现代小城的风景画。城中不时可见游客的身影,但来来往往的大部分是本地人。餐厅酒吧仍然是意大利语的天下,英语并没有成为主要语言。商店售卖的主要是当地的日常用品而不是旅游商品。现代的交通工具在13世纪建成的城门中穿梭往还,川流不息,古老与现代在这里融为一体。若要问如何界定仍然保留本土特色的世界文化遗产古城,如何避免过度的"游客化",2005年的维罗纳,应当属于这样的城市。

古城内的街道颇为狭窄,路面铺着砾石,汽车在上面行驶不免颠簸。实际上,进入古城区的汽车也不多,居民多数步行或骑自行车。在古城的砾石小道上徜徉,不禁要问:这两千多年的古城是如何保存下来的?难道维罗纳没有发展的需要吗?为什么居民愿意居住在旧房子而不是拆旧房建新房？为什么没有把古城墙拆下来拓宽道路以便解决交通问题？

据意大利学者研究，维罗纳的现代城市规划是将古城和新城分开管理和使用。古城包括了罗马时代、中世纪、十八九世纪的建筑，新城则在古城之外。"二战"期间，维罗纳古城大约40%的建筑受到破坏，因此，1947年启动了重建计划，有意识地保留了古城区，将工商业中心搬离古城。市政当局从1954年开始复修古城，并且通过一系列法律和行政手段将主要的交通和商业活动转移到古城外面。尽管城市的人口不断增加，经济不断发展，但由于城市规划的成功，主要的工商业活动和交通集中在新城，并没有给古城区带来太大的压力。2000年成为世界文化遗产之后，维罗纳地方当局和古城居民一致同意进一步保存、小心使用和管理这一文化财产，因为这是他们文化和身份认同的根基，并于2003年制定了一个保存和管理古城的策略大纲，希望可持续地保育古城和周围的环境。[1]

维罗纳古城的保育和管理模式在意大利并非独一无二。在意大利的大中小城市中，历史建筑比比皆是，包括古老的民居。众所周知，持续维修老房子比盖新房子要贵多了，也麻烦多了。因此我曾经问过一位意大利学者：为什么宁愿花钱修缮老房子，而不是拆除老房子盖新房子？她惊讶地看我一眼，说："这是我们的家，为什么要拆掉？"

显然，在她的心目中，"家"是附着在实实在在的老建筑之上，附着在那些古老的砖瓦木料之上。也许是基于同样的理念，维罗纳古

---

[1] Stumpo, S. 2000, "The Sustainability of Urban Heritage Preservation – the Case of Verona, Italia," Inter-American Development Bank discussion paper.

城的居民才会把古城视为他们文化和身份认同的基础。用没有生命的大理石和砖瓦建造起来的城墙、教堂和其他建筑，只有在当地社区赋予它们某种意义和价值的时候，它们才值得珍视，才是文化遗产，才会被保留下来；也只有当地社区参与管理、使用和保育，古城才能保持其独特的文化内涵，而不是变成主题公园。维罗纳古城为可持续地保育和管理历史文化名城提供了一个很好的范例。

旅游小知识

签证：

意大利是申根公约国，只要有申根签证就可入境。如没有则需要申请意大利的旅游签证。

交通：

维罗纳有机场，可以从罗马转机，也可以从米兰或威尼斯乘飞机或火车抵达。维罗纳古城中心不大，最好步行观赏。边走边看，大概一天也就差不多了。若时间充裕，可从威尼斯或罗马乘火车从南向北穿过意大利抵达维罗纳，在每个城市停留两三天，慢慢观赏。意大利是世界上文化遗产最丰富的国家之一，走马观花也需要半个月到一个月的时间。

语言：

21世纪初，英语在意大利仍不算十分通行，特别是在小城市如维罗纳，不少当地居民不会讲英语。所以，懂一点点意大利文很有用。建议每到一个城市先找当地的游客信息中心，那里的职员都会多种语言，英语沟通完全没有问题，而且还免费提供市区地图。

中等以上酒店的职员一般都懂英语。不少餐厅的餐牌是意大利语和英语双语的。

库斯科

南美洲可以说是一个幸运的大陆,因为两次世界大战的战火都没有烧到这里,所以这里很多古老的城市建筑和考古遗址都保存得相当完好。南美洲又是一个独特的大陆。在哥伦布航海到此之前,南美洲就已经发展出独特的古老文明。随着哥伦布的"发现",欧洲殖民者相继涌入这片新大陆掠夺土地和财富。在长期的殖民过程中,欧洲文化与本土文化碰击、交流、角力,时而融合,时而冲突;属于南美洲特有的文化,就是在这多角度的互动过程中发展,并且和南美洲美丽的自然风光互相交融,形成一片无限缤纷的迷人天地。有人在南美洲旅行一年依然流连忘返,可见这片大陆的吸引力。

库斯科(Cuzco)古城就是南美洲独特文化的代表之一。库斯科海拔3000多米,坐落在秘鲁东南部安第斯山区乌鲁班巴河(Urubamba River,号称"印加的神圣河谷")流域。这里气候温和,土地肥沃,适宜农业活动,因此成为古代人类聚居之地。河谷中分布着众多印加时期的考古遗迹和古城,库斯科位于河谷的中间,著名的马丘比丘遗址则位于河谷的西面。

今天的库斯科包括了古城和新城两部分,古城在中间,周围是

安第斯群山中的印加帝国古都库斯科，中央为主广场。摄于 2007 年 5 月

新城区。古城的平面呈不规则的扇形，大致成西北－东南方向，西部较宽如扇体，东部较窄像扇柄。长方形的中心广场位于古城西部，市政厅和最大的教堂都设在这里。尽管因为地形的关系，库斯科古城的整体轮廓并不规则，但主要道路基本上呈棋盘格状，最宽的两条主干道就在中心广场的两侧，其他大街小巷基本上是东北－西南向或者西北－东南向，只是因为城市的东南端较窄，所以有些贯穿西北－东南的大街，到了东南端便向南或向北倾斜。

12 世纪左右，库斯科是由印加人所创建的库斯科王国的首都。这个王国在战争和冲突中不断壮大，逐渐发展成为印加帝国。帝国的统治者帕查库提（Pachacuti）于1470—1490年将库斯科重新设计、扩建，使之成为一个具有农业、政治和宗教多种功能的帝国首都。城市的中心设计为政治、行政和宗教枢纽，重要的建筑都坐落在中心广场，外围则是农民和艺术家居住和工作的地区，[1]整个城市规划反映了当时的等级和社会分工。据16世纪抵达库斯科的西班牙殖民者描述，当时的库斯科人口密集、族群多样，城市规划完善，全城设有供水系统，城内有恢宏的神殿、富丽堂皇的宫殿和豪宅，有些甚至以黄金来装饰，是一个非常繁华的都会。[2]

1533年西班牙殖民者征服了印加帝国以后，库斯科又成为殖民者在当地的一个重要城市。西班牙人发现库斯科的城市规划与欧洲文艺复兴时期的城市规划有异曲同工之妙，即将主要的政治、行政和宗教建筑集中在城市的中心位置。因此，他们拆除了市中心具有印加帝国政治和宗教特色的建筑物如神殿、宫殿等，但沿用了城市的整体布局。今天在库斯科看到的主要是西班牙风格的教堂、市政厅、修道院、豪宅和其他历史建筑，但在城内和城外仍然能找到不少印加文明的遗迹。

库斯科古城的中心广场称为主广场（Plaza de Armas），这里矗立着欧洲风格的市政大楼、大教堂、耶稣会教堂、圣卡特琳娜博物馆、修道院，还有印加帝国的印加罗卡宫、印加博物馆等重要景点也都在广场附近。广场东面不远就是库斯科的游客信息中心。大教堂于1560年开工，1654年才建成，用了94年。教堂的设计者是西班牙人，但教堂的外表采用了印加帝国建筑的某些元素。此外，教堂里

---

[1] UNESCO 1983, "City of Cusco", http://whc.unesco.org/en/list/273.
[2] Editorial P. 2005 (?), *Cusco– the Complete Guide*, Cusco: Editorial Piki.

库斯科大教堂

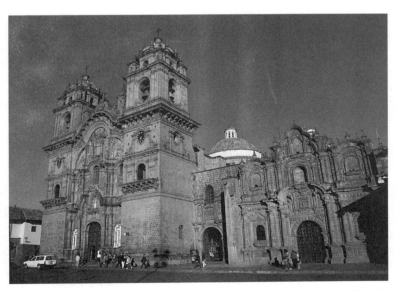

耶稣会教堂

面有一幅 17 世纪的绘画《最后的晚餐》，作者是库斯科当地的艺术家马科斯·萨帕塔（Marcos Zapata），反映了天主教在南美洲的传播过程。广场东面的耶稣会教堂则始建于 1601 年，被 1675 年的地震摧毁，之后又重建。教堂里面的圣坛用黄金叶子装饰，高 2.1 米，宽 12 米，据说是秘鲁殖民时代最大的天主教圣坛。[1]

库斯科中心广场在印加帝国时期比现在要大得多，当时广场内布满了印加王室贵族的豪华宫殿或大宅，但绝大部分毁于西班牙殖民时期。今天主广场的大教堂，原来是印加帝国的王宫所在地。广场东面现在的耶稣会教堂，原来是印加文明所崇拜的圣蛇宫殿所在地，而修建教堂所用的石头建筑材料就是从宫殿上拆下来的。圣卡特琳娜修道院，原来是印加帝国太阳贞女的居所。[2] 这里还有印加帝国最重要的太阳神殿，同时具有天文台和宗教圣殿的功能，里面原来布满了黄金。16 世纪，西班牙殖民者在神殿里掠走了数百磅黄金；神殿完全被毁，在废墟上修建了圣多明各教堂。[3] 根据当地博物馆资料介绍，当年西班牙殖民者消灭印加帝国以后，为了巩固其殖民统治，防止当地人民的反抗，除了加强政治和军事的统治之外，强迫当地居民信奉天主教，以取代原来的本土宗教信仰，并且大量拆除印加帝国重要的政治、宗教和历史建筑，在废墟上修建西班牙的政治和宗教建筑，有些甚至是用黄金作为装饰，极为奢侈豪华。西班牙人还修建了豪宅、官邸、行政设施等，完全遮盖了原来印加文明建筑的遗迹。这一段历史让人想起当年日本殖民统治台湾时期，也是大量拆除台湾原有的历史建筑，以日本式的建筑取而代之。库斯科（和台湾）的例子说明，

---

[1][2]　Editorial P. 2005 (?), *Cusco– the Complete Guide*, Cusco: Editorial Piki.
[3]　Archeological Institute of America 1999, *Cusco and Nearby Sites*, http://archive.archaeology.org/online/features/peru/cuzco.html.

印加罗卡宫殿著名的"十二转角"石

历史建筑绝不仅仅是建筑，它们同时是一个文明的物质见证，因此也成为族群和文明的标志和符号。殖民者要消灭土著文化，往往要清除历史建筑这类物质的文化符号。

库斯科城里保留比较完好的印加时代建筑首推印加罗卡宫（Inca Roca Palace），现在是库斯科大主教的驻地和宗教艺术博物馆。据研究，印加罗卡是库斯科王国14世纪中期的国王，可是有关他的资料并不多。宫殿最出名的是外墙那块有12个转角的大石头。安第斯山区的印加人民常常就地取材，用当地的岩石作为建筑原料，其加工和砌石技术可说是登峰造极。砌在印加罗卡宫外墙的这块大石头，其12个转角与上下左右的11块大小石头紧密结合，天衣无缝，是古代印加人加工和砌石技术的典型代表。

除了这块大石之外，整个宫殿的石墙都是用大小不等的石块砌成，每块石头都经过打磨加工，大部分的石块之间严丝合缝，看到这种砌石技术令人想起埃及的金字塔,那也是世界著名的砌石建筑,但埃及金字塔的石材并没有经过印加石材这样的全面加工,石块之间的结合也没有这样紧密。印加文明的建筑工艺和技术,在印加罗卡宫殿的石墙上得到了充分的体现。

库斯科位处山谷,周围群山环抱,各个山头分布着很多大小不等的印加文明遗迹,如具有军事功能的普卡普卡拉(Puca Pucara,在当地语言中的意思是"红色的堡垒")、印加人进行宗教仪式之前净身的塔博玛凯(Tambomachay)等,但最引人注目的是位于库斯科北面大约3公里萨克塞华曼(Saqsayhuaman,意思是"斑点猎鹰")山上的大型印加王国建筑群。这里现在已经成为考古公园,除了保存上述印加建筑群遗迹外,还可保育当地的植被和动物,包括著名的美洲驼羊(llamas)。

普卡普卡拉的位置正好可控制出入库斯科的通道,军事战略地位十分重要。西班牙殖民者于1533年入侵库斯科,对当地文化实行摧残,其统治不久就遭到了印加帝国王位继承人曼科(Manco)的反抗。曼科的军队当时就驻扎在普卡普卡拉,曾封锁库斯科城达六个月之久。西班牙军队后来突围,并且对曼科的军队实施反包围,加上双方武器装备差别悬殊,最后印加军队全部战死。西班牙军队随后大肆毁坏普卡普卡拉的建筑,今天看到的基本上都是当时留下的遗迹。普卡普卡拉见证了16世纪30年代印加人民反抗殖民主义者的一段惨烈历史。随着印加帝国的最后一位合法继承人图帕克·阿马鲁(Tupac Amarú)于1572年在库斯科主广场被处死,[1] 印加帝国最终消失了。

塔博玛凯离普卡普卡拉不远,其砌石建筑分为四层,有一道清

---

[1] Archeological Institute of America 1999, *Cusco and Nearby Sites*, http://archive.archaeology.org/online/features/peru/cuzco.html.

普卡普卡拉

泉从上层流到下层，供印加人在参加宗教仪式前净身用。至于萨克塞华曼建筑群，从其所在的位置可俯瞰库斯科城，军事战略地位固然十分重要；但这里的建筑主要具有庙宇的功能。建筑群用巨大的岩石构筑而成，占据了整个山头，气势磅礴，规模宏大，主要建筑物是从山脚向上延伸的三层巨大的石墙、碉楼、剧院和庙宇等，所有建筑都是奉献给印加文明最重要的神——太阳神[1]。这个巨大建筑群的每一块石头都经过仔细的加工打磨，每一块石头的形状和大小都不一样，都具有自己的特色；但每一块石头都天衣无缝地和其他的石头结合在一起，石块之间完全没有缝隙，大小、形状各异的石块共同组成了形状规范的石墙、石门或平面建筑。古代印加的工匠是如何设计、加工和

---

[1] Archeological Institute of America 1999, *Cusco and Nearby Sites*, http://archive.archaeology.org/online/features/peru/cuzco.html.

塔博玛凯,印加人沐浴的遗迹

库斯科城外印加时期的萨克塞华曼大型遗址

萨克塞华曼的石墙遗迹

萨克塞华曼石墙细部

萨克塞华曼的建筑遗迹

建造这样既有个性又完美结合的建筑呢？他们是否将石头毛坯搬到现场，然后根据建筑过程的需要再对每件石块进行最后的打磨加工？要多少人力和时间才能够完成这样一个恢宏壮观的建筑群？我们也许无法知道这些问题的答案，但萨克塞华曼毫无疑问是印加文明给现代人留下的最壮观的古代建筑群之一，充分展示了印加文明严密的社会组织、巨大的政治能量和高超的建筑艺术。

库斯科无疑是南美洲印加帝国最重要的古城，见证了印加文明最后的历史，也见证了印加文明伟大的成就，更见证了西方殖民主义对南美洲土著文明的摧残。鉴于库斯科独特的历史、科学和审美价值，联合国教科文组织在1983年将库斯科古城列入了世界文化遗产名录。[1]

---

[1] Archeological Institute of America 1999, *Cusco and Nearby Sites*, http://archive.archaeology.org/online/features/peru/cuzco.html.

旅游小知识

签证：

中国公民到秘鲁旅游需要申请签证，具体请联系秘鲁驻中国的使领馆。

季节：

南美洲的气候和北半球的气候相反，我们的冬天是他们的夏天。库斯科地区处于安第斯山区，气候比较温和。7月是库斯科最冷的季节，气温可达到0℃左右；最热是11月，最高气温是23—25℃，十分宜人。我去的时候是5月，属于当地的初冬，温度在10℃左右，并不算太冷。不过如果要打算穿越"印加古径"（Inca trail）的话，选择温度较高的11月到次年1月左右较好。

参观：

要看完库斯科古城和周围的主要景点至少需要两天的时间。在"印加神圣河谷"，到处是印加文明留下的遗址和遗迹。有兴趣、有体力的游客可以在库斯科联系旅游公司找好向导，然后从库斯科乘火车到一个叫作"82公里"的地方，从这里步行到马丘比丘。这是"印加古径"最有吸引力的一段，全长大约43公里，沿途可观赏印加古文明的众多考古遗址及安第斯山美丽的风光和植被，全程共需要四天时间。因为都是山路，参加者需要较好的体力和耐力。

医疗健康：

库斯科属于山区，海拔比较高，最好带上一些防止高山反应的药。此外，最好向医疗部门了解，出发前是否需要事先注射一些疫苗。

交通和住宿：

从美国的迈阿密有飞机前往秘鲁首都利马，从利马有飞机前往库斯科,飞行时间一小时左右。另外也可以坐汽车,但时间要长得多,据说要 21 个小时。

库斯科的旅游业相当发达,古城里面的大小旅店不少,可以通过可靠的网站预订。

饮食文化:

库斯科当地的啤酒颇出名。城里面有各种餐馆,经营法国菜、南美菜,还有中餐,当然是本土化了的。南美菜的肉类颇多,如牛羊肉等,也有虾类;玉米、南瓜等当地蔬菜也是主要的食材。

语言和风俗:

作为前西班牙殖民地,西班牙语是秘鲁的官方语言,但是在不同地区也流行不同的当地方言。库斯科流行的是当地的克丘亚语(Quechua)。这是一种很古老的语言,在印加帝国出现之前就已经存在。库斯科是旅游城市,英语作为一般沟通没有太大的问题,但游客最好还是学一点基本的西班牙词汇,例如"水""洗手间"等。

当地的民风淳朴,但仍需注意安全。库斯科晚上城市的照明度并不十分高,有些小街巷比较暗,最好避免经过。和墨西哥相似,秘鲁的服务行业也有支付小费的习俗。

大学城科英布拉

科英布拉(Coimbra)位于葡萄牙中部,是葡萄牙第三大城市,距首都里斯本190多公里。葡萄牙境内从东向西流入大西洋的蒙德古河(Mondego River)从东向西再向北流经该城。蒙德古河连接葡萄牙的内陆和海岸地区,科英布拉又位于葡萄牙的中部,因此这个城市在交通、商业和军事上都具有独特的重要性。该城最著名的是始建于13世纪的科英布拉大学,这是葡萄牙语世界最古老的大学,也是欧洲最古老的大学之一,至今保留了大量从中世纪到近现代的历史文献和建筑,尤其是具有中国文化因素的18世纪巴洛克式图书馆,更是罕见。

科英布拉位于蒙德古河两岸,河的东岸是一座小山,西岸是平地。科英布拉大学就坐落在东岸的小山上。早在罗马帝国时代,科英布拉就是一个有一定规模的城镇;8世纪又成为北非摩尔人的辖地。1064年,科英布拉被信奉基督教的国王费迪南夺回。后来,葡萄牙的开国国王阿方索·恩里克斯又在这里大兴土木,建设了大教堂,重建了罗马时代的桥梁和老城的城墙,还修了喷泉,铺设了道路,等等。中世纪的科英布拉已经分为小山上的"上城"和河流西岸的"下城",前者是统治阶级、贵族和教士聚居之地,后者是商人、艺术家和工人居住的地区。1131—1255 年,科英布拉是葡萄牙王国的首都。1255 年,葡萄牙的首都迁到里斯本,但科英布拉一直是一个重要的艺术和学术中心。[1]

科英布拉大学的建立是 13 世纪葡萄牙国王迪尼斯一系列新政的内容之一。迪尼斯是葡萄牙历史上一个相当有作为的统治者,在其统治期间,奖励农耕和贸易,用当地语言取代拉丁文书写法律文件,推动教育发展,并在 1290 年设立了葡萄牙第一所大学。[2] 大学原本专为僧侣而设,后来改为对公众开放的大学。大学最先设在里斯本,1308 年迁到科英布拉,1338 年又迁回里斯本,1537 年最后定在科英布拉。开始的时候,大学设有文学院、法学院和医学院。此后数百年间,科英布拉大学持续扩大,18 世纪 70 年代增加了数学和科学学院,并设立了大学出版社和葡萄牙最早的自然科学史博物馆。随着宗教影响力的弱化,神学院于 1911 年取消。新的学院和设施持续增加,如心理学和教育学院、大学医院、体育科学学院等。今天的科英布拉大学是一所现代化综合大学,有 8 个学院,2 万多名学生。[3]

科英布拉大学位于俯瞰全城的小山上,居高临下,是整个城市的中心。10 世纪,这里原来是摩尔人建的城堡。"再征服"之后,这里成为葡萄牙王家宫殿区。12—15 世纪,葡萄牙开国国王恩里克斯及其继任者绝大部分出生于此。首都迁到里斯本之后,1537 年,葡萄牙国王约翰三世将该建筑群交给大学使用。[4] 随着大学规模的持续扩大,新建筑随之出现,因此,校园内既有 16—18 世纪的古老建筑,

---

[1][2] Anderson, J. M. 2000, *History of Portugal*, Westport, USA: Greenwood Press.
[3][4] Pimentel, A. and R. Agostinho, unknown year, *University of Coimbra*, Coimbra: Coimbra University Press.

从科英布拉大学俯瞰科英布拉城及西面的蒙德古河。摄于 2010 年 6 月

也有现代建筑。

科英布拉大学的校门原是伊斯兰时代城堡的门户之一，经过后来葡萄牙国王的改建才成为今天的样子。校门上方的双拱形结构象征着军事"凯旋"，门上分别刻有大学的建立者迪尼斯国王和校园建筑提供者约翰三世的雕像。穿过这个大门便是大学老校园的核心地带，这里原来是宫殿区，后来改为校园。大学的中心广场周围集中了大学最古老的建筑，包括现在用为行政、教育用途的建筑楼和回廊，建于 18 世纪的巴洛克风格图书馆和圣马可小教堂，以及矗立在小教堂旁边的钟楼。在建筑外墙上还可见到古老的雕塑群。重要的历史建筑还有始建于 16 世纪的大学艺术大堂，原来是王室举行重要仪式的大厅，现在用作考试和其他庆典；私人考场原来是国王的寝宫，现在挂满历任大学校长的照片，也举行大学行政会议、考试及学位颁发典礼。校

古老的大学校门

科英布拉大学的钟楼、中心广场和回廊

巴洛克图书馆

大学建筑外墙的雕塑

园内还有武器陈列室、植物博物馆、学术博物馆、自然历史博物馆、人类学博物馆、矿物博物馆、动物博物馆等。[1]

在科英布拉大学的历史建筑群中,令人印象最深刻的是圣马可小教堂和巴洛克图书馆。现存的小教堂始建于 15 世纪末期,但主要建筑建于 16 世纪初期葡萄牙国王曼努埃尔一世统治时期,因此小教堂的入口具有曼努埃尔建筑的风格。其高祭坛具有文艺复兴时期的艺术风格,而富丽堂皇的主祭坛则是 16—17 世纪初文艺复兴后期源自

---

[1] Pimentel, A. and R. Agostinho, unknown year, *University of Coimbra*, Coimbra: Coimbra University Press.

意大利的矫饰主义风格，强调精细、和谐和复杂的装饰，使用大量的植物图案作为装饰主题。教堂的扩建和装修工作断断续续一直延续到1739年，教堂中的管风琴是18世纪巴洛克风格。[1] 教堂内部的颜色丰富，顶部天花装饰以绿色、红色和蓝色的植物及贝壳纹饰，管风琴装饰着金色高浮雕纹饰和天使雕塑，主祭坛入口则装饰着典型的曼努埃尔绳索纹高浮雕和壁画。我参观的当天碰上当地市民举行婚礼，不得不提早退出教堂。据当地人见告，这座小教堂尽管是大学的专用教堂，但当地市民也可租来使用，而且经常被用为婚礼场地。在这样一座古老而华丽的教堂中举行婚礼，一定是一次独特的人生经历和记忆。

华丽而古老的教堂在欧洲并不罕见，科英布拉大学华丽而古老的巴洛克图书馆则是非常罕见的建筑。图书馆内部不准拍照，所以没有照片提供。图书馆的入口在小教堂入口旁边，外表似乎平淡无奇，门口不过有两对石柱而已；但每个进入图书馆的参观者几乎都会"哇"一声，被里面的富丽堂皇震撼。图书馆建于1717—1728年，平面是长方形的，楼高三层。馆内分隔为三个大厅，每个大厅四壁排满了直达天花板的木质髹漆鎏金书架，底漆的颜色有红色、绿色和黑色；而鎏金装饰的图案中居然有相当部分是穿着中国式斗笠和服装的"中国人"（或者说是18世纪欧洲人眼中的"中国人"形象）以及"中式"亭台楼阁的图案，反映了18世纪西方世界对中国文化的兴趣。地面是灰色带花纹的岩石方砖，各大厅的入口是经雕饰的灰岩圆拱形门框，上面装饰着下令建造这座图书馆的葡萄牙国王约翰五世的

---

[1] Pimentel, A. and R. Agostinho, unknown year, *University of Coimbra*, Coimbra: Coimbra University Press.

圆雕金色王徽。在最后一个大厅的后墙上是国王的王徽和全身像。整座图书馆内部可谓金碧辉煌,令人难以想象这是一座供藏书的建筑。

但这座图书馆不仅只有华丽的内部装饰,而且在建造的时候就考虑到藏书的功能而做了专门的设计。图书馆外墙厚达2.11米,室内空间高旷,入口的大门用贵重的柚木建造,目的都是为了让室内温度一年四季保持在18—20℃,便于图书的保存。室内墙上的框格结构有助于维持室内湿度在60%左右,同样是为了图书的保存。为了对付图书的另外一个天敌蠹虫,所有的书架都用橡木制成,橡木不仅材质紧密而且散发出驱虫的味道。更有趣的是,图书馆里还养着一种专门吃书虫的蝙蝠,它们会在夜间出来进食,因此成为帮助图书馆对付书虫的杀手。[1] 管理员说,他每天晚上会用油布遮盖馆内的古董桌子和其他平面家具,以避免蝙蝠的粪便落在上面。次日早上他会先将图书馆内部清理干净,再对外开放。

这座既实用又华丽的图书馆,至今仍珍藏着20万册从16世纪到近现代的各类图书,包括了欧洲各时期的最佳出版物,很多书籍本身就是珍贵的历史文物。如果需要借阅这些书籍,必须先说明理由,获得馆方批准,然后在大学的现代中央图书馆阅读。[2]

毫无疑问,科英布拉大学图书馆是一座非常独特的历史建筑,其大量藏书是可移动的珍贵人类物质文化遗产,而保存这座图书馆建筑及内部的珍贵藏书,更是一项长远而艰巨的任务。每每想到图书馆管理员日复一日、年复一年地遮盖和清洗图书馆的古老家具和内部空间,想到馆内那些雕梁画栋的内部装饰、那些鎏金的书架和烫金羊皮

---

[1] Pimentel, A. and R. Agostinho, unknown year, *University of Coimbra*, Coimbra: Coimbra University Press.

[2] Anderson, J. M. 2000, *History of Portugal*, Westport, USA: Greenwood Press.

科英布拉的老教堂

封面、手工抄写的书籍所需要的长期维修保养,以及由此所需的巨大的人力、物力和财力,便无法不对如此繁巨而恒久的工作肃然起敬。

科英布拉大学所在的山顶积淀了这个城市从罗马时代到近现代的主要历史。该大学自中世纪以来就是葡萄牙语世界传播知识的重要教育机构,其模式影响到后来很多大学;又因为大学的存在和发展,科英布拉成了一个重要的学术中心。因此,联合国教科文组织于2013年将科英布拉大学列入了世界文化遗产名录。[1]

除了大学以外,科英布拉还有很多历史建筑,整个城市的景观

---

[1] UNESCO 2013, "University of Coimbra – Alta and Sofia", http://whc.unesco.org/en/list/1387.

也别有特色。从大学所在的山顶向下步行,沿途可见具有中世纪风格的老教堂和具有曼努埃尔风格的大教堂。据教堂内的资料介绍,老教堂始建于12世纪,是葡萄牙开国国王恩里克斯称王及定都科英布拉时所建,葡萄牙的第二个国王于1185年在该教堂加冕。该教堂是葡萄牙现存最重要的罗马式天主教建筑之一,也是葡萄牙仅有的至今仍保存基本完好的"再征服"时期建筑物。

从中世纪到现在,整个科英布拉的城市布局和文化,其核心就是科英布拉大学。现代城市居民的生活,也和大学有密切的关系。这不但因为科英布拉大学的教师学生们为城市带来学术的氛围和青春的活力,也因为每年来参观大学的游客为科英布拉的经济带来可观的收益。无论是过去还是现在,科英布拉应当都是名副其实的"大学城"。

旅游小知识

交通和住宿:

科英布拉位于葡萄牙首都里斯本和葡萄牙北部主要城市波尔图之间,从上述两个城市均有火车或汽车到科英布拉。火车从里斯本到科英布拉需三个多小时,每天班次很多,几乎每小时就有一趟车出发。科英布拉有三个火车站,最靠近老城、大学的是科英布拉A站,或者是科英布拉站。里斯本、波尔图和托玛尔等城市都有长途汽车到科英布拉。从里斯本到科英布拉的长途汽车大约需两个半小时,班次很频密;www.rede-expressos.pt网页上有最新班次和时间表。尽管该网页只有葡萄牙文,但只要知道主要城市的葡萄牙文(如里斯本是"Lisboa"),还是可以获得相关信息。科英布拉汽车站距离老城区也很近。

如果只到科英布拉,可从里斯本或波尔图出发作一日游,时间稍微有些紧张。另一选择是从里斯本到科英布拉再继续前往波尔图，那就需要住在科英布拉。当地酒店不少，可在互联网上预订。波尔图也是世界文化遗产名录上的古城，其夜景尤其美丽，值得参观。

参观：

科英布拉大学对游客开放，每年4月15日到10月15日的开放时间是上午9：00到下午7：30；10月16日到次年3月15日的开放时间是上午9：30到下午1：00，下午2：00到5：30。游客可浏览大学的英文或葡萄牙文网页 http://www.uc.pt/en/informacaopara/visit/paco 获得相关信息。参观校园其他建筑都可自由行，但参观巴洛克图书馆一定要在限定的时间内跟随图书管理员参观。

科英布拉大教堂

宫殿城堡篇

　　自从人类进入阶级社会，原来用作遮风挡雨的房屋在一定程度上成了社会成员区分权力和财富的标志。宫殿这种大型建筑，专为国家的统治者或者具有影响力的上层贵族所建造，不仅是华丽的住宅，而且是政治权力的中心，所以世界各国从古至今的宫殿往往都按照当时当地文化的审美标准建造得富丽堂皇，以炫耀宫殿居住者的富有和威权。当然，所谓富丽堂皇，也是个相对概念，比如古希腊克里特岛上青铜时代的宫殿，现代人也许认为不过是用石板建造、较为宽大的房屋而已。

　　宫殿是国家政权的产物，因此，在外来移民抵达之前尚没有国家的大洋洲大陆和北美洲地区，并没有古代宫殿。宫殿又是帝王政治的产物，因此，当帝王制度被推翻的时候，作为帝王政治符号的宫殿往往也会被破坏，中外历史上这样的例子屡见不鲜。当然，作为一个国家最瞩目的政治地标之一，宫殿也最容易受到战火的摧残。

　　宫殿的设计和建筑往往因文化的差异而有很大的不同。比方说，北京明清两代皇家宫殿紫禁城的设计反映了中国古代"前朝后寝"的理念，将处理国家大事的公共空间和帝王及其家庭生活的私人空间在

瑞士日内瓦湖畔的西庸城堡。摄于 2013 年 12 月

平面上截然分开。欧洲近代的宫殿,如法国的凡尔赛宫、维也纳的美泉宫以及数不清的其他大小宫殿,则往往将处理国事的公共空间与帝王的私人空间设计在同一座大楼,甚至同一楼层中,国王会在寝宫接见最重要的大臣。因此,参观不同国家的宫殿,有助于我们了解不同文化、不同历史和不同的建筑风格理念。

世界上的大小宫殿多不胜数,有些已经成为废墟,例如希腊克里特岛上青铜时代的宫殿;有些依然存在,例如中国北京的紫禁城、韩国首尔的五大朝鲜王宫、泰国曼谷的大皇宫、英国的温莎宫殿、法国的凡尔赛宫和枫丹白露宫等。因为历史和文化的关系,在世界五大洲中,欧洲大概是现存大小宫殿最多的地区。欧洲 18—19 世纪的很多宫殿都受到法国宫殿建筑和装饰风格的影响,看多了就开始觉得有

奥地利萨尔斯堡的宫殿城堡。摄于 1995 年 7 月

日本京都元离宫二条城的宫殿建筑和园林。
摄于 2006 年 1 月

些大同小异。不过，有些宫殿却令人印象深刻，这或者是因为其独特的建筑风格和文化因素，或者是因为其附近美丽的自然风光，或者是因为有些重要的历史事件与之相关。例如位于瑞士阿尔卑斯山脚下、日内瓦湖东岸的西庸（Chillon）城堡，始建于中世纪，不仅历史悠久，保存了很多中世纪建筑的特色，更令人难忘的是该城堡周围极其美丽的湖光山色。西庸城堡与峰顶终年积雪的阿尔卑斯山和碧水盈盈的日内瓦湖形成一幅美不胜收的风景画。在西庸城堡顶端眺望蓝天白云，绵延山势，湖面水鸟翱翔，足可令人忘忧。又如位于法国巴黎东南郊的枫丹白露宫是法国皇帝拿破仑·波拿巴被迫退位的地点，在世界史上具有独特意义。1814年4月，被欧洲列强打败的拿破仑就在这里被迫宣布退位、与他的卫队告别，然后前往流放地厄尔巴岛。瑞典首都斯德哥尔摩附近的卓宁霍姆宫（Drottingholms slott）保留了一座18世纪的剧院，其中国式庭楼又反映了18世纪中国建筑艺术对欧洲园林建筑艺术的影响，有助于建筑学家和历史学家了解西方建筑和园林设计的发展和变化。萨尔茨堡（Salzburg）是奥地利历史最悠久、保存相对较好的古城之一，音乐大师莫扎特的故乡，美国电影《音乐之声》的拍摄地，又是享负盛名的旅游胜地，1997年列入了世界文化遗产名录。

在亚洲，只有帝王所居才能称为"宫殿"。日本古代权力极高的幕府将军，其居所如日本京都的元离宫二条城可视为"宫殿和堡垒"，其园林和木构的宫殿是古代东亚宫殿园林难得保存下来的珍贵人类文化遗产。欧洲历史上的大小统治者很多，"宫殿"这一名称的应用也似乎比较宽泛，上自一国君主，下至一个地方的统治贵族，其居所都可以称为宫殿。此外，中古到近代的欧洲政权之间经常出现规模不等的冲突，在冷兵器的时代，贵族王侯为了保护自身和家人的生命财产,在建造其住宅的时候往往加上具有防御功能的城堡、碉楼和深邃的护城壕等,建成兼具御敌、居住、享乐、理政和炫耀财富及权力的宫殿城堡建筑合体。例如在卢瓦尔河谷由法国国王弗朗索瓦一世建造的香波城堡(Chateau de Chambord),其实也是一座豪华的宫殿。因此,本篇将宫殿和城堡合为一类。鉴于现有介绍宫殿城堡的旅游书籍甚多,故只挑选了几个具有独特风格或重要历史意义的宫殿城堡与大家分享。

阿尔罕布拉宫

阿尔罕布拉，阿拉伯语"红色"之意。阿尔罕布拉宫（Alhambra Palace）是用红砖、黏土、岩石、木材、白灰等建筑材料建成的大型建筑群，号称世界上现存最美丽的伊斯兰建筑之一，位于西班牙南部格拉纳达的萨比卡（Sabika）山上的阿尔罕布拉古城内，雄踞山顶，俯视着脚下的田野和现代城市。

阿尔罕布拉古城是伊斯兰建筑"塞特德尔"（citadel）的典型代表，有点像中国的"皇城"，但又不完全一样。"塞特德尔"是城中之城，通常以城墙与平民居住的城区分隔开，是伊斯兰古代城市的政治中心和军事堡垒，里面往往有城堡、宫殿或贵族豪宅、宗教建筑，还有为统治阶级服务的市场、手工商业，甚至还有皇室或贵族墓地。阿尔罕布拉古城就是这样一个包括了城堡、宫殿、寺庙、墓地和供应皇室贵族的手工业商业区的城中之城。

保存比较完好的大型伊斯兰建筑群在今天的欧洲比较少见，阿尔罕布拉古城是格拉纳达独特的地理位置和历史的产物。从地理位置上看，西班牙位于欧洲南部，而格拉纳达又位于西班牙的南部，与非洲大陆西北部非常接近。这里是富饶的冲积平原，气候温暖，雨量丰

阿尔罕布拉宫及周围环境。摄于2010年7月

沛,很早就有人类在此定居繁衍。711年,信仰伊斯兰教的北非摩尔人跨过直布罗陀海峡入侵南欧半岛,此后基督教和伊斯兰文明分别在南欧地区建立过他们的政权。阿尔罕布拉的宫殿和城堡等建筑就是由中世纪当地最后一个信仰伊斯兰教的摩尔人政权所建。[1]

根据当地学者的研究,至少在8世纪,萨比卡山上就出现了防御性质的城堡。此后格拉纳达的人口和城市规模持续发展,到1238年,当时属于伊斯兰文明的奈斯尔王朝(Naṣrid Dynasty)苏丹开始在这里修建宫殿和城堡。整个古城建筑群的建造到14世纪才告完成。

---

[1] Lopez, J. B. 1999, *The Alhambra and Generalife*. Alhambra: Patronato de la Alhambra y Generalife.

到了15世纪，奈斯尔王朝开始衰落，最后当地更重新成为基督教政权的统治地域，而阿尔罕布拉城内也出现了基督教的建筑。此外，即使在伊斯兰政权时期，当地也有信仰基督教的居民；基督教政权重新控制当地后，又在建筑中加入了西方建筑的因素。[1] 因此阿尔罕布拉古城内部和周围还可见基督教的教堂，与阿尔罕布拉宫、清真寺等建筑共存，见证了当地宗教、族群和文化的历史动态和多元性。

阿尔罕布拉古城的平面很像一艘船，东西窄，中间宽。所有重要建筑都由高耸的城墙包围着，城墙的南北各有两道城门。城内北面的建筑群是用于防御的军事堡垒，西面是宫殿区，城内其他地方则是为王朝的统治者和贵族服务的手工业和商业区，并建有公共浴池和清真寺、墓地等。

游客今天通常从城堡的东面进入，经过花园区进入宫殿区游览。花园区内，到处是各种木本和草本植物，长方形或方形的水池喷洒着水珠，池中漂浮着睡莲，池旁绿荫浓浓。各种颜色的玫瑰花在7月的阳光下绽放，蝴蝶穿插于花丛之间，使人顿觉清凉宜人，暑气全消。

花园的设计也是伊斯兰建筑的特色之一。事实上，现存欧洲基督教文明中，13—14世纪的花园并不多，而阿尔罕布拉宫花园所代表的伊斯兰建筑，注重对称的设计，使用长方形或方形的水池，营造蓝天和房屋在水池中的倒影。水池通常有喷泉，两侧通常有修剪齐整的灌木或茂密的植物，有些水池还位于重要的宫殿庭院之中，成为建筑的一部分，为整座建筑带来活力。这类带水池的庭院，在水池两端各有一座主要的殿堂，而水池两侧则分布着较小的房间。

---

[1] Lopez, J. B. 1999, *The Alhambra and Generalife*. Alhambra: Patronato de la Alhambra y Generalife.

在花园区还可以观赏阿尔罕布拉古城围墙的建筑技术和材料。围墙有 3 米多高，下端是用夯实的泥土建造，还夹杂着砾石，上部用砖砌成，也有部分围墙是用砾石和砖交替建成的。早期的建筑如阿本莎拉赫宫（Abencerrajes）遗址使用砾石和砖作为主要的建筑材料，承重和分隔结构分别使用不同的建材组合。

阿尔罕布拉宫殿群的主要建筑建于 13—14 世纪，多具有伊斯兰建筑的典型特征。[1] 伊斯兰建筑的特色之一是非常注重室内的装饰，柱头、墙上的雕饰、绘画、屋顶的木雕精雕细刻，花纹图案富丽精细，展示出一流的设计理念和工艺。阿尔罕布拉城内的宫殿和清真寺等，是这一建筑装饰风格的杰出代表。在这里到处可见到层层叠叠、富丽堂皇的灰雕、色彩斑斓的柱头、绘画以及纹饰复杂的木质天花板等。

我以为，在阿尔罕布拉宫殿群的众多殿堂中，以阿本莎拉赫宫的装饰和技术最为令人震撼。这一殿堂是狮子宫的一部分，规模不算大，平面略近圆形，殿堂中间有一个大理石喷泉。据当地导游介绍，阿本莎拉赫是北部非洲一个部族的名称，据说奈斯尔王朝时期，曾经有来自这个部族的骑士在这一大殿中被杀死，大殿因此得名。但令人印象最深刻的是这座大殿从墙壁到天花板布满了精细的装饰图案，大小立柱在这里成为装饰的一部分。大殿的顶部是一个八角形的巨形"藻井"（借用中国古建筑术语），每一个角的两面各有一个镂花天窗，一共有 16 个天窗，既可采光，又是装饰。整座大殿的墙壁、天窗和"藻井"的装饰图案丰富复杂难以细分，而形成的整体效果是无

---

[1] Lopez, J. B. 1999, *The Alhambra and Generalife*. Alhambra: Patronato de la Alhambra y Generalife.

庭院和水渠宫（Patio de la Acequia）

阿本莎拉赫宫遗址

阿尔罕布拉宫内富丽精细的建筑装饰

与伦比的华丽、精细和辉煌。据说这个八角形藻井象征着伊斯兰教的天堂。这一大殿和"藻井"毫无疑问是奈斯尔王朝建筑艺术的巅峰之作，也是不可多见的伊斯兰建筑瑰宝。

若将阿尔罕布拉宫殿群所代表的伊斯兰建筑与同时期的基督教建筑比较，两者有相似之处，都有用于军事防御的城堡、作为宗教活动中心的教堂或者清真寺，以及作为王室贵族政治活动和生活起居场所的宫殿建筑。就宫殿建筑的设计风格来看，12—14世纪欧洲基督教文明最流行的建筑风格是哥特式，用大量的尖顶和拱券来建造高耸入云的城堡和教堂，同时营造内部采光通风良好、高阔疏朗的室内空间。这些建筑风格非常重视建筑物外观的构造，密集成排的支柱和精雕细琢的屋顶，加上各种大大小小的雕塑，除了起到承重和分隔室内、室外空间的功能之外，同时还具有装饰的功能，使建筑物的外表显得华丽壮观，有先声夺人的功效。

对比之下，阿尔罕布拉宫殿的外观比较平实，大多数是瓦顶白墙，虽然也有大量使用弧形或弧形带尖顶的拱券，但这些位于外墙用砖砌成的拱券并没有特殊的装饰。若从外表看，实在难以想象这是古代王朝统治者所居的宫殿建筑。但进入宫殿内部就会发现，室内装饰极其繁复华丽，不同的装饰图案相互交集，构成令人眼花缭乱的室内空间。阿本莎拉赫宫的八角形"藻井"，用16个平行的镂空小天窗采光，每个镂空的天窗都向殿顶投射出一束光；光束经过天窗的雕刻图案过滤和修饰，似乎变得散漫而温和，均匀地在投洒在密集的立体灰雕上面，营造出一个闪烁、辉煌而华丽的殿顶。

根据阿尔罕布拉宫内的陈列资料介绍，伊斯兰建筑其实受到古代的罗马和拜占庭建筑的影响，常用的装饰图案有变形树叶纹、各种不同形态的几何形纹饰如长方形、方形、圆形、曲尺纹、八角纹，以及阿拉伯文字等。这些纹饰的形成受到希腊、罗马、波斯和拜占庭建筑装饰图案的影响，但也反映了伊斯兰文明的世界观和价值观。室内装饰经常出现的阿拉伯文字，内容往往与《可兰经》有关，或者就是《可兰经》的内容。[1] 此外，阿尔罕布拉古城还是中古时期伊斯兰文明在南欧发展，并与当地基督教文明产生互动和交流的物质见证。鉴于阿尔罕布拉宫殿及邻近的古城所具有的独特历史、科学、审美和艺术价值，1994年联合国教科文组织将之列入了世界文化遗产名录。[2]

---

[1] Alhambra Palace, 2010,"Islamic Architecture," on-site caption.
[2] UNESCO 1994,"Alhambra, Generalife and Albayzin, Granada", http://whc.unesco.org/en/list/314 .

阿本莎拉赫宫的内部装饰

阿本莎拉赫宫的八角形殿顶、镂空花窗和装饰

旅游小知识

季节：

西班牙位于南欧，在7—9月初非常炎热。加上阿尔罕布拉位处山区，参观时又需要长期步行，因此，建议6月以前参观。

参观：

西班牙，唐·吉诃德、塞万提斯和梵高的故乡，虽然现在风车不大看得见了，但乡间大片金黄色的向日葵常让人想起梵高。西班牙境内可参观的世界文化遗产及有特色的城市很多，在世界文化遗产名录上，西班牙有四十多个，在全世界排第三位。除了世界文化遗产之外，北部著名的毕尔巴鄂博物馆（Bilbao Museam）是20世纪世界上最具特色的建筑物之一，这个博物馆所吸引的游客令毕尔巴鄂这个古老的工业城市重拾经济活力，因此毕尔巴鄂博物馆成为现代博物馆学研究博物馆与城市经济的一个典型范例。巴塞罗那是欣赏世界著名现代主义建筑师安东尼·高迪（Antoni Gaudi）建筑作品必到之地。要看著名的弗拉明戈舞蹈就要到南部的安达卢西亚。如果游客有兴趣欣赏足球和斗牛，那就更忙了。如果希望在西班牙作深度旅游，至少需要两三个星期。

阿尔罕布拉是西班牙境内最吸引游客的景点之一，为了控制游客的数量，每日发售的参观门票有限，到当地再买票未必买得到当天的票；在旺季需要提前数周甚至三个月在网上预订：www.ticketmonument.com。有网友用过说这个网页付费订票之后不退不改，网上预订之后还要提前一个小时到当地排队取票，相当麻烦。此外，每张票入场参观的时间都有所限定，分为上午票、下午票，如果超过票上规定的时间就无法进入宫殿。如果希望避免买票的麻烦，可

毕尔巴鄂博物馆

多付一点钱参加当地旅行团。

交通和住宿：

从马德里有飞机到格拉纳达，从那里可乘公共汽车到格拉纳达市区。格拉纳达城内有价钱不等的各种旅店可供选择。

语言和风俗：

西班牙语是当地的官方语言，但年青一代会说英语的不少，作为旅游区的阿尔罕布拉古城基本可以用英语沟通。此外，西班牙是天主教国家，宗教在当地有很大的影响，很多建于古代的教堂今天依然在使用。作为游客参观教堂的时候要注意当地的规矩，不要在教堂内喧哗。

美食：

西班牙各地食物不尽相同，食材和出品均很丰富。当地盛产橄榄油、各种家禽和海鲜，比较常见的有各种薄饼、沙拉、西班牙海鲜饭和它帕（Tapa）。我个人比较喜欢它帕，这是一类用不同的食材做成的小吃，种类非常繁多，例如在一小片面包上面加黑毛猪火腿、再加一点蔬菜和酱汁，或炸马铃薯饼，或面包加烟熏三文鱼、加牛油果，或面包加白煮蛋和鱼子酱等，总之千变万化，每个餐厅甚至每天都可以有不同的出品，厨师们可以充分发挥创意，食客们也可经常品尝到新的美食。它帕的分量通常很小，即使一个人也可以品尝很多不同种类。在西班牙，餐厅或酒吧都有它帕供应，当地人在下午四五点钟也可以和朋友到餐厅分享几个它帕，闲聊一阵，然后各自回家。所以它帕是很具有西班牙特色的美食。

  西班牙美食中，出名的有黑毛猪火腿和烤乳猪。黑毛猪火腿片成极薄的小片，和当地的蜜瓜一起进食，前者咸鲜浓郁，后者清甜爽口，两者的味道配合极佳。西班牙的烤乳猪和我国粤菜的烤乳猪制作方法不完全一样，烤出来的乳猪皮脆、肉嫩多汁。西班牙塞戈维亚市（Segovia）有一家康迪多餐厅（Meson De Cándido），就坐落在塞戈维亚古罗马水渠旁边。该餐厅烤出来的乳猪非常美味，皮脆到可用碟子切开，已经成为吸引游客的一道美食。

布莱尼姆宫

布莱尼姆宫（Blenheim Palace）位于英国牛津郡，建于1705—1722年，号称英国唯一的私人宫殿。这组气势恢宏壮观的巴洛克式建筑和周围的大片湖泊园林，占地超过2.8万平方米，被称为是英国乡村景观和贵族宅第最美丽的代表作。

布莱尼姆宫是18世纪初期欧洲历史上一场血腥战争的产物。当时，围绕着西班牙国王的继位问题，欧洲存在着两大阵营，一方以有"太阳王"之称的法国国王路易十四和巴伐利亚选帝侯为代表，另外一方以英国、哈布斯堡王族出身的神圣罗马帝国皇帝利奥波德一世（Leopold Ⅰ）和葡萄牙公爵等为代表，各自希望推举自己属意的人继承西班牙王位，以扩大自己在欧洲政治版图上的利益。于是双方在1701—1714年爆发了一系列武装冲突，称为"西班牙王位继承之战"。1704年8月13日，英国和奥地利联军同法国和巴伐利亚联军在巴伐利亚的布莱尼姆村进行了布莱尼姆之战，后者企图借此夺取哈布斯堡王朝的首都维也纳。[1]

---

[1] Nolan, C., 2008, *Wars of the Age of Louis XIV, 1650–1715: An Encyclopedia of Global Warfare and Civilization*, Westport, CT: Greenwood Press.

布莱尼姆宫。摄于 2007 年 6 月

战役的英奥联军指挥官是英国贵族约翰·丘吉尔爵士（John Churchill）和哈布斯堡王朝的萨沃伊王子尤金（Prince Eugene of Savoy）。两人凭借军事天才和组织能力，指挥 5.6 万人的英奥联军大败 6.2 万人的法国和巴伐利亚军队。在一天之内，英奥联军战死者约 1.3 万人，法国和巴伐利亚联军死亡约 2 万人，被俘约 1.3 万人，包括法军的指挥官。这场战争因此被称为欧洲近代史上最血腥的战役之一。[1]

英国在布莱尼姆之战的胜利是一个重要的历史转折点。法国最后被迫签订合约，路易十四在欧洲的影响力受到削弱。为了向丘吉尔爵士表达谢意，也为了彰显英国对法国的胜利，当时的英国女王

---

[1] Nolan, C., 2008, *Wars of the Age of Louis XIV, 1650–1715: An Encyclopedia of Global Warfare and Civilization*, Westport, CT: Greenwood Press.

安妮（Queen Anne）和英国议会批准，由国家出资 24 万英镑为丘吉尔爵士及其后人建造一所大宅，命名为布莱尼姆宫；丘吉尔爵士亦成为第一代马尔伯勒公爵。不过，从 1712 年开始，第一代马尔伯勒公爵失去了安妮女王的宠信，国家不再提供资金，不过爵位仍得以保住。从 1716 年他自己投入 6 万英镑资金，最终完成了整座宫殿的建筑。从 1722 年至今三百多年间，历代马尔伯勒公爵先后加建、修缮和维护布莱尼姆宫殿和周围的园林。现在，第 11 代马尔伯勒公爵及其家庭仍住在宫殿中，[1] 但宫殿的相当一部分和整个园林向公众开放。

布莱尼姆宫殿的另一历史重要性与英国首相温斯顿·丘吉尔（Winston Churchill）相关。丘吉尔的父亲是第 7 代马尔伯勒公爵的次子，第 8 代马尔伯勒公爵的弟弟，所以丘吉尔和第 9 代马尔伯勒公爵是堂兄弟。马尔伯勒的爵位和财产由长子继承，如果无子则由长女继承，如第 2 代马尔伯勒亨利埃塔就是一位女公爵 [2]。丘吉尔没有承袭公爵的头衔，但作为马尔伯勒家族的一员，他在布莱尼姆宫殿中度过了生命中的很多时光。在这里他出生、成长、绘画、向后来的妻子求婚，从政后又曾在这里处理国事、组织政治活动等。[3] 布莱尼姆宫现在还保留着他出生的房间，以及 5 岁时剪下的头发、画作等。

因为布莱尼姆宫的建造是英国宣扬军事胜利的国家行为，所以聘请了当时英国最著名的建筑设计师范布勒（Vanbrugh）按国家宫殿的规格来设计，包括三个用于会见重要客人和进行政治活动的大客厅

---

[1]–[3]　Duffie, P. et al. 2006, *Blenheim Palace*, Norwich, UK: Jarrold Publishing.

（state rooms）、接待要人的宴会厅、小教堂等。[1]宫殿内外都刻意宣传布莱尼姆战役的胜利和第1代马尔伯勒公爵的军事天才和成就，包括宫殿外的"胜利柱"、宫殿园林东南入口处门楣上的题字、三个大客厅的挂毯、会客室顶部的绘画、室内各处的雕像和其他装饰等。在这里，英国的国家主义意识和贵族作为国家统治阶层的"伟大贡献"，通过宫殿的建筑、内部和外部的装饰、金碧辉煌的家具、绚丽的壁画、油画、雕像、挂毯等，得到全面的展示。

布莱尼姆周围的大片园林、湖泊、石桥等，看似天然，其实都是人为设计的结果。[2]整个园林宫殿区平面呈不规则的方形，人工开凿的湖泊围绕着园林区的东、北两面，宫殿建筑群位于东北角，北区、中央和西南区都是花园。园林宫殿区至少有五个出口，其中以东和东南面的两个出入口较为常用。从其中任何一个出入口到宫殿区至少还要步行十多分钟，中间穿过大片园林和绿地；从东面进入还要经过人工湖。宫殿建筑群的平面大致呈曲尺形，中央主建筑的正面大体向东，北翼和南翼的建筑背后（或西面）都是精心设计的花园，包括宫殿园林区北面的玫瑰园、中央区的"秘苑"（Secret Garden）和西南区的"愉悦园"（The Pleasure Garden）。

由于布莱尼姆宫所代表的英国巴洛克式建筑风格、充满自然主义特色的园林景观设计（包括模仿自然的人工湖泊），代表了18世纪英国浪漫主义运动的开始；也因为布莱尼姆宫是英国褒奖第1代马尔伯勒公爵率领军队战胜法国的大型建筑，具有历史重要性，所以1987年列入了世界文化遗产名录。[3]可是，布莱尼姆宫的历史重要

---

[1][2] Duffie, P. et al. 2006, *Blenheim Palace*, Norwich, UK: Jarrold Publishing.
[3] UNESCO 1987,"Blenheim Palace", http://whc.unesco.org/en/list/425.

布莱尼姆宫殿园林东南的入口

布莱尼姆园林,包括广袤的绿地、湖泊和植被

布莱尼姆宫北翼建筑及其花园

性,是典型的现代国家对政治权力、国家主义意识的炫耀。不知道法国人看了布莱尼姆宫作何感想,我看完这个世界文化遗产倒是想起了中国的诗句"一将功成万骨枯"。布莱尼姆战役是18世纪欧洲各国统治者争权夺利的武装冲突之一,为了国王的政治角力,数万名士兵丧失了生命,却造就了马尔伯勒公爵家族获得一座纳税人付钱建造的豪华宫殿。在文化遗产研究的领域,有不少学者批评,很多所谓的文化遗产的界定和建构是为社会精英和国家政权服务的,文化遗产用来彰显上层社会和国家的"辉煌",是宣扬国家主义意识的一种工具。布莱尼姆宫殿园林就属于这样的文化遗产。

当然,除了关于英国首相丘吉尔的历史之外,布莱尼姆宫的历史价值是作为英国贵族乡村豪宅的代表,让我们认识英国贵族阶层在英国社会所扮演的角色。从中世纪到现代,英国贵族在国家的政治、经济、军事和文化活动中都是一个很重要的社会阶层。政治上，他们是国家政权特别是王权的政治基础，在民主选举和现代政党出现之前尤其如此。经济上，古代英国很多贵族的财富主要来自土地和相应的经济活动带来的收入，他们才得以建造、保养和扩建自己的豪宅。工业革命以后，有些英国贵族的财富来自工业和投资，但来自土地的财富仍然是他们重要的资产。军事上，马尔伯勒家族所反映的正是贵族在国家军事领域中所扮演的角色。除了第1代马尔伯勒公爵的"军功"为他带来财富、权力和头衔之外，马尔伯勒家族成员的历史，例如温斯顿·丘吉尔及其父亲的生平，说明了在长子继承制度下，很多贵族的非长子靠取得军队、教会或政治职位作为谋生手段，并据此保持他们的社会影响力。温斯顿·丘吉尔早期就曾在军队服役，并且依靠家庭的影响力和他对军旅生活的报道、著述而成名，之后才进入政治领域。[1] 文化上，英国贵族也往往是建筑风格和文学艺术潮流变迁的倡导者和参与者。所有这些角色，在布莱尼姆宫殿都得到了充分的反映。因此我认为，除了建筑和园林在艺术和审美方面的价值之外，这才是布莱尼姆宫的历史价值所在。此外，作为世界文化遗产，布莱尼姆宫的业主负责维修保养，明显减低国家公帑负担，这也是私人参与文化遗产保育的一种可持续方式。

旅游小知识

住宿：

牛津有各种价格的旅店，丰俭由人，具体信息可在网页 http://www.visitoxfordandoxfordshire.com 上搜寻，该网站也有中文。众所

---

[1] Duffie, P. et al. 2006, *Blenheim Palace*, Norwich, UK: Jarrold Publishing.

周知，牛津是著名的大学城，除了布莱尼姆宫之外，这里还有建于13世纪的布劳顿城堡（Broughton Castle）和号称欧洲最早的公共博物馆阿什莫林博物馆（Ashmolean Museam）等。值得住上两三天，慢慢参观。

交通和参观时间：

布莱尼姆宫位于牛津郡，从伦敦的帕丁顿火车站有很多趟火车开往牛津，大概每半个多小时就有一趟火车，只需一个多小时即到，单程车票从24英镑到52英镑（头等）不等。伦敦维多利亚长途汽车站也有长途汽车开往牛津，但坐火车比较舒服。

从牛津火车站乘坐S3路公共汽车，大约半个小时可到布莱尼姆东面大门附近的车站，非常方便。布莱尼姆宫有网址，上面还有中文，可见中国游客之重要性。网页上面有关于该世界文化遗产的简要介绍，包括位置、交通信息、开放时间、门票和价格等，但中文版只到2010年，没有及时更新。网页上的英文版则有最新的资料。宫殿的开放时间是从2月9日到11月3日每天开放，从11月6日到12月13日从星期三到星期天开放；公园的开放时间是上午9：00到下午6：00，宫殿的开放时间是上午10：30到下午5：30，下午4：45停止入场。参观门票是成人22英镑，具体信息请见该网页www.blenheimpalace.com。要从容看完宫殿园林区需要一天，最少需要四五个小时。建议在购买门票的同时买一本简介，以便参观。

克伦伯城堡

克伦伯城堡（Kronborg Castle and Fortifications）是丹麦王室城堡之一，位于丹麦东部、首都哥本哈根附近的赫尔辛格（Elsinore）。虽然叫"城堡"，其实是一座欧洲文艺复兴风格的城堡和宫殿结合体，在北欧历史上曾扮演过重要角色。克伦伯城堡还在欧洲文学史上有特殊的意义，莎翁的《哈姆雷特》就是根据丹麦历史故事改编而成，且以克伦伯城堡作为故事发生的地点。

丹麦的历史和它的邻居瑞典、挪威和芬兰有些相似，都是在距今1.2万年大冰期之后开始有人类居住，5世纪左右开始出现关于"丹麦人"的记载，说明了族群意识的出现。渔业、农业和海上贸易是丹麦经济的重要组成部分。9—11世纪，维京人及其文化在丹麦地区扮演过重要的角色。从大约9世纪开始，当地受到基督教文化的影响，出现了信奉基督教的国王。

丹麦国家是欧洲最古老的政权，丹麦王室号称是欧洲最古老的王室。丹麦现在的玛格丽特女王，其谱系据说可追溯到900年的维京王族。古代的丹麦是欧洲列强之一。11世纪，丹麦王国的领土曾一度扩展到今天的英国、挪威、芬兰和瑞典境内。13—15世纪，丹麦

克伦伯城堡。摄于 2008 年 7 月

是北欧地区的大国。14 世纪后期,丹麦、挪威和瑞典曾是一个政治共同体,由丹麦国王管辖;但瑞典 16 世纪初成为独立国家,挪威也在 1660 年成为独立的王国。

丹麦地势平坦,境内有很多大小不等的岛屿,首都哥本哈根位于东面最大的岛屿西兰岛(Zealand)之东北;克伦伯城堡则位于哥本哈根的北部,西兰岛的东北端。在这里,松德海峡变得极其狭窄,西兰岛的东岸状如一个犁铧的尖端伸入海中,扼守着北海进入波罗的海的通道,距离对面的瑞典只有 4 公里之遥。自中世纪到现代,这里一直是北欧地区重要的海上航道之一,是商业贸易的重要渠道,古代常有海盗出没。由于这一地点的经济和军事重要性,至少在 1420 年左右,国王埃里克就在这里修建了城堡,称为"Krogen";以城堡和战舰结合控制松德海峡的航道,向来往的商船收税,并且打击海盗。税收是古丹麦王国重要的经济收入之一。[1]

1574年,丹麦国王弗雷德里克二世决定在这里建立一座文艺复兴时期风格的王宫,包括王室寝宫、豪华宴会厅、王室小教堂等;1577年,国王将该建筑命名为克伦伯宫,1585年宫殿完工。克伦伯宫使用砂岩和红砖为主要的建筑材料,屋顶则使用黄铜。1629年9月25日,一场大火烧毁了克伦伯宫殿城堡的大部分建筑,只剩下王室小教堂和建筑外墙。国王查理四世下令重建,基本恢复了建筑群的原貌,并加上了当时流行的巴洛克风格装饰。此后继位的数位丹麦国王相继加建了用于防御的碉楼、城堡等军事设施,使整座建筑兼备宫殿和城堡的设施和功能。[2]

1658年,克伦伯城堡被瑞典军队攻陷。1658—1660年,瑞典军队占据城堡,城堡中的许多艺术品被劫走。因此,克伦伯城堡也可以说见证了历史上丹麦和瑞典之间的冲突。之后,克伦伯城堡又经过了一系列的改建和加建,防御设施进一步加强,但此后城堡就不再是丹麦王室驻跸之地。1739—1785年,克伦伯城堡被用作监狱,被囚禁的除了普通犯人之外,还包括了一位丹麦王后卡罗琳(Caroline Matilda),后者于1772年1月至5月间被囚禁在这里。1785年,城堡交给丹麦军队,从此一直到1922年,克伦伯城堡都是军方的防御设施。1923年军方撤出,将城堡交还丹麦国家。[3]

20世纪90年代初期,克伦伯城堡周围曾经是一个荒废的造船场。后来,丹麦有意将克伦伯城堡申报为世界文化遗产,因此,文物

---

[1]-[3]   UNESCO 2000, "Kronborg Castle", http://whc.unesco.org/en/list/696.

克伦伯城堡入口

管理部门将荒废的建筑拆除，对城堡进行全面维修，并对周围环境加以改造。2000年，克伦伯城堡被列入世界文化遗产名录。今天，城堡受到丹麦历史建筑保护法的保护，由丹麦政府中负责王室宫殿和政府公共设施的部门负责管理，城堡周围地区的发展则由城市规划部门负责。[1]自16世纪以来，克伦伯城堡数百年来经过很多的天灾人祸，也经过无数次的修缮，不过基本格局和结构仍得以保存下来。

克伦伯城堡坐落在西兰岛东岸，旁边就是轮渡码头。整座建筑的平面大体为长方形，坐落方位大致为南北向。城堡面向松德海峡的一面陈列着18世纪为了控制航道铸造的12门大炮。城堡四面铸有围

---

[1] UNESCO 2000, "Kronborg Castle", http://whc.unesco.org/en/list/696.

克伦伯城堡内部建筑和中心院落

墙，四角建有高耸的碉楼，入口处有厚重的城门，建筑中央有宽大的院落。目前城堡内开放的建筑包括王室小教堂、国王和王后的寝宫、宴会大厅、国王城堡等，还有一部分建筑1915年改建成丹麦海事博物馆，展示丹麦从15世纪到现代的海上航运和贸易，包括远航到美洲和亚洲的历史。据说这是丹麦境内最大、最古老的海事博物馆。

和欧洲许多同时期的宫殿城堡相似，克伦伯城堡内部也有不少油画、编织的挂毯和彩绘作为室内装饰，其中描绘丹麦历代国王的系列挂毯，是由国王弗雷德里克二世出资、比利时安特卫普的工匠专门织造的。据当地导游介绍，当时一共织了40多幅，今天只有14幅保存下来，其中7幅陈列在克伦伯城堡，另外7幅在丹麦国家博物馆。这些织造技术精美的挂毯，能够保存四百多年，今天仍可供人观赏，实属难得。另外，城堡内有些装饰较有特色，如王室小教堂的座椅，

克伦伯城堡大厅，注意壁炉的青花瓷器

装饰和彩绘色彩浓重，别具一格。

除了历史和军事的价值之外，克伦伯城堡在西方文学中有特殊的地位。悲剧《哈姆雷特》就是莎士比亚根据丹麦历史上的宫廷故事改编而成，那个在宫廷政治斗争中挣扎，在背叛、出卖和爱情之间纠结的王子"哈姆雷特"，原型是12世纪的丹麦王子阿姆列德。这位丹麦王子的叔叔杀害王兄，窃取王位并且娶了寡嫂，而且将王兄留下的儿子阿姆列德送往英国，让英国国王将之处死。经过一番波折，阿姆列德大难不死，并且得以回国复仇。莎士比亚把这个故事的年代放到17世纪，并改编成著名的历史悲剧，数百年来在西方长演不衰。为此，欧洲有不少人相信《哈姆雷特》是真实的历史，并且专门为此到丹麦来参观克伦伯城堡。大概也因为如此，从20世纪初期以来，每年都有剧团到克伦伯城堡上演《哈姆雷特》。

腓特烈堡内的王室教堂

克伦伯城堡的另外一个传奇丹麦王子是荷尔格（Holger the Dane）。据说这位王子的故事源自中世纪的法国，但在大约16世纪的时候，荷尔格王子被塑造成丹麦的王子，是丹麦国家精神的象征。据说，只要丹麦国家受到外敌威胁，这位善战的王子就会挺身而出保卫国家。在克伦伯城堡的地下室内有一尊荷尔格的青铜雕塑。

若论文艺复兴风格的古老城堡，克伦伯城堡绝对不是欧洲唯一；若论城堡内部的辉煌、装饰的美丽，克伦伯城堡也未必在丹麦排第一。因为哥本哈根西北40公里的腓特烈堡（Frederiksborg）比克伦伯城堡富丽堂皇得多，可以说令人为之目眩。但克伦伯城堡却是丹麦三个世界文化遗产之一，可见丹麦对其重视的程度。

联合国教科文组织在1993—1994年开始评估克伦伯城堡是否可

作为世界文化遗产,考虑的因素主要是城堡的经济、历史和政治重要性。专家认为,克伦伯城堡不仅是欧洲保留得最好的文艺复兴风格城堡之一,更重要的是,其位置彰显丹麦国家对波罗的海和北海航道的控制,见证了丹麦海上航运和商业贸易和北欧地区的历史。[1] 最后,克伦伯城堡作为莎士比亚著名戏剧《哈姆雷特》中丹麦王室城堡的原型,在欧洲甚至世界文学中享有特殊的地位,并且为这个军事堡垒添上了一笔浪漫色彩,为参观者留下无尽的想象空间。这应当是克伦伯城堡与欧洲其他城堡不同之处。

旅游小知识

签证:

丹麦是申根公约的签约国,如果拥有申根签证,可前往丹麦旅游。如果没有的话,中国公民前往丹麦需要申请入境签证。

季节:

丹麦地处北欧,冬天相当寒冷,1—2月的温度在0℃左右。夏季的温度比较宜人,8月的平均温度在16℃左右,是合适的旅游季节。当然也有人为了看极光,选择冬天去北欧地区。

货币:

丹麦不是欧元区国家,仍使用本国的货币丹麦克朗(DKK)。

交通和游览:

从哥本哈根有火车和公共汽车前往克伦伯城堡。在哥本哈根中央火车站乘坐海岸线(Coast Line)到赫尔辛格车站下车,再步行大约15分钟即到城堡。公共汽车340、388和840号也可以抵达。

---

[1] UNESCO 2000, "Kronborg Castle", http://whc.unesco.org/en/list/696.

克伦伯城堡的官方网页 www.kronborg.dk/english/ 上有城堡的详细资料，包括简单的历史介绍、城堡开放时间、门票价格等。根据这个网页的信息，城堡6月到8月每天上午10：00到下午5：30开放，9月到次年5月的开放时间是上午11：00到下午4：00。圣诞节期间停止开放。闭馆前30分钟停止售票。

参观的门票有两种，一种门票可参观城堡内的王室寝宫、宴会和舞厅、地下室及小教堂，收费为成人75丹麦克朗，儿童30丹麦克朗，10人以上团体每人65丹麦克朗。另一种门票只能参观地下室和小教堂，收费是大人35丹麦克朗，儿童25丹麦克朗（以上均为2013年的价格）。

语言：

丹麦语是当地的官方语言，但英语在大城市及主要的旅游景点都可以使用。丹麦和其他北欧国家相似，民风淳朴有礼，喜欢简约的风格。

饮食：

丹麦近海，饮食与北欧其他国家相似，都用大量的海鲜、肉类作为食材，还有腌制的鱼类、蔬菜、土豆、甜品等。

维拉诺夫宫

坐落在波兰首都华沙市南郊的维拉诺夫宫（Wilanów Palace），距华沙老城大约 10 公里，是波兰现存的王室宫殿之一，也是波兰近代历史的见证之一。

1677 年，波兰国王索宾斯基三世（波兰文 Jan Ⅲ Sobieski；英文 John Ⅲ，即约翰三世）决定在华沙郊外修建维拉诺夫宫，最初只不过是一栋简单的平房。随着索宾斯基对外军事战争的胜利、权力的扩张，宫殿的规模也逐渐扩大，到 1696 年，已经成为一座类似法国王宫的王室建筑。据说这是因为索宾斯基的王后是法国人，索宾斯基非常爱她，所以将宫殿建成类似凡尔赛宫的巴洛克式建筑。[1]

根据建筑学家的研究，巴洛克风格的建筑于 16 世纪首先出现于意大利，17—18 世纪盛行于欧洲中南部。随着西方政治势力在世界各地的扩张，巴洛克风格的建筑也见于南美洲甚至亚洲的部分地区如印度等地。简单来说，巴洛克建筑的主要特色是建筑恢宏壮观，建筑

---

[1] Wilanow Palace Museum 2011, "The Wilanow Palace and the Collection", http://www.wilanow-palac.pl/palace.html.

维拉诺夫宫。摄于 2011 年 5 月

外形的线条华丽多变,室内外装饰富丽堂皇。这类建筑往往有突出的正立面、高大的圆拱、三角形的外墙装饰、各种形状的柱式和花窗等。建筑内部的空间往往宽阔疏朗,采光良好。建筑的内外装饰均极华丽,往往同时采用很多不同的装饰元素和工艺技术,如建筑的外墙、窗户、塔楼和瓦顶等使用不同颜色,造成层次分明、对比强烈的色彩效果;使用源自古代希腊罗马建筑并加以变化的各种立柱,圆拱形、三角形、长方形和其他几何图形的建筑元素,以及木雕、灰塑、彩绘、鎏金、浮雕或圆雕的人像、器物、动物和花草藤蔓图案等作为室内外的装饰,再利用光线和阴影使这些装饰元素在不同时间产生独特的立体效果。这种繁缛奢华的建筑,是为了彰显欧洲教会、国家乃

角楼和外墙装饰。红色的浮雕展示索宾斯基的战功

至贵族的财富和权力。[1]

维拉诺夫宫殿正是这一建筑风格的典型之一。宫殿的平面呈曲尺形，正立面向西，主楼两端各有一个高耸的角楼。宫殿墙壁均是白色，立柱、圆拱等是黄色，角楼的顶部为绿色。外墙表面排列着柱头纹饰繁复的立柱和半圆拱，立柱之间是各种圆雕的胸像和全身人体雕塑。阳光投射在建筑物表面这些装饰元素上，光线和阴影的对比更加深了色彩、人像、浮雕等装饰的立体感。宫殿周围是宽广的绿色草地，黄、白、绿三色形成鲜明的对比，在蓝天白云衬托之下，显得既壮观又华丽。

维拉诺夫宫是为国王索宾斯基建造的，因此，宫殿及其园林的设计和结构都是为他的政治和生活需求服务。宫殿外墙的浮雕宣示索宾斯基对土耳其人的军事胜利，而宫殿内部的装饰，包括浮雕、壁画等，则反映了索宾斯基对农业和大自然的兴趣。宫殿外的花园也反映了索宾斯基的个人爱好。维拉诺夫皇家园林包括了意大利式花园、巴洛克式花园、英国－中国式花园、玫瑰园等，分别散落在宫殿四周，或小桥流水，或剪裁成规范的几何图案。据说索宾斯基在世的时候，一早就到花园中，甚至亲手种植柠檬和其他植物，展示他对农业和自然的知识、技能和兴趣。农业是17世纪波兰重要的经济基础之一，[2] 索宾斯基对农业的兴趣是否也是其治理国家的策略之一呢？

在波兰历史上，索宾斯基是一个颇为重要的国王。17世纪，波兰政治体制是波兰－立陶宛联邦，其统治者由联邦内的贵族选举产生。索宾斯基出生于贵族家庭，凭借其军事才能成功击败了土耳其军

---

[1] Fazio, M. Moffett and L. Wodehouse. 2014, *Buildings Across Time*, Boston: McGraw-Hill Higher Education.
[2] UNESCO 1980, "Historic Centre of Warsaw", http://whc.unesco.org/en/list/30.

外墙的雕塑

队，于1674被选为波兰国王和立陶宛大公，维拉诺夫宫是他的主要宅第。索宾斯基1699年去世之后，宫殿逐渐荒废，又曾经被不同的贵族或国王拥有。1805年，当时拥有维拉诺夫宫的波兰贵族、作家和收藏家波托斯基（Potocki）决定将它变成一座向公众开放的博物馆，维拉诺夫宫因此成为波兰最早的博物馆。[1] 今天在宫外还有波托斯基的墓葬。

维拉诺夫宫是华沙历史城区的延伸，而整个华沙历史城区是世界文化遗产。1944年，为了惩罚华沙人民反抗纳粹德国的起义，纳

---

[1] UNESCO 1980, "Historic Centre of Warsaw", http://whc.unesco.org/en/list/30.

维拉诺夫花园中的波托斯基墓葬

华沙旧城区的圣约瑟夫教堂,始建于 18 世纪,见证了波兰国王的法国王后对当地宗教的影响。教堂是巴洛克和洛可可风格的建筑,经过"二战"幸存下来,并于 1966—1970 年修缮

圣约瑟夫教堂内的管风琴。据说肖邦幼年曾演奏过该乐器

粹德国将华沙炸成一片废墟。"二战"之后,波兰人民根据历史文献和记录,利用残存的历史建筑碎片和材料,遵循当时欧洲重建历史建筑准则,用了五年的时间重新建起了一个华沙历史城区,包括城区的中央广场、城堡和市集等。这个重建的历史城区在1980年被列入世界文化遗产名录。[1]

一般来说,列入世界文化遗产的古迹、遗址、历史建筑等均需要具有原真性,即没有经过大规模重建或改造,在平面布局、材料、技术工艺等方面大致保留其原貌。但华沙历史城区却是一个例外。联合国教科文组织将华沙历史城区列入世界文化遗产,一个主要原因是

---

[1] UNESCO 1980, "Historic Centre of Warsaw", http://whc.unesco.org/en/list/30.

圣十字大教堂。传说肖邦的心脏就安放在这里

位于波兰国家科学院之前的哥白尼雕像，
完成于 1830 年

为了要表彰波兰人民不屈不挠和无比坚韧的精神、对纳粹的抗争和对自己国家历史和文化的热爱，[1] 而这种精神应当成为人类的共同价值。

在今天的华沙历史城区，游客可以看到幸免于战火劫难的圣约瑟夫教堂，据说童年的肖邦曾在此弹琴。城区内还有传说安放着肖邦心脏的圣十字大教堂、波兰国家科学院门前的哥白尼雕塑，以及其他历史建筑。这些或幸存，或经过重建的古物和历史建筑，见证了波兰饱经忧患战乱的历史和政治变化，纪念了对波兰乃至全人类的科学和音乐艺术的发展做出贡献的波兰历史名人。这也是华沙历史城区重要的历史价值之一。维拉诺夫宫殿作为波兰古代国家统治者的驻跸之

---

[1] UNESCO 1980, "Historic Centre of Warsaw", http://whc.unesco.org/en/list/30.

地，见证了华沙作为波兰首都的历史，为现代人和后人了解波兰历史和文化变迁提供了重要的资料。

旅游小知识

签证：

波兰是申根公约的签约国，但需要有申根"C"类签证才可以进入波兰。

语言和货币：

波兰语是当地官方语言，但近年英语也广泛使用。在波兰的主要城市中，我所接触到的当地人士基本都可以说一些英语。

波兰有自己的货币兹罗提（Zl），游客可携带美元或欧元到当地兑换。

交通：

欧洲各主要城市均有火车或飞机直达华沙。从华沙历史城区到维拉诺夫宫殿有多条公共线路。

住宿：

华沙的旅店很多，价钱比西欧主要城市同级旅店要便宜一些，住在历史城区附近会比较方便参观和出行。

饮食：

波兰位于欧洲东部，历史上和立陶宛、俄罗斯、土耳其、法国、奥地利等国家有频繁的文化交流和冲突，饮食文化也受到这些国家的影响，逐渐形成比较丰富独特的波兰饮食文化。食材中肉类较多，有各种香肠，也使用大量的鸡蛋、奶酪等。

参观：

参观维拉诺夫宫殿和园林需要三四个小时的时间，而且步行的范围很大,最好穿平底鞋前往。网页 http://www.wilanow-palac.pl/palace.html 提供宫殿博物馆的开放时间、参观路线、宫殿和园林的历史简介等,可在前往参观之前先了解最新的情况,特别是不同季节的开放时间。参观华沙历史城区至少需要一天的时间,所以在华沙最少需要停留两天。

天鹅堡

德国经历了两次世界大战，柏林、慕尼黑、法兰克福等大城市都饱受战火摧残，城中重要的历史建筑大多被毁，现在所见的重要建筑多数经过了战后重建。但在小城市和山区还保留着不少古代的城堡、宫殿、古城等历史文化遗产，比如巴伐利亚州的新天鹅堡（Schloss Neuschwanstein）和高天鹅堡（Schloss Hohenschwangau）。尽管还没有列入世界文化遗产名录，新天鹅堡却是德国境内最具有吸引力、最多游客到访的景点，也是美国迪士尼乐园"睡美人公主"城堡的原型。

火车在巴伐利亚州奔驰，时而穿过郁郁葱葱的森林，时而掠过绿草茵茵的平原。平原尽头便是蜿蜒起伏的阿尔卑斯山脉。4月的阿尔卑斯，山顶上仍覆盖着一层薄薄的白雪，山腰以下却已经是一片绿色。从山坡到平原，到处可见形态各异、色彩斑斓的小木屋，放眼望去犹如散落在山间和平地上的大蘑菇。都说巴伐利亚是德国最美丽的州，果然名不虚传！还没有到达天鹅堡所在地菲森（Füssen），阿尔卑斯的壮丽山色和山下安详平和的田园风光，已经令人舒心而陶醉。

菲森是阿尔卑斯山下的一个小城。从地图上看，阿尔卑斯山位

莱希河、菲森小城和阿尔卑斯山脉。
摄于 2005 年 4 月

于菲森的东边,菲森城位于山前平原地区,多瑙河支流之一的莱希河(Lech)流经城外,附近还有好几个湖泊。菲森城内几乎不见现代高楼大厦,街道布局和部分建筑还保存着古代的风格。两个天鹅堡均位于菲森西南大约 4 公里外的霍恩施万高村(Hohenschwangau),从菲森有公共汽车直达,城内又有旅馆和餐馆等设施,因此菲森是游客前往两个天鹅堡的主要出发点。

霍恩施万高坐落在阿尔卑斯山前沿,村子西面稍小的是天鹅湖,西南面较大的一个是阿尔卑斯湖。据当地人介绍,之所以称为天鹅湖,是因为这一带是野生天鹅的栖息地,春夏季节可见天鹅在湖中遨游。村名"Hohenschwangau"就是"天鹅(所在的)高地"之意,城堡自然就叫天鹅堡。

据历史文献记载，12世纪，这里至少有三个由骑士修建的城堡，其中一个叫作天鹅堡（Schwanstein Castle）；另外两个城堡位于现在新天鹅堡的位置上，不过19世纪初期均已荒废。1832年，巴伐利亚王国太子马克西米利安（Maximilian）经过此地，陶醉于这里的秀丽风光，买下了天鹅堡的废墟，重建城堡宫殿。重建工作1833年开始，1837年结束。已经继位为王的马克西米利安二世将重建的城堡命名为霍恩施万高城堡，又称为"高天鹅堡"。此后，高天鹅堡成为马克西米利安二世的夏季行宫，他在这里接待国内外的贵族和其他重要人物，马克西米利安二世的长子路德维希也在这里度过了快乐的童年时光，培养了对浪漫主义建筑和艺术的兴趣，并孕育了他继位之后修建多个童话风格宫殿的灵感。[1]

路德维希于1864年继承王位后，决定在高天鹅堡东面另外两个中世纪城堡的废墟上建一座新城堡，并且命名为新高天鹅堡。这座城堡从1869年开始修建，1886年完工，路德维希二世却在城堡完工前几周去世，未能实现他在这里欣赏湖光山色的愿望。路德维希二世所主持修建的城堡后来被称为新天鹅堡。[2]

新天鹅堡的修建其实与当时德意志的政治环境有一定的关系。19世纪的德意志存在多个大小国家，巴伐利亚王国是其中之一，首都在慕尼黑。当时势力最大的是普鲁士王国，巴伐利亚王国不得不向普鲁士王国屈膝，路德维希二世深感郁闷。因此，他有意在风光秀丽的阿尔卑斯山间修建一所充满浪漫色彩的新的宫殿城堡，在那里他可以远离首都，远离恼人的国事，获得身心的休憩。此外，他与作曲家

---

[1] Gisela H. 1999, *Hohenschwangau Palace*, Munich: HIrmer Verlag GmbH Munich.
[2] Kienberger, V. 2008(?), *Castles of Neuschwanstein and Hohenschwangau*, Germany: Lechbruck/Ostallgau.

高天鹅堡宫殿

依山而建的新天鹅堡

新天鹅堡及山下的天鹅湖，右侧为城堡入口

瓦格纳（Wagner）交情深厚，非常赞赏他的音乐。新天鹅堡也是他希望用来招待瓦格纳的宫殿城堡。[1]

　　新天鹅堡矗立在陡峭的山岩上，是欧洲浪漫主义建筑的代表作、最具有童话色彩的城堡。这不仅是因为城堡具有高低错落、色彩和线条丰富多变的建筑外形，更因为城堡周围的自然环境简直美丽得难以形诸笔墨。在这里，四季各有迷人之处。春天，白雪仍然覆盖在阿尔卑斯山顶，然而山间春色渐浓，湖间冰雪已消，白雪、青山与蓝色的湖水相映成趣，湖中有优雅的白天鹅在悠闲游弋。夏季，这里百花盛开，青山绿水间姹紫嫣红，赏心悦目，美不胜收。秋季，丛林经过霜染，既有转成金黄色的落叶林木、艳如晚霞的红色枫叶林木，也有葱

---

[1] Gisela H. 1999, *Hohenschwangau Palace*, Munich: HIrmer Verlag GmbH Munich.

绿的常绿林木,加上碧湖、蓝天、层峰叠翠,环绕着新天鹅堡,色彩绚丽,令人见之忘忧。冬天,这里一片白雪皑皑,而落在山峰、山谷、森林、城堡上的白雪高低错落,形成一个层次丰富的白色和深绿的世界,清冷静谧却不萧瑟。

新天鹅堡平面呈长方形,入口处是红色的外墙,城墙两侧各有一座小碉楼。城堡的建筑由各种几何图形的建筑元素组合而成,如圆锥形的碉楼、半圆形的阳台回廊檐篷、方形和长方形主楼,人字形屋顶等;城堡背面位于城楼中层的阳台还可观赏四季山景。各种形态的建筑元素都带有细巧秀丽的风格,整个城堡远望俨然如儿童积木构成,散发着与王族宫殿不相称的童真气息。城堡内,用人的房间和厨房位于一楼,二楼现在是商店和餐厅,三楼是王室宫殿,包括大殿、寝宫、书房、晋见室、餐厅等;房屋内部饰以绘画、木雕、鎏金等,风格富丽堂皇。

除了两个天鹅堡,菲森小城也值得花一天时间游览。城内的大主教府见证了中世纪到19世纪宗教首领兼具政治和行政首领的角色,凸显了宗教在当地巨大的影响力。菲森城内有若干小教堂,建筑颇具特色。整座小城非常安宁静谧,令人忘却尘世的喧嚣。我清晰地记得,到菲森后的第二天正好是星期天,清晨,教堂敲响了呼唤教徒前往做礼拜的大钟,悠扬的钟声在城中回响,传遍了城中每一个角落,震荡着初照的晨曦。我是无神论者,但在那一刹那也感受到一种精神召唤的力量。只有在没有现代工业喧嚣、几乎不闻汽车声、沉静如菲森这样的小城,才能够感受到清晨钟声的强大震撼力。由此深切明白为何所有的基督教、天主教教堂都需要有至少一口大钟,又由此想起雨果的《巴黎圣母院》那个钟楼怪人,对宗教在欧洲地区的影响力有了一次新的体验。

在我去过的一百多个古代城堡宫殿中，论规模，新天鹅堡是属于较小型的城堡；论内部的装饰，新天鹅堡虽然美轮美奂，但肯定不是最富丽豪华的；论历史，新天鹅堡肯定不是最古老的；论对欧洲乃至世界历史的影响，也肯定不如凡尔赛宫、枫丹白露宫、白金汉宫等大国的宫殿；但若论城堡的独特外观及其周围环境的醉人美丽，新天鹅堡肯定是名列前茅，甚至可以说是冠军。两个天鹅堡虽然小巧，年代也不算古老，但其独特的浪漫主义建筑风格，与周围的湖光山色融为一体，共同构成了令人难忘的自然与人文景观。游人绝对值得花上两三天的时间，慢慢欣赏两个天鹅堡和菲森小城，在这里重拾一点童真，让阿尔卑斯山的清新空气、天鹅湖的碧蓝湖水和两个天鹅堡的秀丽身姿，一起成为人生记忆中最美丽的一部分。

旅游小知识

旅游路线和交通：

20世纪50年代德国旅游部门为了发展旅游业，设计了一条"浪漫之路"（Romantische Straße），从北部的符兹堡到南部的菲森，全程约400公里，沿途经过巴伐利亚和巴登－符腾堡两个州的十多个小城镇和古堡。有兴趣的游客可以从法兰克福或慕尼黑机场进入德国，然后乘坐"浪漫之路"长途汽车沿途观光。如果时间不够，也可以从法兰克福或者慕尼黑乘火车到菲森，但需要在奥格斯堡（Augsburg）火车站转车，全程需要五六个小时。到了菲森还要坐公共汽车才可抵达两个天鹅堡，所以至少要在菲森住两个晚上，即第一天从法兰克福出发到菲森，第二天花一天时间看两个天鹅堡，第三天返回法兰克福。如果能在菲森多留一天的话，可以去看另一处世界文化遗产——洛可可风格的维斯朝圣大教堂。

菲森大主教府

菲森大主教府庭院及主楼

美食：

德国各地的饮食文化各有特色，在慕尼黑一带最出名的美食之一大概是"咸猪手"，分量非常大，味道浓郁。德国的各种香肠品种繁多，啤酒亦很出名，好饮者自然可在这里尝试不同牌子的啤酒。我比较喜欢德国的面包，特别是一种形状像"8"字的面包圈，叫作Pretzel，烤成棕黄色，表面沾着粗盐粒，刚出炉的时候热辣咸香，相当美味。甜品方面，著名的"黑森林蛋糕"也源于德国，用樱桃酒、黑樱桃、巧克力等制成，据说最早在一个叫作"黑森林"的地方制作，因此得名。不过这种蛋糕的糖和奶油的含量都很高，浅尝即可。

住宿：

菲森城内有大小不等的旅店可供住宿，霍恩施万高村也有好几家旅店，都可以在网上搜寻并且预订。若愿意多欣赏新天鹅堡一带的美丽风景，住在霍恩施万高村是一个不错的选择。

参观：

新天鹅堡是德国最吸引游客的地点，每年接待一百多万名游客，夏季每天的参观人数可到6000人之多。游客参观前需要在霍恩施万高村的售票处购票，也可以在网上预订。城堡每年4月到10月15日的开放时间是上午8:00到下午5:00，10月16日到次年3月的开放时间是上午9:00到下午3:00，圣诞和新年关门。所有参观者必须有导游带领才可参观。

景福宫和昌德宫

　　景福宫和昌德宫是朝鲜王朝五大宫殿最重要的两组建筑，另外三大宫殿是庆熙宫、德寿宫和昌庆宫。其中，景福宫建造的年代最早，始建于 1395 年，由朝鲜王朝第一代王太祖李成桂所建，是五大宫殿中规模最大的王宫。朝鲜王朝成立之初，国都在开城和汉城（今首尔）之间迁徙。1405 年，太宗决定定都汉城，下令修建新宫殿，即为昌德宫。[1]

　　朝鲜半岛很早就有人类居住，大约在距今四五千年出现农耕经济。公元前后，出现了高句丽、新罗和百济三个国家，称为"三国时代"。高句丽在北，疆域包括今天中国东北地区之一部分和朝鲜半岛的北部；百济和新罗在朝鲜半岛南部。668 年，新罗在唐朝协助下灭掉高句丽和百济，统一朝鲜半岛，后来又出现了内乱和分裂。918 年豪族王建在开城建立高丽国，936 年重新统一朝鲜半岛。忽必烈时期，高丽国崩溃，朝鲜半岛成为元朝行省之一。1392 年，李成桂推翻国

---

[1] UNESCO 1997, "Changdeokgung Palace Complex", http://whc.unesco.org/en/list/816.

王,在开城建立朝鲜王朝,称李氏王朝或"李朝"。[1]

1401年,明朝正式册封朝鲜国王,将朝鲜纳入朝贡体系。1404年,朝鲜与日本室町幕府建立往来。1592年,丰臣秀吉攻打朝鲜,引发"壬辰倭乱",景福宫和昌德宫均毁于火。1637年,朝鲜王朝中断与明朝的朝贡关系,改向清朝朝贡。从明代到清末,朝鲜王国一直是中国的藩属国,但期间经历了多次日本入侵。从19世纪80年代开始,中、日、俄三国在朝鲜半岛角力,1894爆发了中日甲午战争。1895年中日签署《马关条约》,终止了朝鲜作为清朝藩属国的关系。之后,俄国、德国、法国不愿意见到日本势力独大,出面干涉;朝鲜王朝的高宗妃闵氏(即后来所称的"明成皇后")主张联俄排日,引起日本人仇视,1895年10月被日本人杀害于景福宫。1897年,朝鲜王朝的高宗宣布终止与清朝的藩属关系,建立大韩帝国。1910年,日本和朝鲜签订《日韩合并条约》,正式吞并朝鲜,大韩帝国灭亡。[2]

朝鲜李朝存在的时间与中国的明清两代大体相当,这五百多年是朝鲜半岛社会文化发展的重要时期,很多政治、经济和军事的改革都在此期发生,包括创立韩文汉字,巩固王权的科举制度、税收、科技和农业的改革等。而五大宫殿,特别是昌德宫和景福宫,则代表了朝鲜半岛古代建筑技术的发展。

朝鲜半岛的古建筑以砖、木、石为主要建筑材料,现存12世纪以前的建筑多为佛教的塔、寺庙、石窟等;建于12世纪左右的凤停寺开始有斗拱。李朝时期建造的宫殿,在建筑布局、设计、斗拱结构等方面都已经十分成熟。景福宫的勤政殿为李朝规模最大的宫殿,五

---

[1][2] 白永瑞 2009,《思想东亚:韩半岛视角的历史与实践》,台湾:台湾社会研究杂志社。

景福宫庆会楼。摄于 2004 年 6 月

景福宫慈庆殿十长生烟囱的灰雕

开间五进深，殿前广场上有标志官员官阶的石柱，百官依照官阶在此列队觐见国王。[1]但经过一系列内乱外侵和火灾，特别是闵妃被日本人杀害之后（景福宫现在尚有"明成皇后遇害处"），景福宫的大部分建筑被毁。现在景福宫保留下来（经过重建）的主要建筑有勤政门、勤政殿、庆会楼等。其中建于人工岛上的庆会楼是景福宫最早的建筑之一，又是朝鲜楼阁建筑的代表之作。景福宫内的修正殿，原来是集贤殿的旧址，李朝时期即在集贤殿创立韩文。景福宫十长生殿烟囱的砖雕展示了朝鲜文化中的吉祥图案，很有特色。

昌德宫的建筑年代晚于景福宫，建筑规模也小于景福宫。但昌德宫虽然也多次毁于火灾并经过重建，但其完整性和原真性保存较好。从建筑特色来看，昌德宫的平面布局按照"三门三朝"和"前朝后寝"的原则，建筑群的南面是处理政务的宫殿区，北面是王室的住宅区和花园区，称为秘苑、后苑。[2]1997年，昌德宫建筑群被列入世界文化遗产名录，并说明其文化重要性有三：第一，该建筑群对韩国建筑和花园的设计及相关艺术的发展有重要影响；第二，体现了儒家的理念并反映了朝鲜王朝的世界观；第三，与自然环境高度和谐，是东亚宫殿和花园建筑的杰出范例。[3]

昌德宫占地58公顷，位于汉城市区北部，坐落在北岳山脚下，是最具有自然风光的韩国宫殿建筑群。宫殿建于1405年，是太宗（1400—1418年）下令建造的，当时共有200多间房屋。昌德宫在建造时是作为王室的"离宫"，而景福宫是王室处理政务和居住的"正宫"。1592年"壬辰倭乱"时，昌德宫和景福宫均被焚毁。因为昌德

---

[1] 王英健 2006，《外国建筑史实例集Ⅱ东方古代部分》，北京：中国电力出版社。
[2][3] UNESCO 1997, "Changdeokgung Palace Complex", http://whc.unesco.org/en/list/816.

宫规模较小，复建所需财力较少，所以首先复建。后来又被焚毁，又再次重建。从 1618 年开始，朝鲜王朝以昌德宫为正宫凡 250 年，直到 1868 年景福宫重新作为"正宫"，昌德宫再次成为"离宫"。19 世纪 90 年代之后景福宫逐渐荒废，李朝末代国王纯宗 1907 年在昌德宫即位，一直住在昌德宫直至 1926 年去世。[1]因此，昌德宫在朝鲜半岛的古代历史中扮演了重要的角色。

参观景福宫、昌德宫和韩国其他朝鲜时期的宫殿建筑，很容易联想到中国的皇宫建筑。前朝后寝和中轴对称的宫殿建筑设计理念，至少可追溯到西周时期，到唐代已经十分成熟，并影响到东亚其他地区的宫殿建筑，如日本的京都。北京紫禁城始建于 1406 年，比昌德宫晚一年。两者的设计和平面布局有相似之处，都体现了"前朝后寝"的儒家皇宫布局理念，也都在"后寝"部分设计建造了供帝王游憩的花园。但李朝在建筑材料、颜色等方面与紫禁城相比还是有区别的。紫禁城用的是明黄色琉璃瓦，而昌德宫用的是绿色琉璃瓦。昌德宫大殿的基座为两层石头砌成，比紫禁城三大殿的三层汉白玉基座少了一层，建筑材料也有所不同。李朝国王御座背后的屏风以五座山峦的图案作为国王权力的象征，与明清王朝的屏风图案完全不同。宫内部分大殿仍陈列着席地而坐的家具，彰显朝鲜半岛的起居文化；另外一些大殿内则陈列着西式家具。

与紫禁城相比，昌德宫的后苑规模大得多，而且依山而建，与北岳山蜿蜒的山脚地貌融为一体，更见广阔深邃，绿荫浓浓。后苑中有一个颇大的莲池，夏日莲花盛开时想必美不胜收。苑内广植名花异木，据说一共栽培了 56000 多棵植物，包括 26000 多棵本地植物，其

---

[1] 昌德宫管理所 2004，"演庆堂"说明牌。

昌德宫仁政殿。殿外地上的石柱列出各级官员等级,让上朝的官员按等级依次排列。最后一行石柱刻着"正九品"

余是外来的植物。[1]

昌德宫内有趣的建筑是建于后苑的演庆堂。演庆堂建于1828年,模仿朝鲜的士大夫住宅而建,但规模比最高规格的士大夫"大院君"的住宅要大,而且使用了民居不允许使用的石头筑起了基坛。国王为了解宫外士大夫的生活偶尔在此居住。[2] 由此看来,用加工过的石材作为建筑基座是朝鲜时期王室特有的权利,再次说明建筑具有别尊卑、分等级的社会政治功能。朝鲜国王为了解宫外士大夫的生活,而在王宫中建造这样一座其实等级高于士大夫的宅邸,倒是让人想起

---

[1] UNESCO 1997, "Changdeokgung Palace Complex", http://whc.unesco.org/en/list/816.

[2] 昌德宫管理所 2004, "演庆堂"说明牌。

昌德宫北部依山而建的后苑,包括莲池

在后苑中模仿朝鲜士大夫住宅建成的演庆堂

昌德宫内的李朝宗庙正殿

了《红楼梦》大观园里面的"稻香村"。演庆堂周围绿树参天,风景秀丽,十分适宜居住休憩。

昌德宫曾经作为朝鲜王朝的主要宫殿,宫中也有供奉历代国王和王妃神位的宗庙。昌德宫内的宗庙始建于1394年,由朝鲜第一代王太祖始建,次年完工,即将太祖的四代祖先神位从开城迁到这里供奉。最早建造的是正殿,经过历代加建,现在正殿宽19间,供奉了49个神位,每一间内供奉的是一王一后、一王两后甚至一王三后。被日本人杀害于景福宫的"明成太皇后"闵氏与其丈夫"高宗"的神位共同供奉在正殿第18室。别庙永宁殿供奉34个神位,功臣殿里则有83个神位。宗庙的各大殿不对外开放,但游客可通过正殿供奉神位的说明牌了解李朝历代国王和王后的世系。宗庙附近还有供祭祀用的祭井。朝鲜时代在每年春夏秋冬四季和腊月均举行大规模祭祀活动。[1]

　　宗庙和祖先祭祀是儒家思想的典型体现，但也具有其特殊的政治和社会功能。在中国，祭祀祖先不仅是为了祈求祖先的庇佑，更是确认帝王、贵族乃至家族长老统治权力和统治身份合法性的过程，也是确认家族内部各成员的等级、地位，并据此分配财富和权力的过程。昌德宫中的宗庙和祭祀仪式，很可能也具有类似的功能。

　　简言之，景福宫和昌德宫见证了朝鲜半岛从15世纪到20世纪初的政治、外交和文化变迁，也是朝鲜半岛古代建筑工艺技术及审美和信仰的反映。这两座宫殿可说是朝鲜王朝历史的缩影，具有独特的历史、科学和审美价值，也因此成为重要的人类文化遗产。

旅游小知识

　　签证：

　　中国公民前往韩国需要申请签证，可到韩国驻中国使领馆了解详情。

　　语言：

　　2004年，我在首尔和大中所遇到的韩国民众大多不会讲英语，或只会讲有限的单词，但都很乐于助人。不过，各大旅游地点都有中文标志。

　　交通：

　　首尔市内公共交通方便，到景福宫可乘坐3号线地铁到景福宫站下车。公共汽车很多线路经景福宫。到昌德宫可坐地铁1、3或5

---

[1] UNESCO 1997, "Changdeokgung Palace Complex", http://whc.unesco.org/en/list/816.

号线在 Jongro-3ga 站 6 号出口下车，步行 10 分钟就到了；或在 3 号线 Jongro-3ga 站下车，从 3 号出口步行 5 分钟即到。公共汽车 109、151、162、171、172 等均有昌德宫站。

参观：

韩国旅游发展局最近推出了五大宫殿参观套票，每票 1 万韩元，可参观五大宫殿各一次。景福宫逢星期二休息，一般开放时间为上午 9：00 到下午 5：00，4：00 停止入场；仅 6 月到 8 月开放到下午 6：30，5：30 停止入场。每天上午 10：30、下午 1：30 和 3：30 有中文导游。昌德宫逢星期一休息，开放时间与景福宫相同。

请注意，所有宫殿内全面禁烟。

此外，在昌德宫附近有韩国国家民俗馆，建议可先行参观该馆以初步了解韩国的历史和文化，便于参观景福宫和昌德宫及其他韩国历史文化遗迹。

美食：

韩国民族源自气候寒冷之地，饮食中有不少辣菜，但也有不辣的，例如海鲜拌饭、炒粉丝、年糕排骨、人参鸡汤等，都很美味。在韩国，主菜和"小菜"的分量和品种都很可观，"小菜"除了各种辣的泡菜以外还有不辣的豆芽、莲藕等，摆出来一大片。我曾经在韩国首尔某餐厅叫了一个拌饭和一个炒粉丝，服务员下单之后笑了好久。我莫名其妙，等饭菜上来后才明白：原来除了拌饭和炒粉丝分量很大之外，这一菜一饭还各有一套"小菜"，围了一圈，一个人根本吃不完。

宗教建筑篇

人类群体在不同的自然和文化背景中产生了多种多样的信仰。除了精神层面的功能之外，信仰还有其他功能，或帮助当权者统治国家，或有助于民众团结互助。因为种种因素，某些信仰的影响逐渐扩大，信众的数量大增，并且随着社会的分工出现了专业的神职人员，因为同一信仰而形成的社会组织变成规范化和等级化的宗教机构，产生了更大的社会影响力。

所有的宗教信仰都有某些特殊的仪式，用作沟通人和神，宣传本教的教义，确认神职人员的权威，也彰显本教的特色。这些特殊的仪式往往需要在特殊的场地进行，以便强调宗教的神圣性、权威性和独特性，同时建构和强化信众的归属感和集体认同意识。当然，并非所有宗教活动地点都有特殊的建筑。没有社会专业分工、没有国家的近现代狩猎采集群体，其信仰仪式往往是在某个特殊的地点举行。比如，澳大利亚的原住民并没有宗教建筑，他们的信仰活动在居住地的神圣地点进行，并不欢迎甚至不允许外人参观。

宗教建筑的出现，是复杂社会和国家的副产品之一。出现了专业分工和国家的人类社会，为了满足宗教活动的需要，依据各自

日本古都京都的佛塔。摄于 2006 年 1 月

文化的审美和工艺技术，利用不同的自然资源，修造了各种各样的宗教建筑。从埃及的神庙、南美洲的金字塔、亚洲的佛教寺庙和神社、中东地区的清真寺，到俄罗斯的东正教和欧洲的基督教及天主教教堂，都是不同宗教的神圣场所，其中很多更因为其杰出的历史、艺术、审美和科学价值而被列为世界文化遗产，成为人类共同的财富，也成为我们和后人认识人类建筑艺术、宗教制度和历史发展的珍贵资料。

宗教建筑的出现也说明了这一宗教在当时当地所具有的合法性

泰国首都曼谷的佛教寺庙。摄于2005年6月

和社会影响力。今天一提起希腊罗马建筑,大家便会想起雅典万神庙、罗马帝国各地的庙宇等,并且认为希腊罗马建筑的特色之一是用石材作为原料。其实,根据考古学、建筑史学等学科的研究,古代希腊的主要建筑材料是木材和泥砖,到公元前7世纪左右才逐渐开始用石材来建筑神庙。这是因为在当时的希腊文化中,供奉神的庙宇是最重要的建筑,因此希腊人将最好的原料和最好的技术都用在神庙的建造上。在这个过程中,希腊人也受到埃及文明巨大神庙建筑的影响,并逐渐发展出多立克和爱奥尼亚两种柱式,两者最早都是用于神庙的建筑,后来才见于其他建筑。多立克柱式大约在公元前7世纪后期出现,爱奥尼亚柱式大约出现于公元前6世纪早期,最后出现的是科林斯式,后两者一直沿用到罗马时期。[1] 正如本书的"考古遗址篇"所述,同样的柱式分别见于罗马帝国内的欧洲、非洲和西亚地区,成为古代文化交流的见证。

今天世界的三大宗教基督教、佛教和伊斯兰教,各有其独特的建筑。哥特式便是基督教建筑的典型代表之一,高耸入云的教堂、色彩斑斓的玻璃、绘画和雕塑等室内装饰,都是为了宣传宗教的教义和进行相关的宗教活动。佛教早期没有佛像,石窟寺是早期僧人修行的场所。后来出现的佛教庙宇、佛塔和造像,例如日本京都的高塔,泰国的佛寺,都是为了宣传佛教的教义和进行宗教活动,其建筑同时彰显不同地区、不同文化的工艺和审美观念。7世纪开始出现于阿拉伯半岛的伊斯兰文明,以伊斯兰教为特色,其宗教建筑往往带有穹庐或圆拱,装饰往往是各种组合的几何图案,颜色则常为白色、蓝色和金

---

[1] Fazio, Michael, M. Moffett and L. Wodehouse 2014, *Buildings Across Time*, Boston: McGraw-Hill Higher Education.

黄色，加上阿拉伯文的书法作为装饰。[1] 这些最早见于宗教建筑的元素，后来都用于其他建筑中，共同形成某一地区、某一城市的文化特色。因此，宗教建筑不仅是一种宗教的象征符号，而且是一种文化的物质化符号。

基督教在罗马帝国早期是被禁止的，当时的教会活动都属于"地下"性质，往往在私人家中聚会。直到 313 年西罗马帝国君士坦丁大帝和李锡尼皇帝在米兰赦令中宣布实行宗教自由，基督教才开始在欧洲正式建造教堂，供信众进行公开的宗教活动。[2] 当某一宗教受到其他宗教或国家的打压时，首先遭到摧毁的往往也是其宗教建筑。中国古代灭佛运动时，大量寺庙被毁；基督教进入埃及的时候，虽然无法摧毁所有古埃及的神庙，但也破坏了大量的古埃及神像。类似的例子还有不少。因此，宗教建筑不仅具有宗教的功能，其形态的变化、建造和毁弃的过程也反映了某一时代某一地区的宗教和政治历史。

世界各地的宗教建筑千姿百态，各有特色。亚洲最令人震撼的宗教建筑，当推柬埔寨的吴哥窟，在"文化景区篇"已经介绍过。非洲的古代宗教建筑以埃及的神庙最著名也最恢宏壮观，本章选择介绍其中两座。欧洲是基督教和天主教的大本营，教堂星罗棋布，风格多样，从线条简单的中古教堂，到高耸入云的中世纪哥特式，到 17—18 世纪华丽繁缛的巴洛克和洛可可式，再到 19—21 世纪的新古典主义和现代风格，各种不同建筑风格的教堂充分反映了欧洲建筑艺术风格和历史文化的发展演变。本章选择了几座具有代表性建筑风格和特殊历史价值的教堂与读者分享。清真寺是伊斯兰教的重要建筑，土耳

---

[1][2] Fazio, Michael, M. Moffett and L. Wodehouse 2014, *Buildings Across Time*, Boston: McGraw-Hill Higher Education.

希腊雅典帕特农神庙,石柱为多立克柱式,柱身粗壮,有20条凹槽,没有柱础,柱顶没有装饰。摄于1995年5月

其伊斯坦布尔的清真寺是这类宗教建筑的代表作,不容忽略。南美洲现在仍在使用的宗教建筑多为基督教和天主教的教堂,虽然有些本地化,但基本属于欧洲同类建筑;属于南美洲本地宗教建筑的多是古代留下的遗迹,如墨西哥的帕伦克、奇琴伊察、特奥蒂瓦坎和乌斯马尔建筑群等,都是玛雅文明的建筑杰作。

不同的学科各有其研究宗教建筑的角度。建筑学家往往分析其建筑风格、工艺和装饰,由此重构人类的建筑发展演变历史,甚至从中获取设计现代建筑的灵感。建筑学人类学者会探讨人类设计宗教建筑的理念、行为和过程,文化变迁如何影响了建筑形式和功能的变化,后者又如何对人类社会产生影响。历史学家和宗教学家根据对宗教建筑的研究来分析世界各地的宗教和政治历史。考古学家研究考古遗址中的宗教建筑遗迹,探讨人类宗教信仰的起源、演化和多样性,以及

意大利米兰大教堂,典型哥特式建筑,是世界文化遗产。摄于1995年6月

宗教信仰在不同文化中所扮演的角色。19世纪在欧洲出现、近年风行世界的文化遗产保育学者研究宗教建筑在现代社会的角色,其历史、科学、审美和社会价值如何被界定,保育、管理和使用宗教建筑的技术、法律和行政措施,以及宗教建筑作为文化遗产在当代社会的角色,等等。政治地理学则会探讨宗教建筑如何成为城市或人类聚落的文化符号和权力象征,在不同时期其象征意义和功能又发生了怎样的变化。

宗教建筑最基本的功能,自然是作为宗教活动的场所。不过,并非所有现存宗教建筑都保存着这个基本功能。列入世界文化遗产的宗教建筑可分为两类,第一类是原本的宗教功能已经消失,在现代社会中被人类赋予了新的功能。如雅典的帕特农神庙建筑群,是两千多年前的雅典人为他们的多神宗教活动而修建的,今天已经成为废墟,或者称为考古遗址。但帕特农神庙建筑群的建筑设计和工艺,特别是影响了整个西方建筑的古希腊多立克柱式、精美的雕塑（尽管帕特农神庙上原有的一整套奔马雕塑已经被搬到大英博物馆），以及神庙建筑群所见证的古希腊历史和文化，具有独一无二的历史和审美价值，同时为当地旅游经济服务，又成为大众的文化休闲设施，当然也具有建构和强化现代国家与文化认同的社会功能。简言之，已经废弃的古代宗教建筑成为具有历史、科学、审美和社会价值的人类文化遗产。本章介绍的埃及神庙属于这一类。

另外一些宗教建筑，尽管建造的年代也很久远，却一直保存着作为宗教活动场所的功能，很多这类宗教建筑也已经成为世界文化遗产，如米兰大教堂。本篇所介绍的德国维斯教堂和伊斯坦布尔的蓝色清真寺，属于仍然在使用中的宗教建筑。有些宗教建筑甚至曾经为不同的宗教服务，例如本篇所介绍的西班牙科尔多瓦大清真寺和大教堂，曾经是清真寺，后来成为天主教的教堂。这些美轮美奂的建筑，历经数百年风雨而屹立不倒已经不容易，更难能可贵的是，它们至今仍然是信众的心灵殿堂。它们不仅是当地的历史文化地标，也是当地人确认文化之根的归依。当然，它们同时也是当地建筑、历史和文化的见证，是吸引世界各地游人的景点，同样具有独特的历史、科学、审美和社会价值。

无论是哪一种宗教建筑，其设计、建造和装饰往往是当时当地建筑技术、工艺和审美观念的精华所在，因此更是我们应当加以珍惜、妥善保存、希望可以留给子孙后代继续欣赏的珍贵文化遗产。当我们参观那些仍在使用中的宗教建筑的时候，请注意尊重当地信众的信仰，在宗教仪式正在进行的时候，宜遵循教堂外面贴出的告示，或者不要进入，或者保持安静、不要使用闪光灯拍照等。

卢克索和卡纳克神庙

作为世界最古老的文明之一，尼罗河流域的古埃及文明一直具有很高的公众吸引力。19世纪后期拿破仑入侵埃及，就带了大批考古学家对当地古文明留下的遗址和遗迹进行测量、登记和研究。今天在埃及各地的古迹中还经常能看到当年法国人留下的登记牌。20世纪20年代埃及法老图坦卡蒙墓葬及其珍宝的发现，使整个世界都为之震撼。在世界考古学、历史学和古文字学中，对埃及古文明的研究成为一个独特的学科，称为"埃及学"。

埃及位于非洲大陆的东北角，北临地中海，与欧洲大陆隔海相望，其东北就是人类古代文明的重要摇篮之一——中东。号称世界最长的尼罗河从南向北流经埃及，在北部孟菲斯以北形成尼罗河三角洲，然后注入地中海。因为尼罗河是从南向北流，所以北部的三角洲地带被称为"下埃及"，而南部的河谷地带则称为"上埃及"。[1] 这和中国人所习惯的"上下"观念正好相反。

---

[1] Milton, J. 1986, *Sunrise of Power: Ancient Egypt, Alexander and the World of Hellenism*, Boston: Boston Publishing Company Inc. 古埃及文明的分期，各派学者的意见不完全一样，这里只采一家之说。

根据现代考古学的研究,在古埃及文明出现之前,尼罗河地区是否已经有史前农业,情况尚不清楚,目前只知道在距今 7000 年左右,畜牧业便在埃及地区出现,主要是驯养牛、羊等家畜。不过,根据壁画和其他考古发现,在古埃及文明时期,农业无疑是重要的经济基础,主要作物是小麦、葡萄等。古埃及的农民也继续驯养牛、羊等家畜。[1]

可能在公元前 3100 年之前,上下埃及就出现了政权。古埃及文明大约始于公元前 3200—前 3100 年,到公元前 332 年马其顿人入侵灭亡为止,延续了两千多年。[2] 此后,希腊、罗马、拜占庭、阿拉伯和奥斯曼帝国先后统治过这个地区,随后是法国人和英国人。现代埃及国家于 20 世纪初期独立,绝大部分人口是信仰伊斯兰教的穆斯林,也有极少数基督教和其他宗教的信仰者。

古埃及文明大致可分为下列八个时期。[3]

早王国时期:公元前 3100—前 2686 年,分第一和第二王朝。这时期,上下埃及统一归一位国王管辖,古埃及文字、建筑等均在此期出现。位于上下埃及之间的孟菲斯城作为古埃及的首都也始建于这一时期。[4] 孟菲斯的遗址在今天埃及首都开罗南面约 20 公里,在这里可见到埃及早期的阶梯形金字塔和其他古埃及遗迹。孟菲斯和吉萨三大金字塔于 1979 年被联合国教科文组织列入世界文化遗产名录。

古王国时期:公元前 2686—前 2181 年,下分第三至第六王朝。

---

[1][3][4] Milton, J. 1986, *Sunrise of Power: Ancient Egypt, Alexander and the World of Hellenism*, Boston: Boston Publishing Company Inc.

[2] O'Connor, D. A. (ed.) 2007, *Ancient Egypt in Africa*, Walnut Creek: Left Coast Press.

孟菲斯的阶梯形金字塔，是最早的埃及金字塔。这是早王国法老左塞尔的陵墓，年代为公元前 2700 年。摄于 2005 年 8 月

这时期最引人注目的是大型金字塔的出现和法老权威的进一步确立。[1]

第一中间期：公元前 2181—前 2040 年，包括第七至第十王朝。这个时期，中央政府的权力受到削弱，地方势力增强。[2]

中王国时期：公元前 2040—前 1786 年，包括第十一、第十二王朝。法老的势力再次强化，太阳神阿蒙（Amon）是最主要的神。此期位于上埃及尼罗河右岸的底比斯（Thebes）开始兴建大型建筑。[3]

---

[1][2] Milton, J. 1986, *Sunrise of Power: Ancient Egypt, Alexander and the World of Hellenism*, Boston: Boston Publishing Company Inc.
[3] UNESCO 1979, "Ancient Thebes with its Necropolis", http://whc.unesco.org/en/list/87.

第二中间期：公元前1786—前1570年，包括第十三至第十七王朝。同样是中央集权受到严重挑战的时期。[1]

新王国时期：公元前1570—前1085年，包括第十八到第二十王朝。这时期埃及成为世界强国之一。底比斯成为王国的新首都。进行宗教改革的法老阿肯那顿（Akhenaten）、女王哈特谢普苏特（Hatshepsut）和法老图坦卡蒙都是这个时期的统治者。第二十王朝的拉美西斯三世（Rameses Ⅲ）则是古埃及最后一个"伟大"的法老。[2]

第三中间期：公元前1085—前715年。古埃及再次陷入分裂。[3]

晚王国时期：公元前715—前332年。古埃及文明开始衰落。公元前671年，来自波斯地区的亚述人入侵埃及。公元前332年，来自希腊马其顿的亚历山大大帝征服埃及，古埃及文明灭亡。[4]

在古埃及文明中，神权和王权关系极为密切。古埃及宗教是多神教，例如上埃及的守护神是女神奈赫贝特（Nekhebet），其符号是秃鹰；下埃及的守护神是女神瓦杰特（Wadjet），其符号是眼镜蛇。所以统一上下埃及的法老，其王冠上便有两者的形象，象征着法老是上下埃及的统治者。这两个女神的形象在图坦卡蒙的金质面罩上表现得最为清晰。此外埃及还有很多不同的神，如鹰头人身的天空之神荷鲁斯（Horus）、狮头人身的战争女神塞克美特（Sekhmet）、死亡世界之神俄西里斯（Osiris）、犬头人身的墓地保护神及尸体防腐之神阿努比斯（Anubis）等，而法老则是众神之王——太阳神阿蒙之子，是活着的神。早王国法老左塞尔（Djoser）为自己修建了埃及最早的金字塔陵墓，据此确立自己作为"人间之神"的特殊地位。此后的法老金

---

[1]-[4] Milton, J. 1986, *Sunrise of Power: Ancient Egypt, Alexander and the World of Hellenism*, Boston: Boston Publishing Company Inc.

字塔都具有类似的功能。[1]

既然法老就是神之一，那么，对神的崇拜就是对法老威权的认可。所以，埃及的法老们都致力于修建大型的神庙，以满足其宗教和政治的需要。当下埃及在大约公元前 18 世纪被来自亚洲的游牧民族希克索斯人（Hyksos）入侵时，法老被迫放弃孟菲斯，迁到上埃及的底比斯建都。在和入侵者战斗的过程中，埃及人逐渐建立了一支强大的军队，使用战车和青铜武器；因此，在新王国时期，埃及法老展开了一系列对外军事扩张，由此奠定了埃及作为当时世界强国的位置，[2] 也为法老们大修各种大型建筑提供了经济和政治基础。卢克索（Luxor）和卡纳克（Karnak）神庙都位于底比斯，离此不远就是古埃及法老和妻子埋骨之地的国王谷和王后谷。这里是古埃及全盛时期的核心地区，留下了大量埃及古文明的精华，因此在 1979 年被列为世界文化遗产。

规模巨大的卢克索神庙建筑群主要由新王国的阿蒙霍特普三世（Amenhotep Ⅲ）和拉美西斯二世所建，入口的石墙上是炫耀法老对叙利亚和赫梯人（Hittite）军事胜利的浮雕，入门之后便是巨大的拉美西斯二世大堂，由巨大的石柱所支撑，还有气势慑人的纸莎草柱廊和法老雕像。盛产于尼罗河流域的纸莎草，在古埃及文明中有重要的意义。它不仅是造纸、造船和编织工业的原料，而且是丰硕多产的象征，因此在埃及建筑中经常可见到各种纸莎草柱式或图案。这个柱廊由阿蒙霍特普三世（公元前 1390—前 1352 年在位）开始兴建，但未

---

[1] Milton, J. 1986, *Sunrise of Power: Ancient Egypt, Alexander and the World of Hellenism*, Boston: Boston Publishing Company Inc. 大英博物馆网页上列有埃及诸神的详细资料，有兴趣的读者可浏览 www.ancientegypt.co.uk/gods/explore/main.html。

[2] Milton, J. 1986, *Sunrise of Power: Ancient Egypt, Alexander and the World of Hellenism*, Boston: Boston Publishing Company Inc.

卢克索神庙内的纸莎草柱廊

曾建完便去世了；图坦卡蒙法老（公元前1336—前1327年在位）继续修建该柱廊，但直到后续两个法老才终于完成柱廊的结构和装饰。当然，目前所见到的柱廊及神庙的石墙都经过后期的修复。卢克索神庙里面还有供奉阿蒙神及其配偶的庙宇。除了埃及诸神及法老的雕像和线刻之外，古埃及文字已经能够释读，因此神庙墙上的许多古埃及文字也成为埃及学研究的重要原始资料。

卢克索神庙的对面就是卡纳克神庙，两者之间以排列着两排狮身羊头像的通道相连。卡纳克神庙比卢克索神庙大，据说这是世界上第二大的古代宗教建筑遗迹（仅次于吴哥），里面有三个大的庙宇，分别用于供奉阿蒙神及其配偶穆特（Mut）、战神孟图（Montu），还有不少小型庙宇。不过这些部分都尚未修复，暂未对外开放。游客今天能够参观的主要是神庙中部供奉古埃及主神、太阳神阿蒙的部分，

卢克索神庙墙上的古埃及文字和法老浮雕，可见头顶的眼镜蛇符号

卢克索神庙墙上的古埃及文字和埃及众神及法老浮雕。左边第一位应当是狮头战神塞克美特，第二位是犬头人身的阿努比斯，第三位是法老，他对面可能是天空－太阳神拉－赫拉特（Ra-Horakhty），或太阳神拉（Ra），因为这两个神的形象几乎一样，都是人身鹰头加太阳

宗教建筑篇　　*187*

卡纳克神庙的入口和狮身羊头像大道。古埃及人相信太阳神拉晚上以狮身羊头的形象出现,所以羊头也是与太阳神有关的符号

卡纳克神庙巨大的彩绘石柱

卡纳克神庙的建筑遗迹和哈特谢普苏特方尖碑,后者高 100 英尺(约 30.5 米),是埃及最高的方尖碑

开罗的埃及考古博物馆入口。著名的图坦卡蒙法老墓出土珍宝就在该博物馆内陈列

包括巨大的柱廊、雕塑和建筑遗迹等。从中王国到新王国时期的众多法老均曾经参加修建卡纳克神庙,所以神庙里面的建筑跨越不同的年代,具有不同的风格。其中有些石柱高达10米,柱上饰以彩绘,气势磅礴,令人叹为观止。

卢克索和卡纳克神庙都是古埃及文明进行宗教活动的神圣场所,也是通过宗教进行政治管治的地点。通过耗费大量人力物力修建这些蔚为壮观的建筑,并在其中祭祀诸神和法老的祖先,法老们不仅是向臣民宣示他们的权威和能力,而且是向臣民宣示和确认他们作为神之子管治世俗世界的合法性。在这里,宗教与政治密不可分。不过,今天当我们来参观这两个巨大宗教建筑群的时候,仍可以从历史、建筑科学、艺术审美等角度来认识古老而辉煌的古埃及文明,欣赏这两个神庙的壮观和美丽,赞叹三千多年前不知名工匠的创意和智慧,甚至从中获得新的灵感。这两大神庙及邻近的国王谷和王后谷,毫无疑问是人类应当共同珍视的世界文化遗产。

旅游小知识

签证:

中国公民前往埃及旅游需要申请签证,可联系北京或上海的埃及使领馆取得具体资料。

季节:

埃及的夏天很热,卢克索一带在七八月气温可达到40℃以上。通常每年10月到次年5月左右比较凉快。如果因为种种原因要在夏天到埃及,最好穿长袖和浅色的衣服尽量遮盖身体,使用抗UV50度的防晒用品,戴太阳眼镜和帽子等,以免灼伤。打伞是不够的(当地也没有人打伞),因为紫外线会从各个方向甚至从地面反射到身体。

还要喝大量的清水或淡盐水避免中暑。

语言和风俗：

现代埃及的官方语言是阿拉伯语，但旅游业是埃及重要的经济行业，所以从事旅游业的人多会说英语。

埃及是伊斯兰国家，游客需注意尊重其宗教信仰和文化习惯，以免出现冲突。另外，2005年的时候埃及政局比较稳定，现在的情况有些不同，如果到当地旅游要注意避开示威或有政治冲突的地方。

埃及的货币是埃镑（EGP），在埃及，一般人的工资不高，小费成为他们收入的重要来源，所以服务行业的人几乎都期望收到小费。小费没有规定额，如果认为对方提供的服务满意，不妨多给一些。

旅游业的从业人员相当专业而且有效率，还有幽默感。游船上的职员甚至用大毛巾和墨镜做了一个"拉美西斯三世"木乃伊，放在我的床上作为玩笑。我所接触的埃及人多数对其土地上的古埃及文明觉得很自豪。为了尊重当地人，不要跟人家说"这不是你们祖先的文明"之类让人反感的话。有的时候，沉默也是一种修养。

交通和住宿：

从开罗到卢克索可乘尼罗河上的游船抵达。通常的路线是乘飞机抵达开罗，次日到孟菲斯和吉萨参观，之后参观开罗古城和埃及考古博物馆，然后再从开罗坐晚上的火车，次日早上抵达上埃及看阿布·辛拜勒神庙（Abu Simbel Temple），再乘坐游船（通常是四日三夜的行程）参观阿斯旺水坝、国王谷、卢克索神庙等，最后乘游船返回开罗。埃及五星级游船的内部非常舒适宽敞，有宽大的客房和洗手间，靠船边有可观看风景的客厅，船上各种设施齐全，一路上可浏览著名的尼罗河风光。当然也可以先乘火车和船到上埃及，再返回开罗看开罗及附近的遗址。如果要节省时间，到开罗以后可请当地酒店职员代为安排可靠的出租车司机,包车一天游览孟菲斯和吉萨。也可请当地酒店职员介绍可靠的旅行社,根据自己的时间代为安排在埃及境内的行程,如火车、游船、参观点、导游等,可省却很多麻烦。

即使是自由行,最好也要通过当地旅行社安排一个当地导游,可从中学到很多。我2005年和来自澳大利亚的两个家庭共同跟随一个当地考古专业毕业的导游,听他从阿布·辛拜勒、考姆翁布(Kom Ombo)、菲莱(Philae)、国王谷,一路介绍到卢克索和卡纳克,获益良多。到了埃及一定要看开罗的埃及考古博物馆,因为图坦卡蒙墓出土的珍宝就在馆内陈列。

埃及旅游业很发达,开罗和卢克索等地均有各种等级的酒店可供选择,价钱也比欧洲同级酒店便宜些。

参观:

两个神庙的规模都很大,在参观过程中也需要导游讲解,总共需要五六个小时。在神庙内要走不少路,适宜穿宽松舒适的服饰鞋履。

美食:

埃及盛产椰枣、小麦、葡萄等;爱喝啤酒者可鉴赏当地的啤酒——据说古埃及文明就已经酿制啤酒!当地传统的烤饼也很有特色。在提比斯尝到用传统烤炉制作的烤饼,松软香脆,的确美味。

哈特谢普苏特神庙

哈特谢普苏特神庙（Hatshepsut Temple）位于底比斯地区尼罗河西岸的代尔拜赫里（Deir el-Bahari），是古埃及第十八王朝女王哈特谢普苏特用作祭祀太阳神阿蒙和神化她自己的大型宗教建筑。和这时期其他神庙的建筑不同，背靠一片悬崖峭壁而建的哈特谢普苏特神庙有极其宽阔的三层正立面，凭借背后的山岩增添了整座建筑的高度与宽度，非常大气磅礴。当太阳从东方升起时，阳光喷洒折射在神庙的立面及背面的山岩，使整个神庙及其作为背景的悬崖光芒耀眼，气势夺人。

哈特谢普苏特是古埃及最早的女王，第十八王朝最有魄力的统治者之一，也是埃及最成功的法老之一，她的故事充满了传奇色彩。在古代埃及，男性占有主导地位，女性的地位一般比男性低；法老是从父系继承的，女性不能继承王位。作为法老配偶的王后们，通常的角色是妻子和母亲。但哈特谢普苏特属于例外。哈特谢普苏特的祖父是新王国第十八王朝的创建者阿赫摩斯（Ahmose），但阿赫摩斯的儿子阿蒙霍特普一世（Amenhotep Ⅰ）没有男性后裔，就引入了一个与公主结婚的男性图特摩斯（Thutmose 或 Tuthmosis）作为继承人。哈

哈特谢普苏特神庙全景。通往神庙第二层和第三层的斜坡经过修复。摄于 2005 年 8 月

特谢普苏特就是图特摩斯一世和公主的长女，嫁给其同父异母的兄弟图特摩斯二世为王后。在古埃及，因为相信法老是神的家族，为了保持王族血统的纯正，兄妹、姐弟通婚很常见。[1]

图特摩斯二世不久就死了。哈特谢普苏特没有儿子，图特摩斯二世和另外一个妃子生有一个儿子图特摩斯三世。这个儿子成为王位的继承人，但他当时年纪还很小。因此哈特谢普苏特"太后"顺理成章地"垂帘听政"，这样的情况在以前也出现过。只是没有多久哈特谢普苏特便改变风格，从后台走到前台，直接管治国家，做只有法老

[1] Brown, C. 2009, "Hatshepsut, the King Herself", *National Geographic*, http://ngm.nationalgeographic.con/2009/04/hatshepsut/brown-text/1. Farina, A. 1998, *Principles and Methods in Landscape Ecology*. London: Chapman and Hall.

才做的事情，例如向众神献祭，发动征伐东非的军事行动，下令在卡纳克神庙修建高达 100 英尺、献给神的方尖碑等。开始她并不掩饰自己的女性身份，但掌握实权不久，为了在男性占主导地位的古埃及确立自己管治的合法性，她便完全以男性的形象出现，包括昭示天下她的父亲是太阳神阿蒙，她出生的时候是个男孩，在下颌系上象征法老威权的"胡子"，宣告自己成为"国王"，等等。公元前 1473—前 1458 年，哈特谢普苏特统治古埃及王国将近 20 年，她名义上的儿子图特摩斯三世成了傀儡。[1]

哈特谢普苏特女王（法老）的御用建筑师和顾问是塞奈穆特（Senenmut）。哈特谢普苏特神庙这座当时最重要的建筑，其选址和建筑格局应当是塞奈穆特的杰作。神庙的主要功能之一是祭祀当时的众神之王太阳神阿蒙。根据殿堂内留下的文字和图像记录，太阳神在"美丽的季节"会离开位于尼罗河东岸卡纳克神庙的太阳神殿，跨过尼罗河，来到西岸的哈特谢普苏特神庙，在这里接受哈特谢普苏特女王（法老）和大众的膜拜，再返回卡纳克神殿。[2] 哈特谢普苏特神殿共有三层，最主要的建筑在第三层，这里有祭祀太阳神阿蒙的殿堂和圣坛，还有举行节日庆典的庭院。当然，这里也有埃及宗教中其他重要神祇的形象，如阿努比斯和荷鲁斯。哈特谢普苏特神殿还是膜拜哈特谢普苏特女王之地。在这里，女王或者以死亡世界之神俄西里斯的形象出现，或者以法老的形象出现。

---

[1] Brown, C. 2009, "Hatshepsut, the King Herself", *National Geographic*, http://ngm.nationalgeographic.con/2009/04/hatshepsut/brown-text/1. Farina, A. 1998, *Principles and Methods in Landscape Ecology*. London: Chapman and Hall.

[2] Milton, J. 1986, *Sunrise of Power: Ancient Egypt, Alexander and the World of Hellenism*, Boston: Boston Publishing Company Inc.

哈特谢普苏特神庙第二层的廊柱，其雕塑展现哈特谢普苏特以死亡世界之神俄西里斯的形象出现，但图特摩斯三世后来将雕像上女王的名字毁掉，通过波兰考古学家的努力才恢复了原貌

　　哈特谢普苏特女王（法老）在世时权威无比，身后遭遇却颇为曲折。虽然哈特谢普苏特在世的时候和其他法老一样也预先为自己在国王谷建造坟墓，但她的木乃伊在很长一段时间内下落不明。[1]

　　古埃及人相信生命死后复活，他们将法老、王族、贵族和富人的遗体制成木乃伊保存，其过程大致是：由经过训练的人先将遗体清洗，然后将大脑和身体内部的器官取出，只保留心脏；使取出的器官干燥，早期是放入特制的罐子，后来变成用麻布包裹后再放回遗体中。之后用香料和酒洗干净遗体内部，用盐掩埋70天，在大约40天

---

[1] Milton, J. 1986 *Sunrise of Power: Ancient Egypt, Alexander and the World of Hellenism*, Boston: Boston Publishing Company Inc.

神庙内阿努比斯的彩绘

神庙内太阳神阿蒙的形象

神庙内的哈特谢普苏特女王雕像

的时候以麻布或沙充填遗体使之保持形状，并在其表面涂油。70天之后将遗体从头到脚用麻布层层包裹，在死者两手间摆放一卷纸莎草的"亡灵书"，然后放入棺中，外面再套上彩绘的，甚至用贵金属装饰的人体形石棺埋葬。[1]

古埃及中王国和新王国的法老多埋在底比斯附近的国王谷，王后则埋在王后谷。这些皇家墓葬后来绝大多数都被盗掘，只有图坦卡蒙的例外。发现图坦卡蒙墓的考古学家霍华德·卡特（Howard Carter）于1903年曾经在国王谷第20号墓中发现一具刻有哈特谢普苏特名字的外棺，但里面空空如也，并没有发现木乃伊。直到2005年，埃及最高古物委员会的考古学家根据一系列研究和鉴定，发现一具早年发现在KV20号墓附近的一个KV60号小墓内、编号为KV60a、毫无装饰的一具木乃伊，应当就是女王哈特谢普苏特的遗体。[2]

生前权倾朝野的女王，死后为何落得如此卑微？具体原因尚不清楚。直到目前为止，现代学者也不大清楚是什么原因导致哈特谢普苏特如此"反传统"，敢于而且能够在男性主导权力的古埃及成为女王，用什么手段成功统治埃及。只知道哈特谢普苏特死于大约公元前1458年，图特摩斯三世终于正式掌权了。图特摩斯三世相当好战，也喜欢建造大型建筑。在他的晚年，他决定将其名义上的母亲哈特谢普苏特从历史中抹去。在哈特谢普苏特神庙前，她的雕像被打碎并扔

---

[1] British Museum, unknown year, "Mummification," www.ancientegypt.co.uk/mummies/home.html.

[2] Brown, C. 2009, "Hatshepsut, the King Herself", *National Geographic*, http://ngm.nationalgeographic.con/2009/04/hatshepsut/brown-text/1. Farina, A. 1998, *Principles and Methods in Landscape Ecology*. London: Chapman and Hall.

进坑里。在卡纳克神庙中,哈特谢普苏特王的名字被凿掉,方尖碑上她的名字被石头遮盖。总之,图特摩斯三世竭尽全力毁掉关于哈特谢普苏特作为"国王"的文字和实物记录,仅保留她早期作为王后的图像和文字记录。[1]这也使得现代对哈特谢普苏特女王的研究缺失了不少资料。至于哈特谢普苏特女王木乃伊的遭遇与这一政治大清洗是否有关,还是近代埃及文物盗掘所致,甚至目前发现的木乃伊是否可确认为哈特谢普苏特女王的遗体,都还是学术界讨论的问题。

无论如何,哈特谢普苏特神庙独特的地理位置和大气磅礴的建筑风格,神庙中精美的雕塑和壁画,在在显示了女王当年的权威和气势。据说哈特谢普苏特女王最关心的是在她死后人们仍会记得她。[2]若如此,她的愿望可说没有落空。三千多年之后,哈特谢普苏特女王所建造的神庙、方尖碑和其他大型建筑仍矗立在尼罗河畔;世界各地每年有数以百万计的游客到这里欣赏她当年下令建造的这些壮丽的建筑遗迹;考古学家、历史学家、人类学家和其他科学家们仍在探讨她的历史;文物保护专家数十年如一日地为修复她的神殿而努力。世界显然没有忘记她。至于她是否值得世界这样纪念,那就是另外一个问题了。

其实作为一项世界文化遗产,哈特谢普苏特神庙固然让我们想起哈特谢普苏特女王,但绝不仅仅是女王。在这座神庙,我们看到古代埃及建筑的设计、构造、工艺和技术,看到古埃及的宗教信仰、绘画和雕塑艺术,看到古代埃及人对死后世界的认知,看到古埃及两性在社会中的地位和角色,当然也看到埃及古代的权力斗争。换言之,

---

[1][2] Brown, C. 2009, "Hatshepsut, the King Herself", *National Geographic*, http://ngm.nationalgeographic.con/2009/04/hatshepsut/brown-text/1. Farina, A. 1998, *Principles and Methods in Landscape Ecology*. London: Chapman and Hall.

哈特谢普苏特神庙不仅仅让我们纪念甚至崇拜哈特谢普苏特，而是让我们和后人在此认识古埃及的历史、文化和艺术，从而增进对不同文明的了解，学会欣赏不同的文化。

值得特别指出的是，游客今天所见到的哈特谢普苏特神庙，在很大程度上是波兰和埃及考古学家及古建筑维修专家超过半个世纪的共同努力的结果。历经三千多年的战乱和天灾人祸，20世纪初期的哈特谢普苏特神庙基本上是一片废墟，只有第一层（底层）和第二层的中心建筑大致保存下来，第二层的两翼、屋顶完全坍塌，第三层只见到大量的建筑构件和遗迹，重要建筑如祭祀太阳神阿蒙的神殿和节日广场均只剩下残垣断壁。有见及此，1960年，波兰华沙大学的地中海考古学中心向埃及政府的古物管理部门提出帮助修复哈特谢普苏特神庙最高层（第三层）的建筑。该合作项目一直延续到2007年。[1]

在修复的过程中，考古学家在神庙范围内进行了多次发掘，为厘清神庙的范围、建筑结构等提供了宝贵的资料，对神庙的修复和重建工作极为重要。经过整整40年的努力，哈特谢普苏特神庙的第三层建筑及其顶部终于在2000年修复完成，数千件建筑构件和碎片被放回到原来的位置，雕塑和彩绘都经过清理和修复。2002年，经过全面修复的神庙第三层建筑由当时的埃及总统穆巴拉克主持开放仪式。考古学家还在哈特谢普苏特神庙中发现了第二十一王朝的墓葬，在神庙附近发现了图特摩斯三世的庙宇。[2]

哈特谢普苏特神庙不仅是古埃及全盛时期文明的见证之一，神

---

[1][2] PCMA 2007, "Seventy years of Polish archaeology and conservation/restoration in Egypt", www.pcma.uw.edu.pl/en/about-pcwa/history.

庙的修复工程也是 20—21 世纪人类维修和保护古代文化遗产的典型范例。1964 年由国际古迹遗址理事会（ICOMOS）制定的《威尼斯宪章》，为修复和重建古代文化遗产、并且在维修过程中维护其历史和工艺技术的原真性和完整性提出了指导性原则。在哈特谢普苏特神庙，我们可见到这些原则的具体体现。在这里，原来的建筑构件、材料和新的建筑构件、材料可明显区隔；修复工作以考古学、历史和文献资料作为依据，尊重原貌，尽量使用原有的建筑构件，避免建构"假古董"。40 年无数人的耐心和热忱，才完成了这项巨大的修复工程，将 3500 多年前哈特谢普苏特神庙的辉煌重现于世人面前。今天，当我们欣赏这座神庙的时候，不要忘记这些专业人士为此做出的努力，也要更加珍惜这难得的人类文化遗产。

旅游小知识

交通和参观：

哈特谢普苏特神庙在尼罗河西岸，可从卢克索乘公共渡轮前往，也可乘公共汽车抵达，在左塞尔·左塞鲁（Djeser-Djeseru）下车步行约 1 公里即到。但如果觉得难以抵挡酷热，当然也可乘出租车或参加当地旅游团前往。有一个专业导游带领参观会好得多。参观整个神庙大约需要两个小时。

奇琴伊察建筑群

奇琴伊察（Chichén Itzá）是玛雅文明后期的重要遗址。325—1200 年左右，玛雅文明繁盛于中南美洲。墨西哥东部、中部和南部的玛雅文明在 9 世纪左右开始走向衰落，但墨西哥东北面尤卡坦半岛的玛雅文明仍然繁荣了一段时间，因此这里分布着大量的玛雅文明遗迹，宗教建筑是其重要部分。

西班牙和葡萄牙的殖民者在 16 世纪来到中南美洲时，玛雅文明已经开始衰落，而欧洲人的杀戮、他们带来的疾病更加速了玛雅文明的消亡。不过，当地仍然保留了一些玛雅的风俗、文化和仪式等。欧洲的学者和传教士在他们的文献中记录了这些古老的风俗、仪式和遗址，成为后来研究玛雅文明的重要文字资料。从 18 世纪开始，欧洲和美洲的学者开始对中美洲的古老文明进行研究，包括持续的考古发掘和分析。20 世纪 60 年代以来，部分玛雅文字已经可以释读，为研究玛雅的生活、社会和政治组织、宗教信仰等提供了更多更翔实的资料。[1]

---

[1] Sharer, R. with L. Traxler 2006, *The Ancient Maya*, Stanford: Stanford University Press.

玛雅宗教是多神教。农业在古代玛雅经济中占有重要的位置，而雨水、太阳和月亮是人类和农作物生存的基本因素，所以在玛雅宗教中，对雨神恰克、太阳神（K'inich Ajaw）和月亮神（其形象是一个怀抱兔子坐在弯月上的年轻女性）的祭祀是十分重要的内容。中南美洲是栽培玉米的起源地，代表玉米的神（Hun Hunapu）也是重要的玛雅神祇。玛雅神祇中还有造物神（Itzamnaaj）、闪电神（K'awiil）、死神（Kimi）、商人守护神（Ek Chuaj）、彩虹之神（Chaak Chel）、阴间之神，还有统治者、商人和学者的守护神羽蛇神（K'uk'ulkán）。玛雅的国王通常兼任大祭司，通过各种祭祀活动来确认和巩固其统治地位。可以说，祭祀在玛雅古文明中具有非常重要的政治和社会功能，而祭品是祭祀仪式中不可缺少的内容。[1]

玛雅宗教的祭品包括各种精美的工艺品、血和活人或动物。在某些祭祀仪式中，玛雅的国王和配偶用粗糙的绳索划破自己的舌头，将血液洒在祭祀用的树皮布文献上，这些沾满王族血液的文献随后会被焚烧献给神灵。在另外一些仪式中，美洲豹、鹰等动物，甚至是人，会被杀死作为献给神的祭品。这些被杀死的人通常是社会身份地位较高的战俘，甚至包括敌方的国王。活人祭祀通常见于比较重要的仪式，例如新王登基、确认国家的继承人、新庙宇落成等。奇琴伊察建筑群便是晚期玛雅宗教活动的重要见证。除了各种与祭祀活动有关的建筑之外，考古学家在奇琴伊察的圣井中发现了大量祭品，包括祭祀中用于杀人的匕首，一些建筑的墙上还发现了描述杀人献祭的图案。[2]

奇琴伊察建筑群位于尤卡坦半岛的北端。至少在大约5世纪的时候，这里就已经出现了人类聚落，各种庙宇的建造则始于6世纪。

---

[1][2]　Sharer, R. with L. Traxler 2006, *The Ancient Maya*, Stanford: Stanford University Press.

9世纪初,在这里居住的群体称为伊察人(Itzaes),他们开始建造奇琴伊察的部分建筑。970年前后,从墨西哥高地上迁来了一群托尔特克人(Toltec),他们占据了当地的城市定居下来,除了庙宇和其他宗教建筑之外,还修建了房屋、市集等。为了强化对当地的控制,奇琴伊察和附近的其他玛雅城市,包括乌斯马尔,结成了"泛玛雅同盟"。大约750—1200年,奇琴伊察是玛雅的政治和经济中心之一,也是古代墨西哥最大的城市之一,占地大约5平方公里。后来,奇琴伊察被同盟的另外一个城市玛雅潘(Mayapán)所征服。[1]

托尔特克人成为统治者之后,当地的建筑物逐渐形成了玛雅和托尔特克文化融合的风格,后来称为玛雅-尤卡坦式(Maya-Yucatec)建筑。这类建筑一方面保留了玛雅建筑的立体感,例如多层的平台、陡峭的阶梯、灰泥透雕的屋顶、大量的立柱等;另一方面又引入了托尔特克文化的装饰图案,例如大量的战争场面、以羽蛇和其他动物作为雕塑装饰的主题,还有半坐半卧的雕塑人像查克·穆尔(Chac-Mool)等。[2] 这些特征都见于奇琴伊察建筑群。

奇琴伊察的部分建筑刻有建筑年代,最早的年代是832年,最晚的年代是998年。建筑群以高大的祭祀塔为中心,南北东西分布着17座建筑。祭祀塔的北面是圣井。在玛雅时代,这是各地信徒朝圣的中心,他们将各种祭品投入井中,如玉器、金器、红铜、银器、陶器和人类骸骨等。[3] 大祭祀塔的东北面是武士庙,其顶部有查克·穆尔雕像;东面有千柱广场和美洲豹庙,西北是大球场、鹰和美洲豹平台、骷髅墙等,西南面有方坛庙,南面有观象庙、骨灰坛庙等。这些

---

[1] Leal, M.C. 1990, *Archaeological Mexico*, Firenze: Casa Editrice Bonechi.
[2][3] Sharer, R. with L. Traxler 2006, *The Ancient Maya*, Stanford: Stanford University Press.

奇琴伊察大祭祀塔,左后方是武士庙。
摄于 2007 年 5 月

建筑建于不同的年代,不同的族群,但都具有独特的宗教功能。

奇琴伊察建筑群最引人注目的是正方梯形的九层大祭祀塔,坐落在长方形的广场中间,塔基边长 60 米,塔高 24 米,四面各有一道陡峭而狭窄的阶梯通向塔顶用于祭祀的庙宇,其中两道阶梯的两旁各有一个石雕羽蛇头,这是玛雅重要的神祇库库尔坎(羽蛇神,又称为 Quetzatcoatl)的形象。大祭祀塔是进行祭祀的主要地点。根据欧洲殖民者留下的文献记录,在进行祭祀的时候,大祭司(很多时候由国王兼任)会沿着阶梯登上塔顶,在庙宇内举行宗教仪式。将要被作为祭品献给神灵的战俘,也是沿着阶梯登上塔顶的庙宇,在祭坛上被杀。[1]

---

[1] Sharer, R. with L. Traxler 2006, *The Ancient Maya*, Stanford: Stanford University Press.

武士庙及西面的阶梯入口，顶部是查克·穆尔雕像

大祭祀塔的东北是另外一座重要建筑武士庙。战争是玛雅文明重要的内容之一，通过战争，各玛雅王国互相争夺土地和资源，扩大王国的版图。因此，武士在玛雅文明中是一个重要的社会阶层，而敌方的高级武士乃至国王则往往成为祭祀的牺牲品。武士庙具有典型的托尔特克建筑风格。这座建筑的方形台基用石块砌成，在台基上建造庙宇和登上庙顶的阶梯。武士庙从地面到顶部共有六层平台，每一层平台的尺寸逐渐收束。该庙的不少石柱上刻有浅浮雕的玛雅武士形象，庙宇因此得名；其他建筑装饰还有人身的库库尔坎神形象，以及美洲豹、鹰等玛雅文化中重要的图案。武士庙顶部原来同样有用于宗教活动的庙宇，但已经坍塌；现存遗迹包括一座以人像立柱支撑的石平台，庙宇的石柱和石墙，还有独特的查克·穆尔雕像。这种半卧半坐、上身90度转向正面的人物雕像，广泛见于墨西哥东北地区的玛

雅建筑中，学术界对其含义有不同的解释。武士庙内还有描述战争和战俘的图案。[1]

大祭祀塔的东面是曲尺形的千柱庙，现在只留下大量的石柱。玛雅的石柱呈圆形或方形，用打磨规整的石块垒砌而成，有些石柱顶部有较宽的柱头，另外一些则不见柱头。石柱的装饰主要见于柱身，例如浅浮雕的武士或动物图案。与古希腊建筑以柱头雕刻装饰为主的柱式相比，玛雅的石柱显然具有完全不同的风格。大球场东面石墙的南侧建有一座美洲豹庙，因庙中发现美洲豹的石雕而得名，美洲豹庙东面的入口也有一座美洲豹雕塑。

奇琴伊察的大球场是中美洲最大的玛雅球场，长 168 米，宽 68 米，球场两侧高墙上各有一个浅浮雕装饰的石环。很多玛雅宗教建筑群中都有球场，因为球赛在玛雅宗教中有特殊的意义。16 世纪的西班牙殖民者仍见到当时的玛雅人进行球赛，规则已经不大清楚，但知道所用的球是一个直径大约 30 厘米的橡皮球，球员用肩膀、大腿或躯干来控制球，但不可以用手或脚。若其中一队能够将球送入对方高墙上的石环，即为胜利的一方。与现代球赛不同，在玛雅，输赢可谓生死攸关。比赛双方往往来自两个对立的政治团体，输球一方的球员将会成为球赛后进行的宗教仪式的祭品。奇琴伊察大球场高墙底部的浮雕图案便展示了正在杀死一个人准备用作祭品的场面。[2]

鹰和美洲豹在玛雅文明中是经常出现的动物形象，虽然现代学者对这两种动物的象征意义已经不大清楚。奇琴伊察的鹰和美洲豹平台以该建筑上的鹰和美洲豹图案得名，平台的功能仍有待研究。骷髅

---

[1][2]　Sharer, R. with L. Traxler 2006, *The Ancient Maya*, Stanford: Stanford University Press.

祭祀塔东边广场的美洲豹庙

大球场两侧高墙基座的浮雕,中间跪下的人
即将成为祭祀的牺牲

墙布满了人类头骨的图案,据研究在当时是用来展示战俘头骨之地。建筑群南部的方坛庙,顶部用巨石砌成庙宇,内有巨大的四方形祭坛。不过这一庙宇已经部分坍塌。

玛雅的天文历法成就非常高,有独特的历法,2012 年 12 月的所谓世界末日,是玛雅历法一个周期的结束。历法不仅和农业有关,玛雅的战争、祭祀等重要社会活动都需要根据历法选择适当的时间。因此,观察天象成为玛雅文明中重要的内容,掌握天文历法知识是权力的象征,奇琴伊察的观象庙便是为这一功能服务的建筑。骨灰坛庙则据说保存了一位祭司的骨灰。

不少文献将玛雅的祭祀塔称为金字塔,其实玛雅的祭祀塔与埃及的金字塔功能不同,前者主要用于祭祀,后者主要用作埋葬国王。

平台墙上的鹰和美洲豹浮雕图案

骷髅墙

观象庙

因为功能的不同,两者的建筑结构也非常不一样。前者有阶梯通向塔顶的庙宇,塔顶是主要的功能区;后者的主要功能位于塔中心的墓室,没有通向塔顶的阶梯。若要比较,玛雅的祭祀塔在功能上和两河流域古文明、柬埔寨吴哥的塔形建筑相似,都是为了宗教活动而建造;埃及的金字塔在功能上和中国的帝陵相似,都是为了埋葬帝王而修建的巨大坟墓。不过,柬埔寨的吴哥是允许一般信众登上塔顶的庙宇进行参拜,而玛雅的祭祀塔只允许祭司及其助手登上塔顶进行祭祀活动,一般民众并不能登塔。显然,玛雅古文明的宗教仪式具有更多的政治和社会排他性,更凸显了国王或大祭司至高无上的权威和地位。

作为墨西哥东北部玛雅文明的见证,奇琴伊察建筑群在 1988 年被列为世界文化遗产,后来又被评为新的世界七大奇迹之一。今天,这里是墨西哥最具有吸引力的旅游地，每年有大量的游客到此参观，欣赏古老而独具特色的玛雅宗教、建筑和艺术。

旅游小知识

交通和住宿：

奇琴伊察在尤卡坦半岛城市梅里达的东面，距梅里达大约120公里。从墨西哥城可乘飞机前往梅里达，每天的航班很多。在梅里达有价格不等的酒店可供住宿。当地旅行社经常组织一日游到奇琴伊察参观，在酒店服务台可索取资料。此外在遗址附近也有少量酒店，有些游客会选择在第一天的下午入住酒店，以便在第二天清晨大批游客尚未抵达的时候从容参观这个古代宗教建筑群。

参观：

奇琴伊察的开放时间是每日上午8：00到下午5：00。参观整个建筑遗迹最少需要三个小时。参观时需要带足饮用水和少量食物，因为遗址范围内基本不见购物点。

伊斯坦布尔

若论地理位置的独特，土耳其第一大城市伊斯坦布尔可以说是举世无双。这座城市坐落在地中海北岸博斯普鲁斯海峡（Bosporut Strait）的两岸，是世界上唯一地跨欧亚两大洲的城市，扼守从黑海出地中海的主要通道，战略地位和文化重要性不言而喻。

伊斯坦布尔的位置如此重要，因此自古以来便是兵家必争之地，罗马帝国后期，君士坦丁大帝为了政治的安全起见，330 年将帝国首都从罗马搬到这里，命名为"君士坦丁堡"。罗马帝国分裂之后，东罗马帝国（又称拜占庭帝国）从 395 年到 1453 年灭亡，在长达一千多年的时间定都伊斯坦布尔。10 世纪前后，突厥民族在和穆斯林的交往中接受了伊斯兰教，其中部分成员逐渐从中亚地区向小亚细亚扩张，入侵拜占庭帝国。12 世纪西欧发动的第四次"十字军东征"进一步削弱了拜占庭帝国。1453 年，奥斯曼军队在穆罕默德二世的指挥下攻克君士坦丁堡，并将之变为奥斯曼帝国（1453—1922）的首都。[1] 现代的土耳其共和国在建国初期也曾定都于此，后来才迁到安

---

[1] UNSECO 1985, "Historic Areas of Istanbul", http://whc.unesco.org/en/list/356.

连接欧亚大陆的博斯普鲁斯大桥。
摄于 2005 年 8 月

卡拉。

  两千多年来丰富多元的东西文化交流,以及作为欧亚大陆历史上几个大帝国政治、经济和宗教中心的角色,使伊斯坦布尔拥有很多考古遗迹和堪称人类杰作的历史建筑。在这里可见到来自埃及的方尖碑,来自欧洲的巴洛克式建筑,还有代表性的宗教建筑。拜占庭帝国的宗教是希腊的东正教,而奥斯曼帝国则以伊斯兰教为主要宗教。因此,在伊斯坦布尔可见到不同的宗教建筑,其中又以索菲亚大教堂/清真寺和蓝色清真寺最为著名,两者均是伊斯坦布尔的地标性建筑。

  现存的索菲亚大教堂/清真寺始建于 6 世纪,即拜占庭帝国时期。这座世界著名的建筑,由拜占庭皇帝查士丁尼一世于 532 年下令建造,两位当时的数学家和科学家安特米乌斯(Anthemius)和伊

来自埃及的方尖碑

巴洛克式建筑

斯多鲁斯（Isidorus）设计并主持施工，建筑原料来自帝国内不同地区。教堂的主体结构于537年落成，但内部装饰则到6世纪中后期才完成。这座规模宏大的宗教建筑，平面呈方形，中心是直径107英尺（约33米）的巨大圆拱顶，象征天堂；拱顶距离地面的高度为180英尺。室内有不同层次的窗户采光和通风，在圆拱底部的一排窗口将光线投射入大厅，象征着从天堂投射到人间的圣光。[1] 在世界建筑史中，索菲亚大教堂代表了6世纪的建筑和装饰艺术的精湛水平和工艺，是公认的拜占庭建筑代表作之一，具有独特的历史、科学和审美价值。

从6世纪到15世纪中叶，索菲亚大教堂一直是东正教的重要建

---

[1] Binns, J. 2002, *An Introduction to the Christian Orthodox Churches*, Cambridge:Cambridge University Press.

索菲亚大教堂 / 清真寺和周围的宣礼塔

索菲亚大教堂 / 清真寺正在维修中的圆拱形顶

筑，也是拜占庭帝国进行一系列重要活动如帝王加冕典礼的地点。在漫长的千余年间，索菲亚大教堂曾经历了多次地震、火灾、兵燹等天灾人祸，不同部位的结构都曾受到破坏，又经过多次修复。1453年，奥斯曼帝国的军队攻陷君士坦丁堡，苏丹下令将索菲亚大教堂改为帝国的清真寺。因此索菲亚清真寺也成为伊斯坦布尔最早的皇家清真寺。[1] 寺内有指示伊斯兰教圣城麦加方向的圣龛，供教徒朝拜。今天的土耳其实施政教分离的政策，1935年索菲亚大教堂/清真寺被改成可供游客入内参观的博物馆。

若说索菲亚大教堂/清真寺是拜占庭宗教活动的中心和拜占庭建筑艺术的瑰宝，它对面的蓝色清真寺则是奥斯曼帝国的宗教活动中心和17世纪伊斯兰建筑工艺的集中体现。蓝色清真寺的正式名称是"苏丹艾哈迈德清真寺"，奥斯曼帝国的苏丹艾哈迈德一世于1609年下令建造，1616年完工，因其圆拱和宣礼塔顶部的外表均贴上大量的蓝色瓷片而得名蓝色清真寺。

从建成之后直到现代，蓝色清真寺一直是伊斯坦布尔最重要的宗教建筑，是伊斯兰信徒进行宗教活动的重要场所。历史上的一些重要人物，包括艾哈迈德一世的陵墓也建在蓝色清真寺的周围。不过，与突尼斯的情况不同，土耳其的蓝色清真寺在没有宗教活动的时候是允许游客进内参观的；当然，女性游客进入清真寺范围需要戴上头巾。蓝色清真寺内有巨大的圆柱作为承重，玻璃花窗作为采光和装饰，墙壁和天花上都可见伊斯兰文字和其他纹饰作为装饰图案，色调以蓝色、白色和金色为主，这些都是伊斯兰建筑的艺术和工艺元素。

---

[1] Binns, J. 2002, *An Introduction to the Christian Orthodox Churches*, Cambridge:Cambridge University Press.

蓝色清真寺，位于索菲亚大教堂/清真寺西南

蓝色清真寺内部巨大的柱子、花窗和装饰

蓝色清真寺圆拱形顶的装饰图案细部

从清真寺内部可见蓝色清真寺的大小圆拱下部都有一排小窗户，阳光从这些窗户透进来，一方面解决这座巨大建筑内部采光的问题，另一方面也达到犹如"圣光普照"的宗教效果。

宗教建筑首先要解决采光、通风、容纳人流和营造室内空间的问题；宗教建筑又都具有为宗教服务的功能，包括彰显神的至高无上以吸引和坚定追随者的信仰。基督教、东正教和伊斯兰教的建筑，似乎都着力营造高大舒朗的室内空间，以便容纳更多的信众进行各种宗教活动；同时利用各种建筑技术和工艺，例如圆拱屋顶、拱券形窗户或尖形屋顶和高大的窗户等，将室外的光线引入室内，营造来自"天堂"的圣洁之光，强调神的至高无上，使信众欢喜赞叹，顶礼膜拜。室内的装修图案，如基督教教堂的彩色玻璃和绘画、清真寺内的伊斯兰文字，又具有宣示教义的功能。建筑内部往往使用最好的技术和材料装修得美轮美奂，以彰显神的庄严和神圣，也显示宗教建筑修造者所拥有的财富和社会地位。索菲亚大教堂/清真寺和蓝色清真寺都是宗教建筑的典范。

建筑史学家普遍认为伊斯兰建筑吸收了基督教和东正教拜占庭建筑艺术的某些元素，[1]有伊斯兰学者甚至指出，不应当随便使用"伊斯兰建筑"这个名称，因为伊斯兰文明的建筑吸收了很多其他文明的建筑艺术要素，在各地区各有不同的风格，例如奥斯曼帝国的建筑与伊朗的建筑就不完全相同；而且这些建筑并不一定都具有宗教意义，各类建筑往往是一定历史文化背景下的政治和文化身份认同的宣示，因此并没有一种单一的、跨越时空的"伊斯兰建筑"。[2]若将蓝色清真寺和索菲亚大教堂/清真寺比较，便可见此言不虚。索菲亚大教堂/清真寺最有特色的是巨大的圆拱，蓝色清真寺则使用了更多层次、大小不同的圆拱作为建筑的主要元素，包括一个主要的圆拱和八个次级圆拱。蓝色清真寺圆拱下面的一排券顶窗户也见于索菲亚大教堂/清真寺。

拱券结构在距今6000年左右便出现于两河流域。圆拱形或穹隆形的建筑工艺技术，早在距今3000多年地中海的迈锡尼文明中就已经出现。"考古遗址篇"中介绍的迈锡尼遗址，其"阿伽门农墓"便已经有近似穹隆形的墓顶。古希腊建筑中这类建筑元素较罕见，但在古罗马建筑中则颇为常见。现存的古罗马建筑，如意大利

---

[1] Fazio, Michael, M. Moffett and L. Wodehouse 2014, *Buildings Across Time*, Boston: McGraw-Hill Higher Education.

[2] Alami, M. H. 2010, *Art and Architecture in the Islamic Tradition: Aesthetics, Politics and Desire in Early Islam*, London: GBR.

罗马的斗兽场，便有大量的拱券结构。圆拱形屋顶也是在古罗马时代出现的，并一直延续到拜占庭建筑中；也有人认为圆拱可能是波斯人发明的。[1]

无论是谁发明了圆拱和拱券技术，一个不争的事实是，圆拱能够使建筑的室内空间高度和跨度明显增加，更便于建造大规模的公共建筑如宗教寺庙、宫殿等。因此，圆拱在东西方的建筑中都颇为常见，东方的如本书介绍的两座清真寺、俄罗斯的东正教教堂等，都是利用圆拱营造巨大的建筑空间；西方的圆拱和拱券则见于罗马式、文艺复兴和巴洛克时代的建筑。梵蒂冈的圣彼得大教堂就有一个巨大的圆拱形顶，其下端同样也是一排窗口。在这个意义上说，伊斯坦布尔的两座地标性宗教建筑，不仅传承了拜占庭建筑的元素，更传承了迈锡尼和古罗马建筑的元素。通过欣赏这两座建筑及其文化传承，使我们认识到人类社会不同文明、不同文化之间是如何互相影响、互相吸收并不断创新，即使是群体之间的冲突和战争，也可以成为不同文明之间交流和互相影响的渠道。世界上没有什么文化是完全不受其他文化影响而发展的，因此，歧视其他文化是毫无道理的。这正是我们今天欣赏世界各地不同文化遗产的目的之一。

旅游小知识

交通：

世界各大航空公司都有航班前往伊斯坦布尔。伊斯坦布尔市内的公共交通也比较方便，两座宗教建筑位于伊斯坦布尔历史城区内，

---

[1] Fazio, Michael, M. Moffett and L. Wodehouse 2014, *Buildings Across Time*, Boston: McGraw-Hill Higher Education.

地铁 T1 线可直接抵达。

住宿：

伊斯坦布尔市内大小酒店宾馆甚多，不过在夏季最好还是预先订好酒店。

参观：

索菲亚大教堂/清真寺虽然现在已经不是清真寺，但入内参观最好遵循当地规则，如女性戴上头巾包裹头发，不要穿暴露的衣服等。蓝色清真寺现在仍然是穆斯林宗教建筑，虽然在没有宗教活动的时候允许非穆斯林进入参观，但游客更需要严格遵循进入清真寺的规则，不论男女都要在门口脱下鞋子，衣服不要暴露，女性要戴头巾，以表示对当地宗教和文化的尊重。

恐怖袭击成为近年中东、欧洲地区的问题之一，游客千万要注意安全。

科尔多瓦大清真寺 / 大教堂

在许多人的心目中，伊斯兰清真寺和天主教 / 基督教的大教堂是两种截然不同的宗教建筑，泾渭分明，绝不相容。我一度也是这样认为的。但西班牙的科尔多瓦大清真寺 / 大教堂却让我大开眼界，认识到世界上的文化是如此丰富多彩，清真寺和大教堂这两种风格不同的建筑是可以共存的。

科尔多瓦（Cordoba）是西班牙南部安达卢西亚自治区科尔多瓦省的省会。至迟到公元前 3 世纪，科尔多瓦就已经是个繁荣的小镇。公元前 206 年，罗马人占领了科尔多瓦，认识到这个小镇的商业和战略价值，开始在这里大兴土木，建造各种公共设施。科尔多瓦城至今还保留着部分古罗马时代建筑的城墙。西罗马帝国衰落后，科尔多瓦曾一度被哥特人占据。从 8 世纪到 13 世纪，信奉穆斯林的北非摩尔人和信奉天主教的欧洲政权在西班牙和葡萄牙所在的伊比利亚地区反复争夺领土和人民。8 世纪初期，摩尔人控制了西班牙地区并在科尔多瓦建都，兴建了大约 300 座清真寺，以及大量的宫殿和公共建筑，以便使科尔多瓦成为和君士坦丁堡、大马士革和巴格达匹敌的大城市。785 年，摩尔统治者拉赫曼一世下令建造大清真寺。根据 20 世

从瓜达尔基维尔河（Guadalquivir）对岸远眺
科尔多瓦大清真寺/大教堂。摄于2010年7月

纪30年代的考古发现，大清真寺所在地原来是一个罗马神庙，后来，哥特人在原址又曾修建过基督教教堂。拉赫曼一世从基督徒手中买下这块地皮，拆毁教堂，建造大清真寺。[1]

拉赫曼一世来自叙利亚，在设计科尔多瓦大清真寺的时候，他要求这座清真寺的方向要和大马士革大清真寺的方向一致。科尔多瓦大清真寺平面为正方形，边长79米，中间用围墙分隔为庭院部分和寺庙部分，外墙有多个入口，每个入口均有丰富的伊斯兰风格装饰图案，包括色彩和风格多变的拱券，后者在这里不仅是承重结构，而且也是装饰的主题。寺内建筑大量使用拱券和支柱，包括希腊的科林斯柱式。有些学者认为，这些建筑元素使得科尔多瓦大清真寺明显带有

---

[1] UNESCO 1994, "Historic Centre of Cordoba", http://whc.unesco.org/en/list/313.

希腊式风格。[1]

伊斯兰建筑使用的拱券，最早见于6000年前的两河流域，罗马建筑更经常使用拱券。希腊建筑的各种柱式，在罗马、拜占庭、伊斯兰建筑中也不断发展、变化。[2] 在科尔多瓦大清真寺拱券柱廊所见的科林斯柱式，再次见证了古代人类文化的互相借鉴和影响。

拉赫曼一世于788年去世，未能见到大清真寺的竣工。他的儿子和之后继位的数位西班牙摩尔政权统治者，持续投入可观的资源来建设这座清真寺。785年动工，经过一系列的扩建和装修工程，直到1009年前后才完全建成，历时两百多年。[3] 尽管基本的拱券柱廊结构一直延续使用，但大清真寺里出现了不同时代、不同形状风格的圆拱形顶，拱券结构也从早期的罗马式红白弧形砖拱发展到后来出现交错重叠的拱券。简言之，科尔多瓦大清真寺展示了西班牙南部地区从8世纪到11世纪的两百多年间，伊斯兰建筑在技术、工艺、装饰风格和图案各方面的发展轨迹。

大清真寺内有850根柱子，柱式的风格也相当多样。每根柱子高3米，支撑着一系列连续的弧形双层拱券。据说拱券结构的灵感和白色、红色相间的结构，均来自古罗马建筑。[4] 这一砖拱柱廊结构为清真寺提供了宽阔、深邃而疏朗的室内空间，足以容纳大量信众。大清真寺也突出了宗教建筑的特色，寺内指示圣城麦加方向的圣龛、作为天堂象征的圆拱形顶等，都以典型的伊斯兰建筑元素加以装饰，如重用蓝色、白色或金色，透雕几何或卷草图案，用阿拉伯文字作为装

---

[1][3][4]　Cumplido, M.N. 2010, *The Mosque-Cathedral of Cordoba*, Cordoba: Escudo de Oro.

[2]　Fazio, Michael, M. Moffett and L. Wodehouse 2014, *Buildings Across Time*, Boston: McGraw-Hill Higher Education.

科尔多瓦大清真寺 / 大教堂围墙上伊斯兰风格的入口

饰等,整体效果极其富丽堂皇。因此,科尔多瓦大清真寺是伊斯兰建筑的杰出范例,并且影响到欧洲其他地方的清真寺。

  8—10世纪是伊比利亚半岛伊斯兰王国的全盛时期。阿拉伯人带来新的农业技术和新的农产品橙、桃、枣、棉花等,农业经济得以进一步发展。历代摩尔的统治者"哈里发"都鼓励学术发展,包括收集和翻译古希腊的哲学、医学和数学文献,并支持科学技术的发展。10世纪,科尔多瓦的哈里发朝廷富有而博学,惹得欧洲的基督教国王们心生妒忌。[1]

---

[1] Anderson, J. M. 2000, *History of Portugal*, Westport, USA: Greenwood Press.

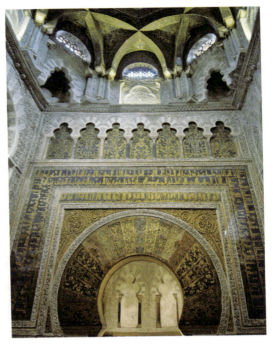

圣龛，指示圣城麦加的方向

　　11世纪，科尔多瓦的伊斯兰政权开始衰落。1236年，信奉天主教的西班牙卡斯蒂利亚国王费迪南三世（Ferdinand Ⅲ）攻占科尔多瓦，下令将科尔多瓦大清真寺改建为供奉天主教圣母玛利亚的大教堂。在伊比利亚半岛，天主教政权正节节取胜。当天主教政权取得对一个城市的控制权时，便往往下令将清真寺改建为教堂。但十分难能可贵的是，当时科尔多瓦的政治人物和天主教的大主教能够跨越宗教藩篱，高度欣赏科尔多瓦大清真寺的建筑科学和艺术价值，大清真寺因而得以幸存下来。[1] 尽管经过后期的改建，今天的科尔多瓦大清真

---

[1] Cumplido, M.N. 2010, *The Mosque–Cathedral of Cordoba*, Cordoba: Escudo de Oro.

寺仍保留了很多精美独特的伊斯兰建筑艺术和风格，包括装饰风格多样的入口、恢宏壮观或精雕细琢的圆拱形顶、富丽堂皇的圣龛等。

据我观察，天主教或基督教的教堂平面通常是长方形或十字架形，有一个主要入口，信众由此进入教堂，沿着长长的中央走道步向教堂后方的祭坛前进行膜拜。走道两旁是供信众使用的椅子和供忏悔的小告解室，较大规模的教堂还有圣徒神龛、名人墓葬、雕塑、向两翼延伸的小教堂等。从哥特式、文艺复兴式到巴洛克式教堂都强调建构高大疏朗采光良好的室内空间，以彰显教堂是神的殿堂，并将信众的目光引向天空。清真寺的平面布局多为方形或近似方形，较大的清真寺往往包括了寺庙和庙外的庭院，有围墙环绕整个建筑，召唤信众的宣礼塔建于围墙之间或寺庙外围。围墙上往往有很多入口，方便信众从不同的方向进入庭院和寺庙；寺外往往有一圈拱廊开向庭院，方便信众在这里做进入寺内礼拜的准备。有些清真寺内用圆拱形顶营造高大疏朗的室内空间，如土耳其伊斯坦布尔的索菲亚大教堂/清真寺和蓝色清真寺；但也有些清真寺使用木板天花制作较为平面的室内空间，而将寺内建筑和装饰的重点放在圣龛及邻近的空间，如突尼斯凯鲁万的大清真寺。科尔多瓦大清真寺则似乎兼有多个不同风格的圆拱形顶和木板平顶天花，装饰工艺和技术比凯鲁万大清真寺要复杂和豪华得多。

1239年，科尔多瓦大清真寺开始改建为大教堂，但基本格局仍保留了下来。大清真寺外墙的宣礼塔改建为大教堂的钟楼。大教堂西边的围墙保留了多个大清真寺原来的入口，仍保存着伊斯兰风格的装饰。清真寺原来开向庭院的拱廊被封闭起来，但从庭院进入大清真寺的主要入口保留下来成为大教堂的入口。大教堂内的主祭坛建于17世纪，完全是欧洲天主教堂的风格，极其富丽工巧。教堂内到处可见非常华丽的天花、圆拱形顶和金碧辉煌的神龛等，但大清真寺原来的

建于 17 世纪的大教堂主祭坛及其富丽堂皇极尽工巧的天花

大教堂内另一装饰繁缛的天花

各种拱券、柱廊、木板天花、圆拱形顶、圣龛等主要结构大部分都保留下来，有些地方加建了天主教的神龛和欧洲风格的建筑元素。整个改建工程也是渐进式的，从13世纪一直持续到19世纪，因此科尔多瓦大教堂包含了欧洲哥特式、文艺复兴式和巴洛克式的建筑元素。[1]

改建后的科尔多瓦大教堂主要用作天主教的宗教活动，直至今天。始建于1300多年前的科尔多瓦大清真寺/大教堂，是西班牙现存最古老的、仍在使用的建筑之一，更是非常独特的伊斯兰和天主教宗教建筑，成为当地多元宗教文化的珍贵见证，并且于1984年被列入了世界文化遗产名录。后来，鉴于大清真寺/大教堂周围还有很多重要的历史建筑和公共设施，包括位于瓜达尔基维尔河上的罗马石桥，大清真寺/大教堂北部的古老商业中心，用作抵抗摩尔人的基督

---

[1]　UNESCO 1994, "Historic Centre of Cordoba",http://whc.unesco.org/en/list/313.

伊斯兰式拱廊上后加的西欧风格墙壁和天窗

伊斯兰式拱廊和巴洛克式神龛共存

教国王城堡和始建于中世纪的高塔要塞，多个重要的教堂，以及 15 世纪以前生活在当地的犹太人街区等，共同展示了科尔多瓦的多元文化和多元族群历史，因此，联合国教科文组织于 1993 年将世界文化遗产的范围扩展到整个科尔多瓦历史城区。[1]

  来自不同文化背景的人，在参观和欣赏科尔多瓦大清真寺／大教堂的时候也许有完全不同的感受。但科尔多瓦大清真寺／大教堂所带出的一个重要信息是：不同的文化之间有很多相似和互相影响的因素；人类文化总有很多相通之处，包括对美丽事物的认同和欣赏，以及保存人类杰作的愿望，即使这些杰作并非来自自己的文化。在冲突

---

[1] UNESCO 1994, "Historic Centre of Cordoba", http://whc.unesco.org/en/list/313.

不断的现代社会，科尔多瓦大清真寺/大教堂所蕴含的文化宽容和文化共存的理念，是值得人类珍惜和追求的普世价值观。

旅游小知识

交通和住宿：

从西班牙首都马德里到科尔多瓦最方便的是乘高速火车，车程不到两个小时，单程车票70欧元。具体时间表可见欧洲铁路网页 www.raileurope.com。从科尔多瓦可继续南下到塞维利亚地区，然后再返回马德里，从那里可向东到巴塞罗那，向北到毕尔包。科尔多瓦城内酒店很多，丰俭宜人，从五星级酒店到青年旅舍都有，具体信息可见网页 http://english.turismodecordoba.org。

参观：

除了大清真寺/大教堂外，科尔多瓦可参观的历史文化遗产景点还很多，如罗马石桥、基督教国王城堡、高塔要塞、始建于中世纪的修道院等，只看大清真寺/大教堂的话，需要两三个小时，但最好有导游带领参观。

托马尔基督修道院

葡萄牙中部古城托马尔（Tomar）有一座中世纪城堡内的基督修道院，它不仅是一座重要的天主教宗教建筑，而且是一座具有历史意义的建筑。它见证了基督教文化与伊斯兰文化在伊比利亚半岛的交流和冲突，是葡萄牙基督骑士团历史的重要内容。修道院内的小教堂风格独特，不仅是葡萄牙而且是全欧洲最具特色的宗教建筑之一。

从711年到15世纪这七百多年间，来自北非、信奉伊斯兰教的摩尔人与信奉基督教[1]的南欧地区政治军事力量反复争夺当地的统治权。8—11世纪，摩尔人在伊比利亚半岛建立了多个伊斯兰政权，但信奉基督教的欧洲政权不断反击，双方的冲突持续，而机动灵活的骑兵在这旷日持久的战争中成为重要的军事力量。在中世纪的伊比利亚半岛，国王和贵族都拥有大量的骑士，这些骑士很多本身就是贵族。教皇也拥有属于他们的军事组织骑士团，打击伊斯兰军事力量，保卫和扩大属于基督教政权的领地和人民。其中，圣殿骑士团是当时欧洲的三大骑士团之一，始建于1099年，最初的成员主要是法国骑士，

---

[1] 基督教（Christianity, Christian）在这里是泛称，并未区分天主教、新教等不同教派。

托马尔城的中心广场和教堂。摄于 2010 年 6 月

成立的目标是保护前往中东地区耶路撒冷的基督教朝圣者。因为该骑士团首领最早驻扎在耶路撒冷的阿克萨（al-Aqsa）清真寺一角，据说那里是所罗门王神殿的旧址，故得名为圣殿骑士团。1129 年，圣殿骑士团得到教皇的正式支持，直接听命于教皇，成为"十字军东征"的重要军事力量之一，政治、军事和经济影响力迅速发展，包括发展银行业，发展和控制海上贸易等。骑士团的成员后来来自欧洲各地，又到处兴建堡垒、要塞和其他建筑，因此甚至发展出骑士团的建筑风格。托马尔修道院的小教堂就被视为圣殿骑士团风格的建筑。[1]

---

[1] Anderson, J. M. 2000, *History of Portugal*, Westport, USA: Greenwood Press；Hagg, M. 2009, *Templars: History and Myth: From Solomon's Temple to the Freemasons*, Profile Books; ICOMOS 1983,"Evaluation", http://whc.unesco.org/archive/advisory_body_evaluation/265.pdf.

从 12 世纪开始,信奉基督教的南欧国王持续向摩尔人发动军事反击,史称"再征服",最终夺回对整个伊比利亚半岛的统治。在这个过程中,出身于法国勃艮第贵族的阿方索·恩里克斯率领军队战胜摩尔人,1139 年成为葡萄牙国王阿方索一世,并于 1179 年得到教皇认可为葡萄牙国王。骑士团在这个"再征服"过程中发挥了重要的作用,阿方索一世对伊斯兰的战斗中就借助了圣殿骑士团的军力。而骑士团在此过程中也获得了土地与财富,并将土地租给农民,以地租收入供养骑士。[1]

中世纪葡萄牙的天主教集团享有巨大的权力和财富,教会组织(包括骑士团)免交赋税,并从国王和贵族那里收到大量的捐赠。圣殿骑士团通过其银行业和贸易活动更积累了巨大的财富,以致引起囊中羞涩的法国国王腓力四世(Philippe Ⅳ)的垂涎。1307 年 10 月 13 日星期五,法国国王腓力四世在全国同时逮捕、囚禁、屠杀圣殿骑士团成员,以掠夺骑士团的财产。1312 年,腓力四世要求罗马教皇克雷芒五世下令解散圣殿骑士团,后者迫于压力只有照办。[2]

圣殿骑士团在法国、葡萄牙、西班牙等地皆有分团。葡萄牙国王迪尼斯向教皇建议在葡萄牙成立新的骑士团。1319 年,葡萄牙基督骑士团在原来的葡萄牙圣殿骑士团基础上成立,继承了圣殿骑士团在当地的财产,包括作为骑士团葡萄牙总部的托马尔修道院。新成立的基督骑士团主要驻守在葡萄牙南部,不再直接听命于教皇,而听命于葡萄牙国王,对抗伊斯兰或西班牙可能的入侵。葡萄牙的王室成员成为该骑士团的成员甚至首脑,如曼努埃尔一世和葡萄牙的一些国王

---

[1] Anderson, J. M. 2000, *History of Portugal*, Westport, USA: Greenwood Press.
[2] 同 [1]; Hagg, M. 2009, *Templars: History and Myth: From Solomon's Temple to the Freemasons*, Profile Books.

托马尔修道院的围墙和碉楼

托马尔修道院的主要入口和城堡

始建于1160年的圣殿骑士团小教堂,
拱形入口则建于16世纪

就曾经担任葡萄牙基督骑士团的"大团长"。葡萄牙王室借助骑士团的财富和人力来推行葡萄牙的海外探险,而骑士团也通过参与15世纪葡萄牙的海外探险获得了巨大的财富和土地。发现从非洲到印度航线的葡萄牙人达·伽马(Vasco de Gama)就是葡萄牙基督骑士团的成员。到15世纪末期,葡萄牙基督骑士团已经在印度、非洲和葡萄牙本土拥有454个领地,在15—18世纪地理大发现和殖民主义过程中积累了更多的财富和力量。不过,随着中世纪的结束和宗教力量在欧洲影响力的下降,葡萄牙基督骑士团也开始走向衰落。1789年,骑士团被世俗化;1834年,在反教会运动中,基督骑士团丧失了他们所拥有的一切。今天,骑士团(勋章)只是作为一种国家荣誉颁发给对社会有贡献的人士。[1]

圣殿骑士团和后来的基督骑士团在葡萄牙最早和最主要的大本营就是托马尔基督修道院。修道院的建筑群包括围墙、碉楼、城堡、教堂、修士宿舍、墓地等。整个托马尔修道院的平面大致呈不规则的长方形,周边有围墙和碉楼环绕。主要入口在西南面,入口的东侧就是城堡。城堡内有建于12世纪的圆形小教堂,还有供骑士住宿的房屋。城堡内原来还有另外一个教堂,不过现在已经成为废墟。城堡的北边有一座长方形、建于16世纪的教堂,和始建于12世纪的圆形小教堂相连。除了教堂和城堡之外,修道院内还有8座修道院的分院和宿舍,还有小图书馆、厨房等,分别建于不同时期。

托马尔修道院,包括修道院内的小教堂,均始建于1160年,由圣殿骑士团的建筑师帕伊斯(Gualdim Paes)主持兴建。这位建筑师曾经在耶路撒冷居留了5年,而葡萄牙在9—12世纪又是由北非摩尔人

---

[1] Anderson, J. M. 2000, *History of Portugal*, Westport, USA: Greenwood Press.

统治，因此，托马尔修道院最早的建筑吸收了这一时期伊斯兰建筑和中东地区建筑的某些因素，如向内倾斜的城堡围墙，圆形的碉楼，多角圆形的小教堂等。在设计小教堂的时候，帕伊斯采用了源自耶路撒冷基督圣墓教堂的圆形平面结构。[1]因此，托马尔小教堂的外层平面是十六角圆形，教堂中心的神龛是八角圆形，由八组高耸的罗马式圆柱围成，向顶部延伸形成多棱的天花。基督和圣母的雕塑就位于其中两组圆柱上。这座教堂给人的感觉有点像一朵巨大的花，其花枝就是教堂中心的八角形结构，延伸到天花犹如八瓣展开的花瓣，再与外圈墙壁上的屏板衔接。这样的结构在欧洲的教堂中的确是比较独特的。

圆形教堂建筑当然不仅见于托马尔，但托马尔小教堂是年代比较古老、又是由圣殿骑士团修建的多角圆形教堂，类似的建筑在欧洲已经比较少见。到了15—16世纪，身兼骑士团首领的曼努埃尔一世下令在小教堂东部打开通道，加建了后来的长方形教堂。托马尔小教堂现存富丽堂皇的内部装饰主要也是16世纪的作品。整体说来，小教堂既有中世纪罗马式和哥特式的风格，又带有摩尔式和拜占庭式建筑的因素；反映了圣殿骑士团起源于耶路撒冷的历史，见证了中世纪中东与南欧文化的交流和互相影响，以及十五六世纪葡萄牙在"地理大发现"中所扮演的角色。再加上托马尔修道院作为圣殿骑士团葡萄牙总部所具有的独特历史价值，因此，联合国教科文组织于1983年将托马尔修道院建筑群列入了世界文化遗产名录。[2]

小教堂的面积不大，无法容纳很多信众，但这与小教堂原来的功能吻合，因为骑士团的小教堂本来就是只供团内的成员使用，并不

---

[1][2] ICOMOS 1983, "Evaluation", http://whc.unesco.org/archive/advisory_body_evaluation/265.pdf.

小教堂八角形中心和天花的装饰

建于 16 世纪的曼努埃尔式教堂

曼努埃尔式圆窗

对公众开放。16世纪加建的曼努埃尔式教堂明显增加了整个教堂的空间。曼努埃尔一世和另一位葡萄牙国王若昂三世（Joao Ⅲ）均曾下令在托马尔修道院兴建了一些新的建筑，如新的分院和上文提到的教堂等。曼努埃尔一世时期加建的教堂，其外墙的圆窗和方窗是典型的曼努埃尔式建筑，吸收了中世纪哥特式和北非摩尔人的因素，又带有16世纪航海王国葡萄牙文化的因素，使用绳索、贝壳、海藻等作为装饰主题。托马尔16世纪所建教堂的这两扇窗户因此成为曼努埃尔式建筑的典型范例之一。[1]

---

[1] ICOMOS 1983,"Evaluation", http://whc.unesco.org/archive/advisory_body_evaluation/265.pdf.

曼努埃尔式方窗

纵观托马尔基督修道院的历史，其早期建筑是伊比利亚半岛基督教和伊斯兰教文明冲突和交流互动的产物，又是欧洲中世纪三大骑士团之一圣殿骑士团及其葡萄牙后继者基督骑士团的历史见证。托马尔修道院从作为圣殿骑士团总部，到作为葡萄牙基督骑士团总部的演变，见证了欧洲宗教骑士团"世俗化"的过程，即从为教皇服务的军事力量，变成为国王服务的军事力量；骑士团不再是跨国的、超然于王权之上的宗教武装力量，而成为受王权指挥的军事力量。这是一个在欧洲历史上相当重要的转变，而托马尔基督修道院正是这样一个历史过程的物质见证。最后，托马尔16世纪的教堂展示了葡萄牙当年作为"海上王国"的航海文化对其建筑风格的影响。在托马尔基督修道院不同时期的建筑中，我们见到来自中东、北非和欧洲文化因素的交融汇合，再次说明，战争和冲突的过程，也可以是人类文化的一种交流过程。当然这绝对不是说要鼓励战争，只是从多方面分析战争对人类文化的影响。

旅游小知识

交通和住宿：

托马尔位于葡萄牙首都里斯本东北130多公里，从里斯本有火车直达，车程大约两个小时。从里斯本也有长途汽车到托马尔，车程不到两个小时。公共汽车站停在城外，而且不见出租车，要步行一段卵石路入城，所以不要携带太多行李。不过托马尔城内有公共汽车。城内有酒店可供住宿，可在可靠的网站预订。

参观：

修道院位于托马尔城附近的山上，要步行一段山路，需三四十分钟，最好穿可爬山的衣履。参观修道院整个建筑群需要最少三四个小时。该修道院现在是博物馆，开放时间是每年10月到次年5月，上午9：00到下午5：30（5：00停止入场）；每年6月到9月，上午9：00到下午6：30（6：00后停止入场）。圣诞及新年闭馆。馆内有食物出售。

除了修道院之外，托马尔古城也保留了不少中世纪到18世纪的历史建筑，值得参观。古城中心广场的教堂建于15世纪，里面有16世纪的绘画。古城的中心广场有游客中心，游客可到该处获取地图和最新信息。

维斯教堂

读欧洲艺术史、建筑史的时候，常常见到关于巴洛克、洛可可风格的描述甚至批评，对于洛可可风格的某些批评尤其严厉，认为其"繁缛雕饰"，是一种奢靡颓废的艺术风格。但洛可可风格的建筑到底如何，总需要有些典型的例子让大家"眼见为实"，然后才好发表意见。

德国上巴伐利亚施泰因加登（Steingaden）小镇维斯村的维斯教堂（Die Wieskirche），便是一座典型的洛可可风格建筑。这座教堂建于1745—1757年，[1] 经过两百多年沧桑，历经两次世界大战，却奇迹般地保存完好，至今仍安静地矗立在维斯村的青葱草地之间，每年吸引数量可观的世界各地天主教信众和游客。

根据艺术史研究，洛可可风格的艺术是从巴洛克发展而来，因此有人也称洛可可为"晚期巴洛克"风格。巴洛克艺术大约在17—18世纪初期始于罗马，首先受到天主教的推崇，其特色是用艺术雕像和装饰强调宗教主题和人物，彰显天主教的力量，以便对抗新教的兴起，这一风格后来逐渐流行于欧洲各地。洛可可艺术在18世纪初

---

[1] Pornbacher, H. 1993, *DIE WIES*, Regensburg, Germany: Erhardi Druck GmbH.

维斯教堂外观。摄于 2005 年 4 月

期兴起于法国,受到法国王室的推崇,其风格轻松,更强调装饰的细节和繁复,后来逐渐流行于欧洲各地。有人认为两者均重视装饰和细节,但巴洛克风格较为厚重,偏男性化;洛可可风格则较为轻松,趋于女性化。巴洛克和洛可可风格均影响到当时欧洲的绘画、建筑、音乐和文学艺术等领域。就建筑而言,巴洛克建筑大量使用立柱、雕像和雕饰来装饰建筑的立面和室内空间,加上光和影的效果,营造出立体感强烈、壮丽辉煌的风格。洛可可建筑则常用柔和的线条,装饰常使用白色、粉红色、金色,贝壳、藤蔓、花朵是经常出现的装饰图案,用以营造柔美而富丽工巧的风格。[1]

---

[1] Fazio, Michael, M. Moffett and L. Wodehouse 2014, *Buildings Across Time*, Boston: McGraw-Hill Higher Education.

维斯教堂从内到外都可以说是充分体现了洛可可建筑的特色。教堂外部完全没有哥特式建筑那些高耸入云的尖顶和拱券，代之以线条柔和的钟楼，圆弧顶的外墙长窗，以及教堂入口两侧对称的白色和金色的纤长立柱。这种立柱纤细，加上它的位置和结构，显示其主要功能是装饰而不是承重。进入教堂内部，第一感觉就是满眼的白色、金黄色和粉红色，从祭坛、主神龛、讲道坛、管风琴，到描述天堂的天顶壁画，莫不以这三种颜色为主，连圣徒雕像都涂上白、金两色。再细看时，到处都是贝壳、花朵、藤蔓等装饰图案，从祭坛、神龛、讲道坛、梁柱、天花到管风琴，不仅是无处不在，而且是重叠堆砌。维斯教堂那具用白色和金色蔓草花朵纹饰装饰得炫目富丽的管风琴，在我所见过的数以百计欧洲风格教堂管风琴中也是独一无二的。这座教堂果真是名不虚传的典型洛可可风格建筑，无怪乎要被列入欧洲乃至世界建筑史教材之中了。

维斯教堂的建筑师多米尼库斯·齐默尔曼（Dominikus Zimmermann，1685—1766）是18世纪德国南部一位相当著名的建筑师和室内装修师；他的哥哥约翰·齐默尔曼（1680—1758）是建筑师和巴伐利亚选帝侯的宫廷画师，两人合作修建了不少重要建筑，而且几乎都是洛可可风格。维斯教堂是多米尼库斯最后的代表作。1745年，60岁的多米尼库斯应邀到维斯主持这座教堂的兴建。他的哥哥、儿子和侄子都直接参与了维斯教堂的绘画、粉饰等室内装修工作。维斯教堂内的绘画由约翰主持，并且大部分由他亲自完成。1754年，维斯教堂的基本建筑完成。同年，多米尼库斯搬到维斯教堂附近居住。1766年去世。[1]

---

[1] Pornbacher, H. 1993, *DIE WIES*, Regensburg, Germany: Erhardi Druck GmbH.

维斯教堂内部

天顶壁画

管风琴

多米尼库斯对教堂的设计是很费了心思的。教堂室内的采光主要来自教堂两侧的长方形窗户。建筑师通过采用白色、金色作为室内装修的主色，使来自窗户的自然光在室内互相折射、互相辉映，让整个教堂内部明亮辉煌，完全没有很多教堂内黑暗阴沉的感觉。不仅如此，室内装饰颜色的使用也具有宗教意义。维斯教堂内部装饰除了白色和金色之外，也常见蓝色、绿色和（粉）红色，而后三种颜色象征着天主教的三种美德：坚信、希望和爱（慈悲）。作为一个供朝圣的教堂，维斯教堂的朝圣对象是木雕"哭泣的耶稣"像。多米尼库斯设计了一个装饰极尽富丽繁缛的主神龛将之供奉起来，使之与其他神龛、神像判然有别。最后，洛可可艺术强调轻松愉悦，即使在教堂进行宗教活动也希望是一个轻松享受的过程。据说这也是他设计维斯教堂建筑和室内装修时的理念。[1]

艺术审美是很个性化的,是否欣赏洛可可艺术完全是个人的品位问题,但不能不承认维斯教堂所展示的洛可可艺术,的确有其令人印象深刻的独特风格和成功之处。我到过的许多文艺复兴式或哥特式教堂,即使有大量天窗,室内往往是暗沉的,多少令人感到压抑——当然也可以说这增加了教堂的庄严肃穆。多米尼库斯成功地将建筑设计和室内装饰结合起来,将自然光和装修色彩结合起来,既解决了教堂室内采光的问题,使维斯教堂满室明亮;同时又达到内部装饰的目的,使教堂独具特色。

一所教堂的内部环境和氛围应当如何,是偏于暗沉凝重还是偏于明亮富丽,这恐怕不仅仅是艺术审美的问题,而且是神学的问题:信众到教堂进行宗教活动,到底应该是一种庄严虔诚的体验,还是一种愉悦享受的过程?不同派别的神学者有不同的观点,不同宗教信仰和不同艺术流派的建筑师也是根据他们的理念来设计、建造和装修教堂,营造出不同的内部氛围。而不同设计、不同风格的教堂,会在不知不觉中影响信众在教堂进行宗教活动时的体验和经历,进一步甚至影响到信众的神学理念、行为和价值观。因此,教堂作为一种宗教性的公共建筑,以及信众到教堂参与宗教活动的过程,其实是每个个体接受社会教化的过程。

建造这样一座教堂,所费必然不菲。18 世纪的施泰因加登只是一个乡村小镇。是什么因素导致当时当地的政府和宗教团体花如许人力物力来兴建这样一座大师级的巴伐利亚洛可可风格宗教建筑?这仍然要归结于宗教的力量。据当地的传说,1730 年,当地教士将一个

---

[1] Pornbacher,H. 1993, *DIE WIES*, Regensburg, Germany: Erhardi Druck GmbH.

木雕的耶稣披枷戴锁受难像供奉在施泰因加登,以便信众在星期五的宗教活动中加以膜拜。1736年,这个雕像不再用于星期五的活动,并且在1738年5月4日辗转送到一个住在维斯的农妇玛丽亚·罗莉(Maria Lori)手中。就在这年6月14日,玛丽亚·罗莉在耶稣雕像的脸上看到水滴,她宣称这是眼泪。此消息一传开,附近的信众纷纷到罗莉的家来朝圣。后来,德国其他地区,甚至远至奥地利、波希米亚和意大利的信众也闻风而来,人数过万。为了应付如此庞大的人流和殷切的需求,当地社区和宗教团体决定修建一座教堂来供奉这座"哭泣的耶稣"雕像。[1] 最早建造的教堂规模很小,很快就需要加建。1743年,当地宗教团体决定建一座规模更大的教堂,以便满足朝圣者的需要,并且请多米尼库斯·齐默尔曼作为该工程的主持人。1745年,多米尼库斯来到维斯,教堂正式动工。1754年,基本建筑完成。1756—1757年,附属神龛、管风琴和所有装修工作全部完成,"哭泣的耶稣"雕像从此一直供奉在维斯教堂祭坛后方的主神龛内。这一年,主建筑师多米尼库斯还在教堂中留下了一幅感恩教堂完工的奉献匾额。[2]

维斯教堂后来也经过了一系列的维修和翻新工程,包括1904—1905年和1980—1990年的两次大规模维修。游客今天看到的维斯教堂与两百多年前的维斯教堂,在某些细节上未必完全一样,但基本结构、室内装修风格仍完好地保存下来。[3] 换言之,维斯教堂这座历史建筑具有相当高的完整性和原真性。

作为欧洲洛可可艺术的典型建筑之一,维斯教堂凝聚了18世纪德国南部地区建筑师、室内装修师和画家的创意和辛劳,是一个时代

---

[1]-[3] Pornbacher, H. 1993, *DIE WIES*, Regensburg, Germany: Erhardi Druck GmbH.

主神龛，祭坛后的雕像便是"哭泣的耶稣"

一种独特艺术风格的物质见证。因此，联合国教科文组织于1983年将维斯教堂列入了世界文化遗产名录。[1]

旅游小知识

交通和住宿：

维斯靠近德国南部的菲森，从菲森有公共汽车直达维斯教堂，单程需时约45分钟。建议住在菲森，到当地的游客中心询问最新的公共汽车路线和时间。菲森有不同档次的酒店可供选择，可在较可靠的网站上预订。

游客可以从法兰克福或者慕尼黑乘火车到菲森，但需要在奥格斯堡火车站转车，全程需要五六个小时。也可以从法兰克福或慕尼黑机场进入德国，然后乘坐"浪漫之路"长途汽车沿途观光，最后抵达菲森。

参观：

教堂在没有宗教活动的时候对公众开放，游客可自行入内参观。建议避开星期天上午，因为这是教堂进行宗教活动的时间。为稳妥起见，到菲森后应到当地游客中心了解最新资讯。视乎游客对洛可可艺术的兴趣，参观教堂需要一两个小时。如果从菲森出发乘公共汽车到维斯教堂再返回菲森，有大半天的时间足够了，沿途可以观赏阿尔卑斯山脚下的田园风光。

---

[1] UNESCO 1983, "Pilgrimage Church of Wies", http://whc.unesco.org/en/list/271.

阿旃陀和艾罗拉石窟寺

位于西亚和东亚之间的印度地区,有悠久的史前文化,又是世界古老文明起源地之一。公元前6世纪末期,波斯阿契美尼德王朝的国王大流士一世入侵印度河平原一带。波斯帝国衰落之后,来自希腊马其顿的亚历山大大帝又征服了印度。因此,印度自古便受到不同地区文化的影响。世界三大宗教之一的佛教,大约在公元前5—前6世纪的时候起源于印度,之后从印度传入中国,时间大约始于1世纪前后,至今已经有两千多年。佛教的传入及后来在中国本地的发展,不仅是中国和世界宗教史的重要内容之一,也是中国和世界艺术史的重要内容之一。这是因为佛教的东传,不仅带来了一种宗教信仰,而且带来了佛教艺术,包括建筑艺术、绘画和雕塑艺术。佛教艺术不仅在中国,而且在东亚其他国家,以及东南亚、南亚地区都有巨大的影响,是亚洲地区古代和近现代文明的重要内容。

佛教的建筑艺术通常展现在庙宇、塔、石窟等宗教建筑上,而绘画和雕塑艺术的精华,除了见于庙宇塔楼之外,也见于石窟寺。中国现在还保存有数量甚多的石窟寺,其中最著名的是甘肃敦煌千佛洞、山西大同云冈和河南洛阳龙门,号称"中国三大石窟寺",各以其精美的建筑、绘画和雕塑艺术闻名于世,都是人类文化的瑰宝,已经被联合国教科文组织列入世界文化遗产名录。

这些精美的佛教艺术,其源头都来自印度。佛教艺术的出现及其特色,是印度次大陆古文明发展的产物。公元前327年,来自希腊马其顿的亚历山大大帝入侵印度,带来了希腊的文化艺术,对印度当地的佛教艺术产生了一定影响。公元前323年,亚历山大病死于两河流域的巴比伦。公元前317年印度的月护王旃陀罗笈多(Candragupta)在印度西北部推翻了希腊人的军事统治,建立了著名的孔雀王朝。其孙子阿育王(Asoka)是印度历史上著名的君主之一,他在全国大力推崇佛教,建造供奉佛祖释迦牟尼的佛塔。[1]

对佛教有些了解的人大概都听说过,印度的佛教有大乘和小乘之分,大乘派鼓励"普度众生",向大众宣传佛教的教义,鼓励大众成为信众;小乘派则强调僧侣自身的修为和对佛教教义的认知。早期的佛教多属于小乘教派,其僧侣多是苦行僧,认为佛并不能以人体形象来表现,自然也就没有佛、菩萨的造像,都是用一些具有特殊意义的符号和图案来象征,如莲花象征佛,因为据说佛祖出生时走了七步,"步步生莲"。但这个时期已经出现了一些民间的朝圣活动,主要朝拜埋葬佛骨的塔,以及佛祖生前居住过、活动过的重要地点。随着佛教的影响力不断增加,僧侣们在印度各地的石窟、寺庙定居下来,开始膜拜塔以及佛像,并研究佛经。佛教从此进入了"学术佛教"(Scholastic Buddhism)时期。[2] 而描绘佛像及佛教教义内容的雕塑和绘画,也始于此时。当时印度的艺术明显受到希

---

[1] (日本)佐佐木教悟等著,杨曾文、姚长寿译 1983《印度佛教史概说》,上海:复旦大学出版社。

[2] Fogelin, Lars 2015, *An Archaeological History of Indian Buddhism*, Oxford Scholarship Online.

开凿于山崖中的阿旃陀石窟。
摄于2015年9月

腊艺术的影响,其雕塑和绘画的风格,人物的发式、服装等,都带有希腊雕塑和绘画的特点。如雕像的服装多为与希腊雕像相似的贴身斜肩衣袍,发式也是类似希腊的肉髻。人物的形象多为高鼻深目的雅利安人面相。

在大学读书的时候,老师给我们上课,便详细讲述过佛教的绘画和雕塑艺术如何因应宗教传播的需要而产生,最早的佛教艺术出现于今天印度中部奥兰加巴德(Aurangabad)地区,最早的绘画和雕塑见于当地的阿旃陀(Ajanta)石窟。此后佛教艺术沿着陆地丝绸之路从西向东传入中国,又经过了"本土化"的发展,佛、菩萨和侍从的形象、发式和服装发生了变化,其面相由"高鼻深目"变成黄河流域人群的形象,其服装由希腊式的斜肩贴身长袍变为黄河流域汉族的服饰,等等。总而言之,印度的佛教艺术,本来就是东

阿旃陀早期石窟寺内的佛塔和雕塑

西文化交流和发展的产物，对中国博大精深的佛教艺术和文化，有深远的影响。从那时候起，我便希望有一天能够去"瞻仰"佛教艺术的"起源地"。

这个愿望，终于在30年之后实现了。2015年9月，我专门去了印度中部的奥兰加巴德，参观了著名的阿旃陀和艾罗拉石窟。这两个石窟群，均开凿在奥兰加巴德的河谷群山之中，距离现在的河床有10—20米。阿旃陀现有30个石窟，早期的石窟群有9号、10号、19号、29号和29号窟，开凿于公元前150—前100年，也就是距今2200年左右。这类早期的石窟，平面像个长马蹄形，洞窟从门口到前半段是长方形，洞窟底部是个半圆形。洞窟的顶部是圆拱形，用石雕工艺雕刻出类似木建筑的檩条；洞厅内有排列的石柱，墙上和石窟顶部还有众多绘画或石雕的佛像。供信众瞻仰的石雕佛塔位于洞窟后部，其顶部的穹窿也较为高大。这样的平面设计和建筑格局是为了方便信众进入洞窟之后可围着佛塔绕行瞻仰，[1] 显然是为了满足宗教活动的需要。

阿旃陀余下的石窟开凿于5—6世纪，年代较晚。这时期洞窟内部的装饰更为繁复精细，绘画的色彩富丽，人物表情的刻画细腻入微。佛祖和菩萨的雕像也增加了。此期已经允许将佛祖以人类的形象来表达，[2] 所以，人像的石雕艺术也就得以进一步发展。简言之，这时期的建筑、室内装修、雕塑和绘画，代表了当时印度中北部地区工艺和艺术的最高成就。即使在今天来看，其绘画的丰富色彩和层次，对人类身体和表情的写实及传神的描绘，都不失为大师之作。

---

[1][2] ICOMOS 1982, *Ajanta Caves*, http://whc.unesco.org/archive/advisory_body_evaluation/242.pdf, 2015年12月浏览。

阿旃陀佛教艺术，不仅是印巴次大陆古代的艺术瑰宝，而且影响到中国及东亚、东南亚其他地区。今天从新疆向东到甘肃、山西、河南等地，我们都能够在早期的石窟寺雕塑和绘画中看到阿旃陀艺术的影响，如高鼻深目的面相、螺旋式的肉髻，以及斜肩贴身的衣袍等。从隋唐开始，中国的佛教艺术趋向"本土化"，佛祖、弟子、菩萨和其他造像的面相和服装也逐步变为本地人民常见的面相和服装。因此，研究从印度阿旃陀到中国石窟寺艺术中人物造像和服饰从早到晚的变化，为佛教艺术如何接受希腊艺术影响、从南亚东传到东亚地区以后又如何发展变化这样一个世界宗教文化艺术交流的大题目，提供了具体的物质证据和资料。

到了500—1000年，佛教开始衰落，大部分信众改信印度教、耆那教（Jainism），甚至伊斯兰教。这时期的石窟寺也逐渐衰落。但离阿旃陀不远的艾罗拉（Ellora）石窟，却是开凿于600—1000年的艺术瑰宝。和阿旃陀石窟不同，艾罗拉的34个石窟，并非都是佛教的宗教建筑，而是古代印度三个主要宗教的建筑。艾罗拉最早的12个洞窟（编号1—12号），包括大型的10号窟，开凿于600—800年，是佛教的建筑；另外的17个洞窟或庙宇，编号13—29号，包括著名的第15号窟和卡拉刹（Kailasha）庙，也称16号窟，大约开凿于600—900年，是婆罗门教（Brahmanism）又称印度教（Hinduism）的建筑。最后的5个窟，即第30—34号窟，开凿于大约800—1000年，则是耆那教的建筑。[1] 所以，艾罗拉石窟是古代印度三大本土宗教汇聚之地，展现了三种宗教建筑艺术各自的特色

---

[1] Archaeological Survey of India (2011), "World Heritage Sites – Ellora Caves", http://asi.nic.in/asi_monu_whs_ellora.asp，2015年12月浏览。

阿旃陀后期石窟寺内的彩色绘画

及相互间的影响。例如艾罗拉 10 号窟的平面布局和建筑设计都受到阿旃陀石窟的影响。

不过,艾罗拉的石窟寺有不少是通天开凿的大型庙宇,有些还具有两三层楼,有的庭院中就有佛塔和石雕,如大象的雕塑,其建筑比阿旃陀的洞穴式建筑要复杂得多,当时所费的人力物力必然也更加可观。艾罗拉石窟寺的年代较晚,又有不同宗教共存,其雕塑和绘画艺术更为多样。如耆那教的石窟艺术似乎更着重精细复杂,与佛教较为大型的造像便有所不同。

艾罗拉石窟比较靠近古代印度中部的贸易通道,不同时代的旅客商贾均来此造访。艾罗拉不同宗教的石窟寺和庙宇建筑,分别受到古代印度不同朝代统治者和上层人士的资助而兴建。从 5、6 世纪到 10 世纪,印度地区分别存在着不同的政治势力,既有本地的政权,也有来自外国的波斯和伊斯兰政权。艾罗拉石窟所属的三种宗教均属印度本土宗教,由此也可见在政治形势多变的古代印度,本土宗教仍

艾罗拉石窟的大象石雕

然在当地文化发展中扮演着重要的角色。当然,艾罗拉石窟寺艺术也为后人研究中古印度艺术和建筑工艺技术的发展和变化留下了非常珍贵的实物资料。

  因为阿旃陀和艾罗拉石窟寺见证了印度古代和中世纪时期的佛教和其他三大本土宗教的发展演化,又反映了不同时期当地经济(包括远距离贸易)和政治的历史,更是印度古代建筑工艺技术和绘画雕刻等艺术发展的珍贵实物见证,还展示了印度宗教艺术与西亚、欧洲和东亚古代文化艺术的互动,所以,在1982年的时候,联合国教科文组织将这两个石窟寺列入了世界文化遗产名录。今天欣赏这两大石窟寺,不仅可从中看到中国石窟寺艺术的源头,更可领会人类自古以来的文化交流、文明的互相学习和互相影响,认识到文化的发展不是孤立的产物,而是人类合作的结果,从而增进现代人群体之间互相尊重、互相学习的善意。

旅游小知识：

签证：

中国公民到印度需要申请旅游签证，可到印度外交部的网页 http://boi.gov.in/content/visa-requirement 了解详细资料。

气候：

奥兰加巴德位于印度中部，雨季的时候气候较温和。建议不要在夏天前往，因为天气比较酷热，两处地方都比较开阔，容易感觉不适。

交通：

从新德里和孟买均有直航飞机抵达奥兰加巴德。乘火车也可以到达。艾罗拉离奥兰加巴德只有30多公里，可参加当地旅行团组织的一日游。阿旃陀距离比较远，超过100公里，但也可在一日来回。

艾罗拉是平地，但要步行的距离不短，有些石窟寺要上陡峭的楼梯，所以还是要穿轻便的衣履，不要穿高跟鞋、超短裙之类。阿旃陀石窟要爬到接近山顶才能进入洞窟，体弱者可在山脚下付钱雇人抬椅子上下山。2015年的时候，明码实价每抬一人至少一千卢比（四个工人抬），但工人往往在下山时要求更多，这就要看具体情况了。实际上每个工人分250卢比，2015年的时候大约等于5美元，也是很少的钱，各人可考虑自己的支付能力决定付多少，但千万不要变成冲突，更不要骗人。我在阿旃陀就有当地工人拿了几毛钱人民币来问到底值多少钱，有可能是我们的某些同胞拿这些来支付工资。这样的行为实在令人羞耻。我希望这只是极少数人的行为，而且希望这样的行为今后不要再出现。

参观：

艾罗拉在夏季和雨季的开放时间是从日出到日落，星期二休息。

入场费用方面，南亚诸国（包括印度本地）公民的费用较低，中国公民属于外国游客，费用要高些。具体可参照"Archaeological Survey of India"网页上的资料 http://asi.nic.in/asi_monu_whs_ellora.asp。

工业遗产篇

作为人类文化遗产的一个类别,工业遗产往往被误认为仅限于与西方工业革命相关的文化遗产。但实际上,工业遗产的范围要宽广得多。根据联合国教科文组织的定义,工业遗产包括从史前到当代代表人类技术发展的各类遗址、遗迹及其遗物。[1] 因此,一个新石器时代开采燧石作为石器工具原料的矿洞,一座青铜时代的采矿遗址,一个地区的罗马帝国供水系统,一个工业革命时代的城镇,一个标志着铁路运输系统的火车站,或一座重要的工厂建筑,都可被定义为工业遗产。

与其他类别的文化遗产如文化景区、考古遗址、古城古镇或历史建筑不同,工业遗产是体现或反映人类工业技术发展的文化遗产,因此其重点比其他类别的文化遗产要狭窄一些。举例来说,中国的秦始皇陵和湖北大冶铜绿山青铜时代到汉代的矿冶遗址都是考古遗址,但只有铜绿山遗址可以被同时界定为工业遗产,因为该遗址是中国古

---

[1] Falser, M. 2001, "Industrial Heritage Analysis", http://whc.unesco.org/archive/ind-study01.pdf.

西班牙塞戈维亚城的罗马帝国供水系统。
摄于2011年6月

代采矿工业的见证,而青铜器的冶炼和使用是人类工业技术发展的一个重要里程碑,是人类最重要的发明和创意之一。

对工业遗产的分类、研究和保育,大体兴起于20世纪八九十年代。1999年,在英国康沃尔(Cornwell)郡成立了工业遗产保育国际委员会。这个委员会得到国际古迹遗址理事会的认可,专门研究和推动对工业遗产的保育、记录、管理和研究,组织学术会议,出版关于保育工业遗产的书籍和资料等。[1]

联合国教科文组织对工业遗产的保育和研究也付出了相当多的努力。不过,在世界文化遗产名录上,工业遗产所占的比例并不高。

---

[1] TICCIH 1999, "Guiding Principles & Agreements", http://ticcih.org/about/about-ticcih/.

始建于 19 世纪中叶的葡萄牙波尔图火车站。
摄于 2005 年 5 月

在2001年的一份报告中，工业遗产只占世界文化遗产名录的5.3%，其中大部分集中在欧洲，少量在亚洲和拉丁美洲，非洲和阿拉伯国家则一个"工业遗产"都没有。这一"欧洲中心主义"的格局不仅见于工业遗产的分布，而且见于整个"世界自然和文化遗产"的分布。[1] 打开联合国教科文组织的"世界遗产名录"，除了亚洲的中国和印度及南美洲的墨西哥之外，拥有大量世界自然或文化遗产的都是欧洲国家，如西班牙、意大利、法国和德国；而作为人类诞生地的非洲国家，包括埃及和突尼斯这些拥有古老文明的国家，名下的世界文化遗产却寥寥可数，有些非洲国家甚至完全没有世界文化遗产，或者所有世界遗产都处于濒危状态。

形成这种世界遗产不平衡现象的原因很多，既与各国的政治和经济力量、政局是否安定有关，也与世界文化遗产评审的标准有关。如果运用广义的工业遗产概念，则非洲国家应当有大量的工业遗产，因为人类最早期的石器工业制作遗址都在非洲。没有史前时期的石器制作，就没有后来的工业革命，也没有现代的航天飞机、手提电话和电脑。因此，工业遗产概念的应用，有助于我们认识到地球上不同地区人类对人类文化发展所做出的贡献，加深人类群体和文化之间的互相尊重。

在人类数百万年的历史中，最早、最重要的技术发明应当是工具的制作和使用。虽然最近的研究发现某些黑猩猩也会使用石头、木棒等工具来采集和加工食物，但有系统地、大规模地、专业地制作大量工具，仍然是人类独有的能力，也是人类能够生存至今的主要原

---

[1] Falser, M. 2001,"Industrial Heritage Analysis", http://whc.unesco.org/archive/ind-study01.pdf.

因,也是人类对这个地球造成日趋严重破坏的主要原因。因此,人类工业技术的发展可以说是一把双刃剑,而这也是当代学术界研究工业遗产时经常关注的问题。

简言之,工业遗产的焦点,是人类历史上重大的工业技术发展和革新,以及这些革新对人类的社会结构、经济制度、政治体制、意识形态,乃至自然资源和环境所带来的巨大甚至是不可逆转的影响。现代社会对工业遗产的保育和研究,不仅是为了欣赏和赞美人类的创意,而且是批判性地审视这些创意和革新如何影响人类过去、现在和将来的文化发展,人类又是否应从中吸取教训。

我未曾有幸到非洲探寻人类最早的石器制作地点。最早接触到的工业遗产是澳大利亚巴拉腊特(Ballarat)金矿遗址,但那更像一个主题公园。本篇与读者分享的是三个工业遗产,均位于欧洲,英国工业革命的起源地铁桥、与现代工业管理息息相关的新拉纳克,以及波兰的盐矿遗址。这些工业遗产代表了人类工业发展中的重要阶段,同时能够让我们反思技术发展对人类社会和自然环境的多面影响,从中吸取教训,以便规划和推行人类文化的可持续发展。

铁桥：工业革命的标志

18世纪最早出现于英国，然后扩展到西方国家及世界各地的工业革命，毫无疑问是人类历史上最重要的大事之一。工业革命首先是技术革新，大机器取代了中世纪以来人工和小型器械为主的生产设施；大规模的工业生产，包括钢铁的生产和纺织业的生产，取代了中世纪以来家庭作坊式的小规模、小批量生产；蒸汽机和其他机械动力取代了人工动力，等等。这些技术革新为整个人类社会带来了翻天覆地的经济结构、社会结构、政治制度和意识形态方面的变化，为资本主义制度的发展和巩固奠定了基础。

工业革命的出现，有广泛的经济、社会和政治原因，包括十五六世纪的地理大发现和原始资本的积累，17世纪开始出现的各种早期动力机械，1694年英格兰银行的设立以及随之而来的"金融革命"，银行业为大规模的工业生产和商业活动提供了资金。欧洲人口的显著增加和农业生产方式的变化导致剩余人口的出现，并由此产生对新生产方式的需求，以及英国政府奖励工业活动的政策、海外市

铁桥所在的塞文河谷。摄于2006年5月

铁桥镇上的历史建筑

场的开拓和竞争,等等。[1] 尽管学术界对这一系列文化变迁与工业革命的因果关系有不同的看法,但至少有一个共识:工业革命这一重大历史事件不仅仅是某项技术革新的结果。

另外,在工业革命产生的过程中,也不能否认某些技术革新的作用。其中,1709年英国人亚伯拉罕·达比(Abraham Darby)发现用焦炭炼铁能够大规模生产质量较好、成本又较低的生铁,由此为钢铁机械的大量生产和使用奠定了基础,因此被视作推动工业革命的重大技术发明之一。达比进行这一技术革新的地点就在英国什罗普郡铁桥(Ironbridge)的科尔布鲁克德尔(Coalbrookdale)村。1708年,达比来到这里,1709年成功使用了便宜而数量丰富的焦炭取代了较昂贵的煤来炼铁,铁产品产量大增,质量亦明显提高。[2]

今天的铁桥是一个小镇,位于英国中部城市伯明翰西北大约50公里的什罗普郡塞文河谷,又称为"铁桥峡谷"。在这里,各种工厂、窑址、作坊、商店和住宅等历史或现代建筑及古董机械,还有十座博物馆,分布在塞文河两岸大约6公里长的范围内。其中,比较重要的工业遗产建筑物是位于河谷东北面科尔布鲁克德尔的达比家族旧居和其他炼铁家族的建筑,铁桥东端有两座建于18世纪的高炉遗迹。南端是建于19世纪30年代的布利斯特希尔(Blist Hill)炼铁厂和砖瓦厂,以及建于18世纪的陶瓷厂;最后是横跨塞文河峡谷、1779年建成的世界第一座金属桥——铁桥。

游客一般从铁桥河谷的东北入口进入铁桥,首先见到的就是铁桥河谷博物馆,这里有关于铁桥工业遗产的一般介绍,可在此购买门票和地图。该博物馆的东北面就是建于1717年的达比家族旧居和科

---

[1][2] Wyatt, Lee T. 2009, *Industrial Revolution*, Westport, CT: Greenwood Press.

建于1779年的世界首座金属桥——铁桥

尔布鲁克德尔建筑群,还有一座钢铁博物馆(Coalbrookdale Museum of Iron)。三百多年前,大量的钢铁产品便是从这里运送到世界各地。游客可先参观这一群建筑,了解亚伯拉罕·达比及其家族,以及他的焦炭炼铁技术革新对工业革命的贡献。

铁桥河谷博物馆的东南不远就是建于1779年的铁桥。这座完全用铸铁构成的大型金属桥,由达比的孙子达比三世(Darby Ⅲ)主持建造,不仅为塞文河两岸的交通运输提供了便利,也对现代西方建筑产生了相当大的影响。在人类历史上,曾经用过木、岩石、夯土、砖和瓦等材料作为建筑用材;但从18世纪末期开始,钢铁成为主要的建筑材料之一。钢铁特殊的性能使人类建筑的建造和设计得以有更加宽广的发展空间。以钢铁作为主要建材是人类建筑史上一大工艺技术革新，[1] 而铁桥可以说是这一革新的标志。

沿着塞文河向南，在河谷的西南出口便是另外两组铁桥地区最重要的工业遗产建筑：布利斯特希尔炼铁厂和科尔波特（Coalport）陶瓷厂。前者位于河谷的东南，附近还有一些民居，称为"布利斯特希尔维多利亚镇"。根据现场的说明牌介绍，布利斯特希尔炼铁厂是1830—1840 年由梅德利·伍德（Madeley Wood）公司建造的。当时厂内有三座圆锥形的高炉，日夜不停地生产生铁，然后制成铁制品。1912 年，随着铁桥地区的炼铁工业逐渐衰落，这三座高炉也被关闭，整个炼铁厂被废弃。直到 20 世纪 70 年代，铁桥河谷博物馆基金会对该炼铁厂的建筑进行修复。现在三座高炉已经不存在，只剩下高炉的底部遗迹。高炉两旁原来安置鼓风设备的厂房则仍然保存下来。[2]

科尔波特陶瓷厂坐落在塞文河岸，数座厂房围抱着圆锥形的陶窑。与中国的"龙窑"不同，英国生产陶瓷用的是高耸的窑炉，用作装载陶坯的匣钵在炉内层层叠起。看来，匣钵的使用方法与中国的是一样的。这座陶瓷厂是英国人约翰·罗斯（John Rose）于 1796 年设立的，后来成为 18 世纪欧洲最大、最著名的陶瓷厂之一。瓷器厂现在已经没有大规模的生产了，一部分厂房改为陶瓷博物馆，有员工现场展示瓷器的制作，有时候组织工作坊让游客体验陶瓷的制作，并出售各种瓷器作为旅游纪念品。

中国是陶瓷生产的大国，宋代以来陶瓷便成为中国外贸最主要的产品之一。后来，英国人也开始生产陶瓷。在科尔波特陶瓷厂的陶瓷博物馆见到最有趣的陈列就是 19 世纪该陶瓷厂生产的中国式陶瓷，

---

[1] 中国自五代（965 年）以来就有铁塔，但作为民间建筑材料，铁的使用并不普遍。
[2] The Ironbridge Gorge Museum Trust, unknown year, "Blist Hill Blast Furnaces", caption on site.

布利斯特希尔炼铁厂旧址

陶瓷厂旧址，左边为圆锥形竖式陶窑

明显是模仿中国明清两代盛行的青花瓷，瓷器上的花纹也有中国山水风格。当然，瓷器的设计和造型还是根据英国本土的文化需要，例如为了适应英国人喝茶的习惯，瓷器就设计成一整套的英式茶具，而且在瓷器上加以金边装饰。这是一种典型的外来文化本土化现象。

瓷器要以高岭土作为原料，烧成的制品才能晶莹剔透。英国人并非只仿制中国的瓷器，他们后来发明了用牛骨粉混合高岭土作为瓷器原料，烧成的"骨瓷"更为透明晶莹，瓷胎更为轻薄，因此成为世界瓷器中的高端产品。这也是英国工业革命中的技术发明之一。科尔波特后来生产的瓷器就完全摆脱了中国的影响，产品趋向高端、精细、华丽，成为欧洲皇室贵族的用品。游客可在陶瓷博物馆中看到科尔波特陶瓷厂各个时期的经典产品。在观赏这座博物馆的时候就忍不住要想，为什么历史上曾经以瓷器著称于世界的中国，今天的产品却无法进入世界顶级的瓷器行列？

为什么铁桥会成为工业革命初期重要的炼铁和陶瓷生产中心呢？这与铁桥的自然环境和资源密切相关。在1.5万年前的末次冰期，冰川运动导致河流改道，形成了今天所见的"铁桥峡谷"。峡谷两岸埋藏着丰富的石灰岩、煤和铁矿石，这些都是冶铁必不可少的资源；铁桥附近还有可供制作陶瓷的黏土，[1]而塞文河又为原料和产品的运输提供了方便。所有这一切造就了铁桥峡谷成为18世纪工业革命的重要地区。

但工业革命并非一幅浪漫美丽的画卷。18世纪很多文人、画家来到铁桥地区，记录和描绘人们的生活情景：震耳欲聋的鼓风机，热

---

[1] The Ironbridge Gorge Museum 1996, *Ironbridge – A World Heritage Site*, Ironbridge, UK: Jarrold Publishing.

陶窑内重叠的匣钵

陶瓷厂早期烧制的中国式青花瓷器

浪滚滚的高炉，烧制陶器和制作骨粉产生的黑烟和味道，肮脏的街道，低矮拥挤的农舍，严重污染的河水，流行的疾病，都是18世纪铁桥地区的日常写照。亚伯拉罕·达比和他的孙子都只活了39岁。当时人们的平均寿命普遍偏低。直到20世纪，人们才开始意识到环境污染、恶劣的生活和工作环境对人类寿命的影响。[1]

大规模焦炭炼铁技术的使用和铁桥的建造都被视为人类创意的见证，人类工业技术和建筑技术的突破，而铁桥峡谷作为工业革命的标志，无疑具有重要的历史和科学价值。因此，1986年，铁桥峡谷被列入了世界文化遗产名录。[2] 今天，我们当然无法否认工业革命对整个人类社会文化所带来的巨大影响和改变，但工业革命对环境和人类健康的负面影响同样是人类不容忽视的问题。铁桥峡谷今天的青山绿水是过去一百多年停止工业生产的结果，但全球化将工业生产和环境污染带到全世界，后者已经是在世界范围内日益严重的问题。铁桥工业遗产不仅见证了人类技术革新的一段重要历史，而且见证了技术革新带来的负面后果。如何在技术发展和自然资源的利用及环境污染的处理这三方面取得平衡，是21世纪人类必须要解决的问题。

旅游小知识

交通和住宿：

从伯明翰到铁桥不远，正常情况下驾车一小时即可。离铁桥最近的较大城镇是特尔福德（Telford）。若乘公共交通工具前往，需要先到特尔福德，从那里的市中心汽车站再乘公共汽车到铁桥。伦敦

---

[1] The Ironbridge Gorge Museum 1996, *Ironbridge – A World Heritage Site*, Ironbridge, UK: Jarrold Publishing.

[2] UNESCO 1986, "Ironbridge Gorge", http://whc.unesco.org/en/list/371.

及英国各大城市都有火车或长途汽车到特尔福德,详情可浏览网页www.visitironbridge.co.uk。

铁桥镇上有一家三星级酒店,也有一些民宿和"B & B"(Bed & Breakfast),游客可通过上述网站预订。

参观:

铁桥镇不大,五六个小时便可看完主要工业遗产。建议先到铁桥峡谷博物馆参观展览,获取地图和门票,便可按图到各景点参观。

新拉纳克纺织厂

这是一座棉纺厂,位于苏格兰南拉纳克郡(South Lanarkshire)的新拉纳克(New Lanark),始建于 1786 年,1968 年停产,历时近两百年。这座纺织厂之所以出名,不仅因为它的历史悠久,主要是因为它在 19 世纪有一位非常具有前瞻意识的管理者罗伯特·欧文(Robert Owen,1771—1858)。

18 世纪的新拉纳克只是一个风景美丽的苏格兰乡村,附近的克莱德河(Clyde River)流经村子附近的一个小峡谷时形成一个小瀑布。因为瀑布可推动水轮,水轮又可推动机器,所以被两位工业家选中作为棉纺厂的厂址。

英国工业革命的内容之一就是纺织机械的发明和使用,以及由此带来的纺织工业大发展,特别是棉布纺织业。从 17 世纪开始,棉布因为纤维韧度强、易于染色、穿着和清洗方便等特色,在英国比毛织物更受欢迎。18 世纪,英国人发明了当时最先进的纺纱机和织布机,纺出的棉线更强韧,纺线和织布的速度更快,而且可以用水轮或蒸汽作为动力。因此英国的纺织工业当时在世界上占据领先地位,不仅供国内市场使用，还大量出口到欧洲、美洲、亚洲等地。[1]巨大的市场需求吸引了很多富有人士投身这一行业。

1784年，苏格兰商人大卫·戴尔（David Dale，1739—1806）和英国棉纺织工业家理查德·阿克莱特（Richard Arkwright，1732—1792）来到这里，选定最适宜建立水轮棉纺厂之地，很快买下了河边的土地开始兴建工厂，并将这里命名为"新拉纳克"。阿克莱特是18世纪著名的纺织机械发明人之一，他所发明的水轮纺线机器的产量，相当于数千个手工纺线工人的产量。尽管阿克莱特在1786年退出了新拉纳克的管理经营，作为独资经营者的戴尔继续推动工厂的建设和发展，并且于这一年开始生产棉线。到1793年，新拉纳克已经布满了厂房。三座纺织厂中有一万多个纱锭在运转，而最大的第4号工厂则是作坊、仓库和宿舍。新拉纳克当时已经成为苏格兰最大的单一纺织工厂。[2]

当时有数以千计的工人在这里工作，其中相当部分是童工。根据文献资料，1793年春天，工厂有1157个工人，其中362名成年人，将近800人是未成年人，其中包括了95名9岁的儿童，71名8岁的儿童，33名7岁的儿童和5名6岁的儿童。这些儿童有相当部分来自附近的农村，还有一些来自爱丁堡和格拉斯哥的孤儿院。戴尔雇他们的条件是提供食宿和生活所需，并不需要支付薪水（如果他们不是孤儿）。因此，4号工厂里面就有给孤儿提供的宿舍，1796年有396个童工住在里面。[3]

在现代人看来，雇童工是不可思议的；但在18世纪的英国，童

---

[1] Wyatt, Lee T. 2009, *Industrial Revolution*, Westport, CT: Greenwood Press.
[2][3] New Lanark Conservation Trust, unknown year, *The Story of New Lanark*, Scotland: Tartan Ink Ltd.

新拉纳克的工厂建筑

工现象相当普遍。这是因为童工通常只获得食宿，没有工资或只有微不足道的工资；而且儿童是弱势群体，更容易被操控和逼迫。他们被迫每天工作十几个小时，操作危险的机器，住在拥挤的宿舍，工作如果出错或未达到标准就被辱骂、体罚，无法反抗。因此，童工受伤、疾病和死亡的人数都相当多。19世纪，英国政府通过了三个法律规范童工的使用，有助于改善童工的待遇，但并没有完全解决问题。[1] 尽管儿童工作并不始于工业革命时代，农业社会也经常要求家里的儿童帮助从事各种劳动以帮补家计，但工业革命将儿童带入了机械化的、残酷的工作环境中，使儿童成为资本家获得暴利的工具。童工现象至今还广泛存在于世界上，这是工业革命对社会结构带来的巨大影

---

[1] Cruickshank, M. 1981, *Children and Industry*, Manchester: Manchester University Press.

响之一。

　　戴尔于 1796 年向曼彻斯特卫生局提交了一份报告，相当详尽地描述了他所雇童工的生活环境。根据他的描述，396 个童工住在 6 间大房间里面，每三人睡一张床。床上铺稻草，稻草上面铺床单。童工的服装，夏天是棉布，冬天是羊毛织物。夏天有几个月童工是没有鞋袜的。1792—1795 年，有 9 个童工死亡。但和当时其他工厂童工的生活环境相比，新拉纳克童工的待遇已经算是比较好的了。[1]

　　在这样的背景之下，工厂学校便是一个非常重要的设施。戴尔在新拉纳克工厂设立了一所学校，1796 年请了 16 个老师，有 507 个学生，包括童工和年轻的工人。在这里，工作时间是早上 6 点到下午 7 点，中间有半个小时吃早饭，一个小时吃晚饭。7 点以后，童工再到学校上两个小时的课，课程的内容包括阅读、书写和算术，以及缝纫和教堂音乐。学校分为 8 个年级，完成一年级功课的学生可升到二年级，依此类推。学校至少给部分童工提供了基础教育。此外，工厂也为有需要的成年工人及其家庭提供宿舍。[2]

　　戴尔的管理政策在当时算是比较"仁慈"的，但他并没有提出一个清晰的管理理念。1798 年，一个年轻人应邀来到新拉纳克，这就是大名鼎鼎的罗伯特·欧文，马克思和恩格斯在他们的著作里都提到欧文及其工厂管理改革。欧文的改革对整个西方工业社会产生了巨大的影响，而他进行企业管理改革的基地就是新拉纳克。

　　欧文出身平民，很早就进入纺织工业行业，19 岁时已经是曼彻斯特一家大型纺线工厂的工头。他最初是应戴尔的大女儿卡罗琳之邀

---

[1][2]　New Lanark Conservation Trust, unknown year, *The Story of New Lanark*, Scotland: Tartan Ink Ltd.

到访新拉纳克。一到当地,他就感到可以在这里将他关于工厂管理改革的理想付诸实现。他和两个合伙人出资6万英镑买下了新拉纳克。1799年,欧文与卡罗琳结婚,开始全权管理新拉纳克的纺织厂。[1]

在欧文管理新拉纳克的早期阶段,因为要顾及合伙人的商业利益,他将工人每天的工作时间从13小时增加到14小时,并加强了对工人的监管,例如工作时醉酒的工人会受到惩罚甚至开除。不过后来他将工作时间减到10小时。欧文在推行改革之初遇到不少困难,合伙人难以理解他的理念,只关心工厂的利润。直到1814年他才找到较理想的合伙人,从而得以推行他的一系列改革。欧文认为,一个成功的工业社会必须顾及劳工的福祉,而过去半世纪的技术发展却忽略了这一点。他认为工业生产中最重要的资源就是人力资源,如果工人在恶劣的环境中工作和生活,他们必然是心怀不满的,因此也是效率低下的。良好的工作和生活环境、适当的教育、有纪律而合理的管理制度才能够产生心情愉快而有效率的员工。慈善事业和经济发展应当是并行不悖的。他将这些观点发表在他的论文《社会新观》(New Views of Society)和其他三篇论文中,并将其理论在新拉纳克工厂及附近的乡村付诸实现。[2]

在工人管理方面,欧文用不同的颜色标记每个工人的生产量,据此"奖勤罚懒",但不再使用殴打、辱骂等方法。他设立了一个疾病基金,让工人将工资的六十分之一存入基金;设立了储蓄银行,鼓励工人储蓄。欧文在工厂附近的村子里开了一个商店,以成本价出售商品,使村民和工人能得到价钱合理、质量较好的商品。通过这个商

---

[1][2]　New Lanark Conservation Trust, unknown year, *The Story of New Lanark*, Scotland: Tartan Ink Ltd.

店,他还能够控制酒的销量,从而减少酗酒的问题。但他最重要的贡献是儿童教育,欧文在这里发展出英国最早的儿童教育系统。1816年,他在新拉纳克的新学校正式建成。这所学校白天的上课时间是上午7点半到下午5点,来上课的学生从1岁半到10岁;5点以后则是年龄在10岁以上、白天工作的童工甚至成年人来上课。学校杜绝体罚,上课的内容强调吸引学生的兴趣,教师通常带学生到大自然认识动植物和矿物,每天还有音乐和舞蹈课程。除此之外,学校的大课室还供村民和工人作其他用途,例如集会、节日活动等,因此又是一个"社区中心"。[1]

欧文的早期儿童教育似乎很费钱,但当时已经有人指出,这些儿童的母亲可放心地将孩子留在学校,自己到工厂工作。因此,这是保持工厂劳动力的一种方法。欧文的理念之一是经济利益和慈善事业可以并行不悖,他坚信教育是形成人的良好品质,从而让社会更美好的重要途径,早期儿童教育就是他实施这一理念的途径之一。十八九世纪的英国乃至欧洲,启蒙运动只关注对成年人的教育,欧文是从理念和实践上关注儿童教育的先驱者。当时就有很多人来新拉纳克的学校参观,将欧文的儿童教育理念和实践带到欧洲各地。[2]

欧文在新拉纳克的新型管理方法,为他赢得了国际声誉。可是,他与合伙人的关系却不是那么顺畅,因为合伙人对他的儿童教育颇有微词。1824年,当一个美国人来到新拉纳克邀请欧文到美国印第安纳州投资工厂的时候,欧文决定放弃新拉纳克移居美洲大陆。新拉纳克纺织厂后来由不同的人接手经营,但欧文的管理原则

---

[1][2] New Lanark Conservation Trust, unknown year, *The Story of New Lanark*, Scotland: Tartan Ink Ltd.

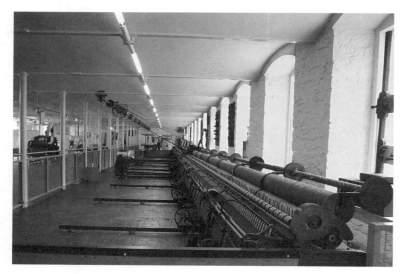

新拉纳克的纺线车间

欧文所创立的儿童学校教室

大致保留下来。1967年9月,工厂在无预警的情况下突然宣布关闭,但部分建筑仍然保留下来。从1971年起,地方政府开始关注新拉纳克纺织厂及村子的保育问题,启动了一系列保育和重建工作。[1]欧文的经营管理理念是工业社会发展的重要里程碑之一,其影响至今未衰。

2001年,联合国教科文组织将新拉纳克纳入了世界文化遗产名录。[2]今天,新拉纳克每年接待数十万名游客。游人在这里可看到原来工厂的厂房、车间、工人宿舍、欧文创立的儿童学校的课室,以及欧文的旧居和办公室,缅怀这位在工业革命中首先提出人文关怀工人福祉的先驱人物,并反思技术进步对人类社会分层、贫富悬殊等社会结构变化所产生的影响。

旅游小知识

交通:

新拉纳克距格拉斯哥大约40公里,距爱丁堡大约56公里。可从格拉斯哥中央火车站乘火车到拉纳克火车站,大约每两个小时有一班火车;从拉纳克火车站再坐当地的公共汽车到新拉纳克。格拉斯哥也有公共汽车到拉纳克。具体时间表可浏览网页 www.newlanark.org/visitorcentr/find.shtml。

住宿:

新拉纳克的一间工厂建筑已经改为三星级酒店(New Lanark Mill Hotel),有兴趣者可在网站上预订。

---

[1] New Lanark Conservation Trust, unknown year, *The Story of New Lanark*, Scotland: Tartan Ink Ltd.
[2] UNESCO 2001, "New Lanark", http://whc.unesco.org/en/list/429.

参观：

成人门票 8.5 英镑（2014 年）。建议先到新拉纳克的游客中心索取相关资料再参观，时间三四个小时。若住在格拉斯哥，可于一天内往返。格拉斯哥是英国重要的工商业城市，市内也有不少历史建筑和文化景点值得参观。

维利奇卡和博赫尼亚王室盐矿

盐是动物和人类不可或缺的矿物质，因为它不仅是身体必需的成分，同时对人类还具有多种其他功能，例如保存食物、防腐、清洗伤口等。现代工业也大量使用盐，包括纺织业和制革业。又因为盐并非在大自然随处可见的物质，因此，盐的生产和出售便关系到国计民生。中国古代的专卖盐制度，以及盐业商人如何暴富的历史，在在说明了盐的重要性。在现代欧洲某些国家，欢迎最尊贵客人的时候奉上的礼物就是面包和盐，表示将最重要的两种基本食物献给来宾。

天然盐或存在于海水中，或作为矿物（岩盐）埋藏在地底下。因此，人类获得盐的方法大体有两种：一种是晒盐，即将海水围入盐田晒干后获得海盐，生活在沿海地区的人类群体常采用这一方法；另外一种方法就是挖掘地下的盐矿，或通过加热含有盐分的地下温泉水来获得盐，居住在内陆地区的人类通常用这一方法，前提是当地存在盐矿。

盐矿和其他矿物的分布一样有偶然性。拥有盐矿的地区，可以说是拥有了一项可观的天然财富。位于波兰南部克拉科夫城东南大约10公里的维利奇卡镇便是一个盐矿所在地，从13世纪到20世纪一直在开采。维利奇卡（Wieliczka）和博赫尼亚（Bochnia）是彼此相距不远的两个开采点,开采的都是同一盐脉。

维利奇卡和博赫尼亚盐脉形成于 1300 多万年前,原是海相堆积,地壳运动导致这些含盐的岩层被埋在地下。盐脉底部是成层的含盐堆积,上部是块状的岩盐。在维利奇卡,13 世纪以来持续的开采活动,在地底下形成了 9 层巷道,深 64—327 米。巷道内有数以百计的大小矿洞和数以千计的采矿点,总容积达到 750 万立方米。这里的开采活动一直持续到 1996 年,才因为水淹矿洞和盐价下降而停止。[1]

可以想见在过往数百年间盐矿的开采和盐的售卖所带来的巨大经济利益。自始至终,盐矿的开采和经营都是由政府控制的。从 13 世纪到 1772 年,盐矿曾先后属于克拉科夫公爵和波兰王国。波兰王国成立了一个专门机构,管理这个盐矿,其收入归王室,故维利奇卡和博赫尼亚盐矿有"王室盐矿"的头衔。1772—1918 年,盐矿由奥地利政府管理,当时波兰已经被俄国、普鲁士和奥地利哈布斯堡王朝瓜分,1795 年完全丧失独立。1918 年波兰再次独立之后,盐矿又成为波兰政府的财产。[2]

数百年间,无数矿工在盐矿里辛勤工作,不仅留下了不同时期开采形成的矿洞,不同时代的采矿技术工具和运输设施,包括在井下饲养和使用马匹作为运输工具,而且留下了多座教堂或小教堂。在地底深处挖掘和开采矿产并不令人惊讶,但在地底深处用可观的人力和物力来建造和装饰教堂却不常见。据研究,这是因为采矿具有高度的危险性,矿工就在盐矿的巷道里建造了这些教堂,每天早上在开工之前先祷告。[3]

这些教堂有大有小,教堂内的装饰性建筑构件例如柱式、神龛、

---

[1]–[3]　Wolanska, A. 2010, *Wieliczka – Historic Salt Mine*, Cracow: Karpaty.

盐矿入口处。摄于2011年6月

盐矿的地下巷道

从 16 世纪开始，马车是矿井中重要的运输工具

甚至神像，多是在盐矿表面雕刻而成，或利用晶体化的盐块作为原料制成。最早的一座教堂建于 17 世纪后期到 18 世纪初期，甚至具有巴洛克风格。在所有这些教堂中，最令人印象深刻的是圣金佳（St. Kinga）教堂。圣金佳是天主教圣女。据说她是 13 世纪匈牙利国王的女儿，嫁给波兰的克拉科夫亲王。她生前致力于慈善事业，因而在 1690 年得到教皇嘉许，1695 年成为波兰和立陶宛的主保圣女。[1] 不过，导游却说，根据当地传说，圣金佳出嫁前，向父亲要一座盐矿作为嫁妆，因为盐在波兰比较缺乏。她父亲带她到匈牙利某盐矿前，她将戒指扔到父亲的盐矿中，然后嫁到波兰。嫁过去之后，她叫当地工人挖

---

[1] Wolanska, A. 2010, *Wieliczka – Historic Salt Mine*, Cracow: Karpaty.

圣金佳大教堂

开凿于 15 世纪之前的矿洞,
雕塑表现圣金佳的故事

洞，最后发现了盐，而其中一块岩盐中就包裹着她的戒指。因此，圣金佳成为克拉科夫和邻近地区盐矿的主保神。维利奇卡盐矿中的一组雕塑表现的就是这个故事。

圣金佳教堂始建于 1896 年，长 54 米，宽 15—18 米，高 10—12 米。在开凿教堂时，数以吨计的矿盐被运出矿井外。矿工艺术家花了将近 70 年时间来装饰这座大教堂，包括雕刻祭坛、神像等。直到 1963 年，所有装饰工作才完成。这座教堂里面，既有教皇、圣女和其他宗教人物的雕像，也有矿工的雕像，还有大量阐述圣经故事的浮雕，如《出埃及》《最后的晚餐》等。所有这些装饰或建筑构件，都是雕塑在盐矿上，或以岩盐为原材料。不可思议的是，连看上去光彩耀目的"水晶吊灯"，也是用晶体化的矿盐作为原料，经过溶解、再结晶，使之拥有类似水晶的透明质感。[1]整个建造和装饰过程中投放了大量的人力、物力和巧思，特别是尽量利用矿盐作为原料，使教堂具有非常独特的艺术和建筑风格，充分显示了盐矿教堂的特性。游客来到这座宽阔大气的地下教堂，在欣赏教堂内的装饰、人像和建筑构件的时候，不能不感叹矿工的建筑和艺术天才及创意。

除了圣金佳大教堂之外，盐矿内还有三座小教堂，包括建于 1859 年的圣约翰小教堂。和圣金佳教堂不同，圣约翰小教堂的拱券使用了木结构，但其他构件仍大量使用盐矿，因此被视作另外一种风格的盐矿教堂。圣金佳教堂建成前的数十年间，圣约翰小教堂是维利奇卡盐矿最重要的宗教活动地点。教堂原来位于第一层巷道，为了保育和展览的需要，2005 年将这座小教堂迁建到第三层。[2]

---

[1][2]　Wolanska, A. 2010, *Wieliczka – Historic Salt Mine*, Cracow: Karpaty.

盐矿内的圣约翰小教堂

盐矿类的工业遗产有独特的保育问题。盐是可溶于水的物质，因此，用岩盐作为原料或雕刻在盐脉上的所有建筑构件、人像、教堂等，都面临着变形甚至消失的问题。这也是维利奇卡盐矿博物馆要面对的主要挑战。

维利奇卡和博赫尼亚盐矿及其留下的工具和设施，反映了欧洲盐矿工业从中世纪到现代的技术和生产方式的变迁。盐矿内的教堂和其他装饰则反映了矿工的生活和宗教信仰。因此，盐矿于1978年被列入世界文化遗产名录，是波兰的第一批世界文化遗产，[1]每年接待超过百万游客，成为独具特色的工业遗产。

---

[1] UNESCO 1978, "Wieliczka and Bochnia Royal Salt Mines", http://whc.unesco.org/en/list/32.

旅游小知识

交通：

从克拉科夫中心广场乘坐304号公共汽车，正常情况下在大约半小时抵达盐矿入口处。单程车票3兹罗提，可在车上的售票机购买。波兰的公共汽车司机不一定会说英语，所以最好是预先看好盐矿之前的车站名，一过了该站就准备下车。克拉科夫也有火车到维利奇卡，但火车站距盐矿入口处较远，不如汽车方便。

参观：

成人游客入场费79兹罗提（2014年），包括导游费。盐矿不允许游客自己入内参观，个人参观者必须在博物馆入口处购票后加入导游团。5—9月从上午9：00开始，每小时有一团英语团出发。没有中文导游团。参观全程（包括盐矿博物馆）为三小时，不参观博物馆只需要两小时。个人认为盐矿博物馆十分值得参观，里面介绍了当地人类从新石器时代开始用不同的技术开采、利用盐的历史，盐矿的地质构造和开采技术的变化等，欲知更多最新详情可浏览该博物馆的网页 http://muzeum.wieliczka.pl。

游客开始参观的时候向下步行300多级楼梯，下到矿洞的第一层巷道；然后跟随导游步行参观各景点，如地下教堂、巷道等；然后在第三层（距地表130多米）乘升降机回到地面。矿洞里面的温度长年保持在十四五摄氏度，所以即使在夏天进入矿洞也需要穿上较厚的衣服。

后 记

　　旅游是去寻找、欣赏和感受美，为心灵充电的过程。这里所说的"美"，既包括自然的美、人类所创造的文化之美，更包括人性的善与美。要找到这些美丽，旅游者先要有一颗开放的、谦虚的、诚恳的心，一颗真诚地尊重当地文化和人民的心，抱着学习和请教的态度和当地的人民打交道，必能获得最多的善意，得到最大的收获。若带着自己的"文化"和价值观旅行，甚至抱着高高在上、挑剔和鄙视的心态，这样的旅游所得必然较少，甚至可能招致敌意。旅游本是为了寻求欢乐，若变成收获愤怒，那就完全是浪费时间和金钱了。

　　出国旅行可以参加旅行团，可以邀上亲朋好友成群结队呼啸而去，也可以一个人自由地旅行。一个人旅行，不需要考虑其他人的时间、兴趣或经济能力，也不需要迁就他人购物的需要、饮食的习惯和住宿的爱好，可以自由选择路线、方向、时间和地点，可以灵活决定在每一个地方停留多少时间，看哪些风景，吃什么食物，和什么人谈天。一个人旅行，因为没有熟悉的朋辈、亲友可依靠，在旅途中没有"自己人"可交谈，因此更需要成熟和独立的精神，发现和解决问题、处理危机的能力，以及与陌生人打交道的技巧。这些能力，在每一个人生命的历程中，都是至关重要的资产。作为自由行的游客，没有了"团体"的有恃无恐，更能够睁大眼睛，打开心扉，仔细观察和探究另外一种文化、另外一道风景；更需要入乡随俗跟从当地的行为模式，更容易被当地的百姓接受，得到更多的善意和帮助。即使有时语言不通，但通过善用肢体语言和面部表情，游客和当地人民仍然可以沟通。我至今记得在秘鲁的某汽车站寻找前往纳斯卡的汽车，我不会说西班牙语，当地人不会说英语，但他们仍亲自将我带到正确的站台上。这样的好人，多年来在世界各地时常遇到。这些经历也是旅游收获的一部分，是人性美的见证，不仅成为值得缅怀的记忆，而且是推动我们检视自身的品德修养、善待他人的动力。这种旅游的自由度及所获得的满足感是其他旅游方式所不及的。也许因为如此，在世界各地，有越来越多单身的游人，作为一个独立、成熟的个体，在漫游世界的过程中体验挑战，享受乐趣，积累能力，并且获得许多值得珍惜的回忆。

旅行的原则是安全第一，方便第二，经济开支第三。以下是几点建议。

签证 欧洲部分国家组成了一个"申根地区"。一般情况下，只要游客获得区内任何一国的签证，便可以到其他国家旅游。区外其他国家各有其签证安排。

财务安排 为安全起见，不要带太多现金。出发前，要和国内发卡银行联系好，保证卡上有足够的透支限额可用。另外，要把国内发卡银行的紧急电话号码记下来，在国外万一需要时可以和国内银行联系。不过，在国外使用信用卡要小心，防止信用卡的资料被盗用。一般规模较大、信誉较好的酒店、商场等，可以刷卡消费。如果是金额较小的交易，还是用现金较安全。国外很多地方现在都可用银联卡提款。

住宿 现在网上订酒店十分方便,但要注意选用可靠的网站。选择酒店时,要看一下当地的地图,还可以参考互联网上其他住客的意见,确保酒店的位置不是太偏僻、公共交通便利等。

出行 在当地住下来以后,既可以自由行,也可以参加当地的旅行团前往旅游目的地。很多国外的酒店接待柜台就有当地旅行社的资料,可以在入住以后索取相关资料,甚至可以请酒店职员代为联系。和当地旅行团团友和导游的交谈是了解当地文化的一个重要途径。

交通 每到一个地方,第一件事是买一张地图。这非常重要,不仅是为了方便旅游,而且还可以通过地图对当地的自然环境、居民的聚落格局等有一个基本的概念。在旅游结束以后,借助地图可以帮助我们回忆曾经去过的地点,所以又是最好的旅游纪念品!此外,带一个袖珍的指南针。有了地图和指南针,就不担心会迷路。也有游客喜欢使用手机上面的地图软件,但注意不是所有地区、村镇都可以在电子地图上找到,所以一张本地的地图和指南针还是有用的。交通方面,尽量使用公共交通工具。这不仅是为了省钱,主要是为了安全。除非赶时间,否则尽量少用出租车。如果真要坐出租车,特别是在晚上,要事先把路线看好,而指南针这时候就有用了,因为坐在车上也可以大概知道出租车的方向是否正确。

衣着 第一不要炫富。除非在旅途中有某些隆重场合要出席,否则不必带着满身名牌服饰、皮包、首饰出国。在旅游时炫富极不明智,不仅可能招当地人反感,还容易成为打劫和盗窃的对象。第二,行李不要过多,以简便实用为原则,分量越轻越好。见过一些年轻人拖着巨大的行李箱在机场挣扎,步履维艰,如何能享受漫游世界的乐趣？第三，服装要实用、得体。在瑞士见过穿高跟鞋爬雪山的亚裔女性，在柬埔寨也见过因穿高跟鞋爬吴哥窟而扭伤脚腕，攀爬过程中裙底又完全"走光"的年轻亚裔女性。在五星级酒店喝下午茶当然不妨穿连衣裙和高跟鞋，但出外翻山越岭，为安全、舒适、隐私和健康着想，还是穿上轻便舒适的服装为宜。

健康和安全 第一，出发前要根据当地的情况，看看是否需要接种某些疫苗。第二，行李中一定要带一个小药盒，里面应有止血，防治蚊叮虫咬、治疗腹泻、食物过敏、扭伤和发烧等基本药品，例如一小瓶真正的云南白药、创可贴、止痛药膏、一小卷纱布、白花油，还有防止腹泻和发烧的内服药。如果旅途中不幸染病，自然要看医生。第三，出发前要事先了解当地警察、消防和救护车的紧急电话，以及当地中国大使馆的电话，最好将号码写下来，这样即使遗失了手机也不会茫然无措。第四，要确保手机可以在当地使用。第五，一定要买全面的旅行保险，并且将保单和护照复印一份留给家人或可靠的朋友，另外一份自己携带。现在的机票多为电子机票，但也应该留一份副本给家人或可靠的朋友。这样，万一丢失护照、机票，也可以立刻联系家人朋友，使用复印的副本资料。

天下好人占多数，但任何地方都会有宵小之徒。虚心向当地人学习，不等于轻信和全无警惕。"害人之心不可有，防人之心不可无"，因此旅行中要随时保持警觉。如果遇到意外的情况，例如失窃、遭到抢劫等，首先要保持冷静。冷静才可以考虑处理方法，想好最糟糕的结果可能是什么，自己又应当如何面对。除了报警之外，要评估是否可完成余下的行程，如何处理损失等。遇上危机时方寸大乱，或大发雷霆，都于事无补，甚至可能做出错误的决定。

爱惜自己的形象 国人近年在国外旅行的数量激增，不幸的是，中国游客的形象确实堪忧。其中原因很多，文化差异固然是原因之一，但不能忽视某些人在国外旅游的不当行为。中西文化的差别之一是如何在公共空间规范个人的行为。部分国人往往没有意识到公共空间和私人空间的差别，觉得高声说话、脱鞋子晒臭袜子、吃饭时挽起裤腿搔痒等，既然在自己家里没问题，在公共空间像酒店大堂、公园、机场等也一样没问题。可是，在公共空间会影响到他人，导致不必要的尴尬或不快。

还有少数国人出外旅行有一种唯恐吃亏、一定要占尽便宜的心态，所以抢座位、抢拍照的位置、不排队等，甚至因此出现吵架、斗殴。进食自助餐大量浪费食物也是源自这种心态。为了占尽便宜而如此浪费食物，当然令人不齿。既然付得起旅游的开支，何苦要这样损毁自己的形象？

我观察到的另外一个现象是，某些国人没有对别人说"谢谢""对不起"等礼貌用语的习惯，经常导致当地人反感，觉得中国人欠缺礼貌。我们的老祖宗说过，礼多人不怪。对他人使用"谢谢""对不起""麻烦你了"等礼貌用语，不仅是表示对人家的尊重，也证明自己具有良好的教养；若人家投桃报李，同样对你表示尊重，彼此开心，何乐而不为呢？

中国有句老话，"入乡随俗"。这"俗"既包括了当地的风俗习惯，也包括了当地的法律法规。比如，若公共汽车上、地铁中或博物馆里禁止饮食，游客何妨暂时忍耐一下呢？如果实在不能忍耐，国外很多博物馆和其他公共设施都有供游客饮食的空间，为何不多走几步呢？至于不要随地吐痰、不要在公共场所大声喧哗、上完厕所要冲水、不要到处刻"到此一游"、学会排队，等等，都是已经说滥了的老问题，遗憾的是有些人依然做不到。

或者有人觉得自己花钱旅游就是大爷了,还要处处遵守当地的风俗习惯,注意自己的行为举止,"太麻烦""很吃亏"。但换一个角度想,这样做是爱惜自己的形象,由此赢得他人的尊重,至少不要引来人家的白眼甚至批评。就算不顾及中国礼仪之邦的形象,我们旅行的目的之一是寻找快乐,若到处受人白眼或批评,甚至卷入冲突、惹上官司,岂不是大大减少了旅行的乐趣,甚至增加了麻烦,岂非更加"吃亏"?

妥善处理纠纷 旅行中难免出现计划之外的情况,甚至与其他人出现纠纷。这时候,游客要决定哪些是需要处理的"纠纷",以及如何处理。中国的传统文化讲究做人要"温、良、恭、俭、让"。如果接游客的汽车因为某些原因来晚了,是自己想办法,或者要当地汽车公司负责人另外安排交通工具以免耽误行程,还是在当地传媒面前痛哭流涕地控诉汽车公司并且要求赔偿,最终耽误行程?如果飞机、火车或其他交通工具因为气候或其他原因晚点了,是让相关的交通运输公司想办法,自己也通知家人、朋友、下一站预订的酒店等,将行程延误所带来的影响降到最低,如有必要甚至可以向相关部门索要证明文件以便向旅行保险公司索赔,还是在机场大堂地上打滚,或者大闹航空公司的柜台,最后被警察逮捕?每个人的取舍和决定不同,但游客要问自己,是希望享受旅游的乐趣、尽量不耽误行程、保持好心情、保持自己良好的形象呢,还是希望小事化大、耽误行程、给人"旅霸""没有教养"的印象,甚至搅进法律诉讼里面,给自己带来更多的麻烦?

当然,即使是宽容和有教养的游客,有时候也难免和其他人出现矛盾。为了避免冲突升级,一般情况下应当尽量找专业人士或第三者来处理纠纷。例如在餐馆进餐时若无法忍受旁边客人的噪声,应当请餐厅的员工帮忙换桌子或用其他方法处理。在公共交通工具上和其他乘客有矛盾，应当请运输公司的服务人员处理。遇上更大的事件，请记住各国都有警察，还有中国使领馆。

诚愿大家在漫游世界、欣赏世界各地的自然和文化美景之余，能够适应不同的文化环境，为自己赢得尊重，同时享受旅行的乐趣。